AGNETA SJÖBERG

DER TOTE
AUF
ÖLAND

AGNETA SJÖBERG

DER TOTE AUF ÖLAND

SCHWEDEN-KRIMI

Dieses Werk wurde vermittelt durch die
Literarische Agentur Thomas Schlück GmbH, 30161 Hannover

Immer informiert

Spannung pur – mit unserem Newsletter informieren wir Sie
regelmäßig über Wissenswertes aus unserer Bücherwelt.

Gefällt mir!

Facebook: @Gmeiner.Verlag
Instagram: @gmeinerverlag

Besuchen Sie uns im Internet:
www.gmeiner-verlag.de

© 2024 – Gmeiner-Verlag GmbH
Im Ehnried 5, 88605 Meßkirch
Telefon 07575 / 2095 - 0
info@gmeiner-verlag.de
Alle Rechte vorbehalten
1. Auflage 2024

Lektorat: Claudia Senghaas, Kirchardt
Herstellung: Mirjam Hecht
Umschlaggestaltung: U.O.R.G. Lutz Eberle, Stuttgart
unter Verwendung eines Fotos von: © Kevin Cho / stock.adobe.com
Druck: CPI books GmbH, Leck
Printed in Germany
ISBN 978-3-8392-0576-1

PROLOG

Februar vor drei Jahren

Die Frage klang banal.

Machte sie dennoch für einige Wimpernschläge ratlos.

Was sollte man darauf schon antworten?

»Was wärest du bereit zu tun, um deine Mutter, womöglich deine ganze Familie zu retten?«, hatte ihr Vater gefragt, nachdem er sie ein Stück von der Hütte weggeführt hatte.

»Alles!«, gab sie die naheliegende und wohl auch erwartete Antwort.

»Selbst wenn du ein gewisses Risiko eingehen müsstest?«
Tonfall und Blick: lauernd.

»Ja.« Sie hörte selbst, dass ihre Stimme nun vager klang, seltsam unentschlossen, und so schob sie schnell ein kräftiges »Ja!« mit Überzeugung im Ton nach.

»Dann geh jetzt packen. Nur das Nötigste für zwei, drei Tage. Lass niemanden wissen, was du tust. Ich begleite dich zum Treffpunkt. Dort werden einige andere auf dich warten – ihr tretet eine kurze Reise an. Sobald ihr am Ziel seid, werdet ihr einen Arbeitsplatz bekommen, ein neues Zuhause – und sofort Geld verdienen. Man erklärt dir, wie du es zu uns transferieren kannst. Alles ganz einfach – und deine Mutter kann endlich ins Krankenhaus gehen, deine Geschwister eine Schule besuchen, vielleicht studieren.«

Natürlich hatte sie viele Fragen.

Wusste aber auch: Dies war nicht der richtige Moment, sie zu stellen.

Schwieg.

Jetzt war der Augenblick, in dem sie zu tun hatte, was man von ihr erwartete.

Klaglos.

Schließlich war sie zur Zeit nur ein weiterer, unnützer Esser zu viel am Tisch.

Ihre Mutter war schwer erkrankt.

Behandlung und Medikamente teuer. Alle in der Familie wussten, dass das Geld schon lange nicht mehr reichte, um die Mäuler satt zu bekommen und gleichzeitig medizinische Hilfe für die Mutter zu finanzieren.

Es existierte kein Schuldenberg, sondern ein Schuldengebirge.

Die Freunde, die unterstützt hatten, waren nun selbst in finanziellen Nöten, Forderungen standen im Raum.

Während sie ihren überschaubaren persönlichen Besitz in den Rucksack packte, drängte sie die Tränen zurück. Klar, sie würde ihre Freunde vermissen. Vielleicht würde sie selbst auch dem einen oder anderen hier aus dem Dorf fehlen. Doch lehnte sie jetzt ab – wäre es das Todesurteil für ihre Mutter und die schwächsten Geschwister. Sie würden womöglich sterben. Ihrer Feigheit wegen!

Niemand würde wollen, dass die eigene Mutter das Zögern ihrer Tochter mit dem Leben bezahlte.

Ihr Vater setzte sie wie versprochen ab – war dann sofort und ohne ein Wort des Abschieds verschwunden.

Am Treffpunkt erwartete sie ein großer, muskelbepackter Mann, der die Gruppe wie Vieh zusammentrieb. Zitternd klammerten sich manche der Frauen aneinander, einige pressten ihre Söhne und Töchter fest an sich, sahen sich angsterfüllt um, die wartenden Männer warfen ratlose Blicke in die Gesichter der Treiber.

Leises Jammern der Frauen und Kinder. Manche weinten. Gelegentliches Protestraunen der Männer.

Wie eine Wolke aus bangen Tönen hing es über den Versammelten.

Kein Schrei, kein lautes Schluchzen.

Alle wussten wohl, dass es nicht opportun war, überhaupt eine Lebensäußerung von sich zu geben.

Selbst das Rascheln der Kleidung war lauter als die Geräusche der etwa 100 Menschen.

Manche der ursprünglich Reisewilligen wären zu diesem Zeitpunkt sicher gern wieder umgekehrt. Doch dazu war es nun zu spät.

Für keinen von ihnen gab es ein Zurück.

Menschen von sehr jung bis zum mittleren Alter, mit Biografien, wie sie vielleicht unterschiedlicher nicht sein konnten, als Gruppe geeint durch den Willen, ein neues, besseres Leben zu beginnen – für sich selbst und die im Dorf Gebliebenen.

Weit weg von hier.

In einem fremden Land.

Eine der Frauen war besonders.

Sie wirkte kein bisschen eingeschüchtert, trug ihre edle Festtagsrobe und sogar Schmuck.

Während die meisten die Rampe eilig hinaufliefen, manche sogar kopflos rannten – schritt die große, schlanke Frau im roten Kleid langsam und mit elegant wiegenden Hüften über das Lochgitter, als habe sie viel Zeit gehabt, das zu üben. Sie bewegte sich wie auf einem Catwalk. Den Kopf hoch erhoben, den Rücken gerade, die Schultern gestrafft. Bewundernde Blicke folgten ihr, in einigen anderen jedoch loderte Hass.

»Die zieht Ärger an wie weiße Wäsche den Dreck!«, zischte eine Frau böse. »Und ich prophezeie euch: Dieser Dreck wird dann uns alle treffen.«

Die Bemerkung blieb unkommentiert.

Am Ende der Rampe befand sich eine große, schwarze Öffnung.

Die verschlang die Menschen, sog sie hinein in einen dunklen Raum, fensterlos, ohne Möblierung, ohne Wasser oder Toilette, ohne … Alles, was man schlicht zum Überleben brauchen würde.

Und hier sollten nun alle Wartenden reinpassen?

Niemals!

Undenkbar.

Und doch – machbar.

Als sie versuchte umzukehren, ihr schon gleichgültig war, was ihr Vater dazu sagen würde, wurde sie von dem muskelbepackten Kerl rüde weitergestoßen.

»Wenn du Probleme machen willst, dann sag es jetzt. Ich erschlage dich mal eben und wir lassen deinen Körper zurück, nehmen jemand anderen mit, der nicht zickt. Verstanden?«

Für ihn waren sie nicht mehr als die Hürde, die zwischen ihm und seinem Lohn stand.

Ihr wurde bewusst, dass er sich keinen Zentimeter vom Geld entfernen würde.

Sein Fokus lag nicht auf dem Einzelindividuum. Es war nur die Gesamtzahl der Lieferung, auf die es ankam.

Sein Blick übermittelte ihr, dass er sie von nun an besonders im Auge behalten würde.

Sie war angezählt.

Noch vor der Abfahrt aus ihrem Dorf.

1

JUNI
Montag
Öland

Der Wind peitschte gnadenlos über die Ebene.

Heulte um Ecken, tobte in Winkeln, rüttelte an Türen und Fenstern.

Ab und an griff er tief in die Trockenwiese, packte einige der Pollenstände, riss sie mit sich.

Wehte sie über den Boden hinweg, peitschte sie über Hindernisse.

Auch über ihn.

Normalerweise hätte ihn das erheblich gestört.

Nicht nur gekitzelt – nur gepikst, nein, echt genervt.

Noch vor wenigen Stunden.

Er hatte angekämpft, tapfer dem Angriff getrotzt.

Doch diese Zeit war vorbei.

Für immer.

Er war vollständig nackt.

Bewegungslos.

Frieren würde er dennoch nicht.

Nachdem er allein hier lag, hatte er noch eine Weile gewartet.

Mehr konnte er nicht tun.

Und dann – wann genau es soweit war, hatte er vielleicht gar nicht bemerkt.

Sein Körper war fast so kühl wie die Umgebung.

Hinter einem Findling ausgestreckt, ungesehen, unbemerkt, unauffällig.

Wie vielleicht schon immer in diesem vergangenen Leben.

Das war natürlich gleichgültig.

Genau wie die Tatsache, dass die haarigen Flugkörper sich in allen Körperritzen festsetzten, ja, sich direkt einkuschelten. Selbst als die ersten Krabbeltiere über sein Gesicht trippelten, ließ ihn das kalt.

Nichts Besonderes in seinem Zustand.

Als die Sonne langsam aufstieg, Wärme und Licht erzeugte, die ersten Touristen auf die schmale Insel im Kalmarsund lockte, erfüllten bald lebhafte Stimmen das Rund.

Noch früh am Morgen.

Er war nicht mehr allein.

Doch für Rettung war es zu spät.

2

8.30 Uhr
Öland

»Mein Mann ist gestern nicht nach Hause gekommen«,
schluchzte die junge Frau vor Ankas Schreibtisch verhalten. Strich dem Kleinkind auf ihrem Schoß über den gepols-
terten Helm, unter dessen Streben blonder Flaum zu sehen
war, und umarmte schließlich den größeren Bruder, der sich
fest an die Mutter schmiegte und die fremde Frau gegenüber misstrauisch musterte.

Anka beobachtete die drei.

Nicht völlig frei von Neid – was sie natürlich niemals
zugegeben hätte.

»Willst du den Kindern nicht die Jacken ausziehen?
Ist doch zu warm, oder? Vielleicht wenigstens den Helm
abnehmen?«

Doch die Mutter schüttelte den Kopf.

Schwieg.

»Hör mal, er ist nun gerade eine Nacht nicht nach Hause
gekommen. Vielleicht war er noch bei einem Freund, sie
haben ein bisschen zu viel getrunken und er hat dann
beschlossen, besser nicht nach Hause zu fahren. Nun schläft
er seinen Rausch aus.« Beruhigungstaktik.

Half eigentlich nie, wusste die Polizistin, aber einen Versuch war es dennoch wert.

Die Mutter fixierte die Uniformierte mit kaltem Blick.

»Wohl kaum. Gerolf trinkt nicht. Und er lässt mich nicht
nachts allein, ohne das vorher abzusprechen. Der Zwerg,

Erick, hat Epilepsie – da ist es wichtig, dass jemand da ist, der ihn notfalls in die Klinik bringen kann. Der andere Elternteil bleibt zu Hause beim großen Bruder. Auf meinen Mann ist Verlass! Deshalb hat mich sein Kollege auch sofort angerufen und nachgefragt. Gerolf verpasst keine Termine, er ist immer pünktlich.«

»Wusstest du von der Verabredung?«

»Nein. Solche Dinge besprechen wir beim Frühstück. Aber da war er ja nicht zu Hause!«

»Wir sollen ihn also suchen. Ihr wohnt auf Öland?«

Die Mutter nickte. »Ja, in der Nähe von Gettlinge. In dem gelben Haus mit den bunten Tierbildern drauf.«

»Oh, das kenne ich. Hast du die selbst gemalt?« Anka wollte dringend ein neues, harmloses Thema anschneiden, die Hysterie dieser Frau nervte und musste umgeleitet werden. Der Ehemann konnte seine Gründe gehabt haben, nicht nach Hause zu kommen.

Je weniger die junge Mutter darüber nachdachte, desto besser, vermutete sie.

»Ja. Der Kinder wegen. Arne und Erick gehen so gern in den Zoo – also haben wir ein bisschen Zoo nach Hause geholt.« Die Stimme hatte die eisige Zone verlassen, klang liebevoll, fürsorglich und tatsächlich mütterlich.

Anka unterdrückte ein Schaudern.

»Hast du ein Foto von deinem Mann dabei?«

»Gerolf. Er heißt Gerolf.« Zitternde Finger schoben einen Schnappschuss über den Schreibtisch, der einen fröhlichen Vater zeigte, der mit seinen Kindern am Strand saß. Neben den Dreien lag ein bunter Ball und hinter dem Vater reckte ein schlanker Mischlingshund die Nase in die Brise.

Eine Idylle.

Wieder nagte sich der Neid in Ankas Magenwand voran.

Frisch, lustig, fröhlich, gut aussehend – wer hätte nicht gern solch einen Partner? Unkompliziert, rundum sympathisch – einfach perfekt.

»Ich gebe das Bild an alle Streifen raus. Wenn ihn jemand entdeckt, sammeln wir ihn ein und bringen ihn nach Hause zurück. Hat er einen guten Freund oder netten Arbeitskollegen in der Gegend? Vielleicht in Kalmar?«

Die Mutter umfing die Jungs mit den Armen und drückte sie fest an sich. Streichelte die Wange des Kleinen auf ihrem Schoß. Weichheit zog in ihren Blick, die Bewegung war so liebevoll, dass es bei der Polizistin einen tiefen Widerwillen auslöste, den sie sich nicht erklären konnte.

Sie hatte jedenfalls genug von dieser overprotective mother.

»Du gehst jetzt am besten nach Hause und wartest dort auf ihn.« Anka bemerkte selbst, dass es ihren Worten und Ton an Mitgefühl mangelte, versuchte deshalb ein empathisches Lächeln, was auch nicht recht gelingen wollte, schob ruckartig ihren Stuhl zurück.

Auch Rieke erhob sich. »Wenn er nach Hause kommt, schicke ich ihn bei dir vorbei«, begann sie in schnippischem Ton. »Vielleicht möchtest du ihn näher kennenlernen?«, erkundigte sie sich lächelnd in pseudofreundlichem Ton. »Berufsbedingte Einsamkeit?«, setzte sie im Umdrehen fragend hinzu, während sie die Reißverschlüsse der Kinderjacken schloss. »Kann ich mir bei dir gut vorstellen.« Sie griff nach ihrer riesigen Tasche. »Vielleicht beflügelt ja das Bild deine Anstrengungen, ihn zu finden.«

Damit setzte sie Erick bequem auf der Hüfte ab.

Ergriff die ausgestreckte Hand Arnes und verließ grußlos den Raum.

»Ich ruf mal eben die Kollegen von der Streife an!«, rief

Anka ihr nach, wandte sich zu Sören um, der mit einer rollenden Handbewegung signalisierte, er wolle einen kurzen Hintergrundcheck durchführen.

3

»Seht mal, dort ist es schon!« Die Begeisterung des Vaters war nicht zu überhören. »Dort vorne, gleich sind wir da.«

»Ist was?« Mereta sah kurz von ihrem Handy auf, blinzelte in die Sonne, entdeckte ein Schild. »Ach das!«, kommentierte sie dann enttäuscht.

»Eketorp«, korrigierte der Vater leicht aggressiv.

»Na gut, dann eben Ekedings.«

»Aber wenn wir hier fertig sind, gehen wir in diesen Sommarpark!«, forderte Renke, die ältere Schwester, eine Erneuerung des Versprechens der Eltern ein.

»Ja. Habe ich nicht vergessen. Aber zuerst sehen wir uns diese Burganlage an.« Die Mutter zog zwei Schokoriegel aus der riesigen Handtasche und reichte sie in den Fond. »Diese Anlage stammt aus der Eisenzeit und dem Mittelalter. Hier nennt man sie auch Fornborg.«

»Glaubst du wirklich, ich bin noch so klein und blöd, dass man mich mit Schokoriegeln ruhigstellen kann? Diese blöde Burg ist sicher absolut langweilig. Da habe ich keinen Zweifel«, giftete Mereta.

Die Schwester sah betont neugierig aus dem Fenster, starrte dann durch die Windschutzscheibe. »Und wo soll diese Burg denn sein? Ich seh keine. Nichts. Keinen Turm, keine Zinnen, keinen Wassergraben.«

Renke klang enttäuscht.

»Diese Burgen sind völlig anders als die Mittelalterburgen,

die ihr aus Deutschland kennt. Sie hatten eine Holzwand oder – wie diese hier – eine Mauer aus Stein zum Schutz vor Angreifern, bei anderen gibt es einen Erdwall, der das Areal umgibt. Innerhalb des Walls standen Hütten aus Holz, gedeckt mit Stroh. Einige waren für den Schutz der Menschen auf den umgebenden Höfen gedacht. Ist ja viel einfacher bei einem Angriff, diese kleinere Fläche als lauter verstreut liegende Einzelgehöfte zu schützen. Und durch die Weite drumherum waren Angreifer schnell zu entdecken.« Die Mutter schob die retournierten Schokoriegel schulterzuckend in die Tasche zurück.

Der Vater parkte den Wagen vor einem Restaurant. »Hier, seht mal. Die haben eine tolle Karte und man kann draußen sitzen. Torten gibt es auch. Im Internet werden sie bestens bewertet. Wir gehen das Stück zur Burg, sehen uns alles in Ruhe an und kommen zum Essen hierher zurück.« Er rieb in Vorfreude die Handflächen aneinander.

»Dann können wir auch gleich hier bleiben«, knurrte Mereta. »Ist ja schon geöffnet. Und für mich haben die eh nix. Oder glaubst du, die haben dicke Grillen im Angebot?«

»Bisher wurden nur selten Anlagen komplett restauriert. Man hat sich sehr viel Mühe gegeben, dem Besucher das Leben der Menschen damals vor Augen zu führen. Diese Burg ist in mancherlei Hinsicht besonders; unterscheidet sich von den anderen. Denn: Eketorp war keine reine Schutzburg für den Fall eines Überraschungsangriffs wie die meisten anderen«, er warf seiner Frau einen missbilligenden Blick zu, »sondern immer bewohnt und belebt. Eigentlich wie eine kleine Gemeinde oder eben ein Dorf hinter Mauern. Ihr solltet euch alles gut ansehen.« Der Vater tat, als habe er den Unwillen der Tochter gar nicht bemerkt, die Kommentare nicht gehört.

»Mann! Muss ich da wirklich mit?«, maulte das Mädchen nun lauter und setzte dann mit schlauer Miene hinzu: »Ich kann doch viel besser auf unser Auto aufpassen, wenn ich drin sitze. Falls einer beim Parken Probleme hat und uns rammt.«

»Oh, du bist um das Auto besorgt? Welch seltenes Ereignis!«, gab der Vater zurück und hievte sein nur mit größter Anstrengung in Bewegung zu setzendes Gewicht vom Fahrersitz. »Aber nein! Du bleibst nicht hier sitzen mit deinem Allzeitfreund *Nokia*. Ich sehe keine Gefahr für unseren Wagen, und selbst wenn, würde ich dich nicht als Wache zurücklassen. Sonst würdest du Interessantes verpassen. Du kommst mit.«

Dabei schob er die kräftigen Arme unternehmungslustig unter die Träger seines überdimensionierten Trekking-Rucksacks und kommandierte: »Na los. Alle raus hier!«

Von der Rückbank war deutlich das Wort »Bildungszwang!« zu hören.

Kaum war das Handy in den Rucksack geschoben und das Mädchen ausgestiegen, nörgelte es erneut: »Boah, Sonne ist hautschädlich! Und wir müssen das ganze Stück laufen! Ungeschützt. Ich werde doch besser im Auto bleiben!«

»Mereta, nun ist es aber gut. Kaum berührt dein Fuß den Boden, schon hast du einen neuen Grund zu meckern. Die ganze Familie Faktor 50 geschützt! Und du kannst gern dein Basecap aufsetzen! Wir gehen alle zusammen diese Burg ansehen und basta!« Jetzt klang sogar die Mutter gereizt.

Renke, die erkannte, es sei besser, die Verärgerungsgrenze nicht gänzlich auszuloten, stieß ihrer Schwester den Ellbogen in die Seite und flüsterte: »Lass gut sein!«

Ihrer Meinung nach bestand eine realistische Chance dafür, dass der Vater bei anhaltendem Widerspruch den Besuch des Freizeitparks ersatzlos streichen würde.

Während die Eltern sich mit wachsender Begeisterung umsahen, folgten die Schwestern in deutlichem Abstand mit zur Schau gestelltem Desinteresse.

»Sehr eindrucksvoll, nicht wahr?« Der Vater setzte sich in Bewegung.

»Oh, ja. Faszinierend!«, gab die Mutter zurück und fischte aus der Tasche eine Digitalkamera.

Die Schwestern zuckten mit den Schultern. Dummes Gehabe. Sie kannten das schon: vor dem Spaß – erst die Kirchen und Museen, das Schloss oder eben eine blöde Burg, die nicht einmal wie eine aussah. Ein gemauerter Kreis? Da gab es sicher nicht einmal eine Folterkammer. Und nach Moorleichen sah es hier auch nicht aus.

Sie hatten es ja geahnt: total langweilig!

Renke warf der wütend den Weg entlang stampfenden Schwester einen weiteren warnenden Blick zu.

»Was sollen wir hier?«, zischte Mereta ihr zu, während der Vater die Tickets für die Familie löste.

»Staunend herumgehen und ein begeistertes Gesicht machen«, erklärte die Schwester sachlich.

»So, es kann losgehen. In den einzelnen Hütten sehen wir auch Handwerker bei der Arbeit – mit den überlieferten Materialien und Werkzeugen. Man kann unterschiedliche Aktivitäten ausprobieren – zum Beispiel Bogenschießen, Brotbacken und vieles mehr. Ihr werdet auf eure Kosten kommen. Ein Café und einen Shop gibt es auch. Wir sollten uns der nächsten Führung anschließen, damit wir alles mitkriegen«, fasste der Vater kurz zusammen.

»Ich bin aber nicht begeistert. Kein Stück«, zischte die Jüngere Renke zu.

»Egal. Dann gib dir wenigstens Mühe, so auszusehen. In den Freizeitpark möchtest du doch auch – und dort wirst du begeistert sein. Nimm dich einfach zusammen, umso schneller sind wir hier wieder raus.« Die Ältere hob die Hände gen Himmel und zuckte mit den Schultern.

»Boah, war ja klar! Du bist immer auf ihrer Seite. Und

überhaupt, ich geh nicht mit in irgendwelche blöden Häuser mit Strohdach! Mir ist völlig rille, wer darin gewohnt oder gearbeitet hat.«

Damit ließ sich Mereta auf den Rasen neben dem Weg plumpsen, warf den Rucksack ins Gras.

»Ich jedenfalls gehe nicht weiter. Die Stauner in der Familie können mich auf dem Rückweg hier einsammeln«, knurrte sie, machte Anstalten, ihr Handy aus dem Rucksack zu fummeln.

Renke zische warnend: »Wage es nicht! Er braucht sich nur umzudrehen, und schon ist dieser Tag endgültig gelaufen. Ich für meinen Teil möchte gern in den Freizeitpark.« Rasch checkte sie, ob die Eltern weit genug voraus waren, um von dieser neuen Aktion Meretas nichts mitzubekommen. Gut, der Abstand reichte wohl, und so ließ sich Renke neben der Schwester auf den Rasen fallen, um sie etwas zu »entschärfen«, wie sie solche Beruhigungsaktionen nannte.

Mereta starrte Renke wütend an. »Ach ja? Ich gehe nicht neben euch her und gucke aufs Display. Ich sitze hier. Wer nicht herguckt, sieht gar nicht, dass ich mit WhatsApp beschäftigt bin. Also geht alle brav weiter und dreht euch nicht um!«

Sie warf sich herum, um in Bauchlage zu kommen – und sah …

Schrie, nein kreischte laut und gellend auf, sprang auf die Füße, begann auf einem Bein zu hüpfen und sich die Hände an der Hose abzustreifen. Ihre Stimme überschlug sich, sie heulte auf.

Ratlos beobachtete Renke diese Aktion, hielt sie für einen weiteren, aus dem Ruder gelaufenen Versuch der Schwester, Unruhe zu stiften und den Aufbruch zu erzwingen.

Keine gute Idee, wusste sie.

»Hör mit dem albernen Theater auf! Du bist so eine Idiotin.«

Doch die Schwester hörte nicht auf.

Hatte sie sich eventuell verletzt? In einen Ameisenhaufen gesetzt?

Entschlossen stemmte Renke sich hoch, trat einen Schritt näher an die Jüngere heran.

Erkannte sofort den Ernst der Situation.

Wusste, was zu tun war.

Entschlossen fing sie den Körper der zappelnden Schwester ein, schlang ihre Arme fest um deren Brust und Becken, fixierte sie kraftvoll, nahm ihr jede Bewegungsfreiheit. Dann hob sie das Mädchen leicht an und drehte es so, dass die Stelle, auf die sie gebannt starrte, aus dem Blickfeld verschwand.

Ein kleiner Kreis Schaulustiger bildete sich – vergrößerte sich rasch.

»Call the police!«, rief Renke mit deutlicher Hysterie in der Stimme. »We do need the police here!«

Es dauerte eine gefühlte Ewigkeit, bis auch die Eltern bemerkten, dass die beiden Mädchen etwas entdeckt haben mussten, und zu der Menschenansammlung stießen.

»Was habt ihr jetzt schon wieder angestellt?«, polterte der Vater über die Köpfe all der anderen Menschen hinweg.

Die Mutter stand günstiger, erhaschte einen Blick auf die Gesamtsituation. »Bring die beiden von hier weg!«, entschied sie knapp. »Setz sie ins Auto und beweg dich keinen Schritt weg von ihnen!«

Wider Erwarten setzte der Vater sich protestlos in Bewegung.

Fragte lediglich über die Schulter zurück: »Und du?«

»Ich nehme die Sache jetzt in die Hand!« Blass, aber entschlossen bahnte sich die Mutter den Weg durch das Gedrängel.

Beobachtete aus dem Augenwinkel, wie der Vater sich die jüngere, empört strampelnde Tochter unter den Arm klemmte und die ältere fest an die Hand nahm, mit beiden in Richtung Parkplatz und Restaurant stapfte.

Beharrlich drängten sich die Zaungäste näher an den Ort heran, von dem das Geschrei ausgegangen war.

Die Mutter stellte sich ihnen in den Weg und breitete ihre Arme zur Seite aus.

»Zurückbleiben! Dies ist wahrscheinlich ein Tatort. Wartet alle auf dem Weg, bis die Polizei eintrifft.«

»Ach, auch du ein Opfer des Fernsehens? Zu viele Vorabendkrimis geguckt?«, höhnte eine hochgewachsene Frau auf Deutsch über die Köpfe der anderen Neugierigen hinweg. »Was glaubst du wohl, warum du hier überhaupt etwas zu sagen haben könntest?«

»Ich bin Polizeiobermeisterin aus Deutschland. Mache gerade Urlaub wie ihr. Hier hat es wohl einen schrecklichen Unfall gegeben. Aber im Gegensatz zu den meisten von euch weiß ich ganz genau, was jetzt zu tun ist. Bleibt auf dem Weg, kommt nicht näher!«

Dann wiederholte sie die Aufforderung auf Englisch.

Schade, dachte sie, jetzt hätten ihre Töchter mal stolz auf sie sein können, statt sich über plötzliche Einsätze zur Unzeit zu ärgern.

Sie hatte alles im Griff. Aber die beiden saßen sicher schon im Auto.

4

8. oo Uhr
Öland

Bald hatte die Sonne begonnen, seine Umgebung zu erwärmen.

Ließ Licht und Schattenspiele über seine Haut huschen.

Die tierischen Besucher und Eroberer der Nacht verschwanden schnell – wenig später bereits erkundeten neue Gäste die Berge und Täler der Neuheit, die gestern hier noch nicht gelegen hatte, suchten nach Nahrung und Schutz in allen Öffnungen, Spalten und Nischen.

Emsiges Getrappel winziger Füßchen. Die meisten durchaus hart, aber durch das geringe Gewicht der Besitzer beulten sie die Haut an den Trittstellen nicht einmal ein. Zunächst kamen die Erforscher aus der näheren Umgebung, selbst dem Boden.

Doch mit zunehmender Wärme und einer leichten Geruchsentwicklung fanden auch andere mit ausgeprägten Wahrnehmungsorganen zu ihm, deren eigentliches Element die Lüfte waren. Manche wurden durch weite Schwingen zu ihm getragen, landeten interessiert neben ihm, legten den Kopf schief, um den appetitlich duftenden, riesigen Brocken in Augenschein zu nehmen.

Eine gewisse Vorfreude sorgte für etwas Unruhe an der Neuentdeckung. Gelegentlich wurde gar laut gestritten.

Er lag still, ließ alles mit sich geschehen.

Selbst als sein linkes Auge in einem Schlund verschwand, zeigte er sich nicht beeindruckt.

Als reges Geplapper das Areal zu beleben begann, zogen auch diese Besucher weiter.

Unter zeterndem Protest.

Wieder Neue stellten sich ein.

Eine neugierig schnuppernde Nase zum Beispiel.

Feucht. Der Atem warm.

Und das Geplapper, das die Stille über dem Areal vertrieb, nahm zu.

Bald waren die Wege von Menschen belebt.

Plötzlich auch direkt bei ihm.

Geschrei lockte andere herbei.

Harmlose Besucher mutierten innerhalb von Sekunden zu sensationslüsternen Katastrophentouristen.

Verdunkelten den Tag.

Bannten die Wärme.

5

Anka und ihr Kollege warfen sich einen verblüfften Blick zu.

»Was ist denn heute los? Erst eine Vermisstenmeldung, dann dieser Anruf aus Borg Eketorp. Alle durchgeknallt? Zu heiß für schwedischen Sommer?« Sie warf einen Blick aufs Thermometer. »Nö. Geht noch. Touristen gehen bei der Temperatur noch mit Anorak.«

Sören nickte kichernd. »Bloß Schweden nicht. Die kommen in kurzen Hosen und Flipflops. Hat der Anrufer denn gesagt, es sei ihm kalt?«

»Nein, deswegen ruft man nicht gleich die Polizei.« Anka schmunzelte. »Nein, der Anrufer erzählte, es schreie jemand und es sähe aus, als läge eine reglose Person am Boden. Genau könne er es nicht sehen, wegen der Frau, die keinen näher ranlasse, aber der Liegende sei wohl nackt und erwecke den Eindruck, tot zu sein.«

»Er erweckt den Eindruck? Stellt sich nur tot? Was ist das dann? Nachwirkung einer süffigen oder drogenlastigen Strandparty?« Sören klang zunehmend ratlos.

Wieder klingelte Lunas Telefon.

Auch auf Sörens Schreibtisch heischte es laut nach Aufmerksamkeit.

Zögernd meldete er sich, hörte zu.

Anka warf, als sie auflegte, dem Kollegen einen sonderbaren Blick zu.

»Stimmt wohl, was der Erste erzählt hat: ein nackter

26

Leichnam in Eketorp. Eine deutsche Polizistin ist vor Ort. Macht eigentlich hier Urlaub. Das dürfte die erwähnte Frau sein, die alle vom Fundort fernhält.«

»Anka, bei mir hat sich auch gerade ein Besucher gemeldet – gleiche Informationen. Haben wir das wirklich richtig verstanden?« Sören schüttelte den Kopf, angelte seine Mütze vom obersten Regalbrett. »Wenn die Urlaub machen ... Nun, Erwachsene können Alkohol kaufen. Erst Feier, dann Halluzinationen? Drogen im Spiel?«

»Alle? Große Party? Crystal? Stärkeres? Sehr unwahrscheinlich. Und danach klang es nicht. Wir fahren hin. Bloß gut, dass wir die Sprache der Familie ganz gut verstehen.«

»Ja, der Kurs trägt jetzt Früchte«, grinste Alban, der noch immer hoffte, es handle sich um einen blöden Scherz Betrunkener. »Könnte der nackte Leichnam zu der Vermisstenanzeige passen?«, fragte er auf dem Weg zum Streifenwagen zunehmend besorgt.

Von fern konnten sie die Telefone erneut klingeln hören. Wenige Momente später meldeten sich die beiden Handys.

»Möglich. Ansehen müssen wir uns die Sache in jedem Fall. Muss was dran sein, klingelt ja ununterbrochen. Wäre sonst eine Massenpsychose.« Anka schwang sich auf den Fahrersitz und brauste los. »Der Kollege, mit dem der Familienvater in Kalmar verabredet war, hat telefonisch bestätigt, man treffe sich sehr selten, schließlich arbeite man digital zusammen – auch wenn es um einen Teamauftrag geht, um den Wunsch des Kunden umzusetzen. Aber gelegentlich träfe man sich, schon um nicht zu vergessen, wie der Kollege in natura aussieht. Das sei immens wichtig, deshalb habe sich Gerolf auch niemals verspätet oder habe etwa abgesagt. Und das, obwohl er so gut wie nie freiwillig Öland verlässt. Eigenbrötlerisch, kontaktscheu – waren die Worte, die der Kollege verwendete.«

»Und?«

»Nun, er und unser Vermisster haben sich auch unabhängig von den anderen gelegentlich getroffen. Man habe eine ganze Reihe gemeinsamer Projekte am Start, und in der Pipeline warteten auch noch einige. Sonderbare Formulierung. Soll wohl heißen, man arbeite gern zusammen und habe weitere Projekte in Aussicht.«

»Hm, mag sein. Also hatte er ein Treffen geplant. Und Rieke hat recht, er fährt nicht zum Spaß irgendwo hin.«

Sören stierte einen Moment schweigend aus dem Seitenfenster auf die karge Landschaft.

Anka warf ihm einen prüfenden Seitenblick zu. »Ist was?«

»Ich glaube, das gab's noch nie.« Der Kollege wirkte ratlos. »Ein Toter auf Öland. Ein Mordopfer.«

»Na ja, gab es schon. Wikinger waren nicht zimperlich. Ist aber Ewigkeiten her, und die Täter von damals kommen für diesen Toten nicht in Betracht. Allerdings«, sie musterte den Kollegen verwundert, »spektakuläre Morde auf Öland gab es durchaus auch im 21. Jahrhundert. Sogar eine Mordserie. Und die ist erst ein paar Jahre her!«

»Ernsthaft? Serie? Also tatsächlich mehrere Opfer eines Täters?«, ächzte Sören. »Und ich dachte, das ist eine ruhige Gegend, außer Touristen und deren Streitigkeiten gibt es keine Aufreger.«

»Die Geschichte ging durch die Presse – auch im Ausland. Flakeböle war auch betroffen. Da wohnte eine Freundin von mir, die nach den Morden weggezogen ist. 2013 war ein beängstigendes Jahr für die Menschen hier. Ein Garagenbrand griff auf das Wohnhaus über, zwei menschliche Opfer und deren Hund. Ein Ehepaar Mitte 50. Sonderbar war, dass das Abendessen im Wohnhaus auf dem Tisch stand, man die Leichen der beiden und die des Hundes aber nach den Löscharbeiten in den verkohlten Resten der Garage fand. Der Mann erschlagen – mit einem Hammer, Frau und

Hund erschossen. Schrotflinte. Und die Recherchen deckten Ähnlichkeiten zu weiteren Todesfällen und Bränden in der Vergangenheit auf.«

Sören schüttelte sich. »Feuer, um die Tat zu verschleiern?«

»Ja. Und so führte eins zum anderen. Es gab schon 2005 und 2006 Brände mit Todesopfern. Bemerkenswerte Ähnlichkeiten, wie zum Beispiel die Tatsache, dass die Türen abgeschlossen und die Menschen sich nicht hätten retten können, führten dazu, dass nicht ausgeschlossen werden konnte, dass für all diese Taten ein Einzelner verantwortlich war. Und plötzlich war die Insel im Fokus der Weltpresse. Serienmörder auf Öland. Die Menschen auf der Insel gerieten in Panik. Die meisten glaubten zu wissen, wer der Täter war – Beweise fehlten.«

»Das Motiv war Geld?«

»Richtig vermutet. Sogar Persson hatte sich eingeschaltet, auf die guten Kenntnisse der lokalen Bedingungen hingewiesen, die der Täter hatte. War eine aufregende Zeit an die wir uns nicht gern erinnern. So – wir sind da.«

Wenig später starrte Anka auf den nackten Körper eines zweifellos durch massive Gewalteinwirkung getöteten Mannes.

Eine brutale Schlägerei?

Der Sieger auf der Flucht.

Das unterlegene Opfer lag dann wohl vor ihr.

Gut trainiert.

Schlank.

Jung.

Dunkles Haar. Vermutlich. Blutgetränkt.

Kein Ring am Finger.

Mehr war nicht beurteilbar. Eine Identifikation ohne DNA-Analyse nicht möglich.

Blut hatte sich ebenfalls auf und in der Wiese verteilt.

Anka suchte nach Fuß- oder Schuheindruckspuren.

»Die deutsche Polizistin hatte recht. Medizinische Hilfe nutzt ihm nicht mehr.« Sie schauderte sichtbar. »So etwas Schreckliches habe ich noch nie gesehen. Nicht einmal die Mäuse, die meine Katze mitbringt, werden so zugerichtet. Für mich ist es keine Frage: eindeutig die Tat eines Dritten. Der Mann wurde absichtsvoll getötet.« Ein lautes Seufzen folgte. »Sieht aus, als habe der Täter derbes Schuhwerk getragen. Die Kollegen werden sicher Abdrücke anfertigen oder die Spur digital sichern. Wir geben Kalmar Bescheid, die sollen ein Team schicken. Jetzt sperren wir erst mal ab, nehmen Personalien auf, registrieren die Autonummern der Fahrzeuge auf dem Parkareal.«

»Der Vermisste von heute Morgen?« Sörens Stimme klang nervös, seltsam übersteuert. Seine Augen begegneten dem investigativen Blick der Kollegin. »Ist meine erste echte Leiche.«

Die Kollegin nickte verständnisvoll. »Okay. Meine nicht. Aber die anderen waren wenigstens keine Mordopfer. Unfallopfer. Einer beim Dachdecken hinuntergestürzt, der andere hatte den Zusammenstoß seines Autos mit einem Elch nicht überlebt.«

»Ich denke, das ist nicht der Mann von Rieke. Warum sollte jemand einen ruhigen, freundlichen Familienvater töten – auf diese Weise.« Sören hatte die Stimme gesenkt, als wolle er vermeiden, dass der Tote seine Worte verstehen könne.

Anka zuckte zweifelnd mit den Schultern. »Schwer zu sagen, ob er das Opfer ist. Das Gesicht, nun, so auf den ersten Blick ist eine Identifikation gar nicht möglich. Und ob der Körper zum Foto passt – ich weiß nicht. Schließlich trug er auf dem Bild Kleidung, die Narben, Muttermale oder andere Kennzeichen verdeckt.« Sie zog den Schnappschuss aus der Uniformjacke. »Ne. Ihn daran zu erkennen, ist nicht möglich.« Beklommenheit stieg wie dunkler Schatten in ihr auf, als sie sich ausmalte, wie verloren sich die junge Mutter mit den beiden Kleinen vorkäme, würde sich ihr erster Verdacht bestätigen. Sie schämte sich ein wenig, wenn sie an das Gespräch mit ihr zurückdachte. Zu wenig Empathiefähigkeit, bescheinigte sie sich selbst. Sogar direkt neben der Leiche.

»Wir sperren echt ab?«

»Klar. Ist ja ein Tatort. Er wird sich nicht selbst so zugerichtet haben. Keine Spur seiner Kleidung. Die hat der Täter vielleicht mitgenommen und anderswo entsorgt«, entschied sie abschließend, und die beiden Kollegen begannen, den Fundort der Leiche weiträumig zu sichern.

»Ist ja richtig voll hier«, murrte Sören und starrte missmutig auf die Ansammlung von Neugierigen, die auf dem Weg standen und gespannt wie ungeniert die Aktivitäten der Polizei verfolgten.

»Mittelalterspektakel in Kalmar. Ausstellungseröffnung im Schloss der Stadt. Das lockt viele Menschen an.« Die Kollegin zuckte mit den Schultern. »Ist gut für – also, normalerweise freuen wir uns über Besucher.«

Einige Touristen protestierten, als sie abgedrängt wurden, ließen sich nur unter lautem Meutern und anhaltendem Murren in Bewegung setzen. Als Anka und Sören sie aus dem weiter gefassten Bereich des Fundorts verwiesen, gab es gar laute Rufe der Empörung.

»Wo ist denn diese Kollegin aus Deutschland, die mit ihrer Familie den Leichnam entdeckt hat?« Sören sah sich nervös um. »Die werden doch nicht einfach davongebraust sein. Sind ja schließlich wichtige Zeugen.«

»Ne, die sind sicher nur in ihr Auto umgezogen, als wir hier aufgetaucht sind. Wir sind leicht an der Uniform erkennbar. Wahrscheinlich war es wichtig, die Kids aus der Tatzone zu bringen. Sorgt ja manchmal für anhaltende Albträume, wenn man einen derart zugerichteten Leichnam findet. Aber sie ist Polizistin, sie läuft nicht einfach von einem Tatort weg.« Anka runzelte die Stirn. »Du bleibst hier, ich gucke nach, wo die Familie ist. Deutsche Touristen. Also sicher deutsches Kennzeichen. Die Kollegen sind bald da – ist ja nun nicht gerade eine Weltreise von Kalmar zu uns, knappe Stunde. Mit Sondersignal deutlich schneller.«

Sie setzte sich in Bewegung.

6

10.45 Uhr
Kalmar

Die Kommissare Luna Bofink und Alban Larsson staunten.

»Hat sie wirklich behauptet, sie hätten einen nackten Leichnam in Borg Eketorp?«, fragte Luna kopfschüttelnd bei Alban nach.

»Ja, hat sie. Anka meinte, das Gesicht des Mannes sei völlig zerstört. Da er das nun auf keinen Fall selbst getan haben kann, Kleidung nicht zu sehen ist – Vermutung der Kollegen: Mord!« Larsson griff schon nach seiner Jacke.

»Ein Tourist?«

»Das kann die Kollegin auf Öland kaum beantworten, wenn es sich um einen nackten Leichnam handelt.« Er zuckte mit den Schultern. »Brandzeichen haben sich bei der menschlichen Spezies nicht durchgesetzt.«

»Einen Ausweis zu nutzen ist selbst bei der Beantragung schmerzfrei.« Bofink zweifelte noch immer. »Sie haben nicht einmal ein Backpack gefunden?« Die derben Scherze des Kollegen gefielen ihr nicht. Vor etwa zwei Wochen hatte man ihr den Neuen zugeordnet – und seither versuchte sie, ihn ohne die regelmäßige Einnahme eines Magenberuhigungsmedikaments zu ertragen.

Gelang mal, mal eben nicht.

»Nichts. Entweder hat der Täter alle persönlichen Dinge mitgenommen oder den Leichnam nach der Tat dort hingebracht, damit die Besucher ihn finden.« Alban strich die mittig gescheitelten schwarzen Haare in den Nacken, schob die goldglänzende Brille mit den runden, großen Gläsern auf der Nase zurecht.

Luna verdrehte die Augen, fischte ihre Jacke von der Stuhllehne und lief eilig auf den Gang hinaus. »Na los! Oder willst du warten, bis alle Spuren von den Besuchern zertrampelt wurden? Ich rufe schon mal den Arzt an. Dann wird er fast zeitgleich mit uns vor Ort sein.« Lunas raumgreifende Schritte hallten dumpf durch den Gang. Ihr dicker, blonder Zopf hüpfte aufgeregt von einer Schulter zur anderen und zurück.

Alban, wenig sportlich mit deutlichem Bauchansatz, hastete hinter der schlanken, durchtrainierten Ermittlerin her. »Der Mörder wird nicht neben dem Opfer auf uns warten. Kein Grund zur Eile«, nörgelte er leicht keuchend, bemühte sich, mit ihr Schritt zu halten.

Nach kurzer Fahrt erreichten sie die Brücke, die sich über den Kalmarsund nach Öland spannte.

»Wenn das Opfer gestern Abend noch in Eketorp auf seinen Mörder traf, muss das entweder spät in der Nacht gewesen sein oder er hat zumindest lange gewartet. Der Täter oder die Täterin wird den unbekannten Mann nicht zur Hauptbesuchszeit getötet haben«, spekulierte Alban.

»Kommt drauf an, bei schönem Wetter sind die Touristen lang unterwegs, stimmt. Wir stellen einen Aufruf ins Netz und schalten den auch in mehreren Sprachen im Radio. Vielleicht schicken uns einige der Besucher Handyfotos oder kurze Videos. Möglicherweise können wir dann wenigstens sagen, ab wann der Getötete in der Burg war.« Luna fuhr zügig.

»Luna, das Gesicht des Getöteten ist nach Aussage von Anka, der Kollegin vom lokalen Polizeiposten, vollkommen zerschlagen worden. Wir werden ihn also auf den Fotos und Videos nicht unbedingt erkennen können«, gab Alban zu bedenken. »Und an der Kleidung ist eine Identifikation ebenfalls unmöglich. Er ist nackt, bisher wurde keine Bekleidung entdeckt.«

»Einen Versuch ist es dennoch wert. Besondere Kennzeichen – wäre nicht der erste Fall, in dem jemand an einem Nävus erkannt wird.« Die Kollegin verfügte über ausgesprochenes Beharrungsvermögen. »Außerdem muss die Tat nicht auf dem Gelände der Burg stattgefunden haben.«

»Du meinst, jemand erschlägt einen anderen, entkleidet ihn, nimmt ihm die Habe ab und bringt dann den völlig nackten Körper in die Burg, damit er am nächsten Morgen von den ersten Besuchern entdeckt werden kann?« Alban klang skeptisch. »Warum den Körper nicht an einer Stelle entsorgen, an der er möglicherweise niemals entdeckt wird?«

»Gut, vielleicht war der Täter nicht motorisiert. Wäre ein bisschen viel Aufwand, aber denkbar ist es schon. Falls er in Eketorp erschlagen wurde, was wir nicht wissen, würde es auch dafür sorgen, dass der Tote nicht schnell entdeckt wird. Die Touristen kommen nicht vor dem Aufstehen. Zeitgewinn für den Täter. Und wir wissen nichts über die Motivation für diese Tat. Bloßstellung? Bestrafung? Raubmord? Das ganze Spektrum ist möglich.«

Beide starrten für den Rest der Fahrt schweigend auf die Straße, malten sich aus, was sie vorfinden würden. Die Kollegin hatte immerhin drastische Begriffe zur Beschreibung verwendet.

Luna bog ab. »Dort vorne ist es schon.«

Nachdem der Fundort provisorisch mit Polizeiband abgesperrt war, um die Schaulustigen fernzuhalten, hatte Anka den Kollegen am Fundort zurückgelassen.

Die deutsche Familie war schnell gefunden.

Eltern und Kinder starrten wortlos vor sich hin, die Türen des Wagens waren geöffnet, die Schwestern ließen die Beine nach draußen baumeln.

»Du hast uns verständigt?«, fragte Anka die Mutter in zurückhaltendem Ton.

»Ja, auch. Es sind sicher gleich mehrere Anrufe bei euch eingegangen. Wir haben die Leute aufgefordert, Abstand zu halten und die Polizei zu verständigen. Erst meine Älteste und dann ich.«

»Du arbeitest bei der Polizei?«

Die Mutter nickte.

Gemurmel auf der Rückbank. »Ach nein! Hier darf sie jeder duzen und zu Hause macht sie ein riesen Theater darum: ›Von Ihnen lasse ich mich nicht duzen‹ und so.« Mereta war schon wieder wütend.

»Das ist in Skandinavien so üblich. Wie im englischen Sprachraum, wenn ich dich daran erinnern darf.« Der Vater war gereizt, hatte keine Lust auf eine Diskussion über Feinheiten des Sprachgebrauchs.

»Wenn du wirklich noch in den Freizeitpark gehen möchtest, dann sei jetzt lieber still«, mahnte die Schwester leise.

»Wer von euch hat den Toten gefunden?«

»Unsere jüngste Tochter Mereta. Als sie aufschrie, hat Renke ihn auch gesehen. Schnell kamen Leute zusammen, aber meine Töchter wissen, dass man niemanden an solch einen Körper heranlassen darf. Wegen der allgemeinen Unruhe kamen wir sofort zurück. Ich übernahm dann das Kommando.«

»Wo wohnt ihr während eurer Ferien? Vielleicht ergeben sich noch Fragen.«

Die Mutter gab Adresse und Telefonnummer an. »Meine Dienststelle wird euch bestätigen, dass ich echt bin.« Sie reichte Anka ihren Ausweis. »Ich kann verstehen, dass ihr nachfragen müsst.« Sie gab auch die Telefonnummer der Polizeistation an.

»Ich muss euch bitten, hier zu warten. Die Kollegen aus Kalmar sind verständigt. Sie werden sicher schnell hier eintreffen. Einen Arzt wollten sie auch schicken, damit der Leichnam zügig abtransportiert werden kann. Aber das kennst du ja sicher.«

»Das normale Prozedere.«

»Du hast sofort gesehen, dass der Mann getötet wurde?«, bohrte Anka nach.

»Nun, wie sollte er das überlebt haben? Sieht für mich klar nach einem Angriff aus.« Die Mutter warf einen besorgten Blick auf ihre Töchter, die je auf einer Flanke des Autos ihre Beine baumeln ließen. Kommunikation fand nicht statt, selbst zwischen den Schwestern herrschte miese Stimmung.

Anka nickte verständnisvoll.

»Ihr werdet Spuren des Profils meiner Schuhe neben ihm finden. Ich habe natürlich überprüft, ob ein Arzt noch hilfreich sein könnte. Der Körper ist schon kühl.« Sie zeigte kurz das Profil der Sohlen. »Willst du ein Foto machen? Dann könnt ihr meine Eindrücke gleich aussortieren.«

Die schwedische Kollegin nickte, zückte ihr Handy, fotografierte, verabschiedete sich.

Lief zur ihrem Kollegen zurück.

»Okay, sie sitzen im Auto. Die Dienststelle der Kollegin in Urlaub rufe ich gleich an und checke, ob ihre Angaben stimmen. Gesehen haben sie nichts, nur den Körper. Sie selbst hat überprüft, ob der Mann einen Arzt braucht, und sagt, der Körper sei schon deutlich abgekühlt. Dann hat sie die Schaulustigen abgedrängt, bis wir gekommen sind.«

Sie wandte sich suchend um.

»Wo ist eigentlich der Arzt? Der sollte doch schnell vor Ort sein, hat man mir versichert.«

»Da!« Sören nickte mit dem Kopf in Richtung Burgeingang.

»Nun, den Tod muss ich gar nicht mehr als gesichert feststellen – der ist offensichtlich. Wir brauchen keine Rettung, die käme viele Stunden zu spät«, witzelte ein kleiner, weißhaariger Mann. »Also soll ich euch erzählen, was sich aus den ersten Tatspuren erkennen lässt. Zunächst gilt: Rigor mortis ausgeprägt, geschätzt ist er seit etwa sechs bis acht Stunden tot. Der Rechtsmediziner kann das genauer feststellen, der holt Informationen zur Nachttemperatur ein, prüft Reflexe. Das ist mir natürlich nicht möglich. Klar zu sehen ist: Das Gesicht wurde mit einem scharfen Gegenstand zerstört, vielleicht mithilfe eines Skalpells bearbeitet. Besonders die Stirn. Als wollte der Täter ein Symbol in die Haut schneiden oder nur die Identifizierung erschweren. Denkbar ist, dass der Angreifer die emotionale Kontrolle verloren hat, schiere Wut, möglicherweise Hass. Dann könnte es sich um ein sehr persönliches Motiv handeln.« Er sah zu den beiden Polizisten auf. »Natürlich können wir nicht ausschließen, dass es sich um eine Täterin handelt.«

»Na, wenn das alles so klar ist, sehe ich mal nach, wo die Kollegen aus Kalmar bleiben«, gab Anka patziger als beabsichtigt zurück. »Übrigens: Die Polizistin ist echt. Die Dienststelle hat die Identität gerade bestätigt.«

Luna parkte schwungvoll auf dem Besucherparkplatz.

Schon lange vor dem grasbewachsenen Bereich und dem durch eine Steinmauer gesicherten Wall der Burganlage trafen sie auf Touristen, die in Diskussionen verwickelt zu ihren Fahrzeugen strebten. Aufgeregte Stimmen aus der Burganlage waren bis hierher zu hören.

Die beiden Kommissare beeilten sich, zum Fundort zu gelangen.

Unterwegs stießen sie auf die Kollegin des Stützpunkts Öland.

»Hallo Anka! Du hast uns gerufen?«

»Ja. Eine Polizistin aus Deutschland macht hier mit der Familie Urlaub. Ihre Töchter haben die Leiche gefunden. Das eine Mädchen hat laut aufgeschrien, so wurde die Schwester aufmerksam – leider auch die Gruppe von Besuchern, die sich schon eingefunden hatten. Die Familie sitzt draußen im Auto, einem roten Ionic. Die Mutter hat die beiden Mädchen mit Papa ins Auto geschickt und selbst dafür gesorgt, dass nicht überall Neugierige rumtrampeln. Als wir kamen, ist sie zu ihrer Familie gestoßen und sitzt nun dort. Wartet auf euch. Logischerweise möchten sie so schnell es geht von hier verschwinden. Ihre Daten habe ich schon«, fasste Anka zusammen. »Und der Arzt meint …«, sie gab knapp die Angaben des Arztes weiter.

Schweigend starrten die Kollegen aus Kalmar auf den Körper des Getöteten im hohen Gras.

Albans Stimme war gedämpft, als er sagte: »Ich kann gut verstehen, dass einen so ein Anblick schockiert. Ist nicht alltäglich und war hier nicht zu erwarten. Ist ja nicht wie in einem Museum, das mit Moorleichen in der Ausstellung wirbt.«

Luna trat näher an den bleichen Körper heran.

»Ziemlich auffällig im Gras. Fehlfarben. Als habe der Mörder gewollt, dass er schnell gefunden wird. Im Grunde musste ein Besucher nur wenige Schritte abseits des Weges machen und dann … Der Arzt hat ihn ja schon gesehen.«

»Ja. Die ersten Infos habe ich an euch weitergegeben. Mehr ist ohne Obduktion wohl nicht feststellbar. Er hat die Kollegen von der Rechtsmedizin informiert. Die holen ihn ab, hat er mir erklärt, und ich soll euch sagen, er habe den Leichnam nicht bewegt, um keine Spuren zu beseitigen. Todeszeitpunkt wahrscheinlich nach Mitternacht.«

»Okay. Irgendeine Ahnung, um wen es sich hier handeln könnte?« Alban hatte sich so gestellt, dass der inzwischen deutlich schärfere Wind ihn nicht mehr direkt von vorn erreichen konnte.

Luna unterdrückte mühsam einen Kommentar. Der Kollege war offensichtlich geruchsüberempfindlich. Sie selbst jedenfalls konnte nichts Verdächtiges riechen.

»Gerade heute Morgen kam eine Vermisstenmeldung auf meinen Schreibtisch«, erklärte Anka zögernd. »Eine junge Mutter macht sich Sorgen um den Vater ihrer Kinder. Er ist nicht nach Hause gekommen. Sie behauptete, das sei extrem ungewöhnlich, er melde sich sonst immer langfristig ab. Das eine Kind ist krank, das andere kann bei einem Notfall nicht allein zu Hause bleiben.«

»Und? Ist es der vermisste Vater?« Alban eben. Ungeduldig. Unüberlegt.

Luna verdrehte genervt die Augen. Bei geschlossenen Lidern natürlich. Eine überflüssige Frage, typisch.

»Kann ich nicht sagen. Immerhin wurde er zu einem Termin erwartet und ist nicht erschienen. Es wäre ein übler Schlag für die kleine Familie.« Anka hörte den Kloß in ihrem Hals, sah rasch in die Sonne, um eine überraschende Träne unauffällig abwischen zu können, reichte eilig das Foto des Familienvaters weiter. Luna warf einen kurzen Blick darauf, nickte dann und meinte knapp: »Verstehe.«

»Ich habe diese Meldung nicht ganz ernst genommen. Darüber war die Ehefrau verärgert.«

»Nun ja, Männer wie Frauen halten sich nicht immer an die familiären Regeln. Wer wüsste das besser als wir.« Luna nickte Anka aufmunternd zu. »Schick mir die Adresse aufs Handy, wir fahren bei der Familie vorbei, kümmern uns auch um eine Vergleichsprobe für die DNA-Analyse.«

Anka atmete verstohlen auf.

Nach dem Gespräch mit Rieke vor wenigen Stunden, wäre es ihr besonders unangenehm gewesen, die Nachricht vom Fund einer Leiche überbringen zu müssen.

Sie kam sich auch ohne direkte Begegnung mit Rieke seltsam dümmlich vor.

»Wo also finden wir die Familie aus Deutschland?« Alban wieder.

Anka führte die beiden zum Parkplatz zurück, der sich inzwischen deutlich geleert hatte. »Wir haben alle Namen, Adressen und Autokennzeichen aufgenommen.«

»Prima.« Alban steuerte zielstrebig auf das Fahrzeug der Familie zu.

Luna entdeckte den Rechtsmediziner zwischen geparkten Wagen, machte gestenreich auf sich aufmerksam. »Hi, Gullbrand! Du kommst persönlich zum Fundort?«

»Hallo, Luna. Ja, ich war zufällig in der Gegend, bei einem Kollegen. Na, dann will ich mir den Leichnam gleich mal ansehen. Der Arzt vom Dienst hat uns wissen lassen, eine Identifizierung könne nur durch genetischen Abgleich gelingen, und da ich …« Er schlüpfte in einen Schutzanzug, klemmte Plastikhüllen für die Schuhe und Handschuhe unter den Oberarm, griff mit einer Hand nach seinem Einsatzrucksack.

Luna trat neben ihn. »Gullbrand, es gibt einen vermissten Familienvater auf Öland. Wir müssen wissen, ob das Opfer zu dieser Meldung passt, ob der Mann auf Eketorp getötet wurde oder der Täter ihn nur an dieser Stelle abgelegt hat. Und natürlich sind wir sehr daran interessiert zu erfahren, woran genau er starb. Du wirst gleich sehen, er war ein durchtrainierter Typ. Vielleicht gab es vorab eine Prügelei. Auf den ersten Blick konnte ich allerdings keine Hämatome sehen.«

»Gut, viele Fragen auf einen Schwung, wie immer. Dann werde ich mir den Herrn mal genauer anschauen und ihn mitnehmen. Ich brauche zur Klärung der Identität eine Gegenprobe eures Vermissten. Der Fotograf ist durch, oder?«

»Ja. Er hat uns erste Bilder geschickt.« Alban öffnete eine Datei auf seinem Handy.

»Hm. Ungewöhnlicher Ort.« Der Rechtsmediziner sah interessiert zu, wie Alban durch die Fotogalerie scrollte, ihm die Fotos zeigte. »Könnte sein, dass die ersten Berichte und Bilder schon online sind. Social Media um eine Sensation reicher! Geht ja fix, bringt viele Follower.«

»Möglich, dass der Täter diesen Ort wählte, weil er eine rasche Berichterstattung erzwingen wollte. Wir spekulieren allerdings im Moment nur. Er oder sie könnte alles bewusst so arrangiert haben, dass der Tote gleich am Morgen gefunden wird. Dazu würde möglicherweise auch das Symbol auf der Stirn passen.«

»Motiv?«, fragte Gullbrand nach.

»Für das Symbol? Geltungssucht zum Beispiel.« Alban zuckte mit den Schultern. »Alles noch völlig unklar. Kein Bekennerschreiben, bisher wohl auch keine Nachricht an uns als ermittelnde Einheit.«

»Könnte vielleicht eine Warnung sein. Wir wissen es nicht. Wenn ich einer Gruppe drohen will, bringe ich einen der ihren um, sorge für große Publicity und alle anderen wissen Bescheid?« Luna seufzte. »Oder er wurde Opfer eines Konflikts auf dem Heimweg«, schloss sie nachdenklich. »Wir sprechen jetzt mit der deutschen Familie, besuchen danach die Ehefrau des Vermissten. Vielleicht wissen wir dann mehr. Könnte sein, dass sie uns etwas über private Auseinandersetzungen erzählen kann, in die ihr Mann verwickelt war. Ist wie immer zu Beginn der Ermittlungen, viele Fragen zu wenig Antworten und eine breite Basis für Spekulation.« Sie seufzte erneut, drehte sich um und machte sich auf den Weg zum angegebenen Auto, während der Mediziner mit Begleitung in der Burganlage verschwand.

7

Der angespannten Schweigsamkeit im Auto war eine zunehmende Ungeduld gefolgt.

Man wollte so schnell wie möglich weg von diesem Ort, an dem jene grausige Entdeckung gemacht wurde. Eltern und Kinder sehnten sich danach, den schockierenden Anblick im Freizeitpark mit schöneren Bildern überschreiben und auslöschen oder wenigstens abschwächen zu können.

Luna trat an die geöffnete Beifahrertür heran.

»Kommissarin Luna Bofink, Polizei Kalmar. Wir haben gehört, ihr habt die Leiche gefunden?«

»Ja, ich«, meldete sich Mereta ungewohnt leise. »Aber war reiner Zufall. Meine Schwester war dabei. Ich habe mich auf den Bauch gedreht und dann …« Sie stockte, schluckte, räusperte sich. »Ich habe geschrien und Renke hat geguckt, warum. Und da hat sie den Mann auch gesehen.« Mereta warf ihren Eltern einen bitterbösen Blick zu. »Alles nur eure Schuld, weil ihr unbedingt zuerst hierher fahren wolltet. Wir könnten jetzt entspannt den Freizeitpark genießen, stattdessen müssen wir mit der Polizei über Leichen reden. Ihr habt uns den ganzen Urlaub verdorben! Ich hoffe, das freut euch.«

»Nun, im Nachhinein kannst du das leicht behaupten«, polterte der Vater zornig. »Du hättest einfach rechtzeitig sagen müssen, dass du hier eine Leiche finden wirst, dann hätten wir natürlich eine andere Reihenfolge der Ziele für diesen Ausflug gewählt.«

Luna und Alban warfen sich einen kurzen Blick zu.

»Steig bitte aus, Mereta«, forderte Luna das erregte Mädchen auf. »Du hast also die Leiche entdeckt. Das interessiert mich. Komm, wir gehen ein Stück!«

Die Angesprochene schwieg, stieg aber etwas ungelenk aus und folgte der Kommissarin auf dem Weg über den Parkplatz.

Alban reichte Renke die Hand und half ihr aus der Enge des Fonds. »Na, du hast also gleich gemerkt, dass etwas nicht stimmt. Hat deine Schwester anders geschrien als sonst?«

Auch er entfernte sich mit dem Mädchen ein Stück vom Auto der Eltern.

»Gab es schon vor dem Besuch der Borg Eketorp Ärger?«, erkundigte sich Luna tastend.

»Ja, klar. Renke und ich wollten in den Freizeitpark. Ich habe gelesen, dass man dort auch Essen bekommen kann, das aus Insekten hergestellt wurde – und sogar Insekten pur. Gegrillt, gebraten oder eingelegt. Ich wollte das unbedingt mal probieren. Aber nein! Meine Eltern wollten lieber zuerst zu dieser Burg. Wir mussten mit. Die ganze Fahrt über gab es nur Ärger. Und es ist immer alles, was Spaß macht, an Wohlverhalten geknüpft. Wenn ihr schön dies oder das ... dann gehen wir ... Ätzend!«

»Du warst entsprechend sauer?« Luna zeigte Verständnis.

»Na, klar. Bei uns läuft alles nach deren Plan. Und jetzt hängen wir hier fest, weil einer nackt eingepennt ist. Erfroren? Wegen zu viel Alk? Oder Dope? Und bei dem war wenigstens was los – der hatte Besuch von hungrigen Mitlebewesen. Und uns hat er den ganzen Tag versaut! Na, vielen Dank auch.«

Luna wiegte skeptisch den Kopf mehrfach hin und her. Dann antwortete sie gedehnt: »Ehrlich gesagt glaube ich nicht, dass er extra gestorben ist, um euch den Tag zu versauen. Der wusste gar nichts von euch. Und das vom Besuch der Aasfresser glaube ich auch nicht.« Sie warf dem Mädchen einen prüfenden Blick zu.

»Ach ne! Ich hab ja gesehen, dass da Viecher waren. Und ein paar Vögel hatten sich auch an ihm zu schaffen gemacht. Die hat man sogar gehört. Aber ich konnte das natürlich nicht zuordnen, dachte eher an weggeworfene Sandwiches, Pommes oder so. Also, was willst du jetzt von mir?« Das klang ziemlich patzig.

Luna fragte sich, ob sie selbst wirklich Kinder haben wollte. Ihr Freund Jarl, ja, der wollte, sprach immer wieder über das Glück, das mit Kindern ins Leben einzöge, aber mit so einem Gör – da zöge doch nur Dauerärger ein?

Na ja, tröstete sie sich, bei diesem Mädchen wurden sicher viele Erziehungsfehler gemacht. Sollten Jarl und ich wirklich Kinder bekommen, werden die mit Sicherheit völlig anders. Außerdem, überlegte sie erleichtert, war noch viel Zeit, bis sie wirklich eine Entscheidung treffen mussten.

Sie atmete möglichst unauffällig tief durch.

»Warum hast du dort auf der Wiese gesessen?«, fragte sie weiter.

»Hat mir gefallen.«

»Es hat nichts darauf hingedeutet, dass dort etwas Schreckliches vorgefallen ist?«

»Nein. Ich habe nur versucht, Abstand zwischen mich und meine nervigen Eltern zu bringen. Weißt du, ist nicht der erste Ort ›mit Geschichte‹«, sie deutete die Anführungszeichen mit den Fingern an, »den wir besuchen. Und es läuft immer gleich. Sie gehen von Haus zu Haus. Eines ist wie das andere. Und bei jedem brechen sie in die gleiche Begeisterung aus. In jedem wird gestaunt, beeindruckt auf irgendeine alte Scherbe oder Ähnliches gezeigt, erklärt, was wir schon hundert Mal gehört haben. Hier, haben sie uns erzählt, seien in jedem der Häuser andere Dinge des Alltags der Bewohner und ihrer Arbeit zu sehen. Wow! Na und? Es ist absolut nervig. Und wir müssen mitspielen. Sonst wird der Freizeitpark ersatzlos gestrichen.«

Luna erinnerte sich daran, dass es Zeiten gab, in denen ihre eigenen Eltern auch uneinsichtig geworden waren. Ja, überlegte sie, echt nervige Zeiten.

Ihre Gedanken streiften Alban. Und manche der Schwierigkeiten halten lang an, komplettierte sie ihre Überlegungen.

»Du wolltest dir die Welt nicht erklären lassen?«, hakte sie in einfühlsamem Ton nach.

»Wozu denn? Diese Menschen haben unter Bedingungen gelebt, die mir vielleicht gefallen hätten! Und vielleicht werden sie wieder Realität, wenn die Klimakrise unsere Lebensräume umbaut. Gut – Handy hatten die damals nicht, das würde ich vermissen. Doch die drohenden Veränderungen für die Menschheit interessieren meine Eltern kein bisschen.«

Luna beschloss, von den globalen Problemen zu ihrem aktuellen Mordfall zurückzukehren.

»Dieser Mann, den du gefunden hast, war der die ganze Zeit über allein?«

»Hä?« Das Erstaunen im Gesicht des Mädchens verschärfte ihre kalte, arrogante Mimik, machte sie um Jahre älter. Die dunklen Haare schienen ebenfalls aggressiv abzustehen. Energisch strich sie mit beiden Händen über die Frisur.

»War außer dir und deiner Schwester noch jemand in seiner Nähe? Lief jemand weg? Oder hat sich jemand auffällig benommen?«, präzisierte die Kommisssarin ihre Frage.

»Die Touris waren auf dem Weg. Haben gequatscht, gelacht. Bloß ich bin vom Pfad abgewichen und saß in der Sonne. Meine Schwester hat mir zugezwinkert, kam rüber und setzte sich zu mir. Eigentlich wollte sie mich überreden, gute Miene zum bösen Spiel zu machen. Dazu hatte ich keinen Bock. Unsere Eltern sind im Moment total cringe. Ich drehte mich auf den Bauch ... und da ... Erst hatte ich den Eindruck, es stört was im Bild. Ist klar, was ich meine, ja? Man guckt irgendwohin, weiß, wie das aussehen soll – und es ist irgendetwas falsch. Erkennen konnte ich es zunächst nicht. Erst als ich den Kopf weiter anhob ...« Sie schüttelte sich – ob vor Entsetzen oder Ekel war nicht zu unterscheiden. »Der Typ war nackt! Erst dachte ich ja, dem fehlt nur ein Strumpf. Blase gelaufen oder so was. Aber dann, als ich näher ... Ne! Ein total nackter Kerl in Borg Eketorp! Tot! Das glaubt mir zu Hause keiner.«

»Ist dir der Mann schon vorher begegnet?« Luna wusste, wie man eine solche Aussage abklopfen konnte.

Der Blick in den Augen des Mädchens war vernichtend.

»Ey! Der Typ sah mir nicht so aus, als sei der vor wenigen Sekunden verstorben. Und tatsächlich standen wir auch nicht seit ein paar Tagen auf diesem Parkplatz. Außerdem habe ich sein Gesicht gar nicht richtig sehen können.«

Was nur gut für dich ist, dachte Luna. Laut sagte sie: »Das ist sicher wahr. Wir gehen auch davon aus, dass er nicht kurz vor eurer Ankunft getötet wurde. Aber es wäre doch möglich, dass er dir während eures Aufenthalts hier in der Gegend schon begegnet ist. Touristen treffen sich manchmal an den interessanten Zielen häufiger. Zum Beispiel beim Bummel in Kalmar hättet ihr euch sehen können.«

»Ach, wir sind erst seit zwei Tagen in Schweden. Selbst wenn – wie sollte ich den wohl erkennen? Ich habe kein Gesicht gesehen. Wenn, dann hätte ich doch wahrscheinlich nur Kleidung und Backpack erkannt – und beides hatte er nicht mehr bei sich. Am Strand sind manche nackt, aber da guck ich nicht hin. Das ist widerlich. Nackt allein schon, aber dann auch noch … ne! Sind ja nicht nur toll trainierte Sportler dort.«

Luna unterdrückte einen Kommentar. Menschen in diesem Alter hatten typischerweise ein Problem mit der Nacktheit der anderen. Sie erkannte, dass sie keine weiterführenden Informationen mehr erwarten konnte.

Machte Mereta ein Zeichen und kehrte mit ihr zum Familienauto zurück.

Drehte sich um, als ein Transporter mit Schwung auf den Platz abbog, mit quietschenden Reifen und einem harten Ruck auf einem der markierten Parkplätze anhielt. Die seitliche Schiebetür öffnete sich sofort und eine Gruppe Wikingerfrauen und Männer in Kampfmontur mit runden Holzschilden und mittelalterlicher Bewaffnung sowie Druiden in langen Gewändern drängte heraus.

Sofort war der gesamte Platz von lautem Gebrüll erfüllt, das die kampfbereiten Männer ausstießen, um ihren Herrschaftsanspruch zu unterstreichen.

Luna trat vor die Gruppe.

Sorgte zur Überraschung der Zuschauer mit einer Handbewegung für sofortige Ruhe.

»Der Besuch der Burg wird verschoben!«, erklärte die Kommissarin. »Der Zugang ist geschlossen. Seht am besten im Internet nach, wann ihr wiederkommen könnt.«

»Hä?« Der offensichtliche Anführer griff nach dem Ausweis, den Luna hochgereckt hatte.

»Ein Polizeieinsatz. Betreten erst mal verboten, bis die Ermittlungen vor Ort abgeschlossen sind. Alles klar? Waffen, Schilde und Helme bleiben im Auto. Und: Niemals

hatten Wikinger Hörner an den Helmen! Das ist eine Fehl-
information, die auf einer falschen Zuordnung von Funden
basiert. Inzwischen wissen das eigentlich alle – nur bis zu
eurer Gruppe hat sich das noch nicht rumgesprochen. Wenn
ihr euch nicht lächerlich machen wollt, nutzt die Pause, um
die Dinger abzumontieren.«

Damit drehte sie sich, ohne weitere Kommentare abzu-
warten, wieder zu Mereta um. »Vielen Dank für deine
Beschreibung des Auffindens. Steig ein. Ihr könnt sicher
bald wieder losfahren. Mein Kollege ist gleich zurück.«

Amüsiert bemerkte sie im Gehen, dass die Wikinger ihre
Helme, Waffen und Schilder in den Transporter legten.

Murrend beschlossen die stolzen Kämpfer, sich erst zu
stärken und dann ein Ting abzuhalten, um das weitere Vorgehen abzusprechen.

*

11.40 Uhr

Alban war auch nicht erfolgreicher.

Die Schwester stöhnte bei jeder Frage laut auf, als sei das
Nachdenken über eine adäquate Antwort ein schmerzhaf-
ter Prozess.

»Puh! Woher soll ich denn nun wissen, warum sie sich
ausgerechnet dort auf die Wiese geworfen hat? Ist mir
vollkommen egal. Sie macht dauernd Stress, das ist überhaupt nicht lustig, es nervt endlos. Wenn dann endlich alle
schlechte Laune haben, sagt sie, Urlaub mit den Eltern
mache keinen Spaß, weil hier immer miese Laune herrscht.«
Renke atmete tief durch. »Von ihr selbst verursacht.«

Alban kannte diese Situation. Seine Schwester war ähnlich nervig gewesen. Zum Glück hatte sich das später aus-

gewachsen. Heute hatten sie ein fast entspannteres Verhältnis.

»Könnte es nicht sein, dass sie sich nicht ausreichend wahrgenommen fühlt?«

Stöhnen, dann die Antwort: »Ach ja? Es dreht sich alles nur um sie. Unsere Eltern versuchen schon alles für Mereta passend zu machen, damit es doch noch ein entspannter Familienurlaub werden kann. Allerdings ist das schwierig, da man ihr im Moment nichts recht machen kann.«

»Aber der geplante Besuch des Freizeitparks wäre nach ihrem Geschmack gewesen?«

Stöhnen, seufzen, zögern, dann die Antwort: »Ehrlich?«

Alban nickte.

»Ach, ich denke, sie wollte es versauen«, platzte es aus der großen Schwester heraus.

»Wie? Hätte sie das wirklich schaffen können?«

»Ja. Es ist wegen der Insekten. Im Moment versucht sie, die Essgewohnheiten der Familie zu ändern. Wegen der Klimakatastrophe. Fleisch zu essen ist schädlich fürs Klima, zu viel Dünger auf den Feldern ist auch schädlich. Die Ernährung der Weltbevölkerung wird nur gelingen, wenn wir auf Insekten als Nahrungsmittel vertrauen.«

»Was hat das nun mit dem Freizeitpark zu tun?«

»Mereta versucht, Mama zu zwingen, Insekten ins Essen der Familie zu mischen. Mama will das nicht. Mein Vater hat gesagt, wenn, dann isst er in Zukunft lieber in der Kantine. Mama hat geheult und meine Schwester ist stolz von der Bühne abgegangen.«

»Ich glaube, ich verstehe, was du meinst. Sie hätte einen Streit vom Zaun brechen können – Publikum wäre zusammengelaufen, eine große Diskussion ... Und sie war sicher, als Sieger vom Platz zu gehen.«

»Das arme Kind, dessen Eltern einfach die Zeichen der

Zeit nicht verstehen wollen, die es zwingen, klimaschädliche Produkte zu essen. Glorienschein für Mereta!« Renkes Gesicht verzog sich zu einer wütenden Fratze. »Dabei wusste sie gar nicht, ob es wirklich Insekten im Essen dort geben würde. Sie hoffte es nur.«

»Schwierige Zeiten.« Alban nickte verstehend. »Heute geht es in solchen Diskussionen nicht mehr um heimlich gerauchte Zigaretten oder einen Joint, nichts Geringeres als das große Ganze steht im Zentrum der familiären Gespräche. Das kann man gern öffentlich austragen – und deine Schwester hätte das auch gewollt?«

»Provozieren um jeden Preis lautet die Devise.«

»Das Zurückbleiben war also nur Show? Abwarten, ob die Eltern zurückkommen, um sich wortreich um die jüngere Tochter zu bemühen? Ob sie das geplante Programm ändern?«

»Ja, logisch. Auch darum ging es dabei. Ich, Mereta, bin die wichtigste Person in dieser Familie – und das zeige ich jetzt allen.« Wie ein Feuerwerk funkelte die heiße Wut in Renkes Augen. »Als ich sie da sitzen sah, habe ich mich dazu gehockt. Wollte ihr erklären, es sei besser, den Frieden zu wahren. Mein Vater kann nämlich auch anders. Wenn sie überreizt, wird von ihm der Ausflug zum Freizeitpark schlicht gecancelt. Mal sehen, was jetzt aus den Plänen wird. Ich wäre darüber traurig, wenn wir nun einfach ins Ferienhaus zurückfahren, ich gehe gern in den Freizeitpark. Ist immer was los, Spaß und Bewegung.« Bitter setzte sie hinzu: »Aber natürlich wäre an meiner Enttäuschung niemand interessiert.«

»Sie hat sich nicht zum Weitergehen überreden lassen?« Kopfschütteln.

»Und dann?« Alban wählte einen sanften Ton. Geschwister zu haben konnte eine echte Plage sein.

»Tja! Dann warf sie sich auf den Bauch und reckte sich plötzlich hoch. Begann zu schreien. Ich sah nach. Glaubte erst an einen Biss von einem Tier oder einen Stich. Aber ich sah sofort ... Sie war völlig hysterisch. Ich umklammerte sie fest, trug sie ein Stück zur Seite, damit sie den Mann nicht mehr sehen konnte, rief den ersten Leuten zu, sie sollten die Polizei verständigen. Irgendwann muss unseren Eltern klar geworden sein, dass etwas nicht stimmte. Da waren andere schon stehen geblieben, bildeten einen kleinen Auflauf. Ich konnte sogar verhindern, dass jemand näher an den Mann ran trat. Die ganze Zeit mit der kreischenden Schwester im Arm. Na ja. Mama übernahm dann ganz selbstverständlich das Kommando.«

8

»Du hast was?« Der große, massige Mann riss die Augen weit auf, was den Eindruck verstärkte, die Äpfel könnten jeden Moment die Höhlen verlassen und das Gegenüber mit gefährlichem Schwung treffen. Regnar machte schnell einen Schritt rückwärts, als versuche er, sich so aus der Gefahrenzone bringen.

»Ich habe es erledigt. Wie du es wolltest«, behauptete er nun, wählte die allgemeine Umschreibung, die den anderen hoffentlich nicht noch mehr reizte.

»Wie ich es wollte?« Das feiste Gesicht nahm einen ungesunden Farbton zwischen blau und rot an, Schweißperlen erschienen am weit in Richtung Hinterkopf liegenden, spärlichen Haaransatz. »Und? Wie wollte ich es denn?«, fragte der voluminöse Riese lauernd.

»Nun, äh, ich habe die Arbeit erledigt und ihn dann an einem Ort hinterlegt, der von vielen Touristen besucht wird. So sind dann plötzlich viele verdächtig, nicht wahr? Jede Menge Arbeit für die Polizei!«

»Wo?« Das Wort, abgeschossen wie ein Stein aus einer Superschleuder.

»Na, Eketorp. Das ist doch der Besuchermagnet dort. Und so kommt er schnell in die Presse, die uns fortan freiwillig über die Ermittlungen auf dem Laufenden halten wird. Alle erfahren, dass hier jemand aufräumt.« Regnar warf dem anderen einen besorgten, prüfenden Blick zu. Abgeblasst war er noch nicht, stellte er fest. Trotzig setzte er hinzu: »Das war es doch, was du wolltest«, um wieder Oberwasser zu bekommen.

»Ach ja? Das denkst du wirklich?« Der Riese machte eine wegwerfende Handbewegung, ließ sich in einen der stabilen Sessel fallen, deutete auf den gegenüberstehenden. Regnar setzte sich auf die vorderste Kante. Fluchtbereit. Blick auf die Tür. »Ist jetzt eh nicht mehr zu ändern. Sie haben ihn gefunden. Urlauber. Womit deine Theorie von den zahllosen Verdächtigen sich wohl erledigt hat. Die Polizei sucht nicht unter denen nach dem Täter.«

Regnar hörte die nur mühsam gebändigte, wie zur einer eisernen Faust geballte Wut unter den Worten des anderen, den diskreten Pfeifton, wenn sein Gegenüber ausatmete.

Sein schwerfälliger Denkapparat versuchte zu entschlüsseln, was den Gesprächspartner derart verärgert hatte.

Dauerte seine Zeit.

»Ach so«, begann er nach kurzem Schweigen fast schon wieder gut gelaunt. »Ich verstehe, was du meinst. Aber das waren sicher überwiegend Leute, die länger in der Gegend Urlaub machen. Die Polizei wird damit beschäftigt sein, ihren jeweiligen Hintergrund zu checken. Auf uns kommt keiner, wir fallen durchs Raster.« Regnar grinste überheblich, bemerkte das vielleicht nicht einmal. »Ich habe ihm nämlich alles abgenommen.« Zufriedenheit machte seinen Blick für die Reaktion des anderen trübe.

Der Riese verengte die Augen zu schmalen Schlitzen, aus denen er funkelnde Signale sendete, fragte lauernd: »Alles?«

»Klar!« Regnars Miene wechselte von zufrieden langsam zu schuldbewusst. »Alles. Frieren konnte er ja nicht mehr. Die haben einen nackten Toten gefunden, verstehst du? Keine Klamotten, keine Hinweise auf Identität oder Herkunft. Nur einen namenlosen Körper, geschichtslos. Und die Visage? Praktisch ausradiert. Die werden ganz bestimmt glauben, der sei daran gestorben.«

»Äh? Ist er nicht?«

»Nein!«

»Also hast du alles erledigt? Wie besprochen? Auch das Ding mit …«

»Klar. Gift war besprochen, Gift hat gewirkt.«

»Aus der Phiole? Ja?«

Regnar rutschte unbehaglich in seinem Sessel hin und her. Der Typ legte aber auch immer den Finger in die Wunde, verdammt noch mal, dachte er voller Unmut.

»So ähnlich. Fast genau so.«

Der Riese entschied, diese Antwort sei weder ausreichend noch inhaltlich auch nur annähernd akzeptabel. Drohend schob sich das flächige Gesicht nah an Regnars Nase, der Mund blies kurzatmig übel riechende Atemwolken.

»Heißt?«

Intensiv verbissen sich die Augen in die seines Besuchers. Dem wurde zusehends heiß.

Schweißperlen sammelten sich am Haarsaum über dem Nacken, der ganze Körper begann intensiv zu dampfen.

»Nun, ich wollte, dass es echt aussieht. Und Gift hat er gekriegt. Danach habe ich sein Gesicht ausgelöscht. Ist schon alles irgendwie so gelaufen, wie du wolltest.«

»Aha? Irgendwie?«

»Na, wegen der Identifizierung. Die dauert jetzt. Die brauchen den Abgleich mit einer Probe. Wir gewinnen auf jeden Fall viel Zeit für die anderen.« Stolz mengte sich unter die instabile Tonlage des Erledigers, er schien um einige Zentimeter zu wachsen.

Das Gesicht des anderen zog sich etwas zurück. »Wenn das so ist, werde ich es in den Nachrichten hören.« Der Auftraggeber seufzte schwer.

Der Berichterstatter hielt dieses Geräusch fälschlicherweise für einen Ausdruck von Zufriedenheit.

Deshalb war er mehr als überrascht, als die massige Gestalt gegenüber sonderbar zu beben begann.

»Raus!«, brüllte der Riese.

Irritiert sprang Regnar auf.

»Raus! Ich will dich hier erst wieder sehen, wenn du alles erledigt hast. Ohne irgendwelche Probleme, ohne Sonderzuwendungen! Nackt? Unerkennbar? Zum Teufel noch eins! Womit hast du den Kerl unkenntlich gemacht? Wo ist es geblieben? Und seine Kleidung? Wo ist die? Ich hoffe für dich, dass du sie so entsorgt hast, dass niemand eine Verbindung zu dir oder der Organisation herstellen kann.«

Überrascht stotterte der Erlediger: »Äh – nein. Niemand kann irgendwas. Zu mir oder uns gibt es keine Spur, ich bin da hundertprozentig sicher. Außerdem liegt seine Kleidung anderswo.«

»Wo?«, krächzte der andere.

»Gettlinge. Über einem Stein der großen Setzung. Der Rest im Knäuel.«

»Hau ab! Wenn du den nächsten Auftrag auch so schlecht bearbeitest, bist du raus aus dem Spiel. Und zwar so was von raus, wie du es dir in deinen kühnsten Träumen nicht vorstellen willst. Das kann ich garantieren!«

Der massige Körper schwabbelte wie Götterspeise auf einem flachen Teller.

Doch Regnar war zu sehr mit der Entdröselung der Drohung beschäftigt, um das Ausmaß des Zorns seines Auftraggebers richtig einschätzen zu können.

Verwirrt und ratlos trollte er sich.

Auf dem Weg zu seinem Auto war er bereits mit der Planung und Umsetzung der nächsten Aufträge beschäftigt. Ab sofort musste alles glatt laufen, war ihm bewusst. Sein

Schritt wurde lockerer bei dem Gedanken, dass es einen gewissen Spielraum eigentlich immer gab, das Verhalten von Menschen war nicht bis in die letzte Lebenssekunde planbar. Das würde der Riese schon einsehen, wenn ihm dämmerte, wie genial er, Regnar, im letzten Fall agiert hatte.

Dauerte sicher noch, bis der Groschen beim Auftraggeber endlich fiel.

Er wird mir wegen meiner unorthodoxen Lösungen noch die Füße küssen, dachte er besänftigt und stolz, als er sich auf den Fahrersitz fallen ließ.

Er wird!

9

12 Uhr
Öland

Luna und Alban versuchten, Rieke und die beiden Kinder nicht zu verschrecken.

Was natürlich ein unmögliches Unterfangen war.

»Also, nur damit ich das richtig verstehe: Ihr habt einen toten Mann in Eketorp gefunden. Und jetzt wisst ihr nicht, ob es sich bei dem Leichnam um den Gerolfs handelt? Das kann sonst wer sein. Gestern war eine Zusammenkunft auf dem Gräberfeld. Askild und seine Anhänger lassen sich dort ab und an neu erleuchten. Alkohol spielt dabei eine gewichtige Rolle, Rauch und Feuer auch. Alles Humbug!«

Luna registrierte, dass mit jedem Wort der hysterische Unterton zunahm.

»Wir haben die Fotos von Gerolf gesehen. Aber tatsächlich können wir uns nicht darauf festlegen, dass er es ist – oder eben nicht ist. Es könnte sich auch um einen völlig Fremden handeln, vielleicht einen Touristen.«

»Wir haben bei ihm keine Papiere gefunden«, ergänzte Alban im Versuch, der Nachfrage zuvorzukommen.

»Gerolf ist sehr ordentlich. Er hat immer seinen Ausweis dabei und einen Zettel mit Notrufnummern.« Die Mutter reckte kampflustig das Kinn in die Höhe.

»Bei diesem Mann haben wir nichts dergleichen entdecken können. Wir brauchen Gerolfs Zahn- oder Haarbürste. Vielleicht kannst du uns ein körperliches Merkmal beschreiben, zum Beispiel ein sonderbar geformtes Muttermal oder eine Narbe. Per DNA-Abgleich ist das Ergebnis eindeutig, wir können ihn damit sicher ausschließen, falls wir einen verschwundenen Touristen entdeckt haben sollten.« Luna schlug einen warmen Ton an, der geeignet schien, die Ängste der Frau wegzuschmeicheln. »Wir ermitteln sonst möglicherweise in eine vollkommen falsche Richtung.«

»Ich hole seine Zahnbürste.«

Luna wurde der kleine Erick in den Arm gedrückt.

Sie lächelte ihn probeweise an und meinte beruhigend: »Alles gut. In den Armen der Polizei bist du prima aufgehoben.«

Der Kleine tat ihr den Gefallen und giggelte selig.

Alban machte dem Geschwisterchen ein Zeichen, wie unter Verschwörern. Und prompt kletterte der ältere Bruder auf seinen Schoß. »Genau. Ich bin auch Polizei und werde dich beschützen«, versprach der Kollege. »Wäre ja sonst total ungerecht, nicht wahr?«

Statt einer verbalen Antwort schob das Kind den Daumen in den Mund und schmiegte sich fest an Albans Oberkörper. Zögernd strich dieser ihm mit der Hand tröstend über den Rücken. Das Kind war sehr zart. Alban spürte die Rippen durch die Kleidung.

Luna lachte mit dem Jungen in ihrem Arm. »Du siehst so gut aus mit den paar Zähnchen. So was findet später keiner mehr niedlich. Sei froh, dass es dich jetzt noch unwiderstehlich macht.« Sie tippte mit ihrem Finger gegen die Nasenspitze des Kleinen, der bereitwillig weiterlachte.

Als die Mutter zurückkehrte, hatte sie nicht nur Gerolfs Zahnbürste dabei.

Unter ihrem Ellbogen klemmte eine DIN-A4-Klarsichthülle.

»Hier!« Die Zahnbürste wechselte von der Hand in einen Asservatenbeutel.

»Du bekommst sie natürlich so schnell wie möglich zurück.« Luna reichte das Kind an die Mutter weiter, die im Austausch die Klarsichthülle an sie übergab.

»Hab ich auf Gerolfs Schreibtisch gefunden. Er hatte sie halbherzig unter der Schreibunterlage versteckt – wohl damit die Kinder dieses Ding nicht finden.«

Sprachlos starrten Luna und Alban auf das Bild.

Tausendfach stand dort das Wort »TOD« – zu einem kunstvollen Totenkopf arrangiert, der sogar ein sonderbares Symbol zeigte, rund mit strahlenförmig angeordneten Strichen, ausgehend vom Zentrum. Es lag mittig auf der Stirn, direkt über der Nasenwurzel.

»Eine Drohung? Oder hat Gerolf einen Freund, der sich im Bereich digitaler Kunst profiliert hat?« Luna konnte sich von dem Anblick nicht lösen. »Konkrete Poesie hieß das früher und wurde mühsam auf der Schreibmaschine getippt. Ich erinnere mich an einen Apfel, der nur aus diesem Wort ›Apfel‹ gebildet wurde. Erst wenn man genau hinsah, konnte man in einer Ecke das Wort Wurm entdecken. Aber so etwas wie dieses hier habe ich noch nie gesehen.«

»Einen Freund? Nein, eher nicht.«

»Aber er kennt jemanden, der solch ein Bild kreieren könnte.«

»Eigentlich nicht. Ich weiß von einem jungen Mann, der in Kalmar wohnt und gern Rätsel am Computer entwirft. Manchmal auch Rätselbilder. Oder einen schnittigen Wagen baut aus der Bezeichnung der Einzelteile. Tür, Windschutzscheibe, Auspuff. Scherzhafte Dinge eben. Aber doch nicht so was. Ich bin nicht einmal sicher, dass Gerolf je persönlich mit ihm Kontakt hatte.«

Die Augen der jungen Frau irrlichterten durch den Raum, über die Gesichter der Kinder, über die der Ermittler, nahmen die Chance wahr, den Raum durch das Fenster zu verlassen.

Luna bemühte sich, diese Augen mit den ihren wieder einzufangen.

Wartete.

Alban schwieg.

Starrte dem Totenkopf in die übergroßen leeren Augenhöhlen. Dachte dabei darüber nach, ob er, falls man ihm so etwas schickte, an eine Drohung glauben oder sich eher begeistert über eine kunstvolle Gestaltung freuen würde.

Normalerweise könnte man diese Entscheidung in Abhängigkeit von der Person des Absenders treffen. Doch falls es sich hierbei um Kunst handelte, so hatte der Künstler vergessen zu signieren. War es möglich, dass jeder in der Community wusste, von wem das Werk stammte?

Für Alban hatte dieses Bild eindeutig etwas Bedrohliches.

Er suchte intensiv nach dem Adäquat zum Wurm aus Lunas Erzählung.

Ließ das Buchstabenwirrwarr auf sich wirken.

Und entdeckte im unteren Rand der rechten Augenhöhle in winziger Schrift: Du wirst sterben.

Als er Luna seine Entdeckung zeigen wollte, erkannte er, dass er Teile des Gesprächs verpasst haben musste.

Die beiden Frauen sprachen über ein neues Thema.

»Es gibt eine sonderbare Sekte. Zu der könnte das Symbol auf der Stirn des Bildes passen. Im Original ist es eine silberne Scheibe. In deren Mitte befindet sich die Bündelung von einer Art Strahlen, die bis über den Rand der Platte hinausreichen, dort gespreizt in einer Schiene enden. Der Teil aus Strahlen ist beweglich. Seelengradmesser nennen sie es. Aber wir haben mit denen nichts zu tun.«

»Hat die Sekte auch einen Namen?« Luna legte ihre Hand auf den Unterarm der jungen Frau, spürte, dass sie zitterte.

»Dragon's Eye.«

»Mit diesem Seelengradmesser hat der Name gar nichts zu tun. Woher leitet er sich ab – weißt du das?«

»Ja, das wissen alle hier. Das Drachenauge ist ein besonderer Stein. Von intensivem Blau. Er ist oval und verjüngt sich am einen Ende bis zu einer Spitze. Deshalb Auge. Er ist in warmes Gold gefasst. Wenn Licht darauf fällt, ist er ein wirklich spektakulärer Anblick.«

»Und diese Sekte glaubt woran?«

»Gerolf hat mal im Umfeld der Anhänger recherchiert. Er schreibt gelegentlich kleine Artikel für unsere Inselzeitung. Nichts Besonderes. Mir hat er gesagt, das seien alles Spinner vom Feinsten. Es gab sogar mal einen Todesfall, bei dessen Aufklärung die Sekte ins Visier geriet. Genau kann ich mich nicht erinnern.«

»Wir werden den Fall sicher bei uns in den Akten finden. Sie halten sich für erleuchtet?«

»Ja, so in der Art. Sie glauben, der Drache habe dafür gesorgt, dass sein Auge versteinerte und nun den Anhängern einen Blick in die Zukunft ermöglicht. Und natürlich auch in die Vergangenheit, aus der sie angeblich die Kraft und das Wissen des Drachen übernehmen können. Kurz: Sie glauben, sie seien allmächtig, unsterblich und im Besitz der Zukunft der Welt mit all ihren Bewohnern. Eine Elite sozusagen. Das Auge des Drachen ist der Löser aller Probleme für diejenigen, deren Vermessung ihrer Seele ein positives Ergebnis zeitigt.«

»Wer die Prüfung nicht besteht, kann nicht Mitglied bei Dragon's Eye werden, nehme ich an.«

»Ja, das stimmt. Aber wenn man etwas über diese Sekte sagt, was Askild, dem Sanktus, nicht behagt, hat es unangenehme Konsequenzen. Seit Gerolf sich kritisch geäußert hat, ist er in Ungnade bei den Erleuchteten gefallen und bekommt sonderbare Post.«

»Drohbriefe?«, hakte Alban nach.

»Nicht direkt. Eher verklausuliert. Er hat mir die Post nicht immer gezeigt, weil ich mich darüber so geärgert habe. Ich kann Leute nicht ausstehen, die derart arrogant von der Richtigkeit ihrer Auffassung überzeugt sind, dass sie andere Meinungen gar nicht zulassen können.« Ein wütendes Funkeln hatte sich in ihren Augen entzündet.

»Deshalb hat er dir den Totenkopf nicht gezeigt?« Luna konnte Riekes Ärger gut nachvollziehen.

»Wahrscheinlich.«

»Dragon's Eye klingt zumindest ziemlich spirituell. Bestimmt soll das potenzielle Interessenten neugierig machen. Das trifft sich gut. Wir sind schon von Berufs wegen sehr neugierig.« Luna machte Alban ein Zeichen zum Aufbruch. »Wir melden uns bei dir.«

»Tja«, die Mutter kämpfte mühevoll die Tränen nieder, »was soll ich jetzt sagen? Besser nicht? Mir bleiben nur Angst und Sorge. Ich hoffe natürlich, dass die Analyse keine Übereinstimmung ergibt – ich bleibe bei der Hoffnung, dass er mit einer logischen Erklärung nach Hause kommt.« Bevor sie die Tür hinter den beiden Kommissaren schloss, flüsterte sie: »Aber ich spüre, dass er nie wiederkommt.«

10

»Wie soll ich das verstehen? Ihr braucht mehr Informationen, meine Personalien?«

»Wir ermitteln in einem Mordfall. Vielleicht ergeben sich ein paar Fragen zu deinem Fund.«

»Mordfall! Das ist doch für mich nicht interessant. Ich habe mit solchen Dingen nichts zu tun. Mir geht es nur um den Haufen Kleider, den ich gefunden habe. Oder genauer, den mein Hund aufgestöbert hat. Eine Leiche war nicht dabei.«

Widerwillig gab der Anrufer die gewünschten Daten an.

Anka unterdrückte ein Seufzen.

»Wo?«

Sören, der das Telefonat über Lautsprecher mithören konnte, gestikulierte wild.

»Gettlinge.«

Anka schüttelte den Kopf. »Gettlinge. Okay. Die Anlage zieht sich über mehrere Kilometer und einige Dörfer. Ein bisschen genauer wäre gut.«

»Na, über einem Stein hier hängt die Jacke.«

»Über einem der Steine – ja, das habe ich ebenfalls verstanden. Es gibt mehr als 200 Gräber auf der Anlage. An welchem treffen wir dich?«

»An der großen Steinsetzung!«

»Wir sind gleich da, bitte warte auf uns.«

»Ich habe zu arbeiten. Das ist meine Kaffeepause, Pinkelpause für meinen Labrador. Also solltet ihr euch wohl beeilen«, mahnte der Anrufer. »Denn ich habe einen Termin. Den muss ich einhalten.«

»Der Tote in Eketorp war nackt!«, damit stürmte Sören bereits zur Tür hinaus.

»Ja, das ist natürlich möglich. Ist vielleicht seine Jacke.« Anka zuckte mit den Schultern, sicherte die Nummer des Anrufers auf ihrem Mobiltelefon. »Für Rückfragen.«

»Und die anderen Kleidungsstücke liegen da wohl auch. So könnten wir eine Spur zum Täter finden. Komm!«, mahnte der Kollege ungeduldig.

»Ja«, gab die Kollegin einsilbig zurück, strich beinahe zärtlich über den Sattel ihres Rennrads, bevor sie über den Gang auf den Parkplatz spurtete, auf den Fahrersitz sprang und so zügig startete, dass Sören es kaum schaffte, seine Beine ins Fahrzeug zu schwingen. »Auch schon da?«, neckte sie ihn und grinste.

»Problem: Wie kommt die Jacke nach Gettlinge? Und vielleicht der Rest seiner Kleidung? Wir haben ihn in Eketorp gefunden – soll ich nun glauben, er sei vom Gräberfeld aus bis in die Burg nackt unterwegs gewesen? Dann hätten seine Fußsohlen von der Tour erzählt, aber die waren nicht einmal sonderlich schmutzig. Ich tippe auf die Jacke eines Wanderers. Wäre nicht das erste Mal, dass jemand sein Tour-Outfit fürs Foto auszieht und es dann schlicht vergisst, wenn das Beweisfoto an die WhatsApp-Gruppe verschickt oder im Status eingestellt wurde.«

»Wir sollten die Kollegen in Kalmar informieren«, beharrte Sören.

»Ja, sobald wir uns die Sache angesehen haben und du mir erklärst, wie der Mann nackt ...« Anka fuhr sehr zügig.

»Ist ja gut«, murrte der Kollege, klappte die Sonnenblende herunter, strich die Haare wieder in Form und musterte sein

Gesicht kritisch. Starrte schweigend auf das Asphaltband, als fände er dort die Lösung für diesen Fall.

Gettlinge.
Eine riesige Grabanlage.
Klinta Gravfält.
»Dieses Grab wurde doch schon 1634 erwähnt, oder?« Sören lachte leise. »Stell dir vor, ich kann mich sogar an den Namen erinnern. Haquini Rhezelius. Er hat als Erster diese Anlage beschrieben. Mann, ist schon erstaunlich, was aus der Schulzeit so hängen bleibt. Ach, und der Stein von Klinta wurde hier gefunden. Den kann man in Stockholm besichtigen.«

»In einem der spektakulärsten Gräber – aus zehn Schichten Kalkstein und einer doppelten Lage Decksteinen – fand man neben dem Toten sogar einen Hund. Neben Speeren und Sporen. Offensichtlich war ihm das Tier wichtiger Lebensbegleiter, vielleicht Helfer bei der Jagd.« Anka runzelte die Stirn. »Und die meisten Gräber auf dem Feld sind Hügelgräber, in denen man Männer beigesetzt hatte. Typisch! Aber immerhin werden zur Zeit immer mehr Frauen in solchen Grabsetzungen entdeckt, bestattet mit Waffen und Schmuck. Das Bild der Frauen in dieser Zeit wandelt sich gerade dramatisch.« Sie reckte den Daumen hoch. »Wurde aber auch Zeit!«

»Na, dann sehen wir mal nach, was der Anrufer dort gefunden hat.« Sören wollte sich nicht auf eine Diskussion um die Bedeutung der Frau in der Gesellschaft damals wie heute einlassen – zu dünnes Eis.

Eine Schiffssetzung, Grabstelle für einen ranghohen, mächtigen Mann, wahrscheinlich einen Kämpfer.

Etwa ein bis anderthalb Meter hohe, sich nach oben verjüngende Felsbrocken bildeten ein Oval auf freier Fläche, das an einen Schiffsrumpf erinnerte. 30 Meter lang, aus 23 Steinen.

Über einen davon hatte jemand eine leuchtend blaue, wetterdichte Jacke geworfen.

Auffällig.

Unpassend.

Ein Fremdkörper.

»Da seid ihr ja!«, empfing sie ein hochgewachsener Mann misslaunig, als Anka den Wagen auf dem Grünstreifen parkte. »Ich warte schon viel zu lange auf euch. Mein Zahnarzt wird mir nicht glauben, dass ich wegen einer verlorenen Jacke zu spät zum Zahnziehtermin komme. Für den bin ich nun ein elender Schisser.« Der Finder musterte die beiden Polizisten aus kalten, grauen Augen, während der Labrador bellte, als wolle er die Worte unterstützen.

Anka grinste ihn an. »Brauchst du von uns ein Attest für deine Behauptung? Ich kann dir eins ausstellen und aufs Handy schicken. Und wie war das mit deiner Kaffeepause?«

»Die Pause ist längst vorbei. Ich wollte vor dem Zahnarzt noch ein bisschen Stress abbauen. Und nun das«, begann der Zeuge erneut sich zu beschweren. »Ich muss los. Der Hund hat auch keine Lust mehr.«

Sein Handy brummte. »Ach ne! Eine Bestätigung der Verspätung wegen einer wichtigen Zeugenaussage.« Er grinste abschätzig, meinte dann zynisch: »Super. Das wird helfen. Muss ich das bei Zahnschmerzen kauen oder darf ich es mit Wasser runterspülen?«

Anka fotografierte den Stein mit der Jacke. »Hing die so? Oder hast du was verändert? Zum Beispiel nach einem Ausweis in den Taschen gesucht?«, erkundigte sie sich ohne Schnörkel.

»Ich habe ein Foto gemacht. Dann nachgesehen, ob sie etwas in den Taschen hat, das mir verrät, wem die Jacke gehört. War aber nicht. Und so blieb sie dort – praktisch unverändert.« Der Zeuge wies vage zum anderen Ende der Setzung: »Wenn ihr in diese Richtung weitergeht, findet ihr den Rest der Klamotten, ein zusammengeknoteter Haufen. Na ja, im Radio war von einer nackten Leiche die Rede. Könnte ja sein, dass dem armen Kerl die Kleidung abgenommen und hier abgelegt wurde. Also rief ich sicherheitshalber bei euch an.« Etwas aus der Puste kam er endlich zum Abschluss seines Berichts. Seufzte tief. Tastete an seinem rechten Unterkiefer entlang.

Anka nickte ihm kurz zu, spurtete los, blieb eng an der Außenseite der Setzung.

Der Labrador tobte neben ihr her. »Na, du Sporthund!«, neckte sie das Tier, und als es sie überholte, rief sie ihm nach: »Klar! Mit vier Beinen wäre ich auch so schnell wie du. Das ist unfair!«

Sie trat an einen der Steine heran, auf die der Zeuge gedeutet hatte, reckte sich, entdeckte das Kleiderbündel, von dem der Finder gesprochen hatte.

Hielt die Luft für einen Moment an, hoffte, damit den Puls wieder unter Kontrolle bringen zu können. Waren das die Kleidungsstücke, die Gerolf getragen hatte?

Sie hätte die Besorgnis der Ehefrau ernst nehmen sollen, schämte sich erneut wegen ihrer hartherzigen Reaktion.

»Wir brauchen seine persönlichen Daten für die Akte – vielleicht ergeben sich weitere Fragen«, rief sie dem Kollegen zu und ergänzte: »Wir verständigen die Spurensicherung, die sollen alles in Papiertüten einsammeln. Und Fotos von der Jacke über dem Stein und dem Bündel dort vorne neben einem der anderen Felsen sichern wir genau wie die Bilder vom ersten Auffinden der Jacke. Unser Finder soll dir die Aufnahmen rüberschicken.« Sie schlenderte langsam an den Steinen vorbei.

Sören nickte. »Hat er schon vermutet. Er sucht schon …«

»Na dann. Name, Adresse – Phone haben wir schon – und bitte einmal deine Fotos vom Fundort über Bluetooth an mich«, forderte Sören den Fremden freundlich auf. »Für uns habe ich bereits Bilder gemacht. Deine Adresse …«

»Bengt Lander, Kalmar, Sund 3, Nummer kriegst du gleich über Bluetooth mitgeliefert. So! Fertig. Kann ich jetzt gehen?« Er pfiff nach seinem Hund, der prompt neben ihm auftauchte, ihn voller Tatendrang ansah, heftig mit dem Schwanz wedelte.

»Na, das mit dem Toben müssen wir verschieben. Erst der Zahnarzt.« Bengt streichelte das stattliche Tier, machte eine Vorwärtsgeste und folgte dem davonstürmenden Hund mit schnellen Schritten.

Sören nickte, sah dem Mann nach, der es offensichtlich eilig hatte, sich den Zahn ziehen zu lassen.

Anka zerrte Handschuhe über ihre Finger, griff nach dem blauen Kleidungsstück, hob es vom Stein, zog den Stoff auseinander.

»Scheiße!« Sie war lang genug bei der Polizei, um zu wissen, dass die großflächig verteilten Flecken weder von Obst noch von einem Saft stammten. »Sören, Blutspuren überall! Wir brauchen die Spurensicherung und das Team Kalmar hier. Jetzt!«

Der Kollege unterdrückte mühsam ein rechthaberisches »Siehst du«, tippte kommentarlos eine Kurzwahlnummer an und wartete.

»Hallo, Luna. Sieht so aus, als hätte ein Spaziergänger die Kleidung des Opfers aus Eketorp gefunden. Wir brauchen euch und die Spurensicherung. Nein, nicht bei der Burg – wir stehen an der großen Steinsetzung. Gravfält Gettlinge.«

Bald schon wimmelte es an der Grabstelle von zügig über das Gelände gehenden, suchenden Forensikern in Schutzanzügen, die akribisch Spuren mit speziellen Probestäbchen abtrugen und sicherten, den Boden nach Eindruckspuren absuchten und alle Fundstücke als Asservate mit Bild und Daten kennzeichneten, damit man später erkennen konnte, an welcher Stelle das Indiz gesichert wurde. In großen Kisten trugen die Kollegen alle Proben und Spurenbeutel zum geräumigen Van, der abseits geparkt war.

»Sollen wir Gettlinge sperren?«, erkundigte sich Sören, der, unzufrieden mit der Rolle als Beobachter, gern aktiv werden wollte.

»Nein, ich denke, das ist nicht notwendig, wäre wohl auch schwierig, schließlich liegt das gesamte Areal für jeden zugänglich direkt an der Straße. Die kannst du nicht gut sperren. Gibt nur Ärger. Wir haben alles, was wir brauchen. Und im Moment ist kein Ansturm zu erwarten«, beschied ihm der Leiter des Spurensicherungsteams. »Um die relevanten Steine herum haben wir Schuheindruckspuren gesichert. Auch Reifenspuren auf dem Rasenstreifen. Natürlich können wir erst eine konkrete Zuordnung vornehmen, wenn sich bei den Ermittlungen Verdachtsmomente gegen jemanden ergeben. Vielleicht gelingt es uns, Reifenmarke und Schuhhersteller zu identifizieren, dann geben wir die Information sofort an euch weiter. Forensik in Lindköping ist schon informiert. Öland hat man dort noch in lebhafter Erinnerung.«

»Hm, ich verstehe schon: der alte Fall. Und nun gibt es einen neuen – und hier ist Mord als Todesursache belegt. Dieser Täter hat nicht auf Brand zur Vertuschung von Mordspuren gesetzt. Ganz im Gegenteil.« Er nickte dem Kollegen knapp zu und fuhr fort: »Eine Spur von hier und ein identischer Abdruck vom Leichenfundort Eketorp wären schon eine ganz gute Verbindung, oder?«

»Nein, da reicht ein Reifeneindruck im Gras auf dem Randstreifen in Gettlinge allein nicht aus. Bei Borg Eketorp parken die meisten auf einem befestigten Platz. Nix mit Reifeneindrücken. Viele Touristen fahren beide Ziele und viele weitere auf der Insel an. Neben dem Täter haben jede Menge andere Fahrzeuge von dort hierher oder andersherum gewechselt. Vielleicht geben uns die Schuheindrücke direkt am Fundort der Leiche und der Kleidung eher einen Anhaltspunkt. Größe und Gewicht des Täters wären denkbar.«

»Meinst du, man hat den Toten hier umgebracht, ihm die Kleidung abgenommen und den Körper nach Eketorp gefahren, ausgeladen und abgelegt?«

Der Kollege runzelte die Stirn. »Tja, wird sich klären. Aber ich persönlich würde lieber mit einem Kleiderbündel über Land fahren als mit einer Leiche. Immerhin könnte ich selbst auf dem kurzen Stück in einen Unfall verwickelt werden oder in eine Polizeikontrolle geraten – Drogenfahndung, Alkoholtest zum Beispiel. Da wäre es nicht ganz unverdächtig, einen Toten im Kofferraum liegen zu haben. Überall an der Kleidung des Täters ist Blut des Opfers zu erwarten, das würden wir im Falle eines Verdachts gegen ihn problemlos nachweisen können. Dann versuch mal, dich rauszureden …« Er seufzte. »Wird schwierig.«

Diesen Gedanken konnte Sören gut nachvollziehen.

Also gut: erst Eketorp, dann Gettlinge, legte er in Gedanken die Reihenfolge fest. Und danach zurück über den Sund und vielleicht weiter …

»Anka, wissen wir schon, wie lange das Opfer tot war, als es gefunden wurde? Weißt du, wenn der Täter ihn entkleidete, die Jacke und das Bündel hier ablegte und danach sofort losfuhr, könnte er längst über die Grenze ins Ausland geflohen sein.«

»Wir suchen einen Familienvater von hier. Wenn er tatsächlich das Opfer ist, ergibt sich schnell ein persönlicher Hintergrund, ein Motiv. Ein persönlich akzentuierter Angriff, der mit dem Tod des Mannes endete. Die Kleidung auf dem Gräberfeld ist sicher nur ein Ablenkungsmanöver.«

»Aber Stockholm ist nah. Und wir haben dort unübersehbar ein Problem mit Bandenkriminalität. Menschen sterben, weil sie zwischen die Interessen der Gruppen geraten. Du kannst das nicht einfach ignorieren.«

»Deshalb glaubst du, der Täter flüchtete ins Ausland?«

»Denkbar ist es doch!«, protestierte Sören, der eine Prise Spott in Ankas Stimme gehört hatte.

»Es geht um Gerolf, einen ruhigen Familienvater. Ich sehe nicht, wie der in den Focus einer kriminellen Bande geraten sein soll.« Anka klopfte dem Kollegen tröstend auf die Schulter und lächelte versöhnlich. »Wir werden alles zum Hintergrund der Tat schnell erfahren – und vielleicht in die weiteren Ermittlungen enger eingebunden. Wir sind die, die lokal arbeiten. Kalmar braucht unsere Unterstützung.«

11

13 Uhr
Rechtsmedizin

Luna und Alban standen an einem Edelstahltisch im Obduktionssaal.

Beiden sah man an, dass sie sich in den Kitteln, Hauben und der Gesellschaft von Todesopfern unwohl fühlten. Bei jedem Schritt knisterten die Schuhüberzieher.

Der Tote aus Eketorp, dessen Körper gereinigt war, wirkte im grellen, gnadenlosen Licht der OP-Lampe seltsam verloren, machte einen schutzlosen Eindruck.

Luna ächzte leise, zog das brummende Handy aus der Hosentasche, erklärte: »Sie haben ein Kleiderbündel gefunden, bei Gettlinge. Vielleicht von diesem Mann hier.« Ihre Stimme schwankte, sie bemerkte es und räusperte sich entschlossen. Steckte das Telefon wieder ein.

»Können wir?« Gullbrand, der obduzierende Rechtsmediziner, warf Luna einen prüfenden Blick zu, zuckte mit den Schultern. »Jung. Sein Körper weist überall Hämatome auf. Als habe er sich heftig gegen den Angreifer gewehrt. Der Tod setzte erst nach einer langen Phase massiver, körperlicher Attacken ein. Abwehrspuren. Seht ihr, hier, da, hier und hier. Er versuchte, seinen Körper zu schützen, hat die Arme wohl etwa so«, der Arzt demonstrierte die von ihm vermutete Körperhaltung, »also so dicht wie möglich vor dem Körper gekreuzt. Deshalb finden wir sehr viele der Hämatome an den Außenseiten der Unterarme.«

Alban schüttelte ratlos den Kopf. »Das verstehe ich nicht. Warum hat er sich nicht aktiv verteidigt? Also ehrlich, ich würde mich ernsthaft zur Wehr gesetzt haben. Zumindest hätte ich es versucht.«

Gullbrand nickte verstehend. »Würde man denken. Es muss einen Grund gegeben haben, aus dem er genau das nicht tat. Einer könnte sein, dass der Angreifer so viel größer und muskulöser war, dass Gegenwehr sinnlos erscheinen musste. Oder man hatte ihm eine Droge, möglicherweise ein Gift, verabreicht. Koordinativ war dem Opfer ein Wehren nicht mehr möglich. Toxikologische Analyse läuft schon.«

Es entstand eine lastende Pause.

Lunas Fantasie bot ihr bewegte Bilder des taumelnden Opfers an, das die Kontrolle über seinen Körper nicht mehr zurückgewinnen konnte, wusste, dass es nun ausgeliefert war, sterben würde. Woran hatte der Mann in diesen letzten Momenten gedacht?

Gerolf? Dann galten seine letzten Sekunden ohne Zweifel der Sorge um seine Familie, war sie sich sicher.

Alban kaute auf der Unterlippe, ließ sie ploppend vorschnellen und fragte: »Wie hätte ihm ein Fremder so etwas verabreichen sollen? Einnehmen, während der andere dich mit einer Waffe bedroht? Zulassen, dass der Typ dir eine unbekannte Substanz spritzt? Das ist doch eigentlich nicht vorstellbar.«

»Nun, seht ihr die Hämatome auf dem Brustkorb? Ein schwerer Mensch hat sich auf das Opfer gekniet und es so zu Boden gedrückt. Der Wehrlose hätte zulassen müssen, dass man ihm eine Nadel in den Körper sticht, eine tödliche Substanz injiziert. Aber das wissen wir noch nicht.«

Gullbrand sah die beiden Ermittler prüfend an. Dann erkundigte er sich gedehnt: »Glaubt ihr an Vampire?«

12

Askild schob mit verbundenen Augen die Antragsformulare in eine lange Reihe auf dem Tisch.

Das Pendel, an dem Dragon's Eye baumelte, würde nun unter all den Namen denjenigen auswählen, den der Drache für ausreichend würdig hielt, in die Vereinigung der Erleuchteten aufgenommen zu werden.

Als er das Lederband sanft anhob, begann der blaue Stein sofort zu zittern und zu beben.

Das Licht der Sonne ließ das Auge erstrahlen, und sein Leuchten blendete die anderen Teilnehmer der Auswahlrunde. Die Wissenden.

Ein lautes »Ahhh!« erfüllte den Raum, als das Pendel langsam, fast bedächtig seitwärts zu schwingen begann.

»Na, dann werden wir gleich wissen, wer diesmal eingeladen wird«, murmelte Askild. Hielt die Hand bewusst absolut ruhig, damit gar nicht erst der Verdacht aufkommen konnte, er manipuliere das Drachenauge. Für derartige Unterstellungen durfte es nicht den klitzekleinsten Raum geben.

Der blaue Stein sprühte feurig, das Blau erzeugte ein Gegenlicht auf den weißen Wänden des Raumes, als könne der Drache seine Anhänger aus jeder Richtung und Perspektive jederzeit im Blick behalten.

Nach einer gefühlten Ewigkeit – das Auge machte sich eine solche Entscheidung nie leicht – kam der Stein zur Ruhe.

Askild spürte, dass die Anwesenden sich über den Tisch zu beugen versuchten, um den Namen des Erwählten erkennen zu können. Er machte mit der freien Hand eine scheuchende Bewegung. Schließlich durfte das Pendeln und die eindeutige Zuordnung nicht beeinflusst werden.

Doch das Auge hing unbeeindruckt von menschlicher Neugier wie versteift über einem der Formulare.

Absolute Ruhe erfüllte den Raum, fast hätte man glauben können, die Wissenden hielten kollektiv den Atem an.

Nur das tiefe Luftholen Askilds war noch zu hören.

Das weltliche Oberhaupt der Sekte begann in tiefen Tönen zu summen.

Es war Bestandteil des Zeremoniells, sollte möglicherweise seit alter Zeit die Versammelten beruhigen, wenn der Drache zu ihnen sprach. In diesem Moment, da nur mehr sein Auge die Verbindung herstellen konnte, war es vielleicht die Vibration des entstehenden Geräuschs, die den Drachen in der geheimen Welt erreichte.

Ein Assistent legte dem Vertreter Dragons, dem irdischen Leiter der Gläubigen, der Sekte, einen Stock in die Hand, der einem kurzen Speer glich.

Die Hand kreiste mit der spitzen Waffe über den Papieren. Das geheimnisvoll leuchtende Auge behielt seinen Platz ruhig bei, stand unbeirrt über dem ausgewählten Namenszug.

Mit einem plötzlichen Schwung spießte der Sanctus die Spitze der Waffe in den Antrag, den das Auge ausgewählt hatte, hob ihn an. Der Assistent griff zu.

Askild schob aufatmend die Augenbinde auf die Stirn. Öffnete die Augen.

Kollektives Raunen erfüllte den Raum, einige Mitglieder unterdrückten gar einen Aufschrei.

Alle starten Askild an, dessen Augen nur noch das Weiße zeigten.

Der Führer legte den Kopf weit in den Nacken.

Plötzlich wurde es stockdunkel im Raum. Eine dichte, graue Wolke hatte sich vor die Sonne geschoben, dräuend und unheimlich.

Nur ein kleiner Lichtpunkt aus der Lampe in der Hand des Assistenten leuchtete auf das Blatt Papier.

Askild erkundigte sich mit Grabesstimme: »Wen hat der Drache gewählt?«

Der Kopf ruckte wieder vor, die Augen rollten zurück an ihren Platz, und der Führer seufzte vernehmlich.

Stöhnte dann auf und ächzte: »Es ist Krister!«

Eine Stille, in der selbst Atmen wie Sturm geklungen hätte, breitete sich aus.

Offensichtlicher Ausdruck von Entsetzen.

»Nun denn – er wurde für würdig befunden. Nach den Statuten gilt, dass wir ihn noch heute zur Zeremonie einladen.« Der Blick aus Askilds Augen wanderte zu seinem Assistenten. »Du wirst ihn also anrufen und ihm das Ergebnis mitteilen.«

Der Schock saß so tief, dass er nur hoffen konnte, Krister würde ihn nicht mehr hören oder gar spüren können, wenn er am Abend hier auftauchte.

Was hatte Dragon sich nur dabei gedacht?

13

13 Uhr
Rechtsmedizin

»Vampire? Nein, ganz sicher nicht!« Alban grinste schief.
»Bram Stoker habe ich begeistert gelesen. Die Filme gucke
ich mir gern an.«

»Nun, vielleicht kann ich mich nicht ganz davon freimachen.
Ich möchte manchmal wirklich gern glauben, es gäbe welche.«
Luna lächelte ein wenig entrückt. »Interessante Gesprächspartner, faszinierende Untote allemal. Gebildet und durch
die Jahrhunderte mit viel Wissen in Kontakt gekommen. Du
merkst, ich schätze die ›echten‹ Vampire, nicht die modernen,
die im Twilight herumgeistern. Warum fragst du?«

»Fest steht, wir haben bei der äußeren Inspektion zwei
sonderbare ›Löcher‹ gefunden. Wie Einstichstellen. Nebeneinander, in circa zwei Zentimetern Abstand. Foto kommt
mit der Akte.«

»Vom Biss des Vampirs? Doch wohl eher eine Spritze –
zwei Versuche?« Alban runzelte die Stirn.

»Eher nicht. Wir haben einen Abstrich genommen und
eine Substanz nachgewiesen, die von einem Lebewesen
stammt. PCR läuft schon.«

»Also doch Vampirspeichel? Dracula auf Öland?«

»Er wurde nicht blutleer aufgefunden. Aber tatsächlich
gehe ich davon aus, dass wir ein Gift finden. Zusammen mit
DNA. Ich bin mir ziemlich sicher, dass wir Schlangengift
nachweisen werden.« Gullbrand genoss für einen Augenblick das Erstaunen der beiden Ermittler.

»Schlangengift?«, staunten die beiden Kommissare, Lunas Augen weiteten sich und Albans Brauen ruckten ungläubig in Richtung Haaransatz.

»Ja.« Der Rechtsmediziner wies auf die verdächtigen Stellen am Oberarm des Opfers. »Hier ist ein kleiner Wall rund um die eigentliche Einstichstelle zu erkennen, leicht aufgeworfen und gerötet. Wir sehen uns gleich seine Organe an, aber ich bin ziemlich sicher, dass ich Gewebsuntergänge im Herzgewebe finden werde. Und wie gesagt, Analyse der Abstriche aus den Stichkanälen läuft.«

Er sah von einem zum anderen. »Können wir?«

»Wenn das Gewebe geschwollen und gerötet ist, hat er den Angriff mit Gift überlebt.« Luna sah Gullbrand fragend an. »Ist doch eine vitale Reaktion. Wie lange dauert es, bis ein Mensch wie Gerolf daran stirbt?«

Der Mediziner schmunzelte beinahe anerkennend. »Ja, er hat zunächst überlebt. Gifte wirken unterschiedlich schnell, wir warten also auf die Analyse. Ist es das, was ich vermute, trat der Tod nach maximal 15 bis 20 Minuten ein.«

Alban wies mit dem Finger auf den Hals des Getöteten. »Aha. Und in dieser Zeit wurde das Opfer erwürgt? Oder stranguliert? Hier sieht man Abdrücke am Hals.«

»Nein, die stammen nicht von einem Drosselinstrument oder großen Händen. Siehst du, ich kann sie wegdrücken. Es sind Leichenflecken. Abdrücke vom Würgen oder einer Drossel kann man nicht ...«

»Schon verstanden.« Alban reagierte beleidigt. Luna wusste, das würde ihm nicht noch einmal passieren. Alban arbeitete daran, alles zu wissen und sich nie eine Blöße zu geben. Wie sie wusste, ein unerreichbares Ziel.

Nach Beendigung der Obduktion fasste Gullbrand für die Ermittler kurz zusammen: »Im Coronargewebe sehe ich Gewebsuntergänge. Das kann durchaus als Indiz für meine Vermutung gelten. Genaueres in meinem Bericht. Abgesehen davon war der Mann gesund. Sicher, es hätte ihm nicht geschadet, mehr Sport zu treiben. Noch war er schlank, aber weit von einem supersportlichen Körper entfernt. Er hatte wohl einen Schreibtischjob, da erscheint es immer sinnvoll, einen sportlichen Ausgleich für mangelnde Bewegung zu suchen. Wir haben diese Einstichverletzungen, unzählige Hämatome, besonders gehäuft an der Außenseite der Unterarme, tiefe Schnitte in der Gesichtshaut und dem darunterliegenden Gewebe und Jochbein links zertrümmert. Der Schlag mit einer sonderbar geformten Waffe auf den Schädel mag der Einleitung der nachfolgenden Handlungen gedient haben. Danach war er vielleicht nicht mehr koordinationsfähig, leicht betäubt. Die Leichenflecken sind noch umlagerbar, aber nicht mehr völlig. Heißt: Er ist seit etwa zwölf Stunden tot. Bei einem möglichen Zeitfenster von circa zwei Stunden wurde er etwa gegen Mitternacht bis 2 Uhr getötet. Auch der Füllstand der Blase passt dazu. Genaueres könnt ihr dann im Obduktionsbericht nachlesen. Ich hoffe, die Tox-Analyse bringt uns rasch zu einem belastbaren Ergebnis. Ich kann nicht ausschließen, dass er starb, bevor das Gift seine volle Wirkung entfalten konnte. Wenn, dann kann es sich dabei nur um Sekunden gehandelt haben – ich sehe keine Fibrinbrücken.« Er hob den Kopf, sah die beiden Ermittler besorgt an. »Ich tippe auf Schlangengift. In Anbetracht der kurzen Zeitspanne zwischen Verabreichung und Tod muss es ein sehr potentes Toxin gewesen sein. Bei der ersten Analyse haben wir einen Cocktail von Substanzen gefunden, der mir aus meiner Arbeit in Afrika durchaus vertraut ist. Neurotoxin, Schmerzblocker, Lähmendes. Und es war ein Superstoß davon.«

»Echt?«, ächzte Alban ungläubig. »Das war kein Scherz?«

»Unsere heimische Fauna bietet eine solche Schlange nicht an. Vielleicht liegen diese beiden Einstichstellen nur zufällig so eng nebeneinander, stammen doch von einer Injektion. In Schweden gibt es in Freiheit keine derartigen Reptilien. Das giftigste, das wir zu bieten haben, ist die Kreuzotter, und deren Gift ist nur für vorgeschädigte Menschen gefährlich, in einzelnen Fällen auch tödlich. Abwarten, was die Analyse ergibt. Aber: Solltet ihr bei euren Ermittlungen auf einen Züchter oder Schlangensammler stoßen, wäre es gut, wenn die Alarmglocken klingeln! Ich tippe auf das Gift der Schwarzen Mamba. Hochwirksam und schnell zum Tod führend. Es gibt ein paar interessante Details über sie. Die schnellste Schlange ist sie, mit 20 Kilometern pro Stunde, eines der giftigsten Tiere Afrikas. Sie verwendet grundsätzlich eine Überdosis, um ihre Beute zur Strecke zu bringen. Das 400-Fache dessen, was eigentlich zum Töten notwendig wäre. Ein echter Overkill. Es werden in jedem Jahr mehrere tausend Menschen Opfer einer Begegnung mit ihr.«

»Ist es möglich, dieses Gift zu kaufen?«, fragte Luna entsetzt. »Kann das jeder einfach wie einen Liter Milch shoppen? Im Internet zum Beispiel?«

»Easy, ja. Nicht im Supermarkt, aber im Internet. Eine kleine Dosis ist allerdings um Potenzen teurer als ein Liter Milch«, gab der Rechtsmediziner lapidar zur Antwort.

14

Schweigend kehrten die beiden Ermittler zu ihrem Wagen zurück.

»Schlangengift.« Luna schüttelte den Kopf. »Schwarze Mamba.«

»Wir müssen rausfinden, wer diese Tiere besitzen darf, wer sie überhaupt hat. Danach checken, ob sie bei allen vollzählig zu Hause sind. Wenn hier eine solch gefährliche Schlange unterwegs ist, ist klar, dass wir eine Warnung an die Bevölkerung rausgeben.« Alban zupfte an seinem dunklen, kurzen Kinnbart, strich mit den Handflächen über die Oberschenkel. War offensichtlich sehr beunruhigt.

»Dieser junge Mann hatte einen Schreibtischjob, ein kleines Start-up, das Menschen Hilfe bei der Planung und der Umsetzung von Marketingstrategien anbietet, arbeitete häufig in seinem Haus auf Öland, hatte wenig Kontakte, kümmerte sich um seine Familie. Bisher kennen wir nur einen Kollegen, mit dem er sich locker ausgetauscht hat. Und dieser Mann wird durch eine Schlange getötet? Ermordet?«

»Jaaa, ist eher überraschend«, antwortete Luna gedehnt. »Auf den ersten Blick wirkt er nicht wie ein potenzielles Opfer. Wir müssen tiefer schürfen.«

Im Büro öffnete Alban den Posteingang auf seinem PC.

»Erster Bericht von Gullbrand. Schlangengift hat sich bestätigt.«

»Tatsächlich? Von welcher Art?«

»Die Analyse hat Mambalgin nachgewiesen. Schwarze Mamba. Wie er es vermutet hat.«

Luna hatte eine Informationsseite geöffnet.

»Schwarze Mamba – hm, die Schlange selbst ist meist gar nicht schwarz, sie ist grau, dunkelgrau oder sogar grün. Aber wenn sie ihr Maul zum Angriff aufreißt, sieht man, dass das Innere schwarz ist. Huh, sicher sehr beeindruckend.« Luna sah kurz über den Bildschirm zu Alban, der nickte. »Das Gift führt innerhalb von 15 bis 20 Minuten zum Tod des Opfers. Über Leiden oder Symptome steht hier nichts. Wir müssen Schlangensammler ausfindig machen.«

»Braucht man eine Genehmigung, wenn man solche Tiere hält? Kontrolliert jemand, ob sie sicher verwahrt werden?«

Luna zuckte mit den Schultern. »Ich hoffe mal. Außerdem gehe ich davon aus, dass solche Tiere unter unser Artenschutzgesetz fallen und nicht eingeführt werden dürfen. Was mit denen ist, die als echte Schweden aus dem Ei schlüpfen, kann ich nicht sagen.«

»Okay, klär ich.« Alban tippte eifrig auf der Tastatur.

Luna griff zum Telefon, erreichte eine zentrale Nummer, wurde weiterverbunden.

»Hallo, guten Tag, Janosz. Hier ist die Polizei Kalmar, Kommissarin Luna Bofink.«

Sie erlaubte dem Leiter des Reptilienhauses einen Moment der Verblüffung.

»Ja?« Das klang unsicher, so, als glaube er eher an einen Aprilscherz zur Unzeit als an einen echten Anruf der Polizei.

»Wir haben ein Mordopfer auf Öland. Der Rechtsmediziner geht von Schlangengift aus, die genaue Analyse meint, von der Schwarzen Mamba.«

»Äh, ja? Es kommt manchmal vor, dass Menschen von diesem Reptil gebissen werden, aber in Schweden leben keine Mambas. Unsere giftigste heimische Schlange ist die Kreuzotter. Theoretisch kann man an deren Biss sterben, ist aber sehr unwahrscheinlich. Passiert nur bei Vorschädigung. Ein Zusammentreffen mit der von dir genannten Schlange ist im normalen Leben bei uns unmöglich.«

Luna atmete leise, aber tief durch.

»Das wissen wir. Dennoch, die Tox-Analyse spricht für eine Schwarze Mamba. Habt ihr diese Schlangen bei euch im Reptilienhaus?«

»Klar, Grüne und Schwarze Mamba. Auch viele andere giftige Arten. Skorpione, Spinnen und Kröten. Die Wahrscheinlichkeit, von einer Mamba gebissen zu werden, geht wie gesagt gegen null, besonders dann, wenn du nicht von Berufs wegen mit ihnen zu tun hast.« Janosz klang so, als bemühe er sich maximal um Geduld, formulierte so, als spräche er zu einem unwissenden Kind.

»Das verstehe ich. Also: Alle eure Mambas komplett? Fehlt eine?« Luna hoffte, ihre Gereiztheit würde nicht in die Stimme durchschlagen, sie hasste es, wenn man in diesem Ton mit ihr sprach.

»Moment.« Luna hörte Schritte, die sich eilig entfernten. Im Hintergrund Stimmengewirr.

Schritte, die zurückkehrten.

Dann meldete sich Janosz wieder.

»Okay, der Pfleger geht nachzählen. Wir halten die Tiere in naturnaher Umgebung, was das Zählen ein wenig erschwert. Ich rufe dich zurück?«

»Ja, ist in Ordnung. Aber könnten die Tiere denn theoretisch aus dem Terrarium entkommen?«

»Nein. Aber wir überprüfen dennoch, ob alle da sind.«

»Wie kann denn ein Normalbürger in den Besitz einer solch gefährlichen Schlange kommen? Gibt es einen Markt dafür?«, erkundigte sich Luna.

»Klar. Für Geld kannst du dir fast alles kaufen, auch eine schwarze Mamba. Illegale Einfuhr – eine zusammengerollte Schlange im Gepäck schreit ja nicht laut um Hilfe, mit einer guten Portion Glück bringst du das Tier durch die Kontrolle. Niemand weiß genau, wer sich solche Reptilien hält. Da sie illegal eingeführt sind, wirst du es nicht allen möglichen Leuten erzählen. Gelegentlich werden Keller und Wohnungen ausgeräumt, und die Menschen staunen, was sich in ihrer Nachbarschaft getummelt hat. In Deutschland hat eine Frau vor kurzem sogar selbst die Feuerwehr alarmiert, weil ihr eine der giftigen Schlangen entkommen war. Die Beamten sind angerückt und haben eine Unmenge giftiger Tiere bei der Anruferin gefunden und beschlagnahmt. Wirklich so ziemlich alles, was es gibt.«

»Es existiert tatsächlich ein Markt für Giftschlangen? Echt?«

»Klar. Du kannst deine Schlange melken und das gewonnene Gift portionsweise verkaufen. Das bringt richtig Geld. Kobra, Mamba, auch Skorpion – was du willst. Mehr als 30.000 € pro Portion, das sind etwa 300.000 Schwedenkronen. Einige sind um Potenzen teurer. Manche der Typen, die giftiges Getier halten, haben ein Anti-Dot im Badezimmerschränkchen, aber nach einem Biss musst du dort erst mal hinkommen. Es gibt Menschen, die von ihren Boas erwürgt werden. Reptilien sind an einem Kuschelverhältnis zu ihrem Besitzer kein bisschen interessiert, die denken nicht darüber nach, ob sie dich mögen oder nicht. Wenn du passt, bist du Futter und gut. Gift ist ja nur eine Waffe von mehreren. Ich melde mich gleich bei dir.«

Luna warf Alban einen langen Blick zu.

»Mit dem Schlangengift kannst du viel Geld verdienen. Es gibt offensichtlich einen ziemlich florierenden Markt dafür. Der Zoo zählt bei den Mambas nach, dauert ein bisschen.«

»Was? Die wissen gar nicht, ob alle ihre Schlangen da sind?«, fragte Alban in ungläubigem Staunen.

»Na ja, ein Entkommen sei nicht möglich, meint Janosz. Naturnahes Ambiente im Terrarium.«

»Aha.«

»Ich bin durchaus auch der Meinung, dass solche Tiere nicht von Privatleuten gehalten werden dürften. Stell dir vor, deine Sicherheitseinrichtung versagt, du schaltest das Licht ein und im Keller kriecht so allerhand gefährliches Getier unter die Regale und versteckt sich. Super Vorstellung. Ich mag schon keine anderen, eher heimischen Tiere in meinem Keller um die Ecke huschen sehen!«

»Du meist heimische, etwa stecknadelkopfgroße Spinnen?«, feixte Alban, ignorierte das empörte Zischen der Kollegin. »Aber im Ernst, ich denke, das ist ein einmaliges Ding. Wer mordet schon mit Schlangengift?«

»Die Einstellung zu Schlangen ist, das muss ich zugeben, auch ein Erziehungsergebnis. Meine Schwester war mit Mann und Kindern in einem Ferienhaus in Dänemark. Da die Kinder noch ziemlich klein waren, ging sie routinemäßig das gesamte Gartengelände ab, suchte nach Gefahrenquellen … und fand eine Schlange. Die lag zusammengerollt in der Sonne unter einem Busch, direkt am Weg. Meine Schwester erkannte das Tier als Kreuzotter. Sie holte die Kinderschar, zeigte ihnen die Schlange, wies darauf hin, dass man das Tier nicht stören durfte, weil ein Biss giftig sei. Aber die Schlange wohne hier schon viel länger als die Familie, die ja gerade erst angekommen war, habe deshalb ältere Rechte und dürfe nicht gestört werden. Sie holte ein Ei aus dem mitgebrachten Vorrat, schlug es auf und legte die beiden Hälften mit Eimasse vor der Schlange ab. Das wiederholte sie nun mit den Kindern gemeinsam an jedem zweiten Tag – als Dankeschön für die Gastfreundschaft der Schlange, die tatsächlich auch an jedem Tag dort in der Sonne lag. Ihr Stammplatz. Einen Zwischenfall gab es nie, und die Kinder erzählten später begeistert von diesem Urlaub mit der giftigen Schlange.«

»Wow! Coole Reaktion deiner Schwester. Die Kids haben was fürs Leben gelernt und es nicht mal bemerkt.« Alban war beeindruckt. »Die Reaktion meiner Mutter wäre sicher völlig anders ausgefallen, das kann ich dir sagen. Wahrscheinlich hätte sie Hilfe angefordert, die das arme Tier abholen kommt – ältere Rechte hin oder her!«

»Na ja. Meine Mutter hat uns mit einem gewissen Fanatismus zur Achtung aller Lebewesen erzogen, gleich wie groß oder klein, giftig oder ungiftig. War eines ihrer obersten Prinzipien. Ausgenommen waren vielleicht Stechmücken und Zecken. Und die stecknadelgroßen Spinnen in meinem Keller, die Jarl aus dem Haus begleiten muss.« Luna lachte noch immer leise, als das Telefon wieder klingelte.

»Hallo, hier Janosz. Unsere Mambas sind vollzählig. Ich habe auch gleich bei der Auffangstation für beim Zoll sichergestellte Tiere nachgefragt: Bei denen befindet sich gerade keine Mamba in Obhut, sie melden sich, sollte eine gefunden werden.«

»Oh, das war nett von dir – vielen Dank. Wir suchen auch weiter …«

Luna legte auf, seufzte. »Keine Spur. Könnte also tatsächlich sein, dass diese Schlange illegal eingeführt wurde. Wir starten einen Presseaufruf.«

»Gut. Ich lasse das genehmigen.« Alban tippte eine Nummer ins Telefon.

»Könnte auch sein, dass die Mamba noch immer in Eketorp rumschlängelt. Wir schicken einen Suchtrupp und einen Spezialisten hin, der das … der das Tier im Falle des Falles schonend einfängt und gefahrlos sicherstellt.« Luna nickte dem Kollegen zu, der auch diese Anfrage erledigen würde.

15

15 Uhr
Kalmar, Schlossbezirk

Hannah war in Eile.

Sie warf einen Blick auf ihre Armbanduhr.

»Schon so spät! Mist!« Die junge Frau legte deutlich mehr Schwung in ihren Schritt. Fröhliche, auch um diese Zeit schon angetrunkene Menschen bewegten sich in Gruppen durch das Viertel. Ihr blieb nichts anderes übrig, als auszuweichen – schon um nicht in größere Schwierigkeiten zu geraten, falls jemand sie anrempelte. Mit diesen als Wikinger verkleideten Typen gab es, wie sie aus Erfahrung wusste, gern handgreifliche Auseinandersetzungen.

Auf dem Kopfsteinpflaster des Randstreifens in der Altstadt lief es sich nicht wirklich gut. Schon gar nicht mit diesen ziemlich hochhackigen Schuhen, die sie wegen des Dates, das sie im Anschluss an die Arbeit haben würde, jetzt schon trug.

Sonst hätte sich das Problem ergeben, die flachen, ausgetretenen Slipper in einer Tüte zum Anschlusstermin mitzunehmen. Sie wäre also gezwungen gewesen, sie den Rest des Tages mit sich rumzuschleppen – unpassend, lästig, indiskutabel. Dieser Zweitjob forderte stilsicheren Umgang und mit einer Supermarkttüte in der Hand … ausgeschlossen.

Natürlich knickte sie um.

Fing einen Sturz gerade noch ab.

Der Schmerz zog heiß vom Knöchel in den Vorfuß und schoss in der anderen Richtung die Wade hinauf.

»Scheiße!«, zischte Hannah, überprüfte mit geschultem Blick den Zustand des Schuhs. Der Knöchel würde sich beruhigen, aber wenn nun der teure Schuh einen Schaden genommen hätte ... eine Katastrophe!

Sekunden später atmete sie auf.

Dem Pumps war nichts passiert. Alles gut! Also weiter!

Die Bürgersteige im Bereich der Norra Langgatan waren schmal. Wenn man den drängelnden Touristengruppen ausweichen wollte, musste man nicht selten den ganzen Körper um 90 Grad drehen und sich an den Hauswänden entlangdrücken oder auf die Straße wechseln. Aber was tat man nicht alles, um den Besuchern den Aufenthalt so angenehm wie nur möglich zu gestalten. Viele hielten dieses Ausweichen für selbstverständlich, fast, als gehörten sie praktisch der Königsfamilie an, oft deutsche Touristen. Schließlich war die Königin eine Deutsche, das schien zu verbinden. Sie spürte eine Welle des Ärgers heiß in sich aufsteigen.

Natürlich gab es auch andere. Hin und wieder bedankten sich entgegenkommende Gäste freundlich. Hannah freute sich dann darüber, dass ihre Geste bemerkt worden war.

Im Moment war der Weg zur Arbeit praktisch in allen Straßen besonders beschwerlich. Zwischen die Touristen, die an der Ausstellung im Schloss und am eindrucksvollen Gebäude selbst interessiert waren, mischten sich viele als Wikinger Verkleidete mit entsprechender, sperriger Bewaffnung, Wikingerfrauen in ihren Gewändern und festlich gekleidete Edle in eher zarten Stoffen. Marktschreier waren unterwegs, priesen lautstark ihre Waren an.

Viele Geschäfte hatten ihr Sortiment erweitert, damit diejenigen, die noch nicht fertig ausgestattet waren, ihre zeitgemäße Kleidung problemlos erwerben konnten. Runde Schilde, Helme und mittelalterliche Waffen wurden gefühlt an jeder Ecke angeboten.

Musiker liefen mit ihren mittelalterlich anmutenden Instrumenten zwischen den Besuchern umher, animierten sie zu mehr oder weniger wilden Tänzen, ließen sich gern einen Obolus zustecken und tänzelten dann weiter. Auch schon mal einfach quer zum Lieferverkehr, der dann anhalten musste.

Die Straßen und Sträßchen waren heute fast unpassierbar – und es galt aufzupassen, wohin die Kämpfer mit ihren Waffen beim Gestikulieren zielten, um rechtzeitig ausweichen zu können.

Eben Mittelalterspektakelzeit.

Die Frauen wollten gesehen werden, drehten sich im leichten Wind in ihren Roben, die nicht alle wirklich dem Mittelalter zuzuordnen waren.

Musik aus sonderbaren Instrumenten, deren Namen Hannah nicht kannte, hing über dem Distrikt. Ein Sprachengewirr war zu hören – aber irgendwie gelang es den Verkleideten, sich miteinander zu verständigen. Streit gab es, allerdings waren heftige Auseinandersetzungen eher selten, zumal um diese Zeit des Tages. Stieg am Abend der Alkoholpegel, sah das etwas anders aus.

Sie schüttelte nachsichtig den Kopf.

Ihr wäre solch ein Auftritt nie in den Sinn gekommen. Nur die, deren Zeit nicht mit Arbeit gefüllt war, konnten sich Kostüme und Auszeit vom Alltag leisten.

Die Fenster der Erdgeschosswohnungen in der Norra Langgatan lagen in manchen Gebäuden so niedrig in der Fassade der pittoresken Häuschen, dass man selbst als kleiner Mensch bequem in die Stuben dahinter sehen konnte. Kleine Geschäfte, Cafés, Boutiquen und Wohnhäuser bildeten einen bunten Mix, der den Touristen gut gefiel.

Gardinen gab es in Schweden traditionell so gut wie nie. Hannah wusste, dass dieser Umstand manche Urlauber verwunderte. In Deutschland zum Beispiel war es unüblich, nackte Fenster in der Wohnung zu haben. Eine Freundin von ihr arbeitete in Ulm und erzählte, die Menschen empfänden die große, bei Nacht dunkle, spiegelnde Fläche als kalt und ungemütlich. Gardinen hätten hier in dieser Gasse nur gestört.

Blumentöpfe drängten sich mit Nippes gemeinsam auf einem Fensterbrett, die Fensterflügel wurden nach außen geöffnet, nur mit einem langen Metallhaken gesichert – wie üblich in den skandinavischen Ländern.

Vor dem kleinen, schmalen Haus mit grün gestrichener Eingangstür und grünen Holzläden angekommen, fischte sie den Zettel mit dem langen Türcode aus der Rocktasche.

Klingeln war ihrer Erfahrung nach sinnlos.

Kaspar, ihr Arbeitgeber, hörte nichts, wenn er arbeitete.

Wenn er nicht arbeitete, auch nicht.

Er wollte nichts hören.

Deshalb trug er spezielle Kopfhörer, die aktiv Außengeräusche unterdrückten. Vor einiger Zeit hatte ihr der Computerfreak aufgezeichnet, wie das funktionierte. Wellen, die sich gegenseitig aufhoben – so verstumme die Umwelt beinahe komplett, erklärte er.

»Absolute Stille ist ein Muss bei kreativer Arbeit und Konzentration auf das Wesentliche«, war eine seiner Hauptaussagen. Natürlich bedeutete das höheres Engagement der Bewohner seiner belebten Umwelt, wenn sie wahrgenommen werden wollten.

Hannah hatte eine eigene Meinung zu diesem Problem.

In ihren Augen war der Typ einfach nur so abgehoben, dass er den Umgang mit normalen Menschen nicht ertrug. Sie waren ihm zutiefst widerwärtig, lästig, störten. Mit deren profanen Problemen, weit vom eigenen Sein entfernt, wollte er keinen Kontakt. Er behandelte andere Menschen so, als wären sie von einer ansteckenden Krankheit befallen, die leicht auf ihn überspringen könne.

Statt sie sichtbar durch Nichtbeachtung auszugrenzen, was ihm vielleicht übel genommen worden wäre und sich womöglich auf seine Einnahmen ausgewirkt hätte, setzte er Kopfhörer auf, gab hartnäckig vor, er sei empfindlich, schirme sich nur gegen interruptive Geräusche ab. Interruptiv – das Wort hatte sie noch nie zuvor gehört, hielt es für eine Eigenschöpfung des jungen Mannes.

Es beweise klar seinen hohen Bildungsstand, nahm er wohl an.

Sie selbst würde wie immer ungehört eintreten, ohne ein für ihn wahrnehmbares Geräusch putzen und aufräumen, um dann, ebenso ungehört, wieder zu verschwinden. Sollte er Sonderwünsche haben, wie zum Beispiel das Bett abzuziehen und neu zu beziehen, die Wäsche zu waschen oder etwas einzukaufen, dann stand das als Notiz auf einem Zettel, den er in, wie er das nannte, ihrer Augenhöhe – also auf Ebene ihres Bauchnabels – an die Tür klebte.

Andere kleinzuhalten war eine seiner täglichen Übungen.

Kein Zettel heute, keine Spezialaufgaben.

Hannah trat in den schmalen Flur.

Lüften, entschied sie, war unbedingt notwendig. Auch ohne Extraaufforderung an der Tür.

Damit würde sie den heutigen Zirkel beginnen.

Der Staubsauger stand in einem Ikea-Schrank im Bad.

Sie begann ihre übliche Runde durch Kaspars Wohnräume.

Brauchte etwas mehr als zwei Stunden, um zufrieden konstatieren zu können, sie sei fertig.

Das Arbeitszimmer fiel unter das Betretungsverbot, er musste diesen Raum allein sauber halten.

Ihr selbst war es überhaupt nur einmal im Monat erlaubt, dort hineinzugehen.

Lohntag.

Kaspar zahlte bar, zählte dabei laut mit, damit sie erkennen sollte, wie teuer er ihre Arbeit erkaufen musste, schob das Geld in den Umschlag zurück und händigte ihn grinsend aus.

Heute würde es auch wieder so sein.

Erniedrigend.

Aber wer auf das Geld angewiesen war, konnte sich keine Animositäten leisten.

Sie klopfte.

Aus Prinzip.

Wohl wissend, dass er wegen der Kopfhörer nichts davon hören würde.

Schob dann vorsichtig die Tür auf, um ihn nicht durch ihr plötzliches Erscheinen zu erschrecken.

Das Erste, was sie bemerkte, war die Unmenge von Papier, die über den Boden verstreut war. Beinahe jede der Seiten war verdreckt.

Braune Flecken hier, größere und kleinere Lachen derselben Farbe dort. Spritzer bis an die Decke.

»Was zum Teufel hast du denn hier gefeiert?«, erkundigte sie sich möglichst laut.

Doch als sie den Blick vom Boden löste, um ihren Arbeitgeber anzusehen, offenbarte sich ihr, was sie lieber niemals erfahren oder gar mit eigenen Augen gesehen hätte.

Kaspar.

Der Mann, der angeblich sogar bei Nacht, allein in seinen Räumen, unter der Dusche eine Badehose trug.

Nackt.

Er, der in anderen Sphären schwebende Künstler, der kontaktscheue Einzelgänger, der niemanden mochte und niemandem schaden wollte, hatte offensichtlich eine tödliche Begegnung gehabt.

Hannah schnappte nach Luft.

Unterdrückte mühevoll einen Schrei, der machtvoll nach außen drängte.

Neben seinem Schreibtischstuhl lag ein Briefumschlag.

Ihr Umschlag!

Blutbespritzt.

Kurz entschlossen huschte sie mit wenigen Schritten heran, beugte sich so weit wie möglich vor, streckte den Arm aus und angelte mit spitzen Fingern nach dem kostbaren Stück.

Achtete bei Hin- und Rückweg sorgfältig darauf, nicht in die Blutspuren zu treten, was schwierig genug war, weil es offensichtlich noch nachsuppte.

Kurz presste sie ihre Beute mit der unbefleckten Seite an die Brust, atmete tief durch und ließ sie zusammengefaltet in ihrer Rocktasche verschwinden.

Bei einem letzten Blick über das Chaos überlegte sie logisch, ob sein Tod es wohl wert war, den wichtigen Termin, der für sie heute noch vorgesehen war, zu versäumen.

Nein!

Sollte sie überhaupt darüber nachdenken, die Polizei über den Mord zu informieren?

Nein!

Besser war, jetzt zügig aufzubrechen, mit möglichst unaufgeregtem Schritt, mit dem üblichen, unverbindlichen Lächeln um die Lippen.

Sollte sich doch jemand anderer um den toten Idioten kümmern!

Ihre Schürze hängte sie wie immer an den Haken in der Küche, obwohl sie das Ding lieber im Müll entsorgt hätte. Doch immerhin war denkbar, dass jemand sie hatte kommen sehen, den Staubsauger hören konnte, wusste, dass sie hier war. Wenn dann ihre Schürze … nein, so käme sie nur in Erklärungsnot. Ihre Version der Geschichte war der übliche Ablauf – den Abstecher ins Arbeitszimmer würde sie nicht einmal am Rande erwähnen.

Seufzend, denn nun musste sie sich nach einem neuen Job umsehen, nahm sie die Jacke vom Haken, kontrollierte im Spiegel ihr Aussehen und verließ zufrieden die Wohnung, schlüpfte durch die Haustür nach draußen und drängte sich eilig zwischen die Touristen, die an einer Führung durch das Schlossareal teilnahmen.

Vielleicht, aber wirklich nur vielleicht, würde sie später zurückkehren und die Leiche offiziell melden.

Nach dem Date.

Und anonym.

Ihre Gedanken blieben jedoch an dem Bild im Arbeitszimmer hängen.

Dieses zerstörte Gesicht – einen Moment lang war sie sich gar nicht mehr sicher, ob es sich bei dem Toten tatsächlich um Kaspar handelte.

Hatte etwa der Künstler jemanden in sein Arbeitszimmer gelockt und dann getötet, sich selbst irgendwo versteckt, da er ja wusste, dass Hannah heute käme?

Dann jedenfalls nicht in der Wohnung.

Sie putzte immer gründlich. Keine Chance, unentdeckt zu bleiben.

»Überhaupt«, murmelte sie vor sich hin, »glaube ich vielleicht nur wegen der Kopfhörer, dass der Tote Kaspar ist. Könnte ja sein, dass er selbst die Dinger dem Toten aufgesetzt hat. Wäre doch genau sein Ding. Er bietet dem Fremden die Kopfhörer an, und wenn der nichts mehr hört, schleicht er sich an den Mann ran und tötet ihn. Setzt sich dann ab, hofft, alle glauben, er sei das Opfer. Ich schicke auf jeden Fall nachher die Polizei vorbei. Die kommen sicher auch auf einen anonymen Hinweis zur genannten Adresse. Damit darf er nicht durchkommen!«, entschied sie abschließend, versuchte dann, sich wieder in Stimmung für ihr Date zu bringen.

Über die Formulierungen, die sie wählen würde, könnte sie später, auf dem Heimweg, nachdenken, auch darüber, warum Kaspar eine solche Tat hätte begehen sollen und wo sich ein öffentlicher Fernsprecher befand. Am Bahnhof? Sie zuckte mit den Schultern und beeilte sich, so viel emotionalen und räumlichen Abstand wie möglich zwischen sich und den toten Körper zu bringen.

16

16 Uhr
Kalmar

Luna betrachtete den computergenerierten Totenkopf.
Schnalzte unzufrieden mit der Zunge.

»Alban, wenn dieses ›Bild‹ eine Drohung sein soll –
warum schreibt der Absender den Satz ›Du wirst sterben‹
dann so unauffällig hinein, dass er dem Adressaten leicht
entgehen kann? Wenn ich jemanden bedrohen will, machte
ich das dann nicht eher unmissverständlich und deutlich?«

»Nun, so gehen die meisten Verfasser solcher Briefe vor.
Sie stellen sicher, dass die Drohung verstanden wird.« Der
Kollege runzelte die Stirn. »Diese Computerfreaks machen
das vielleicht anders. Und offensichtlich war der Absender sicher, dass Gerolf die Nachricht im Buchstabengewirr
suchen und entdecken wird.«

»Hm. Ich schicke eine Drohung, damit jemand entweder
etwas tut oder eben unterlässt. Wenn er im Text die Drohung gar nicht findet, kann er nicht nach meinen Wünschen reagieren. Je diskreter der Hinweis, desto größer die
Chance, dass der andere nichts mitkriegt. Also stirbt er dann
unwissend?«

»Ich denke schon.«

»Fragt der Droher vielleicht noch mal nach?«, insistierte
die Kollegin.

»Eher nicht. Schließlich möchte der Absender nicht
erkannt werden. Je häufiger er Kontakt sucht, desto höher
wird sein Risiko, entdeckt oder enttarnt zu werden.«

»Gerolf bekommt diese Drohung, erkennt die Bedeutung und handelt dennoch nicht so, wie es sich der andere vorstellt. Er stirbt im Wissen um die Problematik. Warum geht er nachts los, wenn er weiß, dass man ihn töten wird?« Luna machte eine Atempause. »Gut, die Tageszeit spielt hier nicht unbedingt eine Rolle bei der Frage der Bedrohung. Sein Mörder hätte ihm auch tagsüber auflauern können.« Sie stockte, setzte dann hinzu: »Oder er hatte die Zeile eben doch nicht entdeckt. Vielleicht nicht ernst genommen, ein Spaß unter Kollegen? Ging noch mal entspannt spazieren, wurde getötet und wusste gar nicht, aus welchem Grund?«

Alban nickte. »Ich verstehe das Problem. Der Angreifer hätte vielleicht gesagt ›Ey, wie blöd bist du eigentlich? Du wurdest schließlich gewarnt!‹ Dann wäre es Gerolf möglich gewesen verblüfft zu fragen, wie er das meine, er habe keinen Schimmer, worum es geht. Ein klärendes Gespräch, und er wäre nicht gestorben.«

»Ja. Genau.«

»Die Drohung als präventive Maßnahme wegen was auch immer. Warum dann der ganze Aufwand mit dem Schlangengift? Und die Zerstörung des Gesichts?«

»Normalerweise würden wir annehmen, die Identifizierung solle durch die massiven Schnitte im Gesicht erschwert werden. Doch wir wussten schon, dass Gerolf vermisst wurde. Ging der Täter davon aus, dass Rieke nicht besorgt wäre? Dann kannte er die Familie wohl nicht persönlich, wusste nichts über den Hintergrund des Opfers.«

»Warum ermorde ich jemanden, den ich nicht kenne, von dem ich nichts weiß?« Luna starrte aus dem Fenster. »Auftragsmord?« Sie atmete tief durch. »Verbindungsdaten seines Mobiles sind angefragt? Kontobewegungen? Gab es eine Verkehrskontrolle, vielleicht an der Brücke?«

Alban nickte. Das war Routine. »Klar. Dauert.«

Das Telefon klingelte.

»Ja, Luna!« Sofort bedauerte sie ihren aggressiven Ton.

»Störe ich?«, erkundigte sich die angenehme Stimme des Rechtsmediziners.

»Ach, entschuldige bitte. Wir suchen nach Motiven für die Tat und stecken ein bisschen fest.«

»Bei mir ist alles so weit klar. Schlangengift. Hoch dosiert. Wie die Mamba es gerne verbeißt. Und der Abgleich hat ergeben, dass es sich bei dem Toten aus Borg Eketorp um den Vermissten von Öland handelt.«

»Ach, das ist natürlich ein schwerer Schlag für die kleine Familie. Sehr hart für die junge Mutter«, murmelte Luna betroffen. »Tatsächlich habe ich mit ihnen gehofft, dass …«

»Verstehe ich gut. Aber das Ergebnis ist eindeutig.«

Luna atmete tief durch, räusperte sich und griff einen anderen Aspekt des Falles auf.

»Ich habe im Zoo angerufen, alle Schlangen vollzählig. Warum tötet man mit solch einem Gift?« Luna spürte, wie Zorn dennoch weiter in ihr aufstieg, wenn sie an Rieke und die beiden Kinder dachte. »Wir wissen noch immer nicht, wo wir ansetzen sollen.«

»Dieses Gift ist teuer. Der Täter hat es vielleicht verwendet, weil er einen gewissen Geltungsdrang hat, seinen Platz in der aktuellen Berichterstattung sichern wollte. Oder …«

»Oder er wollte eine Berichterstattung sicherstellen, damit andere potenzielle Opfer gewarnt werden?«, hakte Luna ein. »Denkbar wäre, dass er Zugang zu diesem Gift hat und es nur deshalb verwendet, weil er es besitzt?«

»Alles denkbar. Auf jeden Fall gilt: Keiner kann sich sicher sein, ist hier die deutlich enthaltene Drohung an die Adresse derer, die sich betroffen fühlen könnten und wohl auch sollten. Und auf der anderen Seite gilt: Wenn weitere Giftopfer gefunden werden, sollen alle sehen, dass er oder eben sie diese Taten begangen hat. Das gilt besonders auch für die Ermittler.«

Luna seufzte, bedankte sich, legte auf.

Ihre Augen wanderten zu Alban.

»Wir haben dieses Ergebnis im Grunde erwartet.« Er nickte der Kollegin zu. »Schnelle Aufklärung wäre prima!«

»Gut. Das ist bei jeder Ermittlung das Ziel. Wie weit bist du mit dem ersten Hintergrundcheck des Opfers?«

»Bisher habe ich nur allgemeine Informationen über ihn gefunden. Er ist seit fünf Jahren mit Rieke verheiratet, hat, wie wir wissen, zwei Kinder. Beide Eltern sind vor sieben Jahren verstorben. Ein tragischer Autounfall. Sie sind aus unbekannten Gründen bei einem Gewitter mit Starkregen von der Straße abgekommen. Geschwister gibt es nicht. Einzige lebende Verwandte ist eine Tante, Schwester des Vaters, die sich nach dem Tod der Eltern wohl intensiv um den jungen Mann gekümmert hat. Sie wohnt seit einem Jahr in einem Pflegeheim in Stockholm.«

»Die Kollegen sind auf dem Weg zu ihr?«

»Waren schon dort. Die alte Dame ist dement. Sie glauben nicht, dass sie verstanden hat, was sie ihr mitteilten.« Albans Stimme wurde dumpf. Luna wusste, er dachte an seine eigenen Eltern. Dement waren die beiden nicht, aber schwierig. Manchmal musste der Kollege notfallmäßig bei ihnen vorbeifahren, offenbar um Ehestreitigkeiten zu beenden. Sie hatte eigentlich angenommen, nach einer so langen gemeinsamen Zeit kämen Streitigkeiten nur noch selten vor – zumindest bei Albans Eltern sah die Lage anders aus.

Da er nicht darüber sprach, bohrte sie nicht nach.

Sie wollte ja auch nicht ständig über ihre Beziehung zu Jarl Auskunft geben, über die Diskussionen, die sie führten.

Privates war stets nur bedingt kollegentauglich, und manches blieb eben am besten privat.

»Neider, Feinde, Freunde?«

»Wenig Kontakte, die er regelmäßig nutzt. E-Mail-Verkehr findet meist mit Kunden statt. Er bietet Softwareleistungen für jedes Problem, passt sein Angebot den Bedürfnissen und Wünschen der Kunden an, sein Oeuvre umfasst support und rescue. Es gibt nur wenig Austausch mit anderen, wenn man von dem einen Kollegen absieht, den er gestern treffen wollte, und wenn, dann ist der Inhalt der Mails meist beruflich. Eine Message habe ich gefunden, die eine Verabredung enthält. Man wollte gemeinsam nach Kalmar zurückreisen. Das war vor zehn Tagen.« Alban seufzte. »Klingt nach einem ziemlich einsamen Job.«

»Wie unserer.« Luna verzog das Gesicht. »Unsere Arbeitszeiten machen einsam.« Sie lächelte den Kollegen aufmunternd an, doch ein trauriger Unterton war unüberhörbar gewesen. »Wir haben es ja nicht anders gewollt. Es ist selbst gewähltes Leid. So, und nun also weiter! Die Namen der anderen, mit denen er sich verabredet hatte, hast du, wir müssen nachfragen, was genau geplant war.«

»Eigentlich gibt es zu diesem Thema nur den einen Kontakt.« Alban legte die Stirn in Falten. »Kaspar. Sie wollten gemeinsam mit der Bahn zurückkommen. Mehr steht nicht in der Mail. Das finde ich aber anders.«

Er tippte flink auf der Tastatur, starrte auf den Monitor, klickte neu.

»Er hatte eine Firma? War er der einzige Kopf dort oder gibt es Angestellte? Hat Rieke etwas dazu gesagt?«

»Nein, keine Firma. Er hat allein gearbeitet. Es gibt wohl lockere Beziehungen zu anderen, die in ähnlichen Bereichen arbeiten. Ob sie befreundet sind, kann ich so natürlich nicht rausfinden. Vielleicht ist es nur ein loses Netzwerk, man unterstützt sich gegenseitig, hilft schon mal weiter – muss ja nicht gleich in Freundschaft ausarten.« Luna lächelte nachsichtig. »Die Dinge, die wir über ihn wissen, sind nicht ausreichend, um ein Bild von ihm entstehen zu lassen. Bisher ist er nicht mehr als ein Schattenriss.« Sie seufzte. »Gab es möglicherweise noch irgendwo ein Meeting? Denkbar wäre doch, dass sie als Gruppe aus dieser Gegend hingefahren sind.«

»Moment«, Alban tippte hektisch etwas ein, »da war ein Kommentar, den ich zufällig angeklickt hatte. Über einen Link bin ich hingekommen … ich hab's gleich …«

Im folgenden Schweigen war das Klacken der Tastatur ein lautes Geräusch.

»Ja, hier«, triumphierte er wenig später. »Er hat an einer Art Kongress teilgenommen, war angemeldet, steht auf der Teilnehmerliste. Thema der Veranstaltung war der Umgang mit ChatGPT und anderen Programmen, die in der Lage sind, Texte, Fotos und vieles mehr selbsttätig zu generieren. Dabei könnte es sich um eine Bedrohung des eigenen Tätigkeitsbereichs gehandelt haben. Vielleicht ging bei den Teilnehmern die Angst um, vom Computer, dem eigentlichen bisherigen Werkzeug, überflüssig gemacht zu werden. Angemeldet heißt natürlich nicht, dass er auch wirklich dort war. Möglich, dass er in einem Hotel oder einer Jugendherberge übernachtet hat. Das kriegen wir raus. Aber du hast recht, er hat irgendwie keine Kontur.«

Luna stemmte sich mit leisem Ächzen in den Stand. »Wir müssen die Familie verständigen. Ich will nicht, dass die Medien die Info so schnell auf Öland verbreiten, dass alle schon Bescheid wissen – nur die Familie selbst nicht.« Sie griff nach ihrer Jacke. »Kein leichter Weg.«

»Ich glaube, die Ehefrau geht längst davon aus, dass es sich bei dem Mordopfer um ihren Mann handelt. Sie hat gleich geahnt, dass etwas nicht stimmt, deshalb war sie auch so schnell bei Anka.«

»Na ja. Vielleicht ahnt sie es. Aber wir bringen jetzt

Gewissheit. Es wird für sie ein tiefer Schock.« Luna klang besorgt. »Jemand sollte die drei im Auge behalten.«

»Du glaubst ... Erweiterter Suizid?«

»Ist in solch dramatischen Situationen immer möglich. Wir entscheiden vor Ort, ob wir ein Kriseninterventionsteam benötigen.«

Rieke nickte. Nur kurz.

»Ihr seid zurück«, stellte sie leise fest.

Ihre Kinder kamen an die Tür, Arne schmiegte sich an ihren Oberschenkel, schob vorsichtshalber den Daumen in den Mund. Erick krabbelte glucksend näher heran und wurde von der Mutter auf den Arm genommen. Liebevoll drückte sie ihr Gesicht in seine Haare.

Luna wusste, es bedurfte keiner Worte, um der jungen Mutter zu erklären, dass ihr Mann nie mehr nach Hause kommen würde.

»War er am Abend vielleicht mit einem Freund verabredet? Mit einem Kollegen unterwegs?«

»Nein, deshalb war ich überrascht, als dieser Kollege anrief. Er wollte an einer Präsentation arbeiten. Manchmal ist das zu Hause schwierig. Die Kinder haben unruhige Nächte. An solchen Abenden fährt er gern mal zu Henner. Der hat eine Scheune, und Gerolf hatte einen Schlüssel. Konnte dort jederzeit unterschlüpfen, wenn er zum Beispiel einen Ablieferungstermin hatte, aber das Programm noch nicht fehlerfrei laufen wollte.«

»Das heißt, Henner wusste nicht unbedingt, dass der Freund in der Scheune saß?«

»Ja. Genau das heißt es. Gerolf wollte ja die andere Familie nicht mit seiner Anwesenheit stören. Ich glaube, die haben meist nichts von seinem Besuch mitbekommen.«

»Du glaubst, so war es auch gestern Abend?«

»Ja. Ich bin davon ausgegangen, dass er zu Henners Scheune geht. Vielleicht hätte ich ihn fragen sollen, mag sein, er hatte in Wahrheit noch etwas anderes vor.«

»Ist sein Laptop hier?«, hakte Luna nach.

Rieke stand wortlos auf, ging aus dem Raum, war Sekunden später zurück. »Nein.«

Luna wechselte das Thema. »Dieses Blatt mit dem Totenkopf – lag das im Briefkasten?« Geduldig wartete sie auf eine Antwort. Aus eigener Erfahrung wusste sie, wie schwierig es sein konnte, in solch einer Situation vermeintlich unwichtige Fragen zu beantworten.

Rieke überlegte offensichtlich.

Seufzte dann. »Tatsächlich glaube ich das möglicherweise nur. Er kam von draußen, hatte den Schlüssel, einen aufgerissenen Umschlag und diesen Zettel in der Hand. Natürlich wäre es denkbar, dass ich einen Zusammenhang hergestellt habe, den es gar nicht gab.«

»Es könnte also auch jemand draußen auf ihn gewartet haben, der ihm das Blatt direkt in die Hand drückte?«

»Ja. Theoretisch schon. Und ich konnte zu dem Zeitpunkt nicht deutlich erkennen, was auf dem Papier abgedruckt war, bestimmt wollte Gerolf mir den Anblick ersparen. Außerdem hätte ich natürlich sofort nachgefragt, von wem er solch einen Brief bekommen hat.«

»Gibt es in eurem Freundeskreis einen Fachmann für Marketingstrategien und die Erstellung des dazu passenden Werbematerials?«, erkundigte sich Alban.

»Manchmal hat Gerolf mit Kollegen telefoniert, gelegentlich hat man sich getroffen. Manchmal in Kalmar, manchmal in Stockholm, selten in Göteborg.«

»Hast du einen Namen für uns?« Albans Ungeduld war nicht zu überhören, und Luna warf ihm einen finsteren Blick zu.

»Nein, tut mir leid. Das war sein Bereich, er wollte nicht, dass ich involviert werde. Im Nachhinein ist mir klar, dass ich mich deutlich mehr dafür hätte interessieren sollen. Aber als der Kleine zunehmend mit Krampfanfällen zu kämpfen hatte, hat sich dieser Sorge einiges untergeordnet. Ich weiß, dass es einen Kollegen gibt, der Flyer entwirft und verkauft, der bietet auch Werbeclips an, die von einigen Anbietern eingesetzt werden.« Rieke klang wie frisch aus dem Tiefkühlschrank. Ihre Stimme wie klirrende Eiswürfel, die gegen eine Wand aus Glas schlugen.

Alban zog unwillkürlich die Schultern hoch – bis fast an die Ohren.

Geschieht ihm recht, dachte Luna mitleidslos.

»Wie seid ihr finanziell abgesichert?«, erkundigte sie sich vorsichtig.

»Geht. Wir haben ein bisschen angespart. Aber ich werde mir wohl einen Job suchen müssen. Es wird eine gehörige Umstellung für meine Kleinen sein, wenn Mor wieder arbeiten gehen muss.« Wieder umschlang sie beide Jungs mit ihren Armen und küsste jeden sanft auf die Wange.

»Aber du wirst eine Stelle finden?«

»Ja. Zuerst frage ich bei meinem letzten Arbeitgeber nach. Ich bin ja noch in Elternzeit. Aber die kann ich früher beenden, wenn ich möchte. Denkbar, dass er froh ist, wenn ich schneller als geplant zurückkomme.« Dabei war der Blick der Mutter leer und ihre Stimme dumpf.

Eindeutig nicht der Weg, den die Witwe mit Freude beschreiten würde.

»Ich verstehe, dass es eine unangenehme Entscheidung für dich ist. Der Große kann sicher in eine Betreuung gegeben werden – bei deinem Zwerg ist es schwieriger. Mir ist klar, dass du voller Sorge an deinem Schreibtisch sitzen wirst,

Angst um ihn wird deine Arbeitszeit belasten. Aber vielleicht kann ich dir helfen, eine Lösung zu finden. Ich kenne eine sehr sympathische Frau, die sich genau um solche Fälle kümmert. Wenn du erlaubst, rufe ich sie an und frage nach, ob es einen vakanten Platz gibt.«

Rieke nickte. »Wäre vielleicht einen Versuch wert. Vielleicht komme ich auf dein Angebot zurück.«

»Du meldest dich bei uns, wenn dir noch etwas einfällt?«, insistierte Alban.

Lunas Telefon brummte fordernd.

Sie warf einen Blick aufs Display, sprang auf und beeilte sich, in Richtung Haustür zu kommen. »Oh, entschuldige. Da muss ich rangehen«, rief sie dabei über die Schulter in den Raum zurück.

Wenig später hörte man, wie die Tür ins Schloss fiel.

Luna lief mit großen Schritten durch den Garten, versuchte Abstand zum Haus zu gewinnen. Schließlich musste niemand hören, was sie hier zu besprechen hatte.

»Was?« Lunas Stimme, schierer Unglauben. »Wo?«

»In Kalmar«, antwortete einer der Kollegen, der vor Ort eingesetzt war. »Schlossdistrikt. Ein Kaspar Wildmannen. Ein Computerfachmann für Werbedesign, Flyer, Plakate, solche Dinge eben. Der Anrufer war sehr wahrscheinlich weiblich, hat keinen Namen genannt. Es war wohl ein öffentlicher Fernsprecher, von dem aus wir benachrichtigt wurden. Nachbarn hätten sich über Geruchsbelästigung beschwert, behauptete die Stimme, die natürlich aufgezeichnet wurde. Also ehrlich, die müssen super empfindliche Nasen haben. Ich gebe ja zu, dass man in der Wohnung … nun, bei den Temperaturen im Moment. Aber vor der Tür ist es kaum wahrnehmbar. Ach – die Nachbarn haben auch eine junge Frau gesehen, die den Tatort verlassen hat. Es habe sich um die junge Frau gehandelt, die für Kaspar den Haushalt in Ordnung hält. Eine gewisse Hannah.«

»Hat Hannah vielleicht auch noch einen Nachnamen und eine Adresse – wenigstens eine Beschreibung?«, hakte Luna nach.

»Nein, bisher nicht. Wir sind dran, befragen auch die anderen Nachbarn. Die Forensik ist schon hier. Überall stehen diese Spurenkärtchen, wir dürfen erst rein, wenn die fertig sind. Kann noch ein bisschen dauern, meinte der Kollege.«

»Gut, wir kommen. Sind gerade auf Öland.«

»Ja, der eine Kollege des Forensikteams meinte, dieser Tote hier könne mit dem Toten von Eketorp zu tun haben. Aber das müsstet ihr euch selbst ansehen.«

»Was wollte er damit sagen?«

»Sieht aus wie der Mann von Eketorp, hat der Kollege gesagt. Ich kann mit dieser Aussage nichts anfangen, ihr aber seiner Meinung nach schon.«

»Wir sind hier fast fertig.« Luna warf einen nervösen Blick auf ihre Armbanduhr. »In spätestens einer Stunde sind wir da. Schick mir die genaue Adresse bitte aufs Handy.«

Damit beendete sie das Gespräch, kehrte ins Haus zurück.

»Kann ich jemanden anrufen, der dir zur Seite steht? Eine Freundin? Oder wäre dir jemand aus unserem Interventionsteam angenehmer?«, erkundigte sie sich bei Rieke, die den Kopf schüttelte.

»Nein, wenn du bei dieser Frau von der Betreuung für mich nachfragst, tust du schon mehr, als nötig ist.« Rieke schob einen zusammengerollten Zettel in Lunas Hand. »Meine Telefonnummer. Falls die Dame möchte, kann sie mich anrufen und wir sprechen über alle Probleme oder vereinbaren ein Treffen.«

»Was ist los?« Alban wirkte irritiert über den plötzlichen Aufbruch.

»In Kalmar gibt es einen Toten. Er könnte mit Gerolfs Tod in Zusammenhang stehen. Auch ein Start-up, Werbestrategien und deren Umsetzung. Offensichtlich hat er Werbeclips für Kunden gedreht und bei unterschiedlichen Providern untergebracht. Könnte durchaus sein, dass es sich um den Mann handelt, von dem Rieke gerade gesprochen hat. Offenkundig ist er ermordet worden. Die Spurensicherung ist vor Ort und ließ uns ausrichten, es gäbe Parallelen zum Fall auf Öland. Zeugen geben an, er habe heute Besuch von seiner Haushaltshilfe gehabt. Hannah. Wir werden sie suchen müssen.« Kurzfassung. Etwas wirr.

Alban wirkte überrascht. »Soll ich jetzt glauben, die Konkurrenten um den Werbebrei im Internet löschen sich plötzlich gegenseitig aus?«

»Nein. Aber es gibt wohl eine Verbindung zum Mordopfer von Öland. Dem gehen wir jetzt nach. Überprüfe doch schon mal, was genau Kaspar Wildmannen angeboten hat.«

»Du weißt, dass mir immer übel wird, wenn du so rast und ich dabei auf dem Handy irgendetwas checken soll«, beschwerte sich der Kollege, zog aber das kleine Telefon aus der Jackentasche.

»Ja. Aber wir alle wissen, dass eine Mordermittlung keinen Leerlauf verzeiht. Also Arbeitsteilung. Rasen magst du ja auch nicht.« Sie schaltete Blaulicht und Sondersignal ein.

17

Als der Besucher längst gegangen war, die ersten Nachrichtensender über den Toten von Eketorp berichteten, griff der Riese nach dem Telefon.

Starrte eine Weile ausdruckslos auf das Display.

Gab sich schließlich einen sichtbaren Ruck und tippte auf eine der Kurzwahltasten.

»Hi, hi«, meldete sich eine harte, wohl weibliche Stimme.

»Hi, hi. Ich glaube, statt der Lösung haben wir nun ein erheblich größeres Problem. Dein ›Mitarbeiter‹«, er sorgte dafür, dass die Anführungszeichen deutlich hörbar waren, »hat nebulös von seiner Ausführung des Auftrags berichtet. Besser, du überprüfst jetzt zügig, was genau dieser Kerl gemacht hat. Hat er hier bei mir nur Blödsinn gefaselt? Sollte der Quatsch tatsächlich von ihm so geliefert worden sein, wie er mich hat glauben lassen, weißt du wohl, was du zu tun hast! Du kennst die Regeln!«

Er beendete schnörkellos das Gespräch, schob das kleine Mobiltelefon in die Schublade zurück, schloss ab und checkte im Internet die neuesten Berichte über Vorkommnisse in der Region.

Stutzte.

Beugte sich ächzend weit über den Schreibtisch zum Bildschirm.

Ungläubig las er den angeklickten Artikel über die dramatischen Vorkommnisse auf Öland und die ersten, noch dürftigen Ermittlungsergebnisse mehrfach.

Schlug so heftig mit der Faust auf die Tischplatte, dass das Laptop einen weiten Satz in die Luft machte.

»Dieser Volltrottel! Dieser Blindgänger! Dieser …!«, ihm gingen die Vokabeln aus. Der Atem wurde knapp, der Druck in der Brust nahm zu.

Rasch grabbelte er in der Tasche seiner Weste nach dem Notfallmedikament. Fand es nach längerer Jagd mit den Fingern zwischen den Stofflagen und schob es nach einem prüfenden Blick in den Mund.

Zerbiss die kleine, flüssigkeitsgefüllte, transparente rote Perle entschlossen.

Lehnte sich zurück.

Wartete darauf, dass sein Körper sich beruhigen würde.

Konnte Geduld erfordern, wurde ihm bewusst.

»So ein schwachsinniger Vollidiot! Ich werde dafür sorgen, dass ein Mindest-IQ bei der Einstellung unserer Leute belegt werden muss. Sonst werde ich noch irgendwann wegen einer solchen Trippelnull den Löffel abgeben!«

Dann legte er die Hände auf den Wanst, den die Arme nicht so weit überbrücken konnten, dass er etwa die Finger hätte ineinander verschränken können, und schloss die Augen.

»Das hat ein Nachspiel. Nicht mit mir!«, schwor er sich und bemühte sich um eine Kontrolle der Atemfrequenz, zählte die Herzschläge, versuchte Tempo herauszunehmen. »Nicht mit mir!«

18

Askild erklärte der kleinen Versammlung, dass die Bewerbungen um Mitgliedschaft eingegangen und schon auf Richtigkeit überprüft wurden, der Kandidat feststünde.

Das Ausfüllen des Antrags erforderte eine gewisse Konzentration – und wenn man einen Fehler machte, war eine erneute Bewerbung um Aufnahme erst nach drei Drachenjahren möglich. Also faktisch in diesem Menschenleben nicht mehr.

Für viele war bereits das Ausfüllen eine harte Prüfung.

»Echt? Der hat sich tatsächlich beworben? Und der Drache hat das zugelassen? Krister? Ich kann es nicht glauben!«

»Nun, ihr wisst sehr genau, dass Dragon's Eye grundsätzlich allen offensteht, die Kandidaten müssen sich bewerben, ER, der Drache trifft die letzte Entscheidung, die dann von allen akzeptiert werden muss. Jeder von euch kennt das Prozedere, ihr habt es auch durchlaufen!« Der Sektenführer klang gereizt. »Ihr oder ich – wir sind es nicht, die diese Entscheidung treffen!«

Eine belastete Pause entstand.

Der Sanctus führte weiter aus: »Wenn ER meint, die Bewerbung sei akzeptabel, dann gilt SEIN Wort. ER täuscht sich nie – und wir sollten keine Zweifel an SEINER Entscheidung haben. Das Akzeptieren der Bewerbung ist noch keine abschließende Entscheidung über die Aufnahme.«

Ein kleiner Mann, mager mit Nickelbrille und tief in Richtung Hinterkopf angesiedelter Stirnglatze, mischte sich ein: »Ich denke, wir sollten vorab einen Blick auf die Bewerbungen werfen. Warum können wir IHM nicht die vorlegen, die uns sinnvoll erscheinen? Und danach kann ER daraus den nächsten Kandidaten auswählen.«

»Das, mein Lieber«, verkündete Askild kalt mit vernichtendem Blick, »nennt man Zensur. Das ist in unserem Land keine Alternative zur freien Wahl, zur freien Bewerbung. ER kann so etwas nicht ausstehen. Hoffentlich hat ER deine Worte nicht vernommen!« Der Prediger warf einen raschen Blick auf das Auge des Drachen, doch es glomm kein Schein darin auf. »Sieht so aus, als lasse er dir deinen Lapsus noch einmal durchgehen!« Askild seufzte erleichtert.

»Aber es wäre doch gut, wenn die Bewerber dadurch auf sich aufmerksam gemacht hätten, also bevor sie sich endgültig bewerben, meine ich, dass sie sich deutlich mit den Zielen von Dragon's Eye identifizierten, sie lebten! Dann wäre klarer, wer geeigneter Kandidat ist und wer nicht«, beharrte der Nickelbrillenträger unbeirrt.

Der Sanctus richtete sich zu voller Größe und Masse auf. Seine Miene war hart, der Ton entschlossen: »ER soll also aus einer Vorauswahl, die wir für IHN getroffen haben, wählen dürfen? Ha! Das würde ER niemals akzeptieren. Solltet ihr euch für solch ein Vorgehen entscheiden, würde uns alle SEINE furchtbare Rache treffen. Ihr vergesst, dass wir SEINE Handlanger sind! ER kümmert sich fürsorglich um uns, es ist nicht an uns, IHN zu verunglimpfen! ER ist unser spiritueller Meister – wer sollte uns vor SEINEM Zorn schützen? Wir kleinen Erdenbewohner würden von IHM ausradiert.« Askild hatte sich in Rage geredet. Der letzte Satz kam nur noch unter atemlosem Keuchen zustande, Schweiß stand auf seiner Stirn, und die Finger hinterließen feuchte Spuren auf dem polierten Oval des Tisches, wenn er sich aufstützte und vorbeugte, um seinen Worten auch physisch mehr Bedeutung zu verleihen.

Die Versammelten senkten die Blicke.

Gaben sich reuig, schuldbewusst, zerknirscht.

Doch die Gedanken sind frei, und hinter der Stirn einzelner entstanden Bilder, die dem Oberhaupt nicht gefallen hätten.

Askild spürte den geheimen Widerstand, bat die Versammelten aufzustehen.

»Jeder greife nach des anderen Hand!«

Alle erhoben sich, ein jeder verband sich mit seinen Nachbarn, die am Ende der jeweiligen Reihe griffen nach dem Nächsten hinter sich. So war bald die gesamte Gemeinde zu einem organischen Ganzen geworden.

Dragon's Stellvertreter rief über die Köpfe hinweg: »Wisset, dass Dragon sich uns ausgesucht hat, weil ER uns für diejenigen hält, die SEINE Kraft übernehmen und in die Welt tragen können und sollen! Dragon's Eye wurde von IHM ins Leben gerufen, weil er SEINE Wahrheit mit uns teilen möchte. Wir sind die Auserwählten. Überall erkennen wir schon Zeichen des Niedergangs der menschlichen Gesellschaft, doch Dragon wird uns davor bewahren, das Schicksal derer teilen zu müssen, die nicht an IHN, SEIN Wissen und SEINE Kraft glauben. ER weiß sehr genau, wer sich für unsere Gemeinschaft eignet, wer den richtigen Weg kennen soll. Weil wir damit noch immer Schwierigkeiten haben, gab ER uns als Instrument zur Beurteilung den Seelenmesser an die Hand. Wir überprüfen so die Reinheit des Glaubens eines jeden – und besonders eines jeden, der in die Gruppe, in unsere Mitte, aufgenommen werden will.«

Seine Stimme war tragend, wie von heiligem, spirituellem Empfinden durchzogen, ja, fast so, als käme sie von Dragon selbst. Er hielt den Seelengradmesser hoch. Gemurmel wie Rauschen waberte durch die Versammelten.

»Großer Dragon, sei unser Licht!«, murmelte der Chor der Gläubigen einstimmig, wie auf ein geheimes Kommando.

»Dragon schenkte uns dieses Werkzeug, um die Spreu vom Weizen zu trennen. So ist es keinem der Ungläubigen möglich, sich in unsere Mitte zu schleichen. Wir wissen alle um das Gerede hier. Doch Dragon weiß, dass es dereinst verstummen wird. Unsere Zeit ist nah, sie kommt schneller, als viele vermuteten. Dragon starb nicht: ER manifestierte und konzentrierte SEIN Selbst in SEINEM linken Auge und ließ es zu Stein werden. Das beeinflusste ER willentlich, rettete so SEIN Wissen und all SEINE Fähigkeiten in unsere Tage, führte mich an die geheime Stelle, ließ sich von mir finden, weil ER spürte, dass meine Seele geeignet war, euch in eine bessere Zukunft zu geleiten.«

»Großer Dragon, wir folgen deinem Rat!« Diesmal klang der Satz wie ein Schwur.

»Unsere Gemeinschaft ist stark. Stark im Glauben, stark in den Regeln, stark in der Lebensweise. Natürlich könnte vieles einfacher sein, wenn unser Glaube noch mehr Menschen überzeugte, doch ein jeder von uns arbeitet daran, jeden Tag, jede Stunde. Wir widersetzen uns den Verlockungen, die andere verführt haben, wir sind in unserem Glauben fest und unbeugsam.«

»Großer Dragon, sieh auf uns, deine Anhänger, mit Vertrauen und Liebe!« Der Chor hatte einen jeden eingefangen. Alle wieder in der Spur.

»Und so frage ich euch: Gibt es unter uns einen, der ängstlich ist, seinen Glauben verloren zu haben? Wer von euch möchte sich der Prüfung stellen?«

Alle senkten erneut den Blick und starrten auf ihre Schuhspitzen.

Nicht einmal mehr Atemgeräusche waren zu hören.

Offensichtlich hielten die Gläubigen kollektiv die Luft an.

Panik, der Überprüfung durch den Seelengradmesser nicht standhalten zu können, hätte keiner der Gläubigen eingeräumt, jeder sah sich fest in Dragon's Eye verankert.

Der Meister hob die Hände gen Himmel, präsentierte auf den Handtellern je den blauen Stein und die Messscheibe. »Sieh, Dragon, die Gemeinschaft geht geschlossen ihren Weg. Wir vertrauen DIR und dem, was DU für uns entscheidest. Und so wird der von DIR auserwählte Kandidat sich der Aufnahmeprüfung stellen.«

Er senkte die Arme wieder, richtete das Wort nun an seine Gemeindemitglieder. »Wie ihr wisst, sieht das Aufnahmeritual eine strenge Prüfung vor. Die wird für diesen Kandidaten nicht anders sein als für all die anderen davor. Ich werde seine Seele vermessen und mit IHM Zwiesprache halten.«

Der blaue Stein wurde vom Licht der Sonne getroffen und warf ein ganzes Farbenspektrum an die Wand des Versammlungsraumes.

Raunen machte sich Luft.

»Seht! ER stimmt diesem Verfahren zu. Wir werden also so vorgehen wie immer.«

Damit war die Sitzung beendet.

Zufrieden steckte Askild den Stein und das Messinstrument wieder ein.

Dann stimmte er erneut einen sonoren Gesang an, dessen Worte außer ihm selbst niemand kannte, deren Bedeutung keiner der Versammelten entschlüsseln konnte, stammten sie doch von Dragon selbst, der Askild als Sprachrohr nutzte. Die Gemeinde untermalte die fremden Laute durch Mitsummen der Melodie.

Auf ein Zeichen des Meisters steuerten die bereits auserwählten Teilnehmer ein »Dragon sei Dank« bei.

»Kehret nun in eure Heime zurück, möge Dragon einen jeden von euch in Güte und Behutsamkeit begleiten, ihm die Kraft gegeben, allen Anfeindungen zu widerstehen.«

Nach dem Gesang verbeugten sich alle und verließen nach und nach den Raum.

Das dauerte einige Zeit, weil nach jedem Mitglied die Tür geschlossen und 20 Sekunden gewartet wurde, damit sie für jeden Teilnehmer neu geöffnet werden konnte. Auf diese Weise wurde das Besondere eines jeden aus der Runde betont und gewürdigt.

Nachdem Ruhe eingekehrt war, atmete Askild auf.

Der Neuzugang wäre auch nicht seine Wahl gewesen.

Dragon hatte sich viele Gedanken zu ihm gemacht, wusste der Sektenführer, der in den letzten Nächten mit Dragon über diese Personalie gesprochen hatte.

Der Kandidat war geeignet, neuen Konzepten zum Durchbruch zu verhelfen, ja, das stimmte wahrscheinlich, hatte Askild eingeräumt und ja, manches Undenkbare könnte möglich werden.

Sicher, Dragon wusste, dass die Methoden speziell dieses Bewerbers oft genug zweifelhaft waren, meinte aber, darauf könne die Gemeinde im Bedarfsfall keine Rücksicht nehmen.

Nun gut, wenn ER das so bewertete, würde sein irdischer Vertreter akzeptieren.

19

18.40 Uhr
Schlossbezirk

Luna und Alban standen nach einem ersten Blick auf den Tatort wieder vor dem Haus, in dem Kaspars Leiche entdeckt wurde. Beschlossen die Nachbarn zu befragen, bis das Spurensicherungsteam fertig war und den Ort des Verbrechens freigab.

Sie klopften an Fenster im Erdgeschoss der Nachbarhäuser.

Leider waren viele Besucher zu dieser Zeit des Tages nicht anzutreffen, doch manche öffneten auf das fordernde Klingeln der Kommissare.

Serena, eine junge Frau mit Handtuchturban und grünlicher Gesichtsmaske, die frisch aufgetragen wirkte und mit einigen Gurkenscheiben belegt war, öffnete nur das Fenster.

Hereinbitten wollte sie die beiden Ermittler nicht.

Luna blieb stehen, machte Alban ein Zeichen weiterzugehen.

»Ja. Klar habe ich heute jemanden kommen und auch wieder gehen sehen! Er beschäftigt eine Frau, die für ihn putzt und wäscht, gelegentlich auch mal einkauft, selten kocht. Wir haben uns mal auf einen Kaffee getroffen und sie hat mir ein bisschen von der Arbeit erzählt. Ihr Name ist Hannah, sie kommt brav, trotz der vielen Hürden, die er ihr in den Weg gebaut hat. Sie darf nicht alle Räume betreten, bekommt den Lohn immer bar, erträgt stoisch all seine unglaublichen Beschimpfungen, nimmt die endlose Kritik hin, versucht alle Regeln zu befolgen, was durchaus eine Herausforderung ist. War! Sie ist wohl ab sofort arbeitslos. Kaspar! Der war ein echter Spinner!«

»Und diese junge Frau war heute auch hier?«, hakte Luna freundlich nach.

»Klar, Mitte des Monats kommt sie immer. Schließlich will sie ihren Lohn abholen. Als sie ging, sah sie nicht besonders aufgeregt aus. Eher so wie immer, nur schicker angezogen. Vielleicht hatte sie noch eine private Verabredung.«

»Danach hast du niemanden mehr kommen oder gehen sehen?«

»Nein. Aber wenn dieser jemand von leicht links kommt, sehe ich ihn natürlich nicht. Dann huscht er einfach rein.«

»Aha«, kommentierte die Kommissarin unbedacht.

»Du glaubst doch nicht, dass ich mich den ganzen Tag bis zur Hälfte aus dem Fenster hänge, nur um meine Nachbarschaft gut beobachten zu können? Neugier ist kein Laster von mir! Bin ja nicht bescheuert oder geil auf hirnloses Nachbarschaftsgetratsche.«

Luna versuchte die Nikotinflecken an den Händen der Zeugin zu ignorieren, nicht auf ihre Studionägel zu starren, an denen großflächig das grüne Gel abgeplatzt war. Bloß gut, schoss ihr durch den Kopf, dass sie sich nicht für aufgeklebte Chips entschieden hatte, sonst würden sich jetzt sicher viele Zentimeter lange und abgekaute, rissige Nägel an den Fingern der Hände abwechseln. Bei diesem Bild schüttelte sie sich.

Schnell drängte sie ihre Gedanken zum Fall zurück: Eine junge Frau, die seit Längerem die Wohnung des Opfers sauber hielt, seine schwierige Art ertragen musste, rastete aus, tötete ihn und nahm einen scharfen Gegenstand zu Hilfe, um sein Gesicht auszulöschen?

Luna stellten sich die Haare an den Unterarmen auf. Unangenehm. Schnell strich sie darüber, als fröstelte sie.

»Vielen Dank. Wenn wir weitere Fragen haben, wenden wir uns vielleicht noch einmal an dich«, versprach sie, notierte den Namen der Gesprächspartnerin und machte sich auf die Suche nach Alban.

Nun gut, überlegte sie abschließend, so vollkommen abwegig war das Szenario gar nicht.

Sie mussten dringend diese Frau namens Hannah finden!

Alban saß im Wohnzimmer einer älteren Dame, die sofort auf ihn zugekommen war, als sie bemerkte, dass er zur Polizei gehörte.

Mit »Ich denke, ich kann dir bei den Ermittlungen weiterhelfen« nahm sie ihn mit in ihr Wohnzimmer.

»Ich glaube, ich habe den Kerl gesehen«, eröffnete sie das Gespräch, nachdem sie Alban in einem Ohrensessel platziert hatte. »Der schlich schon seit Tagen hier herum. So ein älterer. Schlampige Kleidung und ein Bart, der mindestens bis zum Bauchnabel reichte. Ich dachte mir gleich, dass der nichts Gutes im Schilde führt. Ein Mörder oder Terrorist, war mir schnell klar.«

»Und kannst du dich an seine Kleidung erinnern?«

»So ein dreckiges Ding von Parka habe ich noch nie vorher gesehen. Vielleicht war der Mann einer von denen, die zur überzeugenden Tarnung keine Wohnung haben. Die Schuhe ausgetreten, die Hose hielt eine grobe Kordel in der Taille. Der Typ hat die ganze Zeit über gebrabbelt. Kein Wort zu verstehen, vielleicht Deutsch. Betteltourismus nenne ich das. Der ist mir eine Zeit lang nachgegangen. Wahrscheinlich kann ich von Glück sagen, dass der nicht über mich hergefallen ist. Leider hat es ja nun den armen

Kaspar getroffen, obwohl der sich sicher viel besser wehren konnte, als es mir möglich gewesen wäre.«

»Du meinst, der Mann hat die Verteidigungsbereitschaft deines Nachbarn falsch eingeschätzt?«

»Möglich. Ist ja auch denkbar, dass die beiden sich kannten.« Die alte Dame nickte dabei vehement mit dem Kopf. »Weil nämlich der Kaspar nur Leute in seine Räume lässt, die er kennt.« Sie stockte kurz, korrigierte dann in »kannte«.

»Und diesen Mann im Parka hast du noch nie zuvor gesehen?«, bohrte Alban hartnäckig weiter.

»Doch. Wie ich schon sagte, der schlich schon seit einigen Tagen hier herum«, vorwurfsvoll sah sie Alban an, vermutete wohl, er habe nicht zugehört. »Nun, ich glaube nicht, dass er wirklich zum Betteln in unserem Viertel war. Damit ist er hier nicht erfolgreich!« Deutlich war Empörung aus ihrem Ton zu hören, und Alban fragte sich, ob sie über die Tatsache entrüstet war, dass es jemand wagte, bei ihnen um eine Spende zu bitten, oder darüber, dass er bei niemandem etwas bekommen würde.

»Der hat nur ausbaldowert, bei wem es was zu holen gibt«, setzte die ältere Dame nach und schaffte so Klarheit.

Der Kommissar notierte sich seufzend den Namen der Zeugin. Er würde aus ihren Informationen eine Info für die Akte erstellen, glaubte aber nicht, dass sie wirklich zielführend sein würden.

Frustriert kehrte er in die Wohnung des Opfers zurück.

Luna, die den Kollegen nach einigem Suchen hatte finden können, stand im Arbeitszimmer Kaspars.

Starrte auf die Blutspuren.

Der Körper war gerade abtransportiert worden – Blut auf dem Boden, an den Wänden und sogar an der Decke bewies eindrücklich, wie brutal und unerbittlich der Täter vorgegangen war.

Der Umriss des leblosen Körpers, den die Kollegen markiert hatten, hob sich deutlich ab.

»Arterielle Blutung«, erklärte einer der Spurensicherer. »Und hier, diese länglichen Spuren sind Schleuderspuren. Die entstehen, wenn der Angreifer mehrfach in die Wunde schlägt und neu ausholt, wieder zuschlägt. Dabei werden dann die Anhaftungen von der Waffe weggeschleudert.«

Luna bedanke sich leise. »Die Wunde, über die wir sprechen, ist die am Kopf, ja?«

»Ja. Genau. Der erste Schlag war heftig, aber der Täter wollte wohl sichergehen, dass der Mann ihn nicht angreifen konnte. Und diese Spuren sind besonders auffällig. Wie eine lange Wurst, die sich über den Boden windet und dann mal hier und mal da mit dem Körper aufsetzt. Habe ich noch nie zuvor so gesehen.«

»Schlange?«, schlug Luna vor.

Warf einen nervösen Blick in die Zimmerecken. Sicherte ein Foto der Spur auf ihrem Handy.

Der Forensiker lachte laut auf. »Klar. Die besuchen am liebsten Webdesigner, und sobald die in ihrem Blut liegen, schieben sie sich genussvoll durch die Lachen. Ähnlich wie Baden in Jungfrauenblut – würde ja zum Mittelalterspektakel passen.« Noch immer lachend beeilte er sich, den Kollegen zu folgen, machte kehrt, kam zum Scanner zurück, hob den Deckel an und griff nach einem DIN-A4-Blatt.

»Kann ich mal sehen?«, fragte Luna und angelte mit behandschuhten Fingern nach dem Papier.

»Ja. Aber vorsichtig«, mahnte der junge Mitarbeiter des Forensikteams.

»Schau mal, sieht fast aus wie das von Gerolf. Kannst du lesen, was am Rand der Augenhöhle steht?«

Alban beugte sich näher über die Grafik.

»Der Tod ist auf dem Weg«, las er vor, reichte das Blatt an den Spurensicherer weiter.

Alban sah sich um. »Er hat sich heftig gewehrt. Bücher umgerissen, aus dem Regal gefegt, Schreibtisch abgeräumt, alles verstreut. Sieht aus, als sei er durch den Raum getaumelt und habe dabei selbst das schmale Regal dort drüben umgerissen. Er ist kein Riese, aber ich denke doch, dass er Widerstand geleistet und den anderen verletzt hat. Der Raum wirkt nicht so, als habe Kaspar sich seinem Schicksal ergeben wollen. Wir werden vielleicht Täter-DNA sichern können.«

Luna meinte: »Das Symbol sieht fast so aus wie auf dem Ausdruck, den Rieke uns überlassen hat. Wenn das eine Drohung ist, so hat Kaspar die jedenfalls auch bekommen.«

»Bis auf das Symbol auf der Stirn des Schädels sieht auch die Grafik tatsächlich sehr ähnlich aus«, bestätigte der Kollege nachdenklich. »Der Tod ist auf dem Weg«, murmelte er vor sich hin. »Kommt ein bisschen zu knapp vor dem Besuch des Absenders, um noch reagieren zu können. Ich fürchte, Kaspar hat das nicht als Drohung gesehen. Jedenfalls hat es wohl keinen Fluchtreflex ausgelöst.«

»Wir brauchen alle Speichermedien, die verwendet wurden. Falls er nicht Opfer, sondern Urheber der Grafik ist, finden wir sie dort – und in seinen Kontakten einen möglichen Auftraggeber, wenn es einen gibt.« Luna machte den Kollegen von der Forensik ein Zeichen, erklärte ihr Anliegen und sah zu, wie die elektronischen Speichermedien, Laptop, Desktop und viele andere Dinge in den Beweismittelbeuteln und Transportkisten verschwanden.

»Wisst ihr schon, wie der Täter reingekommen ist?«, erkundigte sie sich bei dem Forensiker.

»Ist ein Türcode. Es gibt Tricks, mit denen man das Signal auffangen, die Zahlenkombination rausfiltern und natürlich nutzen kann. Ist ähnlich wie bei den Schlüsselcodes fürs Auto.«

»Ist das Sonderwissen?«, erkundigte sich die Kommissarin.

»Nein, schon längst nicht mehr. Wer genau wissen will, wie so etwas funktioniert, kann alle notwendigen Informationen dazu im Netz finden. Kein Problem.« Damit hob der junge Kollege die Kiste mit den Speichermedien und dem Computer an und machte sich auf den Weg.

Zu Alban sagte sie: »Nach Auskunft der Zeugin hätte Hannah heute einen Umschlag mit Geld von Kaspar bekommen müssen, ihren Arbeitslohn. Aber hier sehe ich keinen. Kam er nicht dazu, ihn vorzubereiten? Oder hat sie ihn nach seinem gewaltsamen Tod vom Schreibtisch genommen und eingesteckt? War ja ihr Geld. Auf jeden Fall sollten wir davon ausgehen, dass sie um den gewaltsamen Tod ihres Arbeitgebers weiß, denn sie hat sicher die Tür geöffnet, um ihn auf den Lohn anzusprechen.«

Alban zuckte sichtbar zusammen. »Du meinst, diese Hannah sieht ihren offensichtlich ermordeten Arbeitgeber, nimmt den Umschlag an sich und geht dann ungerührt ihrer Wege? Verständigt auch nicht die Polizei?«

»Ja. Es wird Gründe dafür geben, warum sie ganz bewusst unauffällig davonging. Für mich gilt gerade dieses Unauffällige als Beweis dafür, dass sie den Umschlag an sich genommen hat. Sonst wäre sie sicher verärgert gewesen, wütend. Oder schockiert von dem Anblick im Arbeitszimmer. Aber davon war in der Aussage der Nachbarin keine Rede.«

»Sein Gesicht wurde ebenfalls verstümmelt. Das spricht nicht unbedingt für ihn selbst als Täter, nicht wahr? Suizid schließen wir auch hier aus. Die Haushaltshilfe muss gewusst haben, dass er ermordet wurde, wenn sie in diesem Raum war.«

»Stimmt. Selbst konnte er sich diese Verletzungen auf keinen Fall beibringen. Aber es bedeutet nicht, dass der Mörder zuvor seine Dienste als Webdesigner in Anspruch genommen hat. Wir haben noch keinen Ansatz – also ist alles möglich, alles wichtig.« Luna sah den Kollegen nachdenklich an. »Gehen wir erst mal davon aus: ein Täter, zwei Opfer? Gullbrand wird uns sicher weiterhelfen können.«

Albans Stimme war brüchig, als er zusammenfasste: »Sieht so aus, als habe derselbe Täter gewütet. Bisher haben wir keinen Zeugen, der jemanden hat kommen oder gehen sehen – mit Ausnahme der Haushaltshilfe, die aber beim Verlassen des Hauses nicht aufgeregt zu sein schien. Lebte Kaspar zu diesem Zeitpunkt noch, übergab ihr den Umschlag, bekam erst nach ihrem Weggehen Besuch von seinem Mörder? Ich fürchte, wir haben nicht so viel Überblick, dass wir weitere Morde verhindern können.«

Zur selben Zeit traf Hannah wie verabredet auf ihr Date.

Der gut gekleidete Mittvierziger betrachtete erst seine polierten Fingernägel, musterte danach abschätzend die junge Frau, die auf dem Stuhl gegenüber Platz genommen hatte.

»Du gefällst mir«, erklärte er, offensichtlich zufrieden mit dem, was er sah.

Er bestellte zwei Prosecco. Hob prostend sein Glas.

»Wenn jetzt auch noch der Preis stimmt, geht alles klar.« Seine Stimme war angenehm, fast wie die eines Märchenerzählers.

Dennoch war die Frage irritierend. »Preis?«

»Na, umsonst wirst du es nicht machen, davon ist wohl auszugehen.«

»Es geht hier um – was bitte?« Hannah machte Anstalten aufzustehen.

»Ich brauche Verstärkung für mein Team. Und dein Foto im Datingportal war passabel. Gut, das heißeste Ross im Stall wirst du nicht sein, aber ein bisschen Exotik kommt bei meinen Kunden gut an.« Er grinste anzüglich.

Hannah erhob sich schwungvoll. »Nun, hier wurde wohl etwas missverstanden. Ich bin nicht für Geld zu haben!«, erklärte sie schnippisch. »Solche Frauen und ihre Dienste passen nicht zu meiner Stellenbeschreibung!«

Damit wandte sie sich von ihm ab und verließ hoch erhobenen Hauptes mit festem Schritt die Bar in der Innenstadt.

Draußen traf sie auf zwei Bekannte.

»Hi, hi. Was machst du denn hier? Ist keine Bar für Frauen wie dich, würde ich meinen.« Ein junger Mann, der ein T-Shirt mit der Aufschrift »Size matters« trug, das seine individuelle Körpermasse nur noch mit Anstrengung und gespannten Nähten im Zaum halten konnte.

»Ja, das habe ich auch gerade bemerkt. Bin auf dem Heimweg.«

»Okay, hast du einen Moment?«, erkundigte sich der schlanke, eher kleine Freund des Oversizetyps.

»Wozu? Ich dachte, wir wollten uns nicht mehr gemeinsam sehen lassen, bis …«, sie hielt den Satz in der Schwebe.

»Kaspar ist tot. Weißt du das schon?«, erkundigte sich der Schlanke. »Das bedeutet, du hast keinen Job mehr.«

»Mach dir mal um meine Probleme keinen Kopf!«, gab Hannah giftig zurück. »Ich komme schon irgendwie klar. Muss ich ja.«

»Das war eine Riesensauerei, dass sie euch die Papiere abgenommen haben und nun Geld dafür verlangen, sie wieder rauszurücken.«

»Geht den anderen in der Regel auch so.« Hannah seufzte.
»Aber Sex gegen Geld – mach ich nicht.«

Die beiden Männer warfen sich bedeutungsvolle Blicke
zu.

Dann begann der Große tastend: »Es ist so … wir bräuch-
ten jemanden, der beim Mittelalterspektakel für Ablenkung
sorgt. Das Kostüm kriegst du von uns – und keine Bedenken, es wird nichts zeigen, was du niemanden sehen lassen
willst. Und dann musst du nur noch dafür sorgen, dass die
Blicke der Leute auf dich gerichtet bleiben. Das dürfte dir
nun wirklich nicht schwerfallen. Eine so gut aussehende
Frau ist für jeden ein Hingucken wert.«

»Und ihr?«

»Wir sind im Hintergrund aktiv. Ist ein klein bisschen
illegal, deshalb brauchen wir die Ablenkung. Niemand
weiß von unserem Plan. Du bist nicht mit uns in Verbindung zu bringen – und dein Lohn wird dich aus dieser
beschissenen Lage befreien. Obendrauf kriegst du so viel,
dass du für deine Familie in der Heimat sorgen kannst.
Bist du dabei?«

Hannah überlegte. Kurz.

»Okay. Wenn es irgendwie brenzlig wird, hau ich ab. Ihr
seid ›Eingeborene‹ – mich würde man abschieben. Ist das
für euch okay?«

Die beiden Männer nickten unisono.

»Gut.«

»Dann treffen wir uns morgen wieder hier. Deine Kleidergröße ist S?«

Hannah nickte. »Und ich darf machen, was ich will, um
die Blicke zu binden?«

»Ja. Singen, tanzen, über glühende Kohlen laufen, was
du willst. Selbst wenn du alle Kleider ausziehst – ist total
okay«, versicherte der Schlanke. »Es soll zum relevanten

Zeitpunkt nach Möglichkeit keiner zum Schloss gucken. Das kriegst du sicher hin. Wir vereinbaren ein Signal – und los geht's.«

»Was genau geht los?«

»Das muss dich nicht interessieren. Je weniger du weißt, desto unbeschwerter kannst du agieren«, stellte der Schlanke klar.

Hannah nickte. Es war seltsam. Es war logisch. Es war machbar.

Es würde sich lohnen.

»Bis morgen also«, verabschiedete sie sich, machte sich auf den Weg in ihre eigene Welt.

Als die beiden Männer nur noch ihren Rücken sahen, atmeten sie auf.

Der Schlanke fixierte den Großen und fragte ärgerlich: »Was hast du dir jetzt dabei gedacht? Hannah wird wahrscheinlich in gewaltige Schwierigkeiten geraten.«

Der Große zuckte mit den Schultern. »Schon vergessen, wie groß unsere Probleme sind? Und nach der Sache ... na, du weißt schon, ist es nicht besser geworden. Warum nicht ein zufälliges Treffen nutzen, um unsere eigenen Vorstellungen noch besser umsetzen zu können?«

»Ey, wir haben die Sache gut geplant. Die Polizei hat wohl bei Kaspar keine Hinweise auf uns gefunden. Heißt, die wissen nichts von unserem Plan. In der Presse wird diskutiert, wie immer. Und es geht dabei nicht um die Kuchentheke. Bei der Ausstellung haben sie einen anderen Fokus als die Versorgung der Aufpasser.«

»Es kann nicht schaden, eine weitere Absicherung einzubauen.«

»Komm, mach jetzt bloß nicht auf Panik. Alles ist durchdacht, die ganzen Hürden kennen wir, haben sie berücksich-

tigt. Hannah zu verwickeln ist erstens unnötig und zwei-
tens unfair.«

»Aber vielleicht hat doch einer was mitgekriegt. Zwei und
fünf zusammengezählt und zehn rausgekriegt.«

»Du und deine Bedenken. Und, nur nebenbei, es heißt
nicht zusammengezählt sondern multipliziert. Wir haben
doch auf der Fahrt nur ganz neutral über die geplante,
großartige Ausstellung in Kalmar Slott gesprochen, welche Exponate dort zu bestaunen sein werden, dass es Füh-
rungen geben wird, dass der Wert einzelner Ausstellungsstü-
cke sehr hoch ist. Dinge, die jeder im Internet finden kann.
Wären irgendwelche relevanten Sicherheitsfragen aufgetreten, stünde das in der Zeitung oder als Artikel im Internet!
So. Schluss jetzt. Wir gehen rüber in die Kneipe und trinken noch was.«

20

Gullbrand warf einen nachdenklichen Blick auf das zweite Opfer.

Hörte die Schritte der Ermittler über den Gang näherkommen.

Reichte ihnen beim Eintreten Haube, Kittel und Überschuhe.

Murrte dabei vor sich hin: »Überstunden sind so was von beziehungsschädlich. Geht euch doch auch so.«

Die beiden Ermittler nickten knapp.

»Zwei Opfer an einem Tag. Vermutlich von derselben Person getötet. Das haben wir selten. Also: Mambalgin, diesmal haben wir gleich danach gesucht – und der entsprechende Cocktail aus Schmerzmittel und neurologisch wirksamem Gift, hohe Dosierung, wie schon gesagt, spricht für die Schwarze Mamba.« Er wies mit dem Finger auf zwei punktförmige Verletzungen am Unterschenkel. »Seht ihr? Da sind wieder zwei Injektionsstellen. Wie bei Gerolf.«

Die Köpfe der beiden Kommissare beugten sich über die Stelle. »Ja. Sieht fast genauso aus.« Luna und Alban tauschten einen kurzen Blick.

»Sieh mal, das sind Spuren, die wir am Tatort gefunden haben.« Luna öffnete die Fotodatei auf ihrem Mobile. »Seltsam.«

»Typisch Schlange. Und die hatte es ziemlich eilig. Hat ihr nicht so richtig gefallen, dieser Ort.«

Luna schluckte hart. »Das bedeutet, der Kerl ist wirklich mit der Schlange im Gepäck unterwegs – und nun ist sie ihm entkommen?« Sie hoffte, Gullbrand würde den hysterischen Unterton nicht bemerken.

»Unwahrscheinlich. Er hat die Mamba sicher die ganze Zeit über im Blick gehabt. Ist ein sehr wertvoller Besitz, den lässt du ganz sicher nicht einfach irgendwohin verschwinden.«

»Das Gesicht wurde erst nach dem Tod zerschnitten?«, erkundigte sich Luna weiter, als habe es den Dialog über die Schlange nicht gegeben. »Sieht ähnlich aus wie bei Gerolf.«

»Nein, die massiven Verletzungen erfolgten vor seinem endgültigen Tod. Er hat stark geblutet, auch arteriell. Dazu muss, wie ihr wisst, das Herz noch schlagen.« Gullbrand wiegte den Kopf. »Ihr solltet euch mit den Ermittlungen beeilen.«

Gullbrand griff nach einem Skalpell. »Ich weiß, ihr wolltet das nicht glauben, es sieht wie Schlangenbiss aus. Das Gift haben wir schon, ihr habt sogar die Spur fotografieren können – fehlt nur noch das Reptil – das ist euer Job. Ein Unterschied zum Tod von Gerolf ist, dass dieses Opfer sich wohl heftig gewehrt hat, während Gerolf eher versucht hat, seinen Körper zu schützen. Diese Vielzahl von Verletzungen ist um den Todeszeitpunkt herum entstanden. Entweder er hat sich im Todeskampf selbst verletzt – oder sich entschlossen gewehrt. Ich tippe auf die zweite Variante. Als das Gift seine Wirkung entfaltete, musste er aufgeben. Erst dann kam die Waffe zum Einsatz, die sein Gesicht auslöschte.«

»Er oder sie hat dem Opfer beim Sterben zugesehen?« Lunas Blick flackerte für einen Sekundenbruchteil.

Gullbrand, dem nur selten ein Detail entging, hatte es bemerkt, nickte ihr verständnisvoll zu. »Ja, ich denke schon. Ich weiß, das ist keine beruhigende Vorstellung, aber der

Täter wollte sicher kein Risiko eingehen. Danach hat er den Körper komplett entkleidet, vielleicht um Spuren zu vernichten. Hautschuppen, Fasern, Speicheltropfen ... solche Dinge. Das geht aus Sicht des Täters am besten zeitnah zum letzten Atemzug, nach dem Eintreten des Rigor mortis wird es ungleich schwieriger. Entweder er weiß um die Möglichkeiten der Forensik oder er wollte aus anderen Gründen, dass der Körper nackt und schutzlos aufgefunden wird. Ihr habt es hier mit einem höchst gefährlichen Menschen zu tun. Allerdings sind meine psychologischen Kenntnisse eingerostet, bei meinen Patienten kommen sie in der Regel zu spät. Was ich sagen kann: Als der Angreifer sicher sein konnte, dass die finale Phase der Giftwirkung erreicht war, der junge Mann sich nicht mehr wehren konnte, hat er das Gesicht zerstört, abgewartet, ihn entkleidet, alles mitgenommen, was er am Leib getragen hatte, und ist aufgebrochen.«

»Der Rechner von Kaspar ist verschwunden. Er hatte offensichtlich mehrere, arbeitete auch mit vier oder sogar fünf Bildschirmen parallel, war ein Profi für das Erstellen von Layouts, hat mir einer der Kollegen erzählt. Die Nachbarn sind eher nicht sehr gesprächig.« Luna zuckte mit den Schultern. »Polizei ist nicht überall beliebt, selbst dann nicht, wenn sie keine Uniform trägt.«

Alban nickte seufzend. »Beim ersten Opfer wurde nach Aussage der Ehefrau ebenfalls der Laptop entwendet.«

Luna ergänzte: »Vielleicht gab es einen länger zurückliegenden Einbruch und Rieke stellte nur keine Verbindung zum Mord an ihrem Mann her. Wir müssen nachfragen, um sicher sein zu können, dass der Rechner erst seit Gerolfs Verschwinden fehlt. Möglicherweise liegt der aber auch in Henners Scheune. Rieke wusste wohl nicht immer, ob er den Rechner mitgenommen hatte.«

»Zwei nackte Opfer, getötet auf die gleiche Weise. Erst ein Schlag gegen den Kopf, dann Gift, danach das Zerstören des Gesichts. Wenn es sich in beiden Fällen ...«, begann Gullbrand und wurde von Alban unterbrochen»... suchen wir nach Verbindungen zwischen den Opfern. Ja!«

Der Rechtsmediziner nickte. »Dieser junge Mann hat übrigens Drogen konsumiert. Regelmäßig. Vielleicht ergibt sich daraus eine Verbindung.«

Luna schüttelte den Kopf. »Die Ehefrau des ersten Opfers erklärte, ihr Mann habe nie Drogen genommen, schon der Kinder wegen sei das gar nicht infrage gekommen.«

Gullbrand räusperte sich: »Frauen, auch Ehefrauen, wissen nicht immer alles über ihre Männer, glauben das aber meist«, knurrte er dann und übergab den beiden Ermittlern einen durchsichtigen Beutel. »Hier. Das ist eine Probe von dem, was ich aus den Verletzungen am Kopf isolieren konnte. Für mich sieht es nicht nach einem einfachen Kochlöffel als Tatwerkzeug aus.«

»Nein?« Luna nahm ihm das Tütchen ab, hob es näher an ihre Augen und murmelte dann: »Okay, ich verstehe, was du meinst.«

»Ja, sieht nach Schmutz aus. Und der kann bekannterweise auf verschiedenen Wegen und durch unterschiedliche Werkzeuge in eine Wunde gelangen.«

»Zum Beispiel?«, wollte Alban wissen und sah den Rechtsmediziner neugierig an. »Ein seltsames Instrument und du weißt, worum es sich handelt? Es führt uns direkt zum Täter?«

»Nein, so einfach ist es nicht. Aber ich habe sonderbare, trichterförmige Vertiefungen im Gewebe an den Schädeln der beiden Opfer gefunden, in definiertem Abstand. Es ist denkbar, dass er den Schlag gegen den Kopf führte, um das Opfer wehrunfähig zu machen. Und an verschiedenen Stellen der Körper beider Opfer konnte ich Tierhaare sichern. Weder Hund noch Katz.«

»Sondern?«

»Ratte und Maus. Erst habe ich mehrere in der Wunde an Kaspars Kopf entdeckt, daraufhin in den Proben des ersten Opfers noch einmal gezielt gesucht und auch dort zwei Mäusehaare sichergestellt.«

»Was können wir daraus schließen?« Luna sah den Rechtsmediziner an und nickte. »Okay, ich weiß schon. Der Kerl hat wirklich Schlangen.«

»Ja, genau. Er hält sich Tiere, die Mäuse und Ratten fressen. Das sind nicht nur Schlangen. Und – er züchtet das Futter wahrscheinlich selbst. Ist auf die Dauer teuer, wenn du die Tiere kaufst, und selbst gezüchtet ist auch besser, weil du dann weißt, was sie zu fressen bekommen haben. Außerdem wird nicht nachgefragt – und das könnte schon sein, wenn du die Tiere im Handel erwerben musst. Da fragt dich dann schon mal der eine oder andere Händler, wen du mit all den Tieren fütterst.«

»Okay, wenn wir davon ausgehen, dass der Täter diese Schlangen illegal hält, wäre es unverdächtiger, das Futter selbst zu züchten. Man braucht spezifisches Equipment, um diese Reptilien zu halten und artgerecht zu versorgen. Heißt für uns, dass wir Zoohandlungen und Schlangenfarmen abklappern müssen.«

Schweigend beobachteten die Kommissare, wie Gullbrand mit sicheren Bewegungen den Körper des Opfers eröffnete.

»Oh, hier ist der Beweis für meine These. Er hat eindeutig noch gelebt, als man sein Gesicht … denn ich finde Blut in Oesophagus und Trachea, sogar im Magen. Heißt, dass er Blut geschluckt und eingeatmet hat. Möglicherweise erstickte er schneller, als er am Gift sterben konnte.«

»Ehrlich, Gullbrand, ich kann mir nur schwer vorstellen, dass jemand mit einer solch gefährlichen Giftschlange im Rucksack durch die Straßen geht. Auf der Suche nach einem Opfer. Und was ist die dahinterstehende Botschaft, die er mit der Tötungsart übermitteln will? Du bist eine Schlange? Deshalb stirbst du auch durch eine?« Alban schüttelte genervt den Kopf.

»Möglicherweise ist das Szenario einfacher, als ihr glaubt. Wahrscheinlicher als ein Symbol zu setzen ist doch, dass der Täter schlicht davon ausgegangen ist, dass wir das Schlangengift nicht vermuten und deshalb nicht danach suchen. Ist ja nur deshalb so schnell gegangen, weil ich Erfahrungen damit habe, und das konnte er oder sie ja nicht ahnen.«

Der Mageninhalt des Opfers glitt in eine Edelstahlschale. »Hm. Sieht nach Frühstück und einem kleinen Mittagssnack aus. Überbackener Toast mit den Resten von Müsli. Nicht spektakulär. Analyse machen wir dennoch. Alles blutkontaminiert. Vielleicht war ein Betäubungsmittel im Schinken.«

»Er hat die Schlange direkt eingesetzt! Live und ohne Skrupel. Stell dir nur vor, was hätte passieren können, wenn … Und wir wissen nicht mit Sicherheit, dass er sie wieder mitgenommen hat. Bist du sicher, dass das Tier zugebissen hat?« Luna war entsetzt, kommentierte die Erkenntnisse zum Mageninhalt des Toten nicht.

»Wir haben die Einstichkanäle präpariert. Suchen nach einem Beweis. So schnell geht das alles nicht. Allerdings ist der Stichkanal eher gerade und verbreitet sich nicht zur Einstichstelle hin. Wir kriegen es raus, keine Sorge.«

»Vielleicht wurde unser Täter auch bei einem der Zoos entlassen«, spekulierte Alban.

»Beeilt euch. Ich fürchte, der plant längst den nächsten ›Besuch‹.« Gullbrand machte ein besorgtes Gesicht. »Der

Totenkopf ist eine Warnung, die dann kommt, wenn es schon zu spät ist.«

»Kaspar hatte so gut wie keinen Kontakt zu den Nachbarn. Gerolf kümmerte sich sehr intensiv um seine Familie, hatte ebenfalls nur wenig Kontakte. Bei Kaspar ging es so weit, dass er der Haushaltshilfe sogar verboten hatte, das Arbeitszimmer zu betreten.« Alban zuckte mit den Schultern. »Ist doch ein bisschen grotesk, oder? Da erstellt einer Websites und Werbematerialien, die anderen dabei helfen, in der Welt präsent zu werden oder zu bleiben, während es ihm selbst graust, auch nur vor die Tür zu gehen.«

»Wir suchen noch nach der Haushaltshilfe. Eine Zeugin wurde bereits aufgefordert, beim Anfertigen des Phantombildes von Hannah behilflich zu sein. Vielleicht sitzt sie schon bei den Kollegen. Damit könnten wir seinen und ihren Tagesablauf rekonstruieren, wissen, wann der Besucher kam, der ihn umgebracht hat. Sollte sie ins Arbeitszimmer gegangen sein, um ihren Lohn abzuholen, dann weiß sie nun, dass ihr Arbeitgeber nicht mehr am Leben ist.«

»Oder sie hat ihn getötet.« Alban zuckte mit den Schultern. »Ja, bisher wissen wir einfach zu wenig. Aber wie sollte das auch anders sein – zwei Tote innerhalb so kurzer Zeit.«

»Herz mit den erwarteten Gewebsniedergängen wie beim ersten Opfer. Ich denke, ihr könnt euch auf die Suche nach einem Täter für beide Morde machen.« Der Rechtsmediziner sah über den Rand der Brille, »Na, los! Husch. Ich brauche euch hier nicht. Der Bericht kommt.«

Verblüfft sahen sich die beiden Ermittler an.

»Und noch eines: Wer so mordet, der möchte ja wohl, dass ihr erkennt, dass er diese Morde begeht. Darüber haben wir schon gesprochen, auch über die Möglichkeit, dass er andere warnt. Die Presse wird darüber berichten, die Social Media-Plattformen sind sicher schon jetzt voll von Andeutungen,

Ahnungen und komplettem Nichtwissen, aber die User wollen mitreden, sind Selbstdarsteller ... Andere erkennen, dass sie in Gefahr sind. Sehr gut möglich, dass er noch nicht fertig ist. Er betreibt schließlich viel Aufwand, der muss sich am Ende lohnen.«

21

19 Uhr
Stockholm

Der Riese griff nach dem Mobiltelefon, tippte auf eine der Kurzwahltasten und wartete auf den Klingelton.

Fünf Mal, sieben Mal – er begann, mit den Fingern auf die Tischplatte zu klopfen.

»Ja!«, meldete sich endlich eine jugendliche Stimme in zackigem Ton.

»Was für einen Idioten hast du mir da geschickt? Der ist mehr als nur strohdoof, hat sich nicht an die Absprachen gehalten, sondern seine eigene ›geniale‹ Idee umgesetzt. Ich warne dich! Wenn du den nicht sofort zurückpfeifst, dann war es das mit uns im Doppel. Hast du mich verstanden?«

Zufrieden hörte er, wie der andere hart schluckte.

»Äh, ich verstehe nicht, was du meinst«, leitete der Angerufene seine Argumentationskette ein. »Der Mann, den ich für deinen Auftrag ausgewählt habe, ist einer meiner besten Jungs.« Er hörte selbst, dass diese Antwort wie Stammeln klang.

»Willst du mich verarschen?«, brüllte der Riese und donnerte mit der Faust so fest auf den Tisch, dass der Teilnehmer am anderen Ende der Leitung hören konnte, wie die Dinge auf dem Schreibtisch des Auftraggebers hochgeschleudert wurden und laut auf die Platte zurückknallten.

»Äh, nein.« Schweigen. »Nein, nein.« Nun klang er nicht mehr forsch, sondern kleinlaut, demütig, fast unterwürfig.

»Ich bestelle ihn ein und frage nach, was bei der Erledigung des Auftrags schiefgelaufen ist.«

»Dazu ist es nun zu spät. Dein Volldepp hat den Schaden ja bereits angerichtet. Du wirst ihn zurückpfeifen und dann das Problem persönlich aus der Welt schaffen! Ist das klar und deutlich genug? Einen Neuen aus deiner Truppe brauche ich nicht, ich vergebe die weiteren Aufträge an lokale Kräfte, die noch wissen, was es bedeutet, meine Wünsche exakt umzusetzen. Dir kann ich nur raten, auf dich und deine Familie gut aufzupassen. Ich kann Versager nämlich nicht ausstehen!«

»Warte!« Keuchen am anderen Ende. »Ich habe da einen Spezialisten, den ziehe ich von seinem momentanen Auftrag ab, der übernimmt. Ich versuche zu arrangieren, dass er das ab sofort kann. Und ich bin sicher, er wird alles zu deiner Zufriedenheit erledigen!« Nun klang es schon wie betteln.

Der Riese grinste verächtlich.

»Letzte Chance!«

Dann beendete er das Gespräch.

22

19.30 Uhr
Öland

Rieke saß auf der Couch.

Streichelte abwesend über den Kopf des Kleinen, seufzte, streichelte, seufzte.

Begegnete dem Blick Arnes.

Fragend und ungeduldig zugleich sah er sie an.

Als wolle er sie daran erinnern, dass es an ihr war, jetzt die Situation in die Hand zu nehmen.

Doch wenn sie in sich hineinlauschte, fand sie nur Leere, Kälte, Finsternis.

Gerolf kommt nie mehr nach Hause, hämmerte ein Gedanke pausenlos hinter ihrer Stirn.

Finde dich damit ab. Deine Kinder werden ohne Vater aufwachsen.

Und sie selbst?

War einfach mit der ganzen Situation hoffnungslos überfordert.

Dieses Szenario war in ihrer gemeinsamen Zukunftsplanung schlicht nicht vorgesehen.

Tränen drängten über den Lidrand, weitere quollen nach, ließen sich nicht stoppen.

»Es war nie besprochen, dass du dich einfach davonstehlen könntest«, flüsterte sie anklagend. »Wie zum Teufel ist es dir nur gelungen, jemanden so sehr gegen dich aufzubringen, dass er dich umbringen musste? Auf solch eine brutale Art und Weise?«

Ein Moment der Stille füllte den Raum vollständig aus.

Ihre Hände streichelten weiter, sie schenkte ihrem Großen einen aufmunternden Blick. Der Junge wertete das als Aufforderung und malte eifrig an seinem Bild weiter, während ihr eigenes Denken auf mute schaltete.

»Ausgemacht war, dass wir gemeinsam die Kinder großziehen. Und wir hatten uns geschworen, dass niemals einer den anderen zurücklassen würde, wenn es dann in vielen Jahrzehnten so weit war, dass man das Ende des Lebens schon sehen konnte. Und nun? Ich kann doch unsere beiden nicht elternlos ihrem Schicksal überlassen!«

Ihre Gedanken begaben sich auf Wege, die ihr nicht gefallen wollten und zu Überlegungen führten, die anzustellen sie nicht bereit war.

In welcher Reihenfolge war nun was zu tun?, war eine der Fragen, denen sie auszuweichen versuchte.

Sicher, die Rechtsmedizin würde Gerolfs Körper irgendwann freigeben, sie drei würden ihn beerdigen lassen müssen. Damit wäre für alle sichtbar, dass er nie wieder zu seiner Familie zurückkehren könnte, alle Hoffnung für sie selbst und die Jungs dahin.

Bei diesem Gedanken breitete sich jedes Mal ein Gefühl der Hilflosigkeit in ihr aus. Als sacke ihr Innerstes bis in die Sohle der Füße, verschwände im Untergrund und zurück bliebe eine leere Hülle.

Denken, Fühlen, Leben – alles nicht mehr greifbar, nichts davon konnte mehr angesteuert werden.

Und selbst der Gedanke an die Jungs bot keinen Halt mehr.

Es klopfte.

Sie beschloss, nicht zur Tür zu gehen.

Reinkommen konnte niemand, entgegen der Gepflogenheiten auf Öland hatte sie abgeschlossen.

Sollte die Welt doch klopfen, sie würde sie nicht reinlassen.

Was sollte sie auch sagen?

Die Leute auf Öland erwarteten eine Reaktion von ihr, doch zu so etwas war sie gar nicht in der Lage, entschied sie.

Derjenige, der dort stand, gab nicht so schnell auf, wiederholte das Klopfen.

Sie versuchte durch das Küchenfenster zu erkennen, wer sie stören wollte, doch der vorgebaute Eingangsbereich, der bei Regen sehr praktisch war, verhinderte nun, dass sie den Klopfer sehen konnte.

Mist.

Ihre Augen irrlichterten über den Rasen, die kurze, dichte Hecke bis zu dem fremden Auto an der Straße.

Müde nahm sie wieder auf der Couch Platz.

Aus welchem Grund sollte jemand herkommen, den sie gar nicht kannte?

Vielleicht ein Bekannter von Gerolf, der mit ihm verabredet war und nichts vom Tod ihres Mannes wusste.

Der Kleine jammerte leise im Schlaf, kuschelte sich tiefer in ihre Armbeuge.

Rieke legte ihn sanft auf der Decke ab, stand mit eckigen Bewegungen auf, wollte nachsehen, ob sie sich nicht doch getäuscht hatte, alles nur ein böser Traum war und Gerolf in seinem Arbeitszimmer hinter dem Computer saß, wie an jedem Tag.

Ein schrecklicher Tagtraum, gespeist aus ihren Urängsten.

Ein viel zu realistisch ausgefallener Albtraum.

Doch der fing gerade erst an.

Leise schlich die Mutter zur Tür, lauschte einen Moment und öffnete dann.

Niemand zu sehen.

Der Besucher hatte sich wohl zum Aufbruch entschieden.
Sie atmete auf.

Mit schleppenden Schritten kehrte sie ins Wohnzimmer
zurück.

Vor Entsetzen blieb sie abrupt stehen, brüllte in grenzen-
losem Zorn: »Leg sofort das Kind wieder auf die Decke, du
Schwein!«

Als der Kerl nicht reagierte, setzte sie mit zitterndem
Körper nach: »Leg ihn hin! Lass die Kinder in Ruhe, du
gefühlloses Arschloch. Sie haben gerade ihren Vater verloren, reicht das nicht?«

Als der ungebetene Gast keinerlei Anstalten machte, ihrer
Aufforderung nachzukommen, griff Rieke nach dem erst-
besten Gegenstand und riss kampfbereit den Arm hoch.
»Mach, dass du aus meinem Haus kommst! Ich werde keine
Rücksicht nehmen. Setz das Kind auf die Decke zurück, du
hörst doch, wie es weint, und das andere lass los!«

»Ist jetzt nicht dein Ernst, oder? Mit 'ner Packung Öltü-
cher gegen meine Pistole?«, grinste der Fremde fies.

23

19 Uhr
Öland

Askild griff nach dem Drachenauge, fing das Licht ein und funkelte blaue Sterne an die Wände.

Alles in Ordnung.

Das Ergebnis der Überprüfung seines Seelenzustandes war gut ausgefallen. Er lag im perfekten Bereich der Scala.

»Ich bin mit mir und dem Drachen im Reinen«, murmelte er zufrieden. »Schließlich würde ER es als Erster merken, wenn sich ein Teil meines Bewusstseins von IHM abkehrte. Mein persönlicher Wert ist wie immer 100 Prozent. Ihr solltet mir also vertrauen und nicht zaudern. Lasst euch nicht verunsichern von denen, die sich dem wahren Glauben verschließen. Sie werden untergehen, wir werden ins neue Leben schreiten, mit erhobenen Häuptern und ungebrochener Zuversicht. Schließlich lebe ich nur deshalb, weil ER mich errettete, als mein Leben schon verloschen war. ER fand den Knaben, der bei einem Ausflug über Bord gegangen war, der erstickt war, längst keinen Funken Leben mehr in sich trug. Sanft sorgte ER dafür, dass dieser Knabe im warmen Sand zu sich kam, gab ihm den Wunsch ein, er möge an dieser Stelle in die Tiefe graben, etwas Blaues warte darauf, von ihm gehoben zu werden. Der Knabe, der erkannt hatte, dass der Besitzer der Stimme sein Leben gerettet hatte, tat, worum er gebeten war – und fand den blauen Stein. Dies ist mein Vermächtnis, dass ich mit den auserwählten Menschen teilen werde. Gehe hin, verkünde das Wunder deiner Wiedergeburt, schare Gläubige um dich und führe sie unter meiner Anleitung in eine gelobte Zukunft. Denn die Welt, die nach dieser kommen wird, steht nur denen offen, die die Wahrheit kennen und an meine Kraft glauben. Ich! Ich bin der Heiler, der errettet, was tot war, der erblühen lässt, was vertrocknete, der alles Verdorrte aufleben lässt, Ertrunkenes in trockene Gestade führt. Denn das Zeitalter der Drachen ist nicht mehr weit!«

Askild nickte, als habe er die Worte gehört, nicht selbst gesprochen. »Der Seelengradmesser ist das Wunderwerk, das zu bauen ich dich befähigte. Es hilft dir, nur die wahren Seelen in diese sorgenfreie Zeit zu führen. Alle Zweifler, Vergifter, Lügner, Verderber werden dadurch erkannt und bleiben dem Untergang geweiht zurück!«

Als er den Blick hob, dauerte es einige Zeit, bis der Sanctus aus der Welt des Drachen wieder in sein Haus auf Öland zurückkehrte. Verhangen starrte er an die Wand, auf der noch immer die blauen Punkte tanzten.

Genau so würde er heute Abend predigen!

Er hatte jedes Wort aufgesogen, würde das Drachenfeuer auch in den Mitgliedern entfachen, keine Frage.

Er benötigte einige Lidschläge, bevor ihm bewusst wurde, dass sein Mobiltelefon klingelte und vibrierte.

Noch immer von den Worten des Drachens berauscht, meldete er sich. »Ja?«

»Hast du es schon gehört? Der Kaspar ist tot!«

»Kaspar?«, fragte Askild knapp nach, wollte Zeit gewinnen, um die Neuigkeit fassen und die Stimme unter Kontrolle bringen zu können.

»Ja. Kaspar, der Webdesigner aus Kalmar.«

»Ich weiß sehr genau, wer Kaspar ist«, gab Askild barsch zurück. »Woran sollte ein solch junger Mann sterben? Er war doch nicht krank, oder?«

»Er ist nicht einfach so gestorben! Jemand hat ihn getötet. So wie Gerolf. Hat das etwas zu bedeuten?«

»Das Ende ist nah!«, antwortete Askild entgeistert. »Das Zeitalter der Drachen ist gekommen! Wir müssen uns vorbereiten, damit ER uns, deren Seelen rein sind, mit SICH nehmen kann. Alle, die zurückbleiben sind des Todes!«

Der Anrufer blieb unbeeindruckt beim Thema: »Die Nachbarn haben aufgeschnappt, er sei leblos auf dem Boden in seinem Arbeitszimmer aufgefunden worden. Nackt. Alles voller Blut. Kurz nachdem die Haushaltshilfe gegangen war. Stell dir das bloß vor: nackt! Einfach unglaublich. Ausgerechnet Kaspar, der selbst vor sich selbst niemals nackt rumgelaufen wäre.« Er holte tief Luft, gab Askild ein paar Sekunden, um etwas zu antworten. Als der aber schwieg, fuhr er fort: »Einige denken, diese Haushaltshilfe könnte ihn getötet haben, aber ich bin nicht sicher, dass es so gewesen sein kann. Nach allem, was ich gehört habe, war es ein brutaler Mord – Gesicht zerschnitten und solche Dinge. Gehört eher nicht zur Stellenbeschreibung einer Haushaltshilfe.«

»Wurde er beraubt?«

»Keine Ahnung. Viel Raubgut kann ja bei Kaspar nicht zu finden gewesen sein.«

Askild hustete. »Sein Rechner, die Monitore, die ganze andere Technik? Daten von Kunden. Sicher alles eine Menge Geld wert.«

»Na ja, welchen Wert hat heute ein gebrauchter, alter Rechner? Die Daten hat Kaspar bestimmt irgendwo gut gesichert, auf dem Rechner werden sie nicht sein. Er war ja seit Jahren ein bisschen paranoid, wenn es um Einbrüche in Wohnung oder System ging, er hat nie zugelassen, dass ein Fremder sich hätte etwas runterladen können. Betriebsspionage! Selbst wenn jemand irgendeine externe Festplatte ergaunern könnte, wäre sie so verschlüsselt geschützt, dass niemals jemand an die Daten gelangen kann. Mal ehrlich, welcher Super-Hacker interessiert sich für die Daten einer Handvoll Menschen in und um Kalmar? Ich denke, man bräuchte schon einen Super-Hacker, nur um die Daten überhaupt zu finden geschweige denn zu entpacken.«

Tja, dachte Askild, das hoffe ich dringend.

Laut meinte er: »Es wäre gut, wenn wir die Community zusammenrufen. Oder?«

»Vielleicht hast du recht. Wir sollten zusammenkommen.«

Askild beendete das Gespräch mit einem zitternden Finger, der kaum bereit war, das Display zu berühren.

Was nun? Zusammenrufen war das eine, eine Erklärung zu finden aber schwierig. Es würde Fragen geben, auch solche, deren Beantwortung er lieber vermieden hätte. Müde setzte er sich an seinen Schreibtisch. Stützte den Kopf in die Hände, rieb die Schläfen.

Tastete trostsuchend nach Dragon's Eye.

Umfasste es mit der Faust, wartete ruhig.

Dragon wusste immer, was zu tun war.

Nach einigen Minuten nahm er den Stift zur Hand und begann damit aufzuschreiben, was Dragon ihm eingab.

Worte, die geeignet waren, Tatsachen bis zur Unendlichkeit, in der sich Dragon naturgemäß sehr gut auskannte, zu zerreden, bis keinerlei Informationen mehr darin zu erkennen waren.

24

»Nein!«, kreischte Rieke verzweifelt und ließ den Tränen freien Lauf. »Nein! Das darfst du nicht tun!«

Der Kerl, dessen Gesicht hinter einer Wollmaske verborgen war, schlug ihr kraftvoll mit der freien Hand gegen beide Wangen.

»Ich darf alles«, kommentierte er ihren Einwand. »Was immer ich will!«

»Gerolf ist tot! Hast du ihn umgebracht? Ja? Reicht dir nicht … nun willst du …« Sie umklammerte die Kinder und sah ihn hasserfüllt an. »Wir haben dir nichts getan! Weder er noch wir drei. Es reicht nicht, was du dieser Familie bereits an Leid zugefügt hast? Hau ab!«

Doch der Kerl machte keine Anstalten, von seinem Vorhaben abzulassen.

Er blieb.

Unbeeindruckt, stoisch.

»Wenn du nicht mit dem Gekreische aufhörst, erschieße ich jetzt und hier die Kinder – und zum Schluss – vielleicht«, er dehnte das letzte Wort wie Kaugummi, »aber eben nur vielleicht – dich. Kann gut sein, ich lasse dich zur Strafe am Leben. Dann kannst du den Rest deiner Tage darüber nachdenken, was du deiner Familie angetan hast.«

»Ich? Im Moment willst du uns etwas antun! Du Gefühlskrüppel verwechselst die Rollen. Du zielst mit einer Waffe auf uns. Meine Kinder können dir gar nichts angetan haben, du bist nichts weiter als ein seelenloser Killer!«

»Genau!«, bestätigte der Kerl grinsend und fühlte sich offensichtlich von ihren Worten in seinem Stolz über diese Rolle bestätigt. Sein Körper straffte sich, der Kopf wurde eitel in die Höhe gereckt. »Dafür werde ich gut bezahlt, ich bin der Beste.« Er gönnte sich ein noch breiteres Grinsen. »Und jetzt hör mit dem weibischen Gezeter auf! Das konnte ich noch nie leiden, geht mir nur auf die Nerven. Wenn du also nicht willst, dass ich euer Gejammer jetzt sofort einfach ausknipse, kommt ihr wohl besser mit.«

»Ich …«

»Maul halten!« Der Kerl feuerte einen Schuss aufs Fenster ab. Ein paar Scherben rieselten auf die verängstigten Geiseln herab, das Gros aber landete im Garten.

Rieke hatte keine Wahl.

Sie schob Arne vor sich her, ging mit Erick auf dem Arm dicht hinter ihrem Großen.

Dachte voller Angst daran, dass diese Situation für den Kleinen besonders belastend war, überprüfte besorgt mit einem Finger, ob sie den fast leeren Blister mit dem Medikament für den Kleinen wie üblich in der Hosentasche hatte.

Doch der Finger fand nur ein Taschentuch.

25

Alban war ratlos.

Kaspar war offensichtlich kein geselliger Typ.

Kaum Besuch, wenige Anrufe aufs Handy, Festnetz gab es nicht.

Immerhin hatten die Techniker einige Mails gesichert.

Doch auch hier: nur eine Handvoll gespeicherte Adressen.

Die meisten davon ließen sich beruflichen Kontakten zuordnen. Anfragen zu Werbematerial, direkte Bestellungen, Nachschub für vorhergegangene Aufträge.

Alban wusste zwar, dass die Kollegen bisher nur an der Oberfläche gekratzt hatten, empfand das bisherige Ergebnis dennoch als desillusionierend.

Er seufzte schwer.

Luna nickte ihm aufmunternd zu. »Ist wenig, ja. Eine Verbindung zu Gerolf lässt sich bisher ebenfalls nicht nachweisen. Könnte sein, dass die beiden sich am liebsten in persönlichem Kontakt ausgetauscht haben. Im Netz schien ihnen zu unsicher, zu indiskret?«

»Immerhin haben wir ein vorzeigbares Foto von Kaspar. Ist ein Werbebild von seiner Website. Vielleicht weiß Rieke, ob ihr Mann Kaspar kannte, hat ihn möglicherweise sogar persönlich kennengelernt, konnte nur mit dem Namen nichts anfangen.«

»Möglich. Fragen wir sie danach. Ist eigentlich ein Auto

auf Gerolf zugelassen?« Luna warf dem Kollegen einen fragenden Blick zu.

Alban öffnete ein neues Programm, brummte unzufrieden vor sich hin. »Er hat einen gültigen Führerschein. Rieke auch. Aber ein Auto ist auf seinen oder ihren Namen nicht angemeldet. Eigentlich komisch. Ich dachte, dass wegen der Erkrankung des Kindes auf jeden Fall eines für den Notfall vorhanden wäre.«

»Wieder eine neue Frage für die Liste.« Luna notierte den Punkt.

»Denkbar, dass er sich im Zweifel ein Auto mietete oder es bei einem der Nachbarn ausleihen konnte. Vielleicht kaufte er nur einmal im Monat groß für die Familie ein, den Rest der Wege erledigte er mit dem Nahverkehr und dem Rad.« Alban grinste schief. »Lastenfahrrad?«

»Wir müssen also auch checken, ob er in letzter Zeit einen Mietwagen gebucht hatte.«

»Nun. Diese Information geben die Firmen nicht gern am Telefon preis. Ich versuche es, aber fürchte, dass wir wohl hinfahren müssen. Die Technik findet vielleicht eine Mail, dann haben wir einen Ansatzpunkt. Weißt du, wie viele Mietwagenfirmen es in der Umgebung gibt?«

Als sie sich auf den Weg nach Öland machen wollten, brummte Albans Telefon.

Der Klingelton verriet ihm, wer ihn zu erreichen versuchte.

»Mor«, flüsterte Alban Luna zu. »Morgen soll ich zu ihr zum Essen kommen. Sie kocht Jasons Frestelse. Mein Lieblingsgericht. Wahrscheinlich soll ich noch etwas mitbringen.«

Die Kollegin nickte verstehend, beschloss, schon ins Auto einzusteigen und dort auf den Kollegen zu warten.

Ein Festessen zu einem Festtag. Hatte Alban womöglich Geburtstag?

»Hi, hi, Mor! Ist was passiert?« Alban legte bewusst eine gewisse Gereiztheit in seine Stimme, die Mutter sollte merken, dass der Zeitpunkt für ihren Anruf schlecht gewählt war.

»Ich will dich wirklich gar nicht stören«, begann die Mutter, und Alban wähnte schon, sie habe den Wink verstanden. Sekunden später zuckte er heftig zusammen.

»Aber weißt du, Junge, ich bin in der Ambulanz des Krankenhauses. Die wollen mir nicht glauben, dass ich mit dem blöden Wäschekorb in den Händen die Treppe runtergefallen bin. Wenn ich das richtig verstehe, hätten sie gern eine Bestätigung von einem glaubhaften Angehörigen. Ich fürchte, die denken, ich bin nicht ganz klar im Kopf. In meinem Alter ist so ein Schlag gegen den Kopf gefährlich und auch Demenz nicht ausgeschlossen. Na, ein Kommissar wird wohl als verlässlich durchgehen, dachte ich mir.«

Alban umklammerte das Mobiltelefon so fest, dass seine Finger sich weiß verfärbten.

»Du bist die Treppe runtergefallen?«, zischte er bebend vor Zorn. »Freiwillig?«

»Ach, Junge. Natürlich habe ich einfach die eine Stufe übersehen. Du weißt doch, dass mir das durchaus öfter mal passiert.«

»Nein!«, brauste der Sohn auf. »Dir passiert ER! Wie schlimm ist es dieses Mal?«

»Geht schon. Der rechte Arm ist gebrochen, das Gesicht leicht ramponiert. So kann ich natürlich unmöglich auf der Straße rumlaufen. Meine Kleidung ist ja auch blutig. Wenn ich mich jetzt in diesem Zustand auf den Weg zum Bus mache, ruft sicher jemand die Polizei.«

Alban stöhnte laut. »Hast du Geld dabei? Zum Beispiel für ein Taxi?«

»Aber Junge! Ich habe immer Geld dabei, schließlich habe ich ausreichend Erfahrung mit solchen Situationen. Ich könnte also eines nehmen. Aber die Ärzte zicken rum.« Sie senkte die Stimme. »Die glauben, ich habe nur Angst, die Wahrheit zu erzählen. Sie wollen mich beschützen.«

Alban sah sich genötigt, mit dem diensthabenden Arzt in der Notaufnahme zu sprechen. Er versicherte, er werde sich so schnell wie möglich um Klärung des Sachverhalts bemühen.

Und, wusste er, genau das würde er auch tun!

Luna hatte das Mienenspiel des Kollegen im Rückspiegel beobachtet und ahnte, dass sie die nächsten Stunden allein ermitteln würde.

Als er wenig später angehetzt kam, sah sie ihm sofort an, dass es ein ernstes Problem innerhalb der Familie gegeben haben musste.

Alban warf sich auf den Beifahrersitz.

Stöhnte. »Mein Vater – du weißt ja, wie das mit Eltern ist. Er löst Probleme gewalttätig, wenn ihm die Argumente ausgehen. Diesmal hat er meiner Mutter den Arm gebrochen und sie offensichtlich kraftvoll verprügelt. Auch ihr Gesicht hat einige Schläge abbekommen. Ich muss sie aus der Notaufnahme ›befreien‹. Man glaubt ihr die Version vom Unfall nicht, möchte einen Angehörigen sprechen.« Er barg das Gesicht in seinen Händen. »Es ist einfach nicht zu glauben!«

»Fahr hin. Den Besuch bei Rieke schaffe ich auch allein. Deine Mutter braucht jetzt Unterstützung. Vielleicht auch Abstand?«

Alban warf der Kollegin erst einen nachdenklichen, dann

einen dankbaren Blick zu, sprang wieder aus dem Auto, lief los, brauste mit seinem roten Mini davon.

✳

Öland
20.30 Uhr

Luna fand die Haustür verschlossen vor.

Überraschend.

Mehr noch: ungewöhnlich.

Das Gelände wirkte verwaist, kein Geräusch war zu hören.

Seltsam, dachte Luna, wohin könnte die Familie aufgebrochen sein? Klinikbesuch wegen eines Anfalls von Erick? Oder zu Verwandten?

Gab es im Hintergrund eine liebevolle Angehörige, die den drei traumatisierten Menschen Unterschlupf bieten würde?

Aber warum hatte Rieke dann nicht Bescheid gegeben?

Wollte die Mutter mit den Kindern allein sein – ohne übereifrig tröstende Nachbarn?

Besorgt zog sie ihr Mobiltelefon hervor und rief die Kollegen von Öland an, um nachzufragen, ob Rieke dort eine Nachricht hinterlassen habe.

»Hi, hi, Anka. Ich stehe vor dem Haus von Rieke und Gerolf, aber es scheint niemand zu Hause zu sein. Hast du eine Ahnung, wohin die drei gegangen sein könnten? Oma?«

Anka hustete, krächzte dann »Kekskrümel«, röchelte, hustete kräftig, meldete sich dann erneut. »Wie? Du stehst vor der Tür und niemand ist da?«, fragte sie ungläubig nach. »Abgeschlossen?«

»Ja. Und das Gelände wirkt unbelebt. Keinerlei Geräusche, kein Fernseher, keine Musik. Licht brennt auch nicht.«

»Könnte sein, dass sie nach Kalmar gefahren ist. Aber mal ehrlich, für ein Gespräch mit einem Bestatter ist diese Uhrzeit … na, ja, wer weiß, möglicherweise Sondertermin. Hm, das wäre doch auch kein Treffen, zu dem man zwei kleine Kinder mitnimmt.«

»Großeltern?«

»Ich glaube nicht. Aber vielleicht gab es nur einfach keinen Kontakt zu ihnen, kommt öfter vor, als man denkt.«

»Kannst du versuchen zu checken, ob es Verwandtschaft in der Nähe gibt?«

»Klar. Ich fahre schnell rüber. Der Computer weiß alles. Wenn ich etwas gefunden habe, rufe ich dich zurück.«

Luna sah sich ein letztes Mal um.

Umrundete das kleine Haus, fand Glasscherben auf dem Rasen, ein zerbrochenes Fenster.

Arne hatte einen Ball …?

Unwahrscheinlich, Rieke hätte ihn wohl nicht im Haus Fußball spielen lassen.

Vorsichtig warf sie einen Blick ins Zimmer.

Alles ordentlich. Nur ein sonderbarer Geruch hing im Raum. Brenzlig?

Kein Einbruch, oder?

Eingeschlagen schied aus, dann wären die Scherben weitgehend im Haus gelandet und nicht im Garten.

Zögernd kehrte sie zu ihrem Auto zurück, beschloss, an die Küste zu fahren.

Vielleicht hatte Rieke tatsächlich ein Lastenfahrrad, in dem sie die beiden Kinder problemlos transportieren konnte.

Erkenntnisse einer Fortbildung drängten in ihre Erinnerung, die mahnenden Worte der Kursleiterin.

Ihr wurde das Herz schwer.

Ein traumatisches Ereignis, der Verlust des Ehepartners, mit dem man die Hürden des Alltags gemeinsam bewältigen konnte. Hürden, die nun vielleicht unüberwindbar erschienen? Eine Zukunft, die in dicker, klebriger Schwärze versank?

Auch wenn Rieke auf sie nicht so gewirkt hatte, konnte sie dennoch eine Kurzschlussreaktion nicht ausschließen. Erweiterter Suizid?

Sie wusste, dass bei den internen Diskussionen mit Kollegen oft die unterschiedlichen Sichtweisen hart aufeinanderprallten. Die einen verstanden durchaus, dass Eltern ihre Kinder nicht in einer ungewissen Zukunft ohne Eltern zurücklassen wollten, andere meinten, es sei keine freie Entscheidung der Kinder für diesen Schritt, also sei es kein Suizid im klassischen Sinne, sondern nichts anderes als Mord an den eigenen Nachkommen, alles andere nur eine Ausrede.

Während sie ans Meer fuhr, steigerte sich die latente Panik in Luna deutlich.

Kein geparktes Auto zu sehen.

Allerdings: Fahrräder lagen dort.

Achtlos hingeworfen.

Mehrere stylische Sportbikes.

Ein Damenrad mit Kindersitz, ein kleines Rad.

Luna sah entsetzt ihre Sorge bestätigt, rannte los.

Schon nach wenigen weiten Sätzen kam ihr eine Frau mit ihren beiden Kindern entgegen. Nicht Rieke und ihre beiden, eine Fremde, die der heranstürmenden Frau einen überraschten Blick zuwarf.

Luna hörte sie unbeschwert lachen, die Mutter diskutierte mit den Kindern über das Verstauen der Fundstücke vom Strand und das Anziehen der trockenen Kleidung aus der großen Tasche, die über der Schulter der Mutter gehangen hatte.

Ihre Augen patrouillierten an der Küste entlang.

Entdeckten große Konstruktionen aus Ästen, aufgeschichtet zu großen Bergen.

In unterschiedlichen Abständen voneinander entfernt.

Niemand zu sehen.

Dachte sie.

Fuhr erschrocken zusammen, als eine dunkle Stimme sie ansprach.

»Was wird das? Problemlösung durch aufs Meer starren?«

Ihr Blick wurde von den Augen eines jungen Mannes eingefangen, der sie kritisch und ein wenig übellaunig musterte.

»Klappt das denn? Dann bleibe ich einfach hier stehen und warte, bis sich alles von selbst gelöst hat.«

»Kann dauern. Weiß ich aus Erfahrung. Das Meer ist ein wankelmütiger Kerl. Mal Freund, mal nicht, im schlimmsten Fall wendet es sich gar gegen dich.«

»Hm, hast du diese Erfahrung schon gemacht?«

»Ja. Wer nicht? Warst du schon mal hier, wenn es richtig stürmt? Ich schon. Das ist schiere ungebändigte Kraft. Menschen interessieren das Meer nicht, sind zu unbedeutend, zu schwach.«

»Warum bist du hier? Wartest du auch auf eine Lösung deiner Probleme?«

»Ich bewache den Holzstoß. Ist einfach, weil es im Sommer hier nie dunkel wird. Man kann die ganze Nacht durch ohne Lampe lesen! Mücken kommen natürlich trotzdem, aber wenn ich eine kleine Lampe anmachen müsste, kämen viel viel mehr der Blutsauger. Ist ein entspannender Job: lesen und natürlich den Holzstoß im Auge behalten.«

»Ach«, mehr fiel Luna dazu nicht ein.

»Na – wegen Midsommar! Wie bist du denn drauf, dass du das nicht auf dem Schirm hast!«, staunte der junge Mann. »So ein großes Fest – und du hast es vergessen?«

»Ja, tatsächlich habe ich das. Und es ist wirklich erstaunlich, weil ich genau in der Midsommarnacht meinem Lebenspartner zum ersten Mal begegnet bin. Und nun leben wir schon seit einigen Jahren zusammen.« Sie lauschte ihrer eigenen Stimme nach, der die Sehnsucht nach Jarl anzuhören war. Zusammen. Im Moment eher nicht. Aber sie hatte dem jungen Kerl ohnehin schon zu viel erzählt.

»Tja. Liegt an der Arbeit. Wenn man nicht gut aufpasst, dann verschluckt sie auch noch den Teil des Daseins, der eigentlich den Freuden vorbehalten war. Du solltest besser auf diese Zeitverschiebung achten und dagegen vorgehen.«

»So, wie du das tust?« Jetzt flüsterte sie.

»Ich bin auf der Arbeitsseite des Lebens Informatiker. Wir sind im Moment gefragt, jedermann hat Probleme mit dem Computer, Hardware und Software. Alle wollen schnelle Hilfe, am besten sofort und mit der Garantie für lebenslange Heilung. Und? Ich stehe jetzt hier und passe auf, dass unser tolles Midsommarfyr auch wirklich ein super Erlebnis wird – für Jung und nicht mehr ganz Jung. Die Bühne für die Musiker bauen wir ab morgen. Ich wache, bis das Feuer wieder aus ist, helfe dann beim Abräumen – und kehre nach dem Wochenende von meiner Lebenszeit wieder in die Arbeitszeit und an meinen Schreibtisch zurück.«

Luna seufzte. »Das ist eine perfekte Teilung für dich. Ich kann das so nicht handhaben – ich bin bei der Polizei.« Fatalistisch setzte sie hinzu: »Lebenszeit ist auch schnell beendet, wenn ein Mörder ins Spiel kommt.« Sie konnte nicht verhindern, dass der Satz »Du wirst sterben« in ihrem Denken aufpoppte. Sie drehte sich langsam um.

»Mach's gut. Ich drücke die Daumen, dass keiner dieser Feuerteufel kommt, um euch das schöne Fest und den Spaß zu verderben.«

Als sie zum Auto zurückkehrte, spürte sie seinen Blick in ihrem Rücken.

»Wahrscheinlich bin ich nur hysterisch. Rieke geht mit dem Schock wohl anders um, als ich ihr unterstellt habe«, ordnete sie ihre Emotionen und Aktionen neu ein. »Immer sehe ich nur das Schlimmste!«, fluchte sie vor sich hin und kehrte zum Haus der Familie zurück.

Sören wartete bereits, lasziv an den Streifenwagen gelehnt, in der Auffahrt.

»Hi, hi. Anka hat mich angerufen, damit ich mal vorbeifahre. Im Computer haben wir Großeltern gefunden. Riekes Familie. Die leben nicht hier, sondern in Südafrika. Auswanderer. Haben dort ein Luxusressort für gut betuchte Gäste mit prominentem Namen. Wir haben nicht angerufen, wollten keine Unruhe streuen. Da niemand von den Großeltern weiß, gehe ich davon aus, dass die Familie keinen Kontakt zu ihnen wollte. Und eine Vermisstenmeldung oder etwa eine Todesnachricht am Telefon überbringen zu müssen, ist auch immer ungünstig.«

»Du meinst, es wäre besser, wenn du sie persönlich überbringst. Südafrika?« Lunas getrübte Laune schlug in ihrer Stimme durch.

Sören hustete empört. »Nein, natürlich nicht. Ist nicht mein bevorzugtes Klima, ich hab's eher mit der nordischen Kühle, dem Wind und den dicht über dem Boden lang ziehenden Wolken, die aussehen, als könne man sie mit einer kleinen Leiter erreichen. Brütende Hitze, sengende Sonne, lebensgefährliche Tiere an jeder Ecke, alles nicht mein Ding – und ich als Überbringer schlechter Nachrichten in einem

Ressort für all die Reichen und Schönen? Das passt nicht. Aber man hätte doch im Fall der Fälle eher Kollegen vor Ort zu ihnen geschickt.«

Luna nickte.

Eine kurze, wortlose Pause entstand, Sören nestelte an seinem Holster herum, wich dem Blick der Ermittlerin aus.

»Seltsam, dass Rieke mir von diesen Großeltern nichts erzählt hat.« Die Kommissarin runzelte die Stirn. »Sie hat mich glauben lassen, die kleine Familie sei nun allein auf der Welt. Könntest du dir vorstellen, dass sie ...«

»Nein.« Sören klang sehr entschieden. »Ich weiß, du hältst nichts von meiner Fähigkeit, andere Menschen einzuschätzen. Vielleicht weil du Männern so etwas nicht zutraust? Aber mir kam es bei den gelegentlichen Kontakten mit ihr so vor, als sei sie durch die Verantwortung für ihre Kinder gut geerdet. Du weißt schon, man trifft sich gelegentlich bei Insel-Festen. Die beiden Jungs sind ihr fester Anker im Diesseits.« In Sörens Stimme lag stabile Überzeugung.

»Manchmal ist das so«, räumte Luna ein, gab sich einen sichtbaren Ruck, als wolle sie ihrem Denken erleichtern, die Spur zu wechseln. »Gut. Sie würde sich und ihre Kinder gern durch diese schwere Zeit bringen. Aber wo ist sie dann?« Und dann hakte sie nach: »Henner – wo wohnt der? Er hat Gerolf seine Scheune zur Verfügung gestellt, damit er in Ruhe arbeiten kann. Vielleicht steht der Computer noch dort.«

Anka und Sören trafen im Polizeiposten zusammen. »Hast du auch gesehen, dass es ein weiteres Opfer gibt? Dieser Webdesigner Kaspar wurde getötet, und zwar auf dieselbe Weise wie Gerolf. Da meint es jemand ernst mit dem Aufräumen. Die Kollegen suchen nach Verbindungen.«

»Hm. Davon hat Luna gar nichts erwähnt. Seltsam, oder? Bestimmt war sie viel zu besorgt wegen Riekes Verschwinden.« Sören schüttelte den Kopf. »Als ich sie traf, war sie erfüllt von dem Gedanken, Rieke könne gemeinsam mit den Kindern eine Kurzschlusshandlung … gut, ich konnte ihr das ausreden. Und nun Kaspar? Wie tief muss eine Verbindung zwischen zwei Menschen sein, damit ein potenzieller Mörder davon ausgeht, dass der eine sein geheimes Wissen mit dem anderen geteilt hat?«

»Ja, das genau ist die Frage.« Anka nickte anerkennend. »Ist seltsam mit Geheimnissen. Ich erzähle meinem besten Freund eine Menge über das, was mich bewegt, aber eben nicht alles.«

»Wenn Gerolf und Kaspar super eng befreundet waren, müssten sie wohl auch Zeit gemeinsam verbracht haben. Aber Rieke hat ausgesagt, ihr Mann und eventuelle Kollegen wären nur sehr locker miteinander bekannt gewesen. Von enger Freundschaft war nicht die Rede.«

Anka legte ihre Stirn in dicke Falten. »Weißt du, ich könnte mir vorstellen, dass Gerolf solche Treffen eher geheim gehalten hat. Wahrscheinlich hat Rieke erwartet, dass ihr Mann sich in jeder freien Minute mit seiner Familie beschäftigt. Er hat womöglich Ausreden erfunden.«

»Die Kollegen aus Kalmar wollten Gerolfs Computer mitnehmen. Luna fragt bei Henner nach, sie hofft, der steht in der Scheune. Hast du gewusst, dass Gerolf dort manchmal gearbeitet hat – wie in einem Büro? Nein? Ich auch nicht. Aber falls die beiden intensiv gechattet haben, werden die Kollegen das herausfinden. Klar haben die längst eine Abfrage der Telefonverbindungen von Gerolfs Handy beantragt, dann finden sie enge Kontakte sehr schnell.« Sören. Optimistisch eben. Nach Ankas Auffassung war er das viel zu häufig.

»Na, ich weiß nicht. Videochats oder enger Mailaustausch zu allen denkbaren Themen? Kann das wirklich ein face-to-face-Treffen ersetzen?«, hakte sie skeptisch nach.

»Fragen wir einfach mal in ein paar Restaurants und der Bar nach«, schlug Sören vor.

»Prima Idee«, Anka sprang sofort auf. »Besser als nur herumzusitzen ist es allemal.«

Luna parkte vor einem für Öland ziemlich großen Anwesen.

Wohngebäude, Stall, Scheune.

Davor ein großes Areal zum Abstellen von Fahrzeugen.

»Wahrscheinlich vermieten sie Ferienwohnungen«, murmelte Luna vor sich hin.

Sie öffnete die Fahrertür vorsichtig, wartete einige Zeit, bevor sie sie ganz aufschob. Viele der Gehöfte wurden durch tierische Bewacher gesichert – und nicht alle von ihnen waren freundlich.

Sie schloss die Tür – und sah direkt in die hellen Augen einer Dänischen Dogge.

Erschrocken blieb sie stehen, spürte, wie ihr der Schweiß in hektischen Schüben über den Rücken rollte.

»Na, du bist aber ein schönes Tier«, versuchte sie eine Annäherung durch Schmeicheln, hoffe inständig, jemand im Haus würde aufmerksam werden.

Die schwarze Dogge schwieg.

Setzte sich.

Musterte die Besucherin mit ruhigem Interesse.

Luna schätze, der Kopf des Tieres lag irgendwo zwischen ihrer eigenen Brusthöhe und der Schulter.

Während die Dogge Ruhe ausstrahlte, gelang es der Kommissarin nur mit Mühe, den Puls im oberen Normalbereich zu halten.

Sie zögerte. Vor zwei Jahren hatte die Begegnung mit

162

einem anderen, deutlich kleineren Hund auch friedlich begonnen und am Ende zu einer langwierigen Ruhephase für den linken Arm geführt, in den sich der angeblich harmlose Kleine verbissen hatte.

Und von klein konnte bei einer Dänischen Dogge wirklich keine Rede sein.

Was würde passieren, wenn sie jetzt laut nach Henner zu rufen begänne?

»Wie ist das mit dir? Bist du schreckhaft?«, erkundigte sie sich freundlich. »Wenn nicht, würde ich es doch mal mit einer zurückhaltenden Kontaktaufnahme probieren.«

Der Hund hatte offensichtlich keine Meinung dazu.

Starrte unverwandt in Lunas Augen.

Plötzlich stand das große Tier auf und trabte in lockerem, eleganten Schritt zur Tür des Wohnhauses, die Sekunden später geöffnet wurde.

»Hallo? Wolltest du zu mir?«, rief eine dunkle Stimme über den Innenhof.

»Ja, vielleicht. Luna Bofink, Polizei Kalmar. Ich hätte ein paar Fragen an Henner.«

»Gut, dann wolltest du zu mir. Und warum kommst du dann nicht einfach zur Tür? Dein Auto steht schon seit ein paar Minuten auf dem Hof.« Der Mann klang überrascht. »Wir haben den Motor gehört.«

Dann lachte er laut. »Ach so. Du wurdest schon von Kyle begrüßt. Sie ist eine sehr angenehme Hausgenossin und mag es sehr, wenn Besuch kommt. Ist spannend, neue Kontakte zu knüpfen.« Er beugte sich leicht zur Seite und tätschelte den riesigen Hund liebevoll, wurde dafür mit einer rauen Leckattacke im Gesicht belohnt. »Komm ruhig her, Luna. Siehst du, Kyle, das ist Luna«, setzte er dann in freundlichem Ton an den Hund gewandt hinzu.

Kaum hatte die fremde Frau sich in Bewegung gesetzt, wurde sie auch von Kyle wie ein neues Mitglied der Familie begrüßt. Sanft streichelte Luna das Tier, das seinen großen, schlanken Körper zutraulich an die Besucherin drückte.

»Kyle heißt du? Du bist sehr eindrucksvoll und hast ein wunderbares Fell. Da kann ich als Menschin nicht mithalten.«

»Ja, sie ist eine eindrucksvolle Erscheinung. Die Dänische Dogge – immerhin eine der größten Hunderassen überhaupt. Kyle ist sehr zutraulich, wie die meisten Doggen – was leider oft nicht richtig verstanden wird. Bei der Größe sind die Menschen oft ängstlich.«

»Du bist Henner?«

»Ja. Ich weiß aber nicht ... Polizei?«

»Wir haben von Rieke erfahren, dass Gerolf oft in deiner Scheune gearbeitet hat, wenn es zu Hause zu unruhig war.«

»Stimmt. Ich habe für ihn einen Teil mit Holzwänden abgetrennt. Und er konnte jederzeit kommen und gehen, wie es für ihn notwendig oder sinnvoll war.«

»Er hatte einen Schlüssel?«

Henner lachte warm. »Ja, aber nur für den Fall, dass er hier Goldbarren einlagert. Auf Öland brauchen wir so etwas nur für die Urlauber. Die fühlen sich besser, wenn sie die Tür hinter sich zusperren können. Ist ein Sozialisierungsproblem.«

»Er kam und ging, wie er es brauchte? Musste sich nicht bei dir melden, damit du weißt, dass das Licht in der Scheune kein Grund zur Sorge ist?«

Henner warf Luna einen Blick zu, in dem so viel Verblüffung lag, dass sie sich schon beinahe der Frage schämte.

»Nein, wer sollte denn sonst dort hinten im Stall sitzen? Wenn ich mal trächtige Kühe dort stehen habe, kurz vor dem Kalben, dann sollte er denen sagen, dass alles seine

Richtigkeit habe. Kühe oder auch Schafe und Ziegen sind in dieser Phase etwas reizbar. Ein bisschen wie bei Frauen in den Wehen.«

»Aha. Und deine Dogge hat nicht angeschlagen, wenn er kam?«

»Warum sollte Kyle anschlagen? Sie kannte Gerolf doch.« Pures Unverständnis schwang in seinem Ton mit.

Gut, dachte Luna, logisch. Der Hund hat nichts bemerkt, Henner auch nicht, und die Kühe oder Ziegen würden ohnehin Stillschweigen bewahren. Toll.

»Kann ich mich in diesem Büro mal umsehen?«

»Klar. Du weißt ja jetzt, wo es ist.« Der Mann nickte ihr zu und kehrte in das Wohngebäude zurück. Kyle hatte offenbar keine Lust, ihm zu folgen, und schloss sich der Kommissarin an.

Die Besucherin bot Aussicht auf einen spannenden Abend.

Im Stallgebäude brannte diffuses Licht, und leise Musik war im Hintergrund zu hören. Klassische Musik. Zur Steigerung der Milchproduktion? Oder zur Beruhigung der Tiere?

Luna sah sich interessiert um.

Ein Schafbock. Mehr Tiere waren nicht zu sehen, und eine Niederkunft bei diesem Tier wäre eine sensationelle Überraschung.

Sie zuckte mit den Schultern und hielt auf die Tür in der Bretterwand zu, die einen Teil des Gebäudes vom Stall abgrenzte.

Der Mann hinter der Tür konnte die Schritte hören.

Sie kamen näher, stockten, kamen noch näher.

Hektisch sah er sich im Raum um. Ein Versteck war nicht zu finden.

Inzwischen rumpelte sein Herz so laut, dass er Sorge hatte, die Person vor der Tür könne es spüren, der Hund würde ihn möglicherweise verraten.

In letzter Sekunde entschloss er sich, unter den Tisch zu kriechen und sich, sobald die Tür geöffnet würde, auf den Eindringling zu stürzen und ihm das lange Messer, das er bei Aktionen dieser Art immer bei sich trug, tief in den Leib zu rammen.

Ein kurzes Stöhnen, danach Stille.

Er fixierte die Tür.

Luna und Kyle hörten ein leises Scharren hinter der Tür.

Kyle warf der Kommissarin einen auffordernden Blick zu. Diese nickte einmal kurz. Legte den Finger über die Lippen. Eine Geste, die die Hündin offensichtlich verstand.

Dann zog sie ihre Pistole aus dem Holster.

Eine Taschenlampe aus dem Gürtel.

Beide traten dicht an dicht einen Schritt näher heran.

Luna drückte die Tür schwungvoll auf, grelles Licht leuchtete den gesamten Raum aus, Kyle bellte rau und stürzte sich auf die Beine des Eindringlings, während Luna scharf klarstellte: »Mach nur eine einzige falsche Bewegung und ich drücke ab. Ich bin die sicherste Schützin der gesamten Region Kalmarlän.«

Der Mann schrie vor Schmerz auf, als Kyle ihre Stellung als Wachhund zementierte und kraftvoll in den Arm biss, dessen Hand die Waffe umklammert hatte.

Nachdem Luna das Messer gesichert hatte, ließ Kyle von ihm ab, setzte sich aufrecht neben die Kommissarin und fixierte den Mann gebannt, bereit, sofort erneut einzuschreiten. Der ungebetene Besucher hielt den Atem an, wollte keinen Grund für einen erneuten Angriff bieten.

Entwaffnet und im Visier der Frau mit Schusswaffe, sah er keine Chance zur Gegenwehr.

Vom Lärm angelockt erschien Henner.

Erfasste die Situation mit dem ersten Blick und polterte los: »Gerade habe ich behauptet, es gäbe hier keine Einbrüche, da sitzt doch so ein Arschloch hier unter dem Klapptisch und jault lauter, als mein Hund es je getan hat.«

»Dein Köter hat mich gebissen«, schrie der Kerl anklagend. »Und diese Frau will mich erschießen! Da habe ich wohl Grund zum Jaulen.«

»Du bist eingebrochen! Dies ist mein Grund, mein Stall. Du hast nichts bei uns zu suchen! Wenn mein super Wachhund dich dabei stellt, erfüllt er nur seinen Job.« Henners Stimme war hart und kalt. Sein Gesicht hatte eine ungesunde Rotfärbung angenommen, die auch über die Glatze schwappte. Wutschweiß stand auf der Oberlippe. Luna hatte gar nicht erwartet, dass der so ausgeglichen wirkende Mann derart zornig werden könnte.

»Polizei Kalmar! Steh auf.«

Mühsam krabbelte der Eindringling unter dem Tisch hervor. Kyle knurrte vorsichtshalber warnend.

»Dein Name?« Luna streichelte Kyle und machte einen Schritt auf den Mann zu. »Deinen Ausweis?«

Wie auf Kommando knurrte die Dogge erneut unterstützend.

Mit der unverletzten Hand zog der ungebetene Gast sein Portemonnaie hervor und fummelte umständlich das Personaldokument heraus.

»Aha.« Luna machte ein Foto. »Wir checken …«

»Und während wir auf die Bestätigung warten, erzählst du uns, was du hier gesucht hast«, forderte Henner.

»Du siehst doch: Presse!«, maulte der Mann nun kleinlauter.

»Presse? Auf meinem Hof! Recherche für irgendeine Tierschutzorganisation? Komm doch zu normaler Zeit – ich bin sogar bereit, dich über den Hof zu führen. Bei mir leidet kein Tier!«

»Ich glaube dir nicht. Du bist gezielt in diesen Raum gekommen, um was hier zu finden?« Luna machte Kyle ein Zeichen, und die Dogge zog die Lefzen zurück, präsentierte ihr makelloses, Furcht einflößendes Gebiss und grollte tief.

»Herrgott! Wir haben einen Tipp bekommen. Jemand hat vor, während des Mittelalterspektakels einen Raub im Museum … und wir gehen jedem Hinweis nach. Ich dachte, vielleicht weiß Gerolf, wer dahintersteckt. Dann könnte ich es auf seinem Computer finden – jetzt, wo er tot ist, wäre es ihm doch egal.«

»Hat Gerolf diesen geplanten Raub recherchiert? Oder hat man ihm die Information zukommen lassen?«

»Woher soll ich das wissen? Ihr habt mich ja gestört, bevor ich nach irgendwelchen Informationen suchen konnte!«

»Wir nehmen dich mit. Die Kollegen freuen sich bestimmt, wenn sie sich mit dir über diesen Raum austauschen können.«

Sie alarmierte die Kollegen über Handy.

Während Luna die persönlichen Dinge von Gerolf in eine Asservatenkiste packte, bewachten Henner und Kyle den Einbrecher, übergaben ihn wenig später an die Streife vom Festland.

»Ach ne, ein alter Bekannter«, feixte der große Uniformträger und reichte der Kollegin den Ausweis zurück. »Wir checken gleich mal, was wir so alles gegen dich vorliegen haben. Du bist ja einer von denen, die ihre Fingerabdrücke hinterlassen, damit wir immer wissen, wer den genialen Raubzug durchgeführt hat.«

»Er hat einen Presseausweis«, warf Henner ein.

»Yupp. Ist praktisch – oder? Wir checken alles. Und dann sehen wir weiter.«

Rasch verschwand der Streifenwagen im einsetzenden Dunkel, das die Nachtschwärze zu dieser Jahreszeit nicht erreichen würde.

Luna setzte sich zum Besitzer des Hofs auf einen Findling. »War Gerolf in Schwierigkeiten? Geldsorgen?«, erkundigte sie sich zurückhaltend.

Henner schüttelte den Kopf.

»Berufliche Probleme? Sein kleines Büro am Abgrund?«

»Nein, im Gegenteil. Mir hat er vor einiger Zeit nach der Rückkehr von einem Treffen erzählt, es gäbe neue Pläne und Ideen für einen Verbund. Mehrere Webspezialisten tun sich zusammen und bieten den Kunden geballtes Können an. Sie spezialisieren sich auf ihr Lieblingsgebiet und tauschen sich mit Kollegen aus, die andere Arbeiten übernehmen. Jeder bringt ein, was er am besten kann, und so entstehen tolle Programme, maßgeschneidert auf die Bedürfnisse des jeweiligen Kunden. Zum Beispiel könnte es einen geben, der Abrechnungssoftware für diesen Kunden entwickelt, der andere Spezialeffekte für den Webauftritt, der dritte eine funktionierende Website, die der User eigenhändig weiterentwickeln kann. Ich fand die Idee super.«

»Und privat?«

»Alles so weit in Ordnung.« Henner seufzte tief. »Nun, die Kinder haben ihn schon gewaltig eingeschränkt. Rieke hat seinen Anteil an der Betreuung heftig eingefordert. Allerdings war das Arbeiten … nun ja. Er brauchte Ruhe. Und das Geld war immer knapp, die Familie kam damit klar. Dieses Finanzproblem war gut durchkalkuliert, die beiden haben sich sehr bewusst für die Kinder entschieden.«

»Er hatte also keinen Grund, in etwas verwickelt zu werden?«

Henner sah Luna überrascht an, reagierte vehement: »Was sollte das gewesen sein? Gerolf und kriminelle Kreise? Das ist schlicht unvorstellbar!«

»Du hast ihm hier einen ruhigen Arbeitsplatz geboten. Wer wusste davon?«

»Ich habe das nicht an die große Glocke gehängt. Ein Agreement unter Freunden, mehr nicht. Und Gerolf hat sicher auch nicht darüber gesprochen, wäre ihm wohl eher unangenehm gewesen.«

»Henner, wir ermitteln in einer Mordserie. Bisher haben wir zwei Opfer, es könnten mehr werden. Wir gehen davon aus, dass die Gefährdeten eine Computergrafik geschickt bekommen, die einen Totenkopf abbildet. Hattest du auch eine in der Post oder dem Maileingang?«

Henner schüttelte den Kopf. »Warum? Was soll das?«

»Wir wissen es noch nicht sicher, können aber nicht ausschließen, dass es eine Art Todesdrohung sein soll. Melde dich, falls du auch solch einen Brief oder eine entsprechende Datei bekommst.«

Sie sprang auf, kraulte Kyle noch einmal freundschaftlich zum Abschied. »Du bist so ein kluger Hund. Wow. Pass gut auf dein Herrchen auf«, dann verabschiedete sich von Henner und kehrte zu ihrem Wagen zurück.

»Bei dir irgendetwas Neues?«, erkundigte sie sich per Handy bei dem Kollegen des Teams, der die Aufgabe übernommen hatte, Finanzen, Geldflüsse und Ähnliches zu recherchieren.

»Bisher nicht. Die Kontobewegungen sind gecheckt, keine auffälligen Zahlungseingänge oder unerklärbare Abflüsse. Wenn irregulär Geld geflossen sein sollte, dann nicht über den offiziellen Weg. Auch nach dem Online-Kauf von Konzertkarten oder Eintrittskarten für andere Events habe ich gesucht. Nichts. Bei keinem der Anbieter. Vielleicht sind Computerspezialisten besonders kontaktscheu.«

Luna konnte das Grinsen des Kollegen gut hören.

26

»Er hat was?«

»Das Gift der Schwarzen Mamba. Er hat es mir erzählt, fand die Idee toll.«

»Verrückt geworden? Die Quelle wird man sicher schnell finden. So was kaufst du schließlich nicht am Kiosk!« Lautes Atmen. »Es war doch vereinbart … Na, ist jetzt wohl nicht mehr zu ändern. Aber: Ich warne dich! Sollte irgendjemand eine Verbindung zu mir herstellen können, bist du mehr als raus! So was von raus!« Die Stimme hatte einen gefährlichen Klang angenommen und der Anrufer begann zu schwitzen. Erst am Haaransatz, dann betraf es die gesamte Kopfhaut. Kleine Rinnsale verschwanden über den fleischigen Nacken unter dem Hemdkragen, rollten zwischen den Schulterblättern in Richtung Hosensaum, selbst Ober- und Unterschenkel waren einbezogen, und über dem Strumpf sammelte sich unangenehme Feuchtigkeit.

Im Kopf des Anrufers hallte die Formulierung »so was von raus« deutlich nach.

Es stellte sich die Frage, was sie konkret zu bedeuten hatte.

Die Antwort sorgte dafür, dass ihm beinahe der Hörer aus den schweißnassen Fingern glitt.

TOD! Der andere drohte ihm mit Ermordung, und er wusste, besser als jeder andere, dass der Auftraggeber es ernst meinte, nicht das geringste Zögern zu erwarten war.

Er räusperte sich

Rang sich durch, die Variante Angriff zu wählen.

»Gut. Wenn dir tatsächlich diese Lösung vorschwebt, dann … es ist deine Entscheidung. Allerdings möchte ich darauf hinweisen, dass du mit Konsequenzen der unangenehmen Art zu rechnen hast, falls du dich an meinen Leuten oder mir vergreifen solltest.«

»Ich fürchte, die Konsequenzen deiner Fehlentscheidung bei der Vergabe des Jobs werden dich treffen, bevor du ›Regelungen treffen‹ kannst. Der Spinner läuft rum und lässt tödlich beißen. Glaubt tatsächlich, die Polizei würde niemals ihn verdächtigen, wählt touristische Ziele als Fundorte aus, damit die Polizei all die Touristen verdächtigt und mit der Überprüfung der Alibis beschäftigt ist. Deinen Leuten mangelt es an Kenntnissen über die neuen Methoden der Kriminaltechnik! Wenn Fortbildungen weder angeboten noch Kenntnisse vorausgesetzt werden, handelt ein Chef in diesem Bereich grob fahrlässig!«

»Auf der anderen Seite hat er wohl ein seltenes Gift gewählt.« Der andere glaubte für einen Moment, er habe wieder Oberwasser. »Also ist er nicht so unfähig, wie es dir erscheint. Er tötet lautlos. Hat sicher angenommen, der Giftnachweis könne nicht geführt werden, weil niemand nach dieser speziellen Substanz sucht. Das ist nicht dumm, sondern ziemlich schlau.«

»Es kommt dir schlau vor, weil du ein Idiot bist. Die Kriminaltechnik sucht schon längst nicht mehr nur nach Arsen oder Zyankali! Dein ›Mann fürs Grobe‹ kennt sich nur nicht aus.«

»Ich habe seit unserer ersten konzertierten Aktion Vorkehrungen getroffen, dich in einem solchen Fall auffliegen zu lassen. Es mag dir nicht so vorkommen: Aber ich bin nicht blöd!«, trumpfte der andere selbstsicher auf.

»Und da bist du dir wirklich sicher?«, lachte eine tiefe Stimme direkt hinter ihm.

Scheiße – war sein letzter Gedanke, warum habe ich daran nicht gedacht – Anrufweiterschaltung aufs Mobile! Der Auftraggeber hatte nebenan gewartet. Saß gar nicht in seinem Büro!

27

20.00 Uhr
Kalmar

Staffan fühlte sich verfolgt.

Das passierte ihm öfter, als normal war, wusste er.

Seine Schwester meinte, er fürchte, der Tod sei ihm auf den Fersen, warte nur auf eine günstige Gelegenheit, ihn zu beschleichen. Als unheilbare Erkrankung zum Beispiel. Es sei durch seine Arbeit als Büroleiter bei »Hjälp«, der die Betreuung Pflegebedürftiger Menschen organisiert, täglich mit den Bedrohungen des Lebens konfrontiert, da entwickle sich eine Paranoia schnell.

Er seufzte. Nicht gerade liebevoll von ihr.

Aber vielleicht wahr, musste er zugeben. Allerdings hatte er schon seit der Kindheit sehr sensibel registriert, was sich um ihn herum abspielte oder gar zusammenbraute. Die familiären Probleme führten schnell zu Gewaltausbrüchen, denen man nur entkam, wenn man eben frühzeitig bemerkte, wann die Lage brenzlig wurde und man ein Versteck suchen musste.

Selbst vor der eigenen Schwester.

Deshalb drehte er sich nicht um.

Rief sich in Erinnerung, wie er auf andere wirkte: selbstbewusst, sportlich, entschlossen. Bei seiner Größe von 2,02 Metern, war es für ihn normal, auf die anderen hinunterzusehen, dass diese dann bei ihm Arroganz vermuteten, war schließlich nicht seine Schuld. Auf Frauen hatte er eine magische Wirkung. Rehbraune Augen unter der blonden Lockenmähne – für viele unwiderstehlich.

Und ihm half es bei den Vertragsabschlüssen.

Gegen das Gefühl, beobachtet, gejagt und verfolgt zu werden wie potenzielle Beute, half all das nicht.

Dies ist ein Einkaufszentrum, machte er sich klar. Was soll hier schon passieren? Zu viel Publikum.

Sein Hirn produzierte eilfertig Bilder aus einem amerikanischen Center, von einem vermummten, mit einer Vielzahl der unterschiedlichsten Waffen ausgestatteten Schießenden und schreienden oder tödlich Verletzten.

28

Kalmar Läns Sjukhuset
20 Uhr

Alban holte seine Mutter im Klinikum ab.
Beantwortete einige peinliche Fragen des diensthabenden Arztes.
Versuchte nicht darüber nachzudenken, dass jede dieser Antworten eine glatte Lüge war.

Während er der Mutter wenig später zu Hause beim Umziehen half, steigerte sich seine Wut auf den Vater: Hämatome am gesamten Körper, frische und bereits deutlich verblasste.
Ein gebrochener Arm, eine Verletzung am Kopf, Schwellungen im Gesicht, das linke Knie angeschwollen und blau verfärbt. Jede Bewegung schien ihr Schmerzen zu verursachen, sie ächzte leise, jammerte aber nicht. Versuchte sogar die Knöpfe an ihrer Bluse allein zu schließen, was mit nur einer Hand nicht recht gelingen wollte.
Der Sohn brachte die blutige Kleidung zur Mülltonne.
Bei seiner Rückkehr fand er die Eltern, sich gegenübersitzend, schweigsam – im dunklen Wohnzimmer.
Eisige, giftige Atmosphäre.
Alban schaltete zunächst die Deckenbeleuchtung ein.
»Guten Abend. Wie ich sehe, bist du nicht allein nach Hause gekommen«, kommentierte der Vater übellaunig.
Die Mutter senkte den Blick.
»Was ist hier passiert?«, wollte Alban wissen.

»Nichts!«, murrte der Vater. »Diese Frau ist zu blöd, eine simple Treppe zu bewältigen.«

»Seltsam. Das ist mir während der vielen Jahre in eurem Haushalt nicht aufgefallen. Das kann ich also nicht glauben.« Der Sohn warf seiner Mutter einen besorgten Blick zu.

Offensichtlich nahmen die Schmerzen zu, die lokale Anästhesie ließ nach.

»Ist aber so. Ich war gar nicht hier. Als ich nach Hause kam, lag ein Zettel auf dem Küchentisch. Da stand, sie sei im Krankenhaus, mehr nicht«, erklärte der gebeugte Mann im Sessel trotzig.

»Da lag kein Zettel!«, protestierte die Mutter. »Warum hätte ich dir einen Zettel schreiben sollen, wo du mich doch die Treppe runtergestoßen hast?«, keifte die verletzte Frau.

»Ich habe niemanden die Treppe runtergestoßen! Du verlogenes Weib!«, polterte der Gatte.

»Du hast dem Arzt im Krankenhaus nicht die Wahrheit erzählt, stimmt doch?«, hakte Alban ruhig nach. »Der wollte von dir wissen, wie es zu dem Sturz kommen konnte.«

»Na, gelogen wird sie haben«, mischte sich der Vater wieder zornig ein. »Diese Frau lügt, sobald sie das Maul aufmacht!«

Die Mutter senkte den Kopf.

Mit ansteigendem Wutpegel musterte Alban das große chirurgische Pflaster am Oberkopf seiner Mutter, das bisher unter einer Mütze verborgen war. Ihre Schultern bebten leicht, und der Arm, der nicht eingegipst war, bebte mit.

Flüsternd erklärte sie: »Ja. Ich habe gelogen.« Sie sah kurz auf, ihre Augen suchten Verständnis für ihre Worte im Gesicht des Sohnes. »Ich habe behauptet, ich wisse nicht, was passiert ist. Ich sei plötzlich am Fuß der Treppe wieder zu mir gekommen.«

»Aha!«, triumphierte der Vater. »Hörst du zu? Sie hat sogar dem Arzt gegenüber zugegeben, dass sie ganz ohne Fremdverschulden gefallen ist.«

»Ich habe gelogen, damit der Arzt nicht die Polizei verständigt und mein Mann wegen häuslicher Gewalt festgenommen wird. Damit man nicht den Mann abtransportiert, der mich die Treppe hinuntergestoßen hat, mir mit einem harten Gegenstand auf den Kopf schlug und die Knochen meiner rechten Hand zertrat, den Unterarm brach! Der Unfallchirurg war ziemlich entsetzt, meinte, es sähe nicht nach Sturz, sondern nach Zusammenstoß mit einem Straßenfertiger aus.«

»Ach ne! Mich wolltest du schützen? Ha! Deine Dreistigkeit ist nicht mehr zu überbieten!«

Alban sah von einem hasserfüllten Gesicht zum anderen. Seufzte.

Im Grunde liefen diese Gespräche immer gleich ab. Seine Mutter – am Ende scheute sie davor zurück, ihren Mann klar als Schuldigen zu benennen.

Vor Jahren hatte er sie nach dem Grund gefragt.

Die Antwort war mehr als verblüffend.

»Wenn ich ihn anzeige, muss er sicher ins Gefängnis, und ich bin dann hier im Haus allein. Alleinsein, Einsamkeit. Das ist jeden Tag aufs Neue schlimm. Dein Vater sitzt im Gefängnis und statt sich zu ändern, wird er nur Hass gegen mich empfinden und ihn züchten. Dieses Prügeln ist nicht neu. Als du klein warst, hast du es nicht mitbekommen, darauf hat er natürlich geachtet. Zeugen – und seien sie noch so jung – wollte er vermeiden. Und an dir hat er sich nie vergriffen, du bist ja sein Sohn, also so etwas wie ein wertvolles Juwel.« Sie lächelte Alban kurz zu. »Tatsache ist, dass er schon immer geprügelt, schon immer auch harte Gegenstände zu Hilfe genommen hat. Ist also nicht neu. Und tatsächlich ist es ein angenehmes Zusammenleben, wenn er sich ausgetobt hat. Für Wochen, manchmal Monate, herrscht hier eitel Sonnenschein. Das alles ist mir lieber als Einsamkeit. Außerdem will ich auch nicht, dass die Nachbarn von seinen Übergriffen erfahren. Für die wäre ich dann ab sofort das schwache, ja auch dumme Opfer. Nein, nein, nein!«

Auch wenn Alban diese Argumentation nicht verstand, er musste akzeptieren, dass diese beiden Menschen glaubten, es sei schon alles irgendwie in Ordnung, so wie es war.

»Du hast sie schwer verletzt!«, warf er dem Vater vor. »Stell dir vor, sie wäre tödlich gestürzt. Wie hättest du das erklären wollen?«

»Gar nicht«, gab der Ehegatte ruppig zurück.

»Heißt?«

»Ich hätte genau das erzählt, was sie ja nun auch als offizielle Version zu Protokoll gegeben hat. Ein Sturz auf der Treppe – und gut.«

»Ach? Das glaubst du?«, zischte die Verletzte wütend. »Den Zahn kann ich dir ziehen! Ich habe all die Jahre akribisch Buch geführt. Über deine Prügel, die Überfälle auf Treppen, die Stürze im Garten oder bei Baumaßnahmen am Haus. Und alles andere auch!«

Alban zuckte zusammen. »Und wo verwahrst du diese Aufzeichnungen?«

»Bei einem Anwalt. Der hat sie im Safe. Sollte ich, wie eben befürchtet wurde, durch einen Sturz oder unerklärlichen Unfall zu Tode kommen, wird er dich vor Gericht bringen!« Ihre Augen blitzten den Gatten wütend an. »Alle werden auf diese Weise erfahren, was du wirklich bist: ein mörderisches Monster!«

Albans Vater war tiefrot angelaufen.

Sein empörtes Atmen hatte sich um ein unmelodisches, hartnäckiges Brodeln erweitert.

»Du? Ausgerechnet du willst mich nach deinem Tod ver-
höhnen? Mir Dinge in die Schuhe schieben, die ich gar nicht
zu verantworten habe? Du dumme, selbstherrliche Witz-
figur!«

Alban versuchte darüber nachzudenken, was nun geschehen solle, doch um eine Lösung zu finden, hätte er etwas
Ruhe gebraucht.

»Du kommst aus der Schlinge nicht mehr raus. Deine Verantwortung kannst du nie mehr leugnen«, trumpfte seine
Mutter auf. »Du wirst bekommen, was du verdienst!«

Alban klatschte laut in die Hände. »So, nun ist es gut mit
diesem kindischen Theater! Es ist kaum zu glauben, dass
man mit erwachsenen Menschen um einen Tisch sitzt! Was
jetzt passiert, ist Folgendes: Ich nehme Mor mit und bringe
sie sicher unter. Far! Dir erzähle ich nicht, wo du sie erreichen oder gar finden kannst. Das gibt euch beiden Zeit,
über euer weiteres Miteinander nachzudenken.« Er stemmte
sich aus dem Sofa, half seiner Mutter aus dem Sessel. »Wir
packen jetzt deinen Koffer. Wenn du etwas vergisst, ist das
kein Problem. Ich kann es später holen oder wir besorgen
es neu. Leg alles aufs Bett, was du mitnehmen möchtest. Ich
packe es dann ein und wir fahren umgehend los.«

Als er hörte, wie seine Mutter Schubladen aufzog und
Schranktüren zuschlug, drehte er sich noch einmal zu seinem Vater um.

»Ich warne dich, Far. Lass sie in Ruhe. Wenn du versuchst,
Kontakt mit ihr aufzunehmen, werde ich dich bei den Kollegen anzeigen. Denn, davon bin ich fest überzeugt, ich
finde heraus, wo dieses Dokument ist und werde es gegen
dich verwenden.«

Der Vater schien in seinem Sessel zu schrumpfen.

»Da zieht man so einen winzigen Schreihals mühevoll
groß – und was tut der, wenn er erwachsen ist? Er bedroht

den eigenen Vater, will ihn gar ins Gefängnis werfen! Unschuldig, wie ich betonen möchte. Ich nenne das Verrat! Nur weil sie deine Mutter ist, heißt das nicht, dass sie nicht lügt!« Er versuchte seinen Atem zu kontrollieren, was nicht gelingen wollte. »Merke dir: Es gibt Dinge zwischen Himmel und Erde, die Außenstehende nicht begreifen können. Schon weil Basisinformationen fehlen. Ich garantiere dir: Deine Mor kommt schneller zu mir zurück, als du es dir vorstellen möchtest! Du kannst sie nicht daran hindern.«

Alban zuckte mit den Schultern.

»Könnte auch sein, dass du gar nicht bemerkt hast, wie sehr sich in den letzten Jahrzehnten gesellschaftliche Normen verändert haben. Nicht nur in Schweden, in ganz Europa, in großen Teilen der Welt. Ehefrauen sind nicht dem Manne untertan, Gatten dürfen mit ihnen nicht verfahren, wie sie gerne möchten. Frauen dürfen längst tun und lassen, was ihnen beliebt.«

Er drehte sich um, half der Mutter, den Koffer zu schließen, nahm ihn in die eine Hand, stützte die Mutter mit dem anderen Arm und drängte sie aus dem Haus.

»Du wirst schon sehen«, brüllte der Vater hinter ihnen her, »sie ist so schnell zurück bei mir, dass du nicht einmal genug Zeit hast, den Koffer auszupacken!«

29

Kalmar
21 Uhr

»Oh, hi, Staffan! Wie gut, dass ich dich noch antreffe.«
Der Angesprochene blieb überrascht stehen, drehte sich
bewusst langsam nach dem Fremden um.
»Äh?« Er hatte sich also doch nicht getäuscht.
Sein Puls raste.
Jemand war ihm gefolgt.
»Du bist Staffan, ich habe deine Website gegoogelt. Na ja,
ich hatte mich meiner Tante wegen erkundigt. Du wurdest
mir empfohlen. Deine Organisation arbeite sehr zuverlässig. Pünktlich, und zudem seien noch nie Vorkommnisse
gemeldet worden. Also dachte ich, wir sollten ins Geschäft
kommen.«
Staffan unterdrückte ein lautes Aufatmen, nickte verstehend. »Du bist auf der Suche nach einem Pflegedienst für
deine Tante?«
»Genau.«
»Dann komm morgen am besten vor der ersten Schicht
in mein Büro. Dort können wir alles im Detail besprechen.
Gibt es eine Diagnose, was ist notwendig, wie lange wird
der jeweilige Besuch dauern, wie viel Unterstützung braucht
sie zu welchen Zeiten. Dann kann ich dir auch gleich einen
Teil meiner Mitarbeiter vorstellen.«
Der Fremde wirkte plötzlich ein wenig nervös, trat von
einem Fuß auf den anderen, als müsse er im Stillstehen wandern, sein ganzer Körper geriet mehr und mehr in Bewegung.

Staffan sah ihm eine Weile sowohl schweigend als auch fasziniert dabei zu.

»Okay, ich erkenne dein Problem. Du brauchst den Pflegedienst praktisch ab sofort?«

Erleichtert atmete der Fremde auf. »So in der Art, genau.«

»Gut. Dann kommst du am besten gleich mit. Ich bin mit meinem Plan für heute fast durch – hätte also nach dem letzten Patienten, in etwa zehn Minuten, ein bisschen Zeit, dir alles zu erklären. Auch die finanzielle Seite. Ist nicht weit von hier, wir gehen die paar Schritte zu Fuß.«

Mit beinahe beschwingtem Schritt schloss sich der Fremde dem Leiter des Pflegedienstes an.

»Es ist so, dass meine Tante einen häuslichen Unfall hatte und nun in ihrer Beweglichkeit ziemlich eingeschränkt ist. Wird wieder, hat sie behauptet, aber ich gehe davon aus, dass sie noch eine ganze Weile auf Hilfe angewiesen sein wird«, erzählte der mögliche Kunde auf dem Weg. »Ach, ich kann gar nicht mitkommen – ich stehe im Parkverbot. Wo finde ich dich?«

Staffan war über die Eile nicht verwundert.

Das Übliche eben.

Erst lief alles noch irgendwie und dann, wenn wirklich Unterstützung notwendig wurde, war aus der Verwandtschaft niemand abkömmlich oder bereit, sich auf Dauer zur Pflege zu verpflichten. Dann benötigte man von Jetzt auf Gleich einen kompetenten Pflegedienst.

Nun, er würde sehen, ob und wie er dem potenziellen Neukunden helfen konnte. »Komm in einer halben Stunde in mein Büro. ›Hjälp‹ steht groß an der Tür.« Er reichte dem Fremden seine Karte. »Ich muss noch schnell eine Spritze bei einer Tumorpatientin setzen, dann bin ich dort anzutreffen. Am besten bringst du gleich alle Befunde und Diagnosen der letzten ärztlichen Untersuchung mit. Besonders die Diagnosen und den Behandlungs- sowie Medikamentenplan. Dann sprechen wir alles Weitere ab.«

Staffan seufzte.
Warf zum wiederholten Mal einen Blick auf seine Armbanduhr.
Wartete.
Zunehmend gereizt.
Der Kunde war mehr als nur ein bisschen unpünktlich.
Er warf erneut einen kurzen Blick auf seine Sportuhr.
Seufzte erneut.
Vielleicht, überlegte er, wäre es besser, das Büro abzuschließen und aufzubrechen.
Was dachte sich dieser Wichtigtuer eigentlich? Erst bestand er auf einen Termin, zeitnah, notfallmäßig am besten innerhalb der nächsten Stunde und dann erschien er gar nicht! Eine erzieherische Maßnahme könnte nicht schaden, er würde jetzt wie geplant zum Sport aufbrechen. Wer sich nicht an vereinbarte Zeiten hielt, stand eben vor Ort auf der Flurseite der Bürotür.
Er stemmte sich entschlossen aus dem Chefsessel, klatschte – was ihm selbst ein wenig albern vorkam – in die Hände.
Mit ein bisschen Glück träfe er noch auf seinen Squash-Partner, und sie würden sich ein verbissenes, schweißtreibendes Match liefern. Keine Gnade, auch wenn sie sich bereits seit Kindertagen kannten. Mit geübten Bewegungen räumte er seinen Schreibtisch ab, griff nach seiner Jacke …
»Na, willst du etwa schon gehen?«
Staffan fuhr herum.
Starrte auf den Mann, der unbemerkt das Büro betreten haben musste. Wie lang war der schon hier?

»Wer bist du wirklich?«, erkundigte er sich, war sicher, dass der Fremde mit Freude die Panik in seiner Stimme wahrnahm.

Mit Freude deshalb, weil sich der rechte Zeigefinger des Besuchers um den Abzug einer unhandlichen, sehr beeindruckenden Waffe mit glänzendem Holzgriff spannte, deren Mündung direkt auf ihn gerichtet war.

»Ich? Ich bin dein allerletzter Termin«, grinste der Typ anzüglich. »Und ich zahle in harter, metallischer Währung.«

Staffan hörte den Abschuss.

Kein Schalldämpfer – waren die vorletzten Worte, die er in seinem Leben dachte.

Arschloch das letzte.

Der Schmerz war heftig, der Anprall warf Staffan zu Boden, seine Hand tastete nach der blutenden Stelle und fand einen nicht versiegen wollenden Strom.

Das Leben verließ ihn. Ohne jedes Zögern.

Die Schritte, die einige Zeit später verrieten, dass der Besucher ging, hörte Staffan nicht mehr.

Katinka, die für die erste Schicht eingeteilt war und den Schlüssel für den Dienstwagen abholen wollte, stand konsterniert vor der verschlossenen Bürotür von »Hjälp«.

Die Tageszeitung lag auf dem Fußabtreter.

Das war noch nie vorgekommen.

Staffan war gefühlt rund um die Uhr hier, sodass schon das Gerücht die Runde machte, er schlafe im Büro.

Noch einmal versuchte sie es mit Sturmklingeln, vielleicht hatte der Büroleiter eine feuchtfröhliche Nacht hinter sich.

Besorgt überlegte Katinka, wer heute auf ihrer Dienstliste stehen könnte.

Sie erinnerte sich unscharf daran, dass es möglich war, den Dienstplan aus dem System aufs eigene Handy zu laden, theoretisch müsste es funktionieren, doch sie hatte es noch nie ausprobiert. Es gab doch sicher ein Passwort dafür? Und das lautete?

Sie seufzte genervt.

Überraschend öffnete sich die Tür zum angrenzenden Büro.

Ein hochgewachsener, muskulöser Mann trat in den Gang, zuckte überrascht zusammen, als er Katinka gewahr wurde, erfasste die Situation aber sofort.

»Oh, hi, hi. Ich bin Hendrik von ›Solutions‹. Probleme? Kann ich dir irgendwie helfen?«

»Ich arbeite für ›Hjälp‹. Aber mir scheint, es ist niemand da, was natürlich ein bisschen blöd ist, weil ich ja meinen Arbeitsplan benötige, um zu wissen, bei wem ich eingeteilt bin. Staffan kümmert sich sonst zuverlässig um solche Dinge.«

»Hm, hier war heute noch niemand. Vielleicht ist er krank?«

»Bei mir hat er sich nicht abgemeldet, dabei haben wir noch gestern spät miteinander telefoniert. Und von den Kollegen habe ich noch nichts gehört. Die werden wohl alle in Kürze hier auflaufen.«

»Vielleicht gab es bei einem der Krankenbesuche einen medizinischen Notfall und er ist zur Unterstützung hingefahren.«

Katinka zuckte mit den Schultern. »Na, egal. Ich muss los. Irgendwie werde ich übers Handy an meinen Arbeitsplan kommen. Ich nehme meinen privaten Wagen, fotografiere den Tachostand. Dann können wir abrechnen, sobald Staffan sich hier einfindet. Schönen Tag noch!«

Sie nickte dem Fremden freundlich zu, startete Whats-App und gab den anderen Bescheid, versuchte dann, sich ins System von »Hjälp« einzuloggen. Nach zehn Versuchen mit verschiedenen Passwörtern gelang es ihr endlich, ihren Plan aufzurufen.

Ein schneller Blick auf die Armbanduhr – und sie spurtete los.

30

Februar vor drei Jahren

Die Menschen schoben sich stumm und mit gebeugten Schultern ins Innere des Wagens.

Wurden angewiesen, sich mit dem Rücken zur Wand in einer langen Reihe aufzustellen.

Damit der Platz vollkommen ausgenutzt werden konnte, drängten die brutalen Typen die Körper immer enger zusammen.

Wir mussten unsere Rucksäcke zwischen die Beine stellen, was nicht dort untergebracht werden konnte, wurde von den Typen kurzerhand aus dem Wagen geworfen, musste zurückbleiben.

Einige der Frauen um mich herum begannen zu weinen.

Eines der Kinder schrie laut auf, als einer der Typen mit dem Gewehrkolben nach ihm schlug. Sofort fielen andere ein, unerträgliches Gewimmer erfüllte den gesamten Laderaum.

Deutlicher Widerstand formierte sich unter den Männern, die sich nicht wie Vieh verladen lassen wollten.

Man hatte uns natürlich im Vorfeld instruiert.

Kein Wort zu niemandem.

Absolute Stille beim Einsteigen.

Keine Gespräche auf der gesamten Tour.

Lautlosigkeit oberstes Gebot.

Am ersten Ziel würde man uns aus der unbequemen Lage befreien – damit wir ohne Laut zügig umsteigen konnten.

Das Wechseln des Fahrzeugs hatte unmittelbar und zügig zu erfolgen.

Verzweifelt bemühten sich die Mütter, ihre Kinder zu beruhigen.

Unter den Männern übernahm einer die Führung, rief die Meckerer in der Gruppe zur Ordnung, erinnerte sie an den Plan hinter der gefahrvollen, beengten Reise.

Langsam kehrte Ruhe ein.

Die Typen begannen damit, Wände ins Innere zu schieben.

So dicht an den Körpern vorbei, dass kaum Raum zum Atmen blieb.

Wer nicht passte, wurde so lange geschlagen, bis er seinen Körper passend gemacht hatte. Körpermasse, die ›überstand‹, wurde von den Holzwänden, die mitleidlos vorangeschoben wurden, an die Außenhaut gepresst.

Absolute Dunkelheit hüllte uns ein.

Als der gesamte Innenraum versiegelt war, startete der Lastwagen.

»Nur kurz«, versuchte ich, die Frau neben mir flüsternd zu beruhigen. »Wir steigen bald um. Dort wird hoffentlich mehr Platz für uns sein. Vielleicht können wir dann sogar sitzen.«

Sie warf mir einen hoffnungslosen Blick zu.

Murmelte in einem Ton, der Erstaunen über meine Dummheit spiegelte: »Es gibt kein Zurück und unsere Zukunft ist der Tod.«

»Warum bist du dann mitgekommen?«

»Zwang. Die Familie.«

»Wie bei mir.«

Danach fiel kein Wort mehr.

Zwei Stunden später hatten einige das Bewusstsein verloren, lehnten an ihren Nachbarn, da ein Umfallen in der drangvollen Enge unmöglich war.

Beim jedem Wechsel des Transporters wurde deutlich, dass nicht alle auf die nächste Etappe folgen könnten. Und dieses ›Ausdünnen‹, war uns bewusst, setzte sich fort.

Bei jedem Wechsel würden einige unserer inhomogenen Gruppe zurückbleiben.

Wir gingen nicht davon aus, dass man für medizinische Hilfe sorgte.

Sicher waren wir uns, dass bei einigen diese Rettungsmaßnahmen ohnehin zu spät kämen.

Unsere »Reisegruppe«, überlegte ich, ein Paradoxon.

Eine Gruppe gefühlskalter, hemmungsloser Egoisten auf der Jagd nach Geld und einer strahlenden Zukunft. Sicher, auch für unsere Familien, die uns allerdings ebenfalls aus egoistischen Gründen ins Ungewisse gedrängt hatten. Einmal unterwegs konnte uns nichts mehr aufhalten, außer dem eigenen Tod.

Es galt also, das Sterben des Körpers zu verhindern.

Sich nicht mehr umzudrehen, wenn man tote Frauen, tote Babys und Kleinkinder wie Müll wegwarf.

Der Rest unseres Menschseins war ohnehin schon tot.

Von Eigennutz und Gleichgültigkeit zersetzte und vermodernde Seelen, die unrettbar verloren waren.

Hoffnungsvoll gestartet, mutierten wir in wenigen Momenten zu Untoten auf dem Weg in ein überflüssiges Dasein.

So kam es mir jedenfalls vor.

Und in den Augen der anderen sah ich diese Erkenntnis ebenfalls brennen.

Um das Recht des Stärkeren ging es nicht mehr, nur die Vorkasse war von Bedeutung.

Eine Garantie für eine Zukunft beinhaltete die nicht.

Die Freundin, die meinen Vater dazu überredet hatte, mich auf diese Reise zu zwingen, war bereits bei der ersten Etappe als Tribut an den Tod gefallen.

Verblutet.

Während wir anderen ihr dabei zusahen und ihr immer leiser werdendes Stöhnen hörten.

Was sollten wir auch tun?

Die Typen waren mit Gewehren bewaffnet, wir trugen nur winzige Rucksäcke mit uns.

Wie also reagiert das Ich in einer solchen Situation?

Es bäumt sich auf? Stellt den Vergewaltiger zur Rede? Zettelt eine Revolte gegen die brutalen, sadistischen Kerle an?

Nein.

Nichts von alledem.

Es wählt den unauffälligen, zerstörerischen Weg.

Reiht sich schweigend zum Sterben ein.

31

Morgengrauen
Öland

Der Sanctus breitete die Arme aus wie Schwingen.

Die kuttenartige Kleidung verstärkte diesen Eindruck, und lautes Raunen breitete sich unter den Versammelten aus, als das diskrete Licht den Stoff in allen Schattierungen eines kräftigen Blaus leuchten ließ.

»Oh, Dragon, wende DICH uns zu!«, rief der Leiter der Sekte über die Köpfe der Anhänger hinweg. »Gib uns ein Zeichen, damit wir wissen, dass DU unter uns bist.«

Dabei hielt Askild das Auge hoch über seinen Kopf.

Einige stöhnten bereits ergriffen: »ER ist hier! ER ist unter uns!«

Eine alte Frau kreischte: »Ich spüre IHN und SEINE Präsenz! ER will wissen, was unser Begehr ist!«

Ein wahrnehmbares Beben des Steins bestätigte diese Vermutung.

Askild erhob seine Stimme: »Wir haben uns hier versammelt, um DEINE Bestätigung zu erwarten. Ein neues Mitglied möchte in unseren Kreis aufgenommen werden. Wir bitten DICH um DEINE Begleitung durch das Ritual des Vermessens der Seele dieses Antragstellers. Wir wissen um DEINE Forderung, dass die Seele rein sein muss. Steh uns bei dieser Vermessung bei, oh Dragon, damit ein jeder sicher sein kann, dass der Richtige für die Aufnahme ausgewählt wurde. Das letzte Urteil liegt wie immer bei DIR, oh Dragon, dessen Auge tief in uns Menschen hineinsehen kann.«

Angenehm duftender Rauch schwebte unerwartet über der Menge. Roch angenehm nach Weihrauch und Zitrusfrüchten.

»Wir bitten Krister Blomstergaard aufzustehen.«

Der dicke Mann, dessen Name nun von den meisten Anwesenden wie ein Mantra ständig wiederholt wurde, hatte etwas Mühe, sich zu erheben.

Unter das Mantra mischte sich ärgerliches, kritisches Gezischel. Einige waren mit der Wahl dieses Mannes offensichtlich noch immer nicht einverstanden.

Als es ihm gelungen war, den Rücken durchzustrecken und er zu imposanter Größe anwuchs, verstummte das Zischen beinahe sofort.

»Ich werde nun mit der Unterstützung Dragons und der Hilfe der Mitglieder von Dragon's Eye die Vermessung deiner Seele vornehmen. Bist du bereit? So antworte deutlich und laut.«

Der beeindruckend große Mann räusperte sich mehrfach.

Krächzte dann »Ja«, fand, das sei nicht ausreichend, setzte mit lauter, klarer Stimme nach.

»Ich bin bereit!«

Eine Art sakraler Musik erfüllte den Raum, weitere Kerzen entlang der Stuhlreihen wurden von Helfern in blauen Gewändern entzündet.

Feierlichkeit hing über den Köpfen der Gläubigen.

»Tritt aus der Reihe in den Gang!«, forderte Askild gebieterisch.

Der Anwärter tat, was verlangt wurde.

»Zunächst frage ich dich: Bist du bereit, dich SEINEM, des Drachen Urteil zu unterwerfen, gleich wie es ausfällt? So antworte mit Ja.«

»JA!« Die Stimme des Aspiranten gehorchte ihm nicht und fiel wieder ins Krächzen zurück.

»Wirst du für die Ziele der Gruppe Dragon's Eye arbeiten, kämpfen – ja, falls notwendig – auch töten? Das Auge des Drachen mit deinem Leben verteidigen gegen die, die es aus der Welt bannen wollen? Dafür Sorge tragen, dass alle Regeln befolgt und die Geheimnisse des Bundes gewahrt werden?«

»JA!« Diesmal klang es schon kraftvoller.

»Du wirst dich jederzeit um jedermann aus diesem Kreis kümmern, gleich wann oder wohin man dich ruft? Anerkennen, dass es in diesem Bund keinen gibt, der gleicher oder wichtiger ist als der andere – mit einziger Ausnahme des Mitglieds, das als einziges jederzeit und unmittelbar mit Dragon in Kontakt treten kann?«

»JA!«

»Dir ist bewusst, dass der Drache über dich und dein Leben wachen wird? Solltest du gegen die Regeln verstoßen, wird ER eine angemessene Strafe verhängen. Sei gewarnt: Es kommt vor, dass Mitglieder eine Verfehlung mit ihrem Leben bezahlen müssen.«

»Jaha!« Nun klang die Stimme nicht mehr nach gespannter Aufregung und Ungeduld, die Stimme zitterte nicht mehr, sondern signalisierte deutlich Genervtheit.

Plötzlich erfüllte ein lautes Zischen den Raum, der Dunst wurde dichter. Einzelne Stimmen tuschelten gereizt in die Ohren der nebenan Sitzenden. Offensichtlich wollte die Versammlung nun zügig zum spektakulären Ende des Rituals kommen.

Allgemein war man davon ausgegangen, ein knappes Ergebnis des Seelentest sei nicht auszuschließen. Einigen schien durchaus möglich, dass der Kandidat bei näherer Betrachtung durch Dragon nicht aufgenommen werden könne.

Es schien, als halte die Versammlung kollektiv den Atem an.

Die Hintergrundmusik, fast sakral, getragen, feierlich, nahm an Lautstärke deutlich zu, die Bässe wurden körperlich spürbar. Die ersten begann den Rhythmus in Bewegung umzusetzen.

Ein kalter Hauch blies um die Füße der Gläubigen, erreichte ihre Fesseln, sorgte für Kälte bis zum Knie.

Als Askild den Seelenmesser am ausgestreckten Arm hochhielt, knisterte die Spannung so laut, dass man sie wahrscheinlich auch vor dem Haus noch deutlich wahrnehmen konnte.

An der Orgel saß Gunnar, unter dessen Händen und Füßen sich das Instrument zu Tempi aufschwang, die alle überraschten, heiliger Klang umhüllte die Körper wie eine schützende Decke, sog alle ein.

Und dann: Der Seelenmesser baumelte vor der Stirn des Aspiranten, bewegte sich wie von Geisterhand langsam in Richtung des Herzens.

Begeistert beobachteten die Teilnehmer, wie sich der dunkle Strahlenring zögernd an der goldenen Scheibe entlang schob.

Geräuschlos.

Geheimnisvolles Licht beleuchtete den spektakulären Vorgang.

Mit kaum sichtbarem Zittern kam die Messskala zur Ruhe.

Atemlos wartete die Gemeinde noch wenige Sekunden ab: Würde sich die Messung fortsetzen oder hatten sie nun ein gesichertes Ergebnis?

Askilds Stimme, sonor und voll, erklärte: »Die Messung ist beendet!«

Er schloss die Augen, die Gläubigen wussten, dass er nun die Bewertung Dragons erwartete.

Es dauerte länger als üblich.

Die Bewegungen des Sektenleiters, das sonderbare

Zucken in seinem Gesicht bezeugten, dass abgewogen wurde – offensichtlich ein gedanklicher Diskurs stattfand.

Ein Raunen mischte sich unter die jetzt leise Orgelmusik.

Dann öffnete Askild die Augen, reckte seine Arme auf Schulterhöhe in Richtung der Gläubigen aus und erhob seine Stimme mit leichtem Beben: »Ich verkünde: Die Entscheidung sieht eine weitere Prüfung deiner Seelenstärke vor. Dein Grad reicht knapp nicht aus, in die Gemeinschaft aufgenommen werden zu können. Der Drache verlangt einen Beweis deiner Entschlossenheit, eine Prüfung wird Klarheit bringen. Dragon stellt dir in den nächsten Tagen eine Aufgabe. Wenn du sie zu seiner Zufriedenheit lösen oder erledigen kannst, wird ER den Weg für deine Aufnahme freimachen. Die Aufgabe wird ER dir persönlich übermitteln.« Der Sanctus schwieg einen Moment, als lausche er. Plötzlich bemerkten die ersten Teilnehmer, dass das Blaue Auge des Drachen erneut zu strahlen begann.

»Aha! Ich höre, dass dir diese Aufgabe bereits übermittelt wurde. Dragon will, dass ich dich öffentlich frage, ob du die Aufgabe übernehmen wirst. Wirst du?«

»JA!«, bestätigte der Angesprochene. »Ich kenne den Auftrag und werde ihn übernehmen, tue, was mir aufgetragen wurde.« Damit drängte er sich aus der Bank-Reihe, in die er sich nach der Seelenvermessung wieder begeben hatte, und verließ hoch aufgerichtet den Raum.

Die Blicke aller folgten seinen breiten Schultern.

Manche waren voller Neid, hatte doch der Drache mit ihnen noch nie persönlichen Kontakt aufgenommen.

Als sich die Tür hinter dem Mann geschlossen hatte, fragte eine Stimme laut und ketzerisch: »Ach, muss man also schlechte Werte bei einer Vermessung haben, damit man hier persönlich wahrgenommen wird und direkt von Dragon kontaktiert wird? Na toll!«

32

23.35 Uhr
Kalmar

Alban setzte seine Mutter vor seinem Haus ab, lud das Gepäck aus und trug alles ins Gästezimmer.

Sie nickte ihm kurz zu, öffnete den Koffer, machte eine scheuchende Handbewegung, die wohl bedeutete, sie käme sehr gut allein zurecht.

Während der Fahrt hatte sie nicht ein Wort mit ihm gewechselt, starrte auf ihre Hände, streichelte über die Finger, die aus dem Gips herausragten, seufzte. Gelegentlich wischte sie mit der frei beweglichen Hand eine Träne von der Wange.

Nun war er froh, dem Schweigen zu entkommen. Seiner Mutter erklärte er, er müsse noch ins Büro, um mit der Kollegin über den aktuellen Fall zu sprechen.

Auf dem Weg zum Auto nahm er die Post aus dem Briefkasten.

Rechnungen, Werbung – und ein großer, weißer Umschlag. Ohne Absender.

Den öffnete er sofort.

Inhalt war ein einzelnes DIN-A4-Blatt.

Im Wagen schaltete er die Deckenbeleuchtung ein, starrte auf den Totenkopf, den man ihm geschickt hatte. Das Symbol auf der Stirn ähnelte dem, das er schon kannte. Nervös suchte er an der Rändern der Augenhöhlen nach dem, was dort für ihn formuliert war, und entdeckte: Du bist tot.

Rasch tippte er auf die Kurzwahltaste.

»Luna, stell dir vor, ich habe auch solch einen Brief mit Totenkopf bekommen. Hast du deine Post schon gecheckt?«

Lunas Antwort folgte leicht verzögert. »Eine Warnung? Wenn ihr weiterermittelt, dann ...? Oder eine Warnung, die unabhängig von unserer Arbeit zu sehen ist? Hass auf die Polizei?«

»Alles scheint irgendwie denkbar, oder?«

»Ich sehe im Briefkasten nach. Wir treffen uns im Büro und geben den Umschlag an die Forensik weiter.«

»Okay. Aber prüfe wirklich, ob du auch so einen Totenkopf hast.« Alban klang besorgt. »Wäre nicht der erste Täter, der glaubt, er könne die Ermittler erschrecken und so erreichen, dass der aktuelle Fall nicht bearbeitet wird. Bei mir steht: Du bist tot.«

Luna legte das Mobiltelefon zur Seite und strich das DIN-A4-Blatt, das sie vor wenigen Minuten wütend zusammengeknüllt hatte, mit beiden Händen so glatt, wie es eben gelingen konnte. Beugte sich über den Totenkopf, um zu entziffern, was unter den Augenhöhlen stand: Du bist schon Aas.

Eigentlich hatte sie vorgehabt, Alban zu verschweigen, dass sie nun ebenfalls diese Drohung bekommen hatte. Das ging nun nicht mehr, wäre unglaubwürdig und würde das kollegiale Miteinander belasten. Mist!

Als sie im Büro ankam, wartete Alban bereits.

»Wir haben eine weitere Leiche. Diesmal weiblich. Gefunden wurde sie in Hagby. Wir müssen gleich los. Gullbrand hat gerade angerufen. Er ist schon auf dem Weg.«

»Das kann doch nicht schon wieder ein Opfer des Schlangenmörders sein?« Luna reichte Alban die Totenkopfgrafik.

»Nun gut. Uns bedroht der Killer also auch. Bei mir steht ›Du bist tot‹ und bei dir ›Du bist schon Aas‹. Besonders einfallsreich ist der Kreator nicht. Im Grunde nur logisch. Vielleicht glaubt er, wir wüssten zu viel, rücken nahe an ihn heran. Also versucht er, uns einzuschüchtern.«

»Das gelingt nicht, und ich denke, dass weiß dieser Täter auch.«

»Wir haben ein weiteres Opfer, und es wäre möglich, dass wir nun einen Hintergrund zusammenfügen können, der für alle Getöteten passt. Dann wird es uns auch möglich, andere zu warnen. Wann genau hat Gullbrand angerufen?«

»Ein paar Minuten her.«

Das Telefon auf Lunas Schreibtisch klingelte in der nächtlichen Stille unangenehm laut.

Alban schaltete den Lautsprecher ein.

»Hi. Wo bleibt ihr beide denn? Ihr habt eine weitere Leiche – und ich auch. Ihr braucht etwa eine halbe Stunde bis hierher. Adresse habe ich Alban geschickt.«

»Ey Gullbrand! Wir haben schon zwei Opfer, eine verschwundene Ehefrau und deren Kinder, eine abgetauchte Zeugin. Ist nicht so, dass wir gerade damit beschäftigt sind, den Garten zu gießen!« Alban übernahm die Antwort. Fühlte sich offensichtlich kritisiert.

»Ja. Er hat mich sofort informiert«, übernahm Luna und signalisierte dem Kollegen, er solle sich zurückhalten. Ärger mit Gullbrand sollte man dringend vermeiden. »Wir müssen noch ein Asservat zur Forensik bringen, dann sind wir unterwegs.«

»Luna? Ich hatte gleich so eine Ahnung, dass der Kerl noch nicht fertig ist. Hat Alban dir gesagt, dass dieses Opfer weiblich ist?«

»Ja, hat er. Wann ist sie gestorben?«

»Im Laufe des Morgens. Die lokale Polizei ging von einem eskalierten Streit aus. Aber nun sind Unstimmigkeiten aufgetreten, und man hat nach der Rechtsmedizin gerufen. Ich

war noch mit meinem Bericht befasst und bin los, weil ich …
nun ja. Und so sieht es eben auch aus. Sie wird eure dritte
Leiche.«

»Okay. Wieder Mambalgin. Wieder ein zerfetztes Gesicht.
Hat sie einen Bezug zu Öland oder Kalmar?«

»Ich kann es nicht ausschließen. An der Wand hängen
überall große Landschaftsfotos von Öland. Ob es ihr dort
nur gefallen hat oder der Hintergrund persönlicher ist, kann
ich nicht sagen.«

Gullbrand zögerte, fragte dann aber doch: »Luna, hast
du auch solch einen Totenkopf bekommen? Das Asservat
sind Briefe an euch beide?«

»Du klingst ja richtig besorgt, Gullbrand. Wir beide
haben einen solchen Brief bekommen, stimmt. Aber natürlich schüchtert uns das nicht ein.« Sie betonte jedes Wort
deutlich.

»Luna, bitte seid vorsichtig. Ich stehe hier neben dem
dritten herausfordernden Opfer an einem unübersichtli-
chen Tatort, und ich möchte nicht auch einen von euch so
auffinden müssen!«

Luna schluckte nervös, Alban sah betroffen von seinen
Notizen auf.

Mit belegter Stimme antwortete Luna: »Wir passen auf.
Keiner von uns möchte auf deinem … Also, bis gleich.«

Schweigend fuhren sie mit Blaulicht durch die Nacht.

Alban griff nach seinem kleinen Notizbuch.

Für jeden Fall begann er ein neues.

Aus Erfahrung wusste er, dass sich zu Beginn immer viele
Fragen stellten – und manchmal auch die eine oder andere
wichtige nicht gestellt wurde. Stand sie erst mal im Notizbuch, wurde sie auf jeden Fall früher oder später beantwortet.

Er notierte unter denen, die sich schon ergeben hatten, einige neue.

»Warum zerstört der Täter das Gesicht, wenn er die Leiche doch in der Wohnung des Opfers zurücklässt?«

Und: »Warum hat er das bei Gerolf anders gehandhabt? Rücksicht auf die Kinder? Wollte er die Witwe von dem Anblick verschonen? Hat er eine andere Beziehung zu Rieke und den Kindern oder zu Gerolf selbst – als zu den anderen Getöteten? Kennt Rieke den Mörder?«

Er las Luna seine Fragen vor.

Luna überlegte, meinte dann »›Wo ist Hannah?‹ und ›Wer ist Hannah?‹ könntest du auch fragen. Und ›Was weiß Henner über Gerolf, was seine Frau vielleicht nicht weiß?‹ Als ich mit ihm sprach, war er mit Informationen sehr sparsam.«

Alban schrieb mit.

Luna überlegte weiter. »Sind das Auftragsmorde?«

Alban nickte und notierte eifrig mit.

»Welches Motiv treibt den Auftraggeber oder Mörder an?«

»Und dann: Wenn es eine Warnung an weitere potenzielle Opfer sein soll, an Wissende – welches Wissen ist das dann? Will der Täter, dass sie aus der Presse von den Morden erfahren und ihre Schlüsse selbst ziehen? Der Täter kann doch nicht sicher sein, dass dieser Plan aufgeht. Er muss auf jeden Fall weitere Opfer ... Verstehst du, es ist wie dieses Bild von der Katze, die sich in den eigenen Schwanz beißt.«

Luna starrte auf die Straße. Nebel zog auf, verschlechterte die Sicht, zwang zu einem reduzierten Fahrtempo. Selbst im Sommer nicht unüblich in dieser Gegend Schwedens.

Sie fluchte.

»Das mit dem Motiv habe ich schon. Klar, war eine der ersten Fragen. Aber mir fällt noch eine andere ein: Warum ist Gullbrand so besorgt? Ehrlich gesagt, macht er sonst nicht so viel Aufregung um uns Ermittler. Und nun? Warum warnt er uns ständig?«

»Ja, das ist auffällig. Aber an deiner Stelle würde ich ihn nicht danach fragen.« Luna lachte leise. »Er lässt sich nicht gern in die Karten gucken. Eigentlich zeigt er uns immer dann etwas, wenn er uns mit seinen Erkenntnissen verblüffen will.«

»Oh weh, dann erwartet uns sicher ein Albtraum.«

Luna bog von der Haupttrasse ab und folgte der schmaleren Straße.

Rechts und links des geteerten Bandes nur Wald.

Angestrengt behielt sie den Saum von Bäumen im Blick. Elche konnten jederzeit auf die Straße treten – und sowohl ein dramatisches Ausweichmanöver als auch ein Zusammenprall mit einem tonnenschweren Elch-Bullen wäre für die Insassen des Fahrzeugs lebensgefährlich.

»Ist auch für Radfahrer ausgewiesen. Aber ehrlich, ich denke, das ist verflixt eng und kurvig hier. Unfallträchtige Strecke, besonders bei Nacht und Dunst.« Alban starrte ebenfalls ins Dunkel. Seufzte.

Er sprach leise weiter, als wolle er keine schlafenden Geister wecken. »Mein Vater hat meine Mutter die Treppe runtergestoßen, ist mit Kraft auf ihre Hand getreten, um ihre Knochen zu brechen, hat sie auf den Kopf geschlagen und ihr den Arm gebrochen. Sie hat nichts davon im Krankenhaus erzählt. Deckt diese brutalen Übergriffe seit Jahren.«

»Ach Mensch, das tut mir leid für dich, für sie natürlich auch. Sie hat dich um Hilfe gerufen?«

»Ja, so in der Art. Ich denke, in erster Linie wollte sie aus dem Sjukhuset abgeholt werden. Ich habe sie erst mal mit zu mir genommen. Komme nach dem ganzen Theater nach

Hause und habe diese blöde Grafik im Briefkasten. Tolles Timing. Ich bin im Augenblick dünnhäutig.«

»Okay. Das habe ich schon gemerkt.«

»Sie hat behauptet, sie habe all die Jahre über seine Angriffe und Verletzungen Buch geführt. Die Aufzeichnungen lägen bei einem Anwalt. Sollte er sie beim nächsten Mal töten, würde der Anklage gegen ihn einreichen.«

»Oh, na, dann hat sie eine Lebensversicherung!«

»Ich bin sicher, er wird herausfinden, bei welchem Anwalt das Dokument aufbewahrt wird und es an sich bringen.« Albans Stimme klang dumpf, desillusioniert, ratlos.

»Bei mir ist es auch nicht besser. Mein Bruder hat sich gemeldet.«

»Oh, nein! Er sitzt doch nicht wieder in einer Zelle bei unseren Kollegen? Untersuchungshaft? Ich dachte, er ist gerade raus.« Alban klang tatsächlich erschrocken.

»Genau habe ich nicht verstanden, was nun wieder los ist. Die Verbindung war gestört. Ich muss morgen nach dem Frühstück versuchen herauszubekommen, was diesmal passiert ist. Hoffentlich nicht schon wieder bandenmäßige Kriminalität, schwere Körperverletzung. Ich habe auch Jarl noch nichts davon erzählt. Jedes Mal führt das Theater mit meinem Bruder zu einer Belastung unserer eigentlich stressfreien Beziehung. Ich muss das nicht mehr haben! Mein Bruder ist erwachsen.«

»Ach Luna – wir und unsere Familien!«, seufzte Alban. »Ein einziges Drama. Kann man sich von Familie eigentlich scheiden lassen?«

Luna schmunzelte. »Kein schlechter Gedanke. Der Frage sollten wir unbedingt nachgehen, wenn dieser Fall abgeschlossen ist.«

Sie seufzte. »Ich habe mir das Büro bei Henner angesehen. Und du glaubst gar nicht ...«, schnell erzählte sie von dem Einbrecher und der Festnahme.

»Kaum lässt man dich mal allein, schon hast du gefährliche Begegnungen«, tadelte der Kollege. »Auf dich muss man immer gut aufpassen. Hast du Jarl von deinem Erlebnis erzählt?«

Luna biss sich auf die Unterlippe.

»Konnte ich nicht. Jarl war nicht zu Hause.«

Alban beschloss, den Rest der Fahrt über zu schweigen.

Erst als sie in Hagby waren, beendete er die ungemütliche Wortlosigkeit im Auto.

»Diese irre Kirche! Die hat mich schon immer begeistert. Eine echte Wehrkirche. Rundturm, damit man den brüllend heranstürmenden Feind aus jeder Richtung erkennen kann – und sage und schreibe 17 Schießscharten für eine effektive Verteidigung. Wow. Ist eine meiner Lieblingskirchen.«

»Aha, wegen des Verteidigungswillens?«

»Ja, ist wirklich imponierend. Angst werden die Kämpfer auch gehabt haben. Aber sie ließen sich nicht so einfach einschüchtern. Das ganze Gebäude signalisiert entschlossene Wehrbereitschaft. Toll!«

Dann meinte er: »Es gibt eine Sage, in der es um einen nächtlichen Kirchenbesuch geht. Und immer wenn ich diese hier sehe, fällt sie mir wieder ein. Ist eine Weihnachtssage.« Er kicherte albern. »Nicht ganz die richtige Jahreszeit dafür. Kennst du die Geschichte um die heilige Messe zur Weihnacht?«

Luna schüttelte den Kopf.

»Zwei Frauen verabreden, zusammen zur Mitternachtsmesse zu reiten. Als die eine glaubt, die andere habe nach ihr gerufen, es sei Zeit, wirft sie sich ein wollenes Cape um, schiebt ein Stück Brot in Kreuzform in dessen Tasche und beeilt sich, die andere mit einem schnellen Ritt einzuholen. Doch sie trifft sie nicht mehr an. Als sie über eine Brücke reitet, begegnet sie einigen Trollhexen, die ihre Wäsche aufhängen, und hört die eine rufen, die andere solle sich beeilen und der Reiterin den Kopf abreißen. Doch das gebackene Kreuz in der Tasche des Capes verhindert den Angriff. Die Frau erreicht die Kirche. Die ist voller Besucher, hell erleuchtet. Sie setzt sich an ihren Stammplatz und merkt zu spät, dass die meisten anderen Besucher gar keine Köpfe haben. Ihre Patin sitzt neben ihr und rät ihr, die Kirche so schnell wie möglich zu verlassen, wenn ihr das Leben lieb sei. Doch kaum auf dem Weg greifen die Geister nach ihr, wollen sie töten, reißen aber nur das Cape von ihren Schultern, die Frau entkommt. Doch am nächsten Morgen findet man auf jedem der Gräber des Kirkegaards einen Fetzen des wollenen Capes.«

»Huh!« Luna sah den Kollegen verblüfft an. »Solche Geschichten gefallen dir? Gruselfaktor inbegriffen? Aber an Vampire möchtest du nicht glauben.«

»Nun, die Frau hat sich nicht so gefürchtet, dass sie etwa paralysiert gewesen wäre. Sie ist uns ähnlich. Wir lassen uns auch nicht von einer Computergrafik erschrecken.«

»Stimmt auffallend«, meinte Luna und parkte den Wagen neben dem des Rechtsmediziners vor einem kleinen gelb gestrichenen Haus. »Hoffen wir, dass wir damit die richtige Entscheidung getroffen haben.«

Gullbrand stand unter der Lampe über der Eingangstür, hatte ohne Zweifel bereits ungeduldig auf die beiden Kommissare gewartet.

»Unklarer Todesfall. Ursprünglich ging man von einem Unfall aus, doch der herbeigerufene Arzt wollte das verständlicherweise nicht so einfach abhaken. So kam der Fall zur Rechtsmedizin, und als ich hörte … nun, da bin ich gleich aufgebrochen. Wollte mir alles ansehen.«

»Hm. Und du bist sicher, dass dieser Todesfall zu unserer Ermittlung gehört?« Alban blieb skeptisch.

Der Rechtsmediziner grinste schief. »Wenn ihr die Frau gesehen habt, werden die Zweifel verschwinden.«

Er drehte sich abrupt um, und den beiden Kommissaren blieb nur, eilig in die Schutzkleidung zu schlüpfen und seinem massigen Rücken zu folgen.

Luna zuckte mit den Schultern, flüsterte: »Er wird schon einen Grund haben, wenn er uns dazuruft.«

»Genau.« Der Rechtsmediziner, der offensichtlich sehr gut hören konnte, drehte sich zu den beiden Ermittlern um, nahm sein in eine Folie geschobenes Handy im Vorbeigehen von einem Schränkchen im Flur, öffnete eine Bilddatei. »Alles klar?«

»Ja!« Lunas Gesicht verhärtete sich, ihr Schritt wurde fester, energischer. »Du hast recht!«

Alban, deutlich blasser geworden, nickte: »Widerspruch zwecklos.«

Wenig später starrten die Ermittler in ein Gesicht, von dessen Zügen nicht mehr viel zu erkennen war. Wieder einmal.

»Kein schöner Anblick«, bestätigte der Mediziner sachlich.

»Das war es bei den anderen beiden auch nicht.« Alban. Unüberhörbar gereizt, schlecht gelaunt und müde.

»Habt ihr diese Warnung mit Totenkopf auch bei ihr gefunden?«, erkundigte sich Luna bei einem der Spurensicherer.

»Ja. Liegt drüben. Aber es gibt nur noch einen angekokelten Rest. Entweder hat das Opfer versucht, die Grafik zu verbrennen, oder der Täter wollte diesen Hinweis lieber vernichten.«

»Wahrscheinlich eher die erste Variante. Dieser Täter möchte unbedingt, dass wir ihm seine Taten zuordnen können. Am unteren Rand der Augenhöhlen könnte ein Satz zu lesen sein.« Luna nickte dem jungen Mann zu, meinte: »Mit ein bisschen Glück blieb der entscheidende Fetzen Papier verschont.«

Sie sah sich gründlich in den kleinen Räumen um.

Alles aufgeräumt.

Nicht einmal Bügelwäsche lauerte in einer Ecke.

»Was war sie von Beruf? Gibt es einen Partner? Weiß die Familie schon Bescheid?« Die üblichen Fragen.

Auf die es auch eine Antwort geben würde.

Ohne eine solche blieben zunächst all die anderen, die sie im Auto angesprochen hatten.

Luna begegnete den Augen Albans. Fand darin ihre eigene Frustration wieder.

»Gibt es einen Computer, einen Scanner oder anderes Equipment?«, setzte sie nach.

»Ja, wir haben den Laptop sichergestellt. Im Schlafzimmer auf einem Regalbrett. Ist eigentlich kein Laptop, sondern eher ein Tablet, das man in eine Tastatur klicken kann. Sie war Lehrerin. Bestimmt hat sie das Teil zur Unterrichtsvorbereitung benutzt«, gab der Kollege der Forensik Auskunft. »Wir tüten es ein und suchen im Speicher nach der Totenkopfdatei. Vielleicht kam sie per Mail und sie hat sie ausgedruckt. Einen weißen, großen Briefumschlag haben wir bisher nicht gefunden.« Alban trat neben die Kollegin und wisperte: »Nun, wenigstens können wir ausschließen, dass der Täter es nur auf männliche Opfer abgesehen hat. Immerhin.«

»Gibt es einen Ehemann? Oder einen Lebenspartner?«, fragte Luna den Polizisten vor Ort.

»Sie lebt allein, war nie verheiratet«, wusste der junge

Mann, der sehr blass aussah, und zuckte mit den Schultern. »Aber das heißt ja nicht, dass es keinen Mann in ihrem Leben gab.«

»Hm. Hobbys? Mitgliedschaft in Vereinen?«, bohrte die Kommissarin weiter. »Wenn dir übel wird, geh für einen Moment nach draußen. Ist dein erster Mordfall?«, erkundigte sie sich mitfühlend.

Der Kollege nickte.

»Mach draußen ein paar Minuten Pause. Wird schon.«

Luna kehrte zu Gullbrand zurück.

Der kniete neben dem Opfer.

Drückte hier, prüfte dort.

Die vollkommen entkleidete, eher matronenhafte Gestalt lag in einer großen, bräunlichen Lache, an deren Rand sich die Blutbestandteile bereits in Blut und gelblich transparentes Plasma separiert hatten. Mehrere Stellen wirkten angetrocknet. Anders als bei Kaspar gab es im Raum und am völlig entkleideten Körper nur wenig Anzeichen dafür, dass die Frau sich gewehrt hätte. Ihr Gesicht allerdings war, wie bei den Opfern zuvor, nicht beurteilbar. Luna schüttelte sich. Begann in Gedanken die Liste der Fragen zu erweitern, die sie zu klären hatte.

»Wer hat die Tote gefunden?«, rief sie den Kollegen zu.

»Eine Postbotin. Sie hat ein Päckchen abgeben wollen, aber Vilja öffnete nicht. Da sie ihr den Weg zur Poststation ersparen wollte, guckte sie ins Wohnzimmer und sah ... Sie hat natürlich sofort die Polizei alarmiert.«

»Wo ist das Päckchen jetzt?«

»Keine Ahnung«, räumte der Kollege ein. »Vielleicht wieder bei der Post.«

Nachfragen Päckchen!, notierte sich Luna auf dem Unterarm.

»Die Postbotin ist jetzt wo? Und: Ist sie sich wirklich sicher, dass es sich bei dem Opfer um Vilja handelt? Wenn ja, woran hat sie die Frau identifiziert?«

»Die Zeugin hat ihre Postrunde fortgesetzt und ist jetzt zu Hause anzutreffen. Friederica. Auf Handynachfrage von uns hat sie angegeben, sie kenne Vilja schon lange, es gäbe für sie keinen Zweifel, es handele sich bei der Toten um die Lehrerin Vilja Sand.«

»Lehrerin? Welche Schule?«

»Digital Skills School. Ist ein erweitertes online Angebot speziell für begabte und interessierte Kids.«

Zu Gullbrand gewandt, meinte Luna: »Immerhin: Ein Berührungspunkt mit der Welt von Gerolf und Kaspar.« Sie sah auf den Leichnam hinunter.

»Wann?«

Gullbrand zögerte: »Gefunden wurde sie gegen 16 Uhr. Jetzt ist es nach 1 Uhr. Der Arzt vom Dienst wurde gerufen, im Bericht erwähnt er eindeutige Todeszeichen. Hier vor Ort kann ich den Zeitpunkt des Todes nur ungenau bestimmen, aber ich gehe davon aus, dass sie seit mehr als zehn oder zwölf Stunden tot ist.« Er steckte das Leichenthermometer wieder ein, schloss seinen Koffer, stand auf. »Wenn ihr nun alles gesehen habt, würde ich die Tote gern mitnehmen.«

Luna zögerte. »Dieses Symbol, das er in die Gesichter schneidet, ist bei jedem Opfer ein leicht verändertes. Ich muss wissen, wie er es … also mit welchem Werkzeug. Hast du Spuren von Handschuhen gefunden oder um die Schnitte herum Reste von Farbe? Druckspuren von Fingern, die das Gesicht fixieren wollten?«

»Nein. Das haben wir überprüft. Ich dachte auch daran, dass er vielleicht die Form durch eine Pausvorlage sprüht. Nichts davon. Was wir wissen, ist, dass die Opfer noch leben, wenn er damit beginnt. Allerdings sind sie nicht mehr in der Lage, sich gegen ihn zu wehren oder gar zu schreien. Er verwendet ein scharfes Instrument. Wir haben ja schon über ein Skalpell gesprochen. Die Eindringtiefe ist ziemlich ungewöhnlich. Aber das kann ich alles erst nach der Obduktion … Ausgehend von der These, dass es sich immer um denselben Täter handelt, wäre nachvollziehbar, dass er auch bei jeder Tat dasselbe Werkzeug nutzt. Um sicher zu sein, überprüfe ich die Befunde, gleiche ab.«

Luna wandte sich zu den Kollegen um. »Fotos sind gemacht? Lage und Verteilung der Spuren? Alle Blutspuren gesichert?«

»Yupp«, bestätigte einer der Männer im Schutzanzug.

»Offensichtliche Hinweise auf eine Vergewaltigung gibt es nicht?«, wandte sie sich wieder dem Rechtsmediziner zu.

Gullbrand zuckte mit den Schultern. »Nach der gründlichen Inspektion des Körpers und der Obduktion.«

»Du meldest dich bei uns?«

»Wie immer. Dann lasse ich sie jetzt abtransportieren? All das wird sich bei der Autopsie klären. Unübersehbare Anzeichen für sexuelle Gewalt habe ich bisher nicht feststellen können, aber bei dieser Vielzahl von Spuren kann ich das erst nach genauerer Untersuchung ausschließen. Insgesamt ist der Überfall so wie bei den anderen Opfern durchgeführt worden. Gerangel, Schlag gegen den Kopf, Gift, Verstümmelung. Der Körper wurde komplett entkleidet, in welcher Phase des Ablaufs das stattfand, kann ich nicht sicher sagen, aber da die Kollegen kein Bündel gefunden haben – auch keine im Müll entsorgte Kleidung – gehe ich davon aus, dass der Täter alles mitgenommen hat. Vielleicht, um es wieder an einer besonderen Stelle abzulegen. Obduktion gleich morgen früh«, er warf einen Blick auf seine Uhr und korrigierte, »…. heute früh. Ich rufe euch an.«

Damit verschwand er, drehte sich aber noch einmal um. »Ich hoffe, ihr habt inzwischen einen Ermittlungsansatz, der zielführend ist. Der Täter hat keine Angst vor Entdeckung. Es gibt keinen Hinweis darauf, dass er unkontrolliert oder gar in Panik den Ort verlässt. Im Gegenteil. Er wartet. Sieht zu. Und er hat ein Faible für Drama.«

»Auf jeden Fall ist es eine Serie. Alles beginnt mit dem Mord an einem unauffälligen Familienvater auf Öland.« Luna warf Gullbrand einen fragenden Blick zu. »Das verbindende Element hat unmittelbar mit Gerolf zu tun.«

»Ja. So sehe ich das auch. Ich habe auch ein bisschen recherchiert, aber über ähnliche Morde, ein ähnliches Vorgehen, gibt es im Moment keine Berichte.«

Als Gullbrand gegangen war, trat der junge Kollege zu Luna, der die verkohlten Reste des Drohbriefs gesichert hatte.

»Aus und vorbei – das steht am unteren Rand der Augenhöhle. Hilft dir das weiter?«

»Ja, danke. Ein Indiz mehr, das diesen Mord mit den beiden in Zusammenhang bringt.«

Alban nickte. »Das bestätigt, was wir auch schon festgestellt haben: Sehr fantasievoll ist er nicht. Er tötet alle Opfer in gleicher Weise, hinterlässt ein Symbol, alle bekommen den Drohbrief mit einem ähnlichen Satz. Was wird er tun, wenn er seine Möglichkeiten zur Formulierung aufgebraucht hat? Neustart ab eins oder Rolle rückwärts vom Ende zu eins?«

Luna musterte Alban nachdenklich. Meinte dann trocken: »Und er weiß viel mehr als wir. Schließlich kennt er das Bindeglied zwischen den Opfern. Ist es eigentlich schwierig, solch eine Grafik zu erstellen, oder gibt es ein KI-Programm dafür, das in Windeseile solche Bilder aus Texten erstellen kann? Das haben wir noch nicht geklärt.«

»Da fragen wir am besten bei den Fachleuten nach. Ich könnte mir schon vorstellen, dass KI so etwas aus Buchstaben bauen kann.«

Nach einer Pause fragte er: »Woher weiß er eigentlich, oder möglicherweise auch sie, wer in diesen Fällen ermittelt?«

»Radio, Fernsehen, Internet? Die Berichterstattung über die Morde ist überall zu finden. Vielleicht konnte man uns bei irgendeinem der Kurz-Spots sehen.«

Alban zählte an den Fingern ab, was nun zu tun anstand: »Wir suchen Rieke und die Kinder. Fahnden nach Berührungspunkten zwischen den Opfern, vielleicht sogar zu Mambas. Befragung der Freunde der Opfer wird zumindest bei Gerolf schwierig, und auch Kaspar war eher nicht der Mann der vielen persönlichen Kontakte. Vielleicht ist das bei Vilja anders. Der Computer wird gecheckt, Handy suchen die Kollegen noch. Könnte sein, dass wir nun einen deutlichen Schritt weiterkommen.«

»Ich möchte nur mal kurz daran erinnern, dass wir beide auch einen Drohbrief bekommen haben.«

»Ja, ist nicht zu leugnen.« Albans Miene verzog sich zu einem trotzigen Ausdruck. »Und ich muss ehrlich sagen, dass ich ziemlich enttäuscht bin, nicht sofort von dir informiert worden zu sein. Wir sind ein Team! Vertraust du mir nicht? Ich habe dir sofort Bescheid gegeben!«

»Alban! Du hattest eigene Probleme zu lösen. Außerdem habe ich es nicht geheim gehalten, sondern mit dir darüber gesprochen – und du hattest ebenfalls ein Schreiben. Nun beschäftigt sich die Analytik mit dem Problem. Wir sollten nicht gerade jetzt streiten. Außerdem weißt du es ja inzwischen.« Luna klang pubertär eingeschnappt. »Ist doch wahr. Sollte ich dich im Krankenhaus anrufen? Beim Gespräch mit deinen Eltern stören?«

Albans schlecht gelaunter Gesichtsausdruck blieb, doch

der Ton wurde wieder freundlicher: »Okay. Stimmt, es war rücksichtsvoll von dir. Und schließlich hätte es nichts daran geändert, dass wir nun beide im Fokus sind.« Er machte ein zerknirschtes Gesicht, und Luna rammte ihm freundschaftlich die Faust gegen den Oberarm. »Bleiben wir also beim Thema. Berührungspunkte in Schweden, im Sommer? Open Air? Konzerte, Theater, Specials? Tickets haben die Computerfreunde, wie wir schon wissen, leider nicht online bestellt. Überprüfen wir noch mal die Kontobewegungen auf passende Überweisungen.«

»Diese Informationen habe ich schon nach unserem letzten Gespräch angefordert, auch die Daten der Handys, die Standortabfragen und Funkzellenkontakte ebenfalls. Dauert wohl.« Luna seufzte.

»Wichtig ist, dass wir Rieke und die Kinder finden. Ich habe ein schrecklich ungutes Gefühl«, setzte sie bedrückt fort. „Anka und Sören sollen gleich zu Dienstbeginn vorbeifahren und checken, was in dem Haus vorgefallen ist. Immerhin ist eine Fensterscheibe zu Bruch gegangen.«

»Fußballspiel im Wohnzimmer? Fehlpass und die Scheibe versperrte dem Ball den Weg in den Garten. Passiert.« Alban bot das gängige Bild an, das sich sofort aufdrängte.

»Schon. Aber erst bei größeren Kindern, die richtig Schwung in den Tritt gegen den Ball legen können. Wutanfall von Arne wäre denkbar. Spielzeug fliegt durch die Luft …« Luna hoffte noch immer auf ein friedliches Szenario, wenngleich ihr Polizeisinn etwas anderes befürchtete. »Es ist schlicht so: Von allen Opfern ist Gerolf bisher das einzige, das eine Familie hat. Eventuell weiß Rieke etwas Wichtiges, hat die Bedeutung der Information nur noch nicht erkannt. Sie ist eine Gefahr für den Täter.«

»Oder den Auftraggeber.« Alban eben. Wenn, dann am liebsten spektakulär.

»Ja. Auch das.«

»Ist das Risiko nicht hoch, wenn er die drei entführen lässt? Vielleicht weiß sie in Wirklichkeit gar nichts.«

»Ist ihm egal. Es reicht die Tatsache, dass es so sein könnte. Es handelt sich um etwas, das Gerolf seiner Frau hätte erzählen können.« Luna fuhr über die Arme, als sei ihr kalt. »Und das Schlimme ist, dass er das vielleicht nicht getan hat, überhaupt nicht wusste, dass er eine wichtige Information hatte.«

»Fahren wir zurück. Es gibt eine Menge zu tun.« Alban öffnete die Beifahrertür, sah dem Wagen des Bestatters nach, der Viljas Körper zu Gullbrand bringen würde.

Luna nickte, stieg ein, startete den Wagen, hielt einen Moment die Luft an, stieß sie dann als lauten Seufzer wieder aus. »Alban? Bei den anderen Empfängern der Totenkopfnachrichten lag nur ein kurzer Zeitabschnitt zwischen Nachricht und Todeseintritt. Ich dachte gerade: Was, wenn uns der Täter direkt hier mit einem Mal in die Luft jagt?«

Alban nickte verstehend. »Nun, sieh es mal so, dann wäre unser Tod der Beweis dafür, dass hier mehrere Täter im Spiel sind. Andere Methode, ohne Symbol, ohne Schlange«, gab er trocken zurück.

»Ohne Schlange?« Luna klang alarmiert. »Bist du sicher, oder sollen wir besser nach dem Reptil suchen? Vielleicht hat uns jemand die Mamba ins Auto gelegt, während wir im Haus des Opfers waren.« Luna konnte nicht verhindern, dass ihr Körper leicht zu zittern begann. »Aber ins Bockshorn jagen lasse ich mich auch nicht.« Die Entschlossenheit kehrte in ihren Ton zurück. »Also los, weiter geht's. Immerhin sind wir wohl die Nächsten auf der Liste, von denen wir wissen.«

Sie parkte schwungvoll aus, bog auf die Zufahrtsstraße ein, gab Gas.

»So schnell wie möglich zurück an den Schreibtisch«, lobte Alban spöttisch und setzte grinsend hinzu: »Sicher sind wir dort allemal.«

»Ja, wir müssen uns beeilen! Wenn die Kollegen kommen, sollte unser Plan stehen. Drei Morde in 24 Stunden, das ist auch für uns neu.« Luna bekämpfte mit mäßigem Erfolg das sonderbare Gefühl an ihrem linken Unterschenkel, das sie eindeutig als Heraufschlängeln eines schlanken Schlangenkörpers unter dem Stoff der Hose ab Fußgelenk einordnete.

33

Februar vor drei Jahren

Das nächste Umsteigen stand wohl an.

Wurde auch Zeit. Unter uns waren Menschen, die kaum mehr atmen konnten, vielleicht die Zeit, bis unser Transporter tatsächlich den nächsten Halt plante, nicht überleben würden.

Ich versuchte den Kopf leicht zur Seite zu drehen.

Die Frau neben mir kniff mich fest in den Handrücken.

»Lass das. Ich denke, sie beobachten uns mit diesen winzigen Kameras. Wer sich nicht an die Regeln hält, überlebt den Fahrzeugwechsel nicht.«

Ich versuchte ein aufmunterndes Zwinkern, behauptete: »Die Dinger sind bestimmt nur Fake.«

»Nein, ich weiß, was ich weiß«, gab die Fremde bitter zurück.

Mein Nachbar auf der anderen Seite meines Körpers stieß mir fest den Ellbogen gegen die Rippen. »Maul halten!«, knurrte er böse.

Also schwiegen wir.

Versuchten, flach zu atmen.

Dies war nun schon das dritte Gefährt, in das man uns gepfercht hatte.

Um die Verletzten kümmerte sich niemand.

Viele hatten starke Schmerzen, Gewehrkolben zertrümmerten schon mal eine oder gar mehrere Rippen, wenn sie zum Treiben benutzt wurden.

Eine der Frauen hatte ihr ungeborenes Kind verloren.

Niemand von uns durfte ihr beistehen.

Die Männer ließen die Schluchzende mit dem Fötus im Arm allein am Straßenrand liegen, jagten uns in den Laderaum des neuen Vehikels, stellten die Wände auf – und weiter ging die Fahrt.

Wir alle gingen davon aus, dass die bedauernswerte Frau kurz nach unserer Abfahrt gestorben war.

Einen der starken Männer, die unserem Tross angehörten, hatten die Kerle vor den Augen aller totgeprügelt. Da sie das sonst nie geschafft hätten, blendeten sie ihn, damit er sich nicht verteidigen konnte.

Man zwang uns, dem Gemetzel zuzusehen.

Es war ein grauenvoller Anblick!

Der mächtige Körper taumelte ziellos umher, seine ausgestreckten Hände griffen ins Leere, über die Wangen strömte das Blut aus den leeren Augenhöhlen, während die Feiglinge hemmungslos auf den Wehrlosen eindroschen, bis er zu Boden sank.

Kurz bevor wir abfuhren, hörten wir Schüsse und das Johlen unserer Bewacher.

Hatte der mächtige Mann Glück gehabt, waren dies Gnadenschüsse. Wenn nicht, es würde dauern, bis dieser Körper verstand, dass er verloren war, der Körper war der eines Kämpfers, der sich nicht geschlagen geben wollte.

Gelegentlich fragte ich mich, wie meine Seele – ja, unsere Seelen – all das verarbeiten sollten.

Während wir fuhren, hatte das Gehirn keine Aufgabe, keinerlei Ablenkung. Und so schickte es die immer gleichen Bilder der unvorstellbaren Grausamkeiten ins Bewusstsein – so lange, bis ich glaubte daran zu sterben.

Heute weiß ich, dass es auch so kommen wird.

Zumindest bei den meisten von uns.

Bei anderen bildet sich im Laufe der Zeit aus unerklärlichen Gründen eine Art Hornhaut an der Stelle, an der eigentlich Erinnerung stattfinden sollte, und so vergessen sie selbst den Grund ihrer Flucht, ihre Familien, ihre Verpflichtungen, manche sich selbst.

Dadurch wird der Fahrzeugwechsel von Mal zu Mal für die Schinder leichter.

Menschen, die sich wie Schlachtvieh verhalten, nicht nach links oder rechts sehen, die hemmungslos gehorchen, weil es nur den Befehl dieser Kerle gibt und die Regeln, die sie uns zurufen. Und die, deren Existenz als Raunen hinter den Fake-Wänden verbleibt, bestenfalls von einem zum anderen weitergereicht wird.

Gefügigkeit ist das Zauberwort, das hier ein Überleben sichern kann.

34

Rieke hatte aus dem Abrollgeräusch der Reifen geschlossen, dass sie Öland über die Brücke über den Sund verlassen hatten. Inzwischen hatte sie es aufgegeben, aus der Fahrzeit errechnen zu wollen, wohin man sie und die Kinder in dieser Metallbüchse bringen würde.

Selbst das sichere Wissen um den Ort würde nichts nützen, konnte sie doch mit niemandem Kontakt aufnehmen und auf Rettung hoffen.

Hier gibt es nur uns drei und diesen Arsch vorne am Steuer – vermissen würde man sie und die beiden Jungs auch nicht. Nach dem Mord am Familienvater war die Mutter mit den Kindern einfach erst mal abgetaucht, verständliches Verhalten, würde man auf Öland munkeln. Wie sollte man so kleinen Kindern erklären, dass Far nicht mehr am Leben war?

Es kam jetzt entscheidend darauf an, den Kindern vorzugaukeln, dies sei ein spontaner Ausflug, alles bestens, kein Grund zur Sorge.

Sie begann eines der Lieblingslieder der beiden zu summen, spürte, wie die Jungs sich zufrieden entspannten, sich einrollten und aneinanderkuschelten. Wärme stieg auf, das gleichmäßige Atmen der beiden bald eingeschlafenen Kinder entspannte auch die Mutter.

Die sich allerdings nicht von dem Wissen frei machen konnte, dass sie dem Kleinen keine Hilfe sein würde. hatte.

Und was sollte sie antworten, wenn die Jungs aufwach-
ten und es kein Frühstück gab, nichts zu trinken …

Eine neue, grauenvolle Vision stieg in ihr auf: Würde der
Typ so lange mit ihnen im Transporter herumfahren, bis sie
alle drei gestorben waren? Verdurstet? Ihre Leichname einfach im Meer entsorgen, damit niemand je erfahren würde,
was tatsächlich mit ihnen geschehen war?

35

Dienstag
8:10 Uhr

Alban und Luna warfen sich ratlose Blicke zu.

Das gesamte Team hatte sich bereits versammelt, der Fall führte zu gewaltiger Resonanz in den Medien, und ständig fragten besorgte Touristen und Vermieter von Ferienhäusern nach, wie groß die Gefahr in der Region nun wirklich sei, ob sie etwas unterlassen oder unternehmen sollten?

»Also, fassen wir mal zusammen: drei tote Menschen, zwei männliche und ein weibliches Opfer des Totenkopftäters. Bisher haben wir keinerlei Verbindung zwischen den Opfern finden können – wieso ist das aber dem Täter gelungen? Offensichtlich kann er die drei mühelos einem gemeinsamen Kontext zuordnen. Oder müssen wir davon ausgehen, dass er über dem Telefonbuch würfelt und denjenigen tötet, auf dessen Namen der Würfel landet?«

»Das wäre dann ein echter Psychopath, oder?«, murrte einer der Kollegen aus dem inzwischen deutlich erweiterten Team. »Dann können wir keinen Zusammenhang herstellen und würden den Täter eher zufällig finden. Er müsste also einen Fehler machen, der uns seine Identität verrät?«

»Nun, ich verstehe eure Unzufriedenheit.« Luna atmete tief durch. »Bisher haben wir nicht viele Indizien, die sinnvoll zusammenpassen. Wir müssen davon ausgehen, dass Gerolf und Kaspar sich locker kannten, aber das dritte Opfer passt nicht in diesen Kreis. Möglicherweise hatte Vilja Kaspar einen Auftrag erteilt. Gestaltung von Flyern oder einer

Website. Wir suchen in seinen Rechnungen. Gullbrand hat inzwischen auch bei ihr das Gift der Mamba nachgewiesen.«

»Er will uns mit Macht darauf stoßen, dass er der Mörder ist. Allmachtsfantasie?«, erkundigte sich ein anderer Kollege.

»Auch ein Ansatz. ›Ich kann mir jedes Leben zur Vernichtung aussuchen und ihr seht nur zu‹ können wir nicht ausschließen.«

Lunas Telefon brummte.

Sie nickte kurz in die Runde und trat in den Gang hinaus. »Ja, Gullbrand?«

»Ich habe einen Anruf bekommen: Man hat im Büro von ›Hjälp‹ einen Leichnam gefunden. Die Polizei ist vor Ort. Geht am besten gleich davon aus, dass der Mord in die Reihe passt.«

»Was? Ein viertes Opfer?«, keuchte die Kommissarin, konnte den Gedanken nicht abschütteln, dass Alban und sie selbst dem Ende der Liste näher gerückt waren.

»Sieht so aus. Ich habe den jungen Mann noch nicht gesehen, fahre aber jetzt los. Natürlich checken wir auch bei ihm auf den bekannten Cocktail.«

»Warum hat es der Täter so eilig? Krank – und die Zeit läuft ihm davon?«

»Luna«, seufzte der Rechtsmediziner, »das kann ich nun wirklich nicht beantworten. Er vermeidet DNA-Spuren sehr gewissenhaft. Sonst könnte ich dir einige interessante Dinge über ihn oder sie erzählen. Findet den Täter. Ich hatte von Anfang an den Eindruck, dass er eine ›Mission‹ erfüllen will.«

»Wir treffen uns bei ›Hjälp‹. Die Forensik soll nach dem Ausdruck mit dem Totenkopf suchen. Ich sage Alban Bescheid und verteile die Aufgaben im Team neu. Bis gleich.«

Als sie in den Raum zurückkehrte, hatte die Information über ein mögliches weiteres Opfer die Kollegen schon erreicht.

Gleich mehrere im Team hatten die entsprechende Information bekommen.

»Gullbrand ist unterwegs zu ›Hjälp‹. Alban und ich machen uns ebenfalls ein Bild von der Lage der Dinge. Wir suchen noch immer nach Rieke, ihren Kindern und nach Hannah, der Haushaltshilfe von Kaspar. Ist sie abgetaucht? Wenn ja, warum? Denkbar wäre, dass sie den Täter gesehen hat. Ist sie besorgt, auch in den Fokus des Täters zu geraten? Wir haben bisher drei Opfer gefunden, und Gullbrand ist sich jetzt schon sicher, dass Staffan von ›Hjälp‹ auch zu unserem Fall gehört. Der Täter hat es eilig, agiert schnell – wir müssen also schneller sein als er! Sonst werden wohl noch mehr Menschen durch ihn sterben.«

Bei diesem Satz spürte sie einen bitteren Geschmack im Mund, sah kurz zu Alban hinüber, der auch nervös wirkte.

Sie verteilte die Aufgaben. »Hannah muss von jemandem zu Kaspar geschickt worden sein. Nach den Kommentaren der Nachbarschaft war er kein besonders kontaktfreudiger Mensch. Es muss ein Portal geben, das solche Haushaltshilfen vermittelt. Sucht danach, fragt in der Nachbarschaft, ob sie wissen, wie Kaspar diese Hilfe gefunden hat. Was ist aus dem Versuch geworden, ein Phantombild von ihr zu erstellen? Falls es eines gibt, gebt es an die Streifenwagen weiter. Die sollen Ausschau nach ihr halten – und sie freundlich zu uns einladen, damit sie eine Aussage machen kann. Sie ist nicht automatisch verdächtig, nur weil sie in der Wohnung war. Und Rieke ist noch immer verschwunden – mit den Kindern. So ganz spurlos kann das nicht abgelaufen sein. Seht im Haus nach, ob sie gepackt hat. Wie ist sie weggekommen? Sie hat einen Führerschein. Gibt es ein Auto, das sie benutzt haben könnte, Ziele, die sie anfahren würde? Hat jemand auf Öland ein fremdes Fahrzeug auf dem Weg zu Rieke beobachtet? Ehrlich gesagt gehe ich nicht davon aus, dass sie freiwillig die Insel verlassen hat. Suchmeldung ging schon raus – bitte fragt bei allen Streifen nach, damit sie nicht übersehen wird.«

Kurz darauf stürmte sie mit Alban aus dem Büro.

»Hat Gullbrand etwas zu seinem Gesicht gesagt?«

»Nein, er war erst auf dem Weg zum Tatort. Aber ich gehe davon aus, dass er Ähnliches vorfinden wird wie bei den anderen Opfern. Sonst wäre er nicht so sicher gewesen, dass es sich um einen weiteren Mord innerhalb unserer Serie handelt. Wir werden es gleich selbst sehen.«

Lunas Handy brummte. Sie warf einen kurzen Blick auf die Anrufertelefonnummer, nahm das Gespräch entgegen und brüllte wütend, bevor der andere etwas sagen konnte: »Egal welche Scheiße du dir diesmal ausgesucht hast: Du badest sie selbst aus! Ich stehe dir nicht zur Seite, ich ermittle!« Damit kappte sie die Verbindung.

Alban sah, wie sich ihr Gesicht weiß verfärbte, dann rot anlief. Ihre Lippen zitterten.

»Dein Bruder? Probleme sind nicht gelöst?«, erkundigte er sich vorsichtig. Er wusste, dass er sich auf dünnem Eis bewegte.

»Ist mir egal!«, fauchte die Kollegin.

»Er ist raus und sofort wieder in Schwierigkeiten geraten? Meinst du er …«

»Ich denke, er ist raus. Mir egal!«, zischte Luna wütend, schlug das Lenkrad hart ein und wäre beinahe beim Abbiegen über den Bürgersteig gerumpelt. Eine junge Frau sprang zurück und sah dem Wagen lange nach, schüttelte den Kopf.

»Luna …«, begann Alban zögernd.

»Egal! Wir haben doch schon einmal darüber gesprochen. Ich will es nicht wissen!«

Der Kollege beschloss, es sei nicht der richtige Zeitpunkt, an diesem Punkt zu rütteln, er würde das Thema erst später wieder ansprechen.

Vor dem Bürogebäude in Kalmar standen einige Einsatzfahrzeuge der Polizei.

Luna parkte hinter ihnen, sprang aus dem Auto, warf die Tür mit viel Schwung zu und sprintete so schnell auf den Hauseingang zu, dass Alban wie so oft kaum folgen konnte.

Sport, dachte er zornig, du musst mehr Sport treiben! Sobald die Sache mit seinen Eltern geklärt war, würde er sich ein Studio ... Wo war Luna denn jetzt abgebogen?

Er drehte sich einmal um sich selbst, entdeckte dann einen Kollegen der Streife, der vor einer Tür im Gang stand.

Alban spurtete erneut los.

»Das Opfer wurde von der Mitarbeiterin Katrina Ekberg identifiziert. Aufgeschlossen hat der Hausmeister des Komplexes, weil die junge Frau sehr um Staffan besorgt war. Er wartete in der Tür, hörte sie dann schreien und ging nachsehen. Das Gesicht ... nun ja, aber die Figur war ihr gut bekannt, die beiden treffen sich gern mal zum gemeinsamen Saunabesuch. Es handelt sich nach ihrer Aussage um Staffan, den Leiter des Büros von ›Hjälp‹.« Der Kollege der Forensik setzte nach: »Die Pflegemitarbeiterin musste zu einem Patienten. So schnell lasse sich kein Ersatz organisieren, meinte sie. Wir haben ihre Kontaktdaten, können sie jederzeit erreichen. Geplant ist sie spätestens in einer Stunde wieder hier – bis dahin wollte sie einen Kollegen gefunden haben, der ihre Tour übernehmen kann.«

Luna nickte knapp. »Habt ihr ein DIN-A4-Blatt mit einem Totenkopfdruck gefunden? Vielleicht im Scanner oder Drucker? Habt ihr den Rechner schon an die Computerspezialisten geschickt?«

»Nein und nein. Den Totenkopf haben wir noch nicht entdeckt, und den Rechner müssen die Kollegen abholen. Da sind die Daten der Kunden drauf und der Dienstplan für die kommende Woche. Den müssen wir den Pflegekräften zunächst ausdrucken, damit sie ihre Touren abfahren können und wissen, was zu tun ist. Die anderen Daten gilt es für den Nachfolger zu sichern. Wer das sein wird, also hier das Büro übernimmt, ist unklar. ›Hjälp‹ hat uns auf morgen vertröstet, dann wäre eine Entscheidung getroffen.«

»Das heißt, bisher konntet ihr keine Verbindung zu den drei vorangegangenen Morden in unserer Region finden. Hm. Kaspar hat sich nicht zufällig um die Website gekümmert?«

»Bisher haben wir tatsächlich keinen Bezug finden können. Aber wir haben ja erst begonnen. Und ist schon möglich, dass im System Rechnungen und Verträge hinterlegt sind. Danach wird natürlich gesucht, wenn die Daten für den …«

»Ja, das haben wir verstanden!« Alban war noch immer ein wenig kurzatmig.

»Ist denkbar, dass Kaspar die Website gebaut hat. Oder eben Gerolf, aber das erscheint sehr theoretisch. ›Hjälp‹ ist eine große Organisation. Die beauftragen nicht unbedingt kleine lokale Anbieter. Wenn der eine Fachmann dann krank ist, steht bei Problemen kein Vertreter zur Verfügung. Das ist für große Kunden unakzeptabel. Der Laden muss laufen, störungsfrei. Schließlich hängt die Versorgung hilfloser Patienten daran.«

»Ja. Das ist wohl der Grund, warum die großen Anbieter in manchen Bereichen die Nase vorn haben.« Der Kollege klang unsicher, war von der Aggressivität der Kommissarin überrascht. »Alles Relevante wird mitgenommen«, versicherte er abschließend.

»Hinweise auf Gift?«, schaltete sich Alban ein.

»Das ist schwer zu beurteilen. Getötet wurde er durch einen gezielten Schuss in die Schläfe. Wie eine Exekution. Nach erster Beurteilung der Einschusswunde muss es sich um eine großkalibrige Handfeuerwaffe gehandelt haben. Ich tippe vorsichtig auf einen Revolver. Vielleicht eine Smith&Wesson oder einen Colt Python. Das wird sich klären. Beides sind richtig schwere Handfeuerwaffen. Verursachen einen lauten Knall, haben eine verheerende Wirkung. Das Gewicht ist hoch, die trägst du nicht mal. Zu auffällig, zu schwer, zu klobig. Danach folgte Entkleiden und Verstümmeln.«

»Gibt es eine erste Aussage der Pflegekraft, die ihn gefunden hat?«

»Nun ja. Sie war schon vor Beginn ihrer Schicht hier, hat Staffan aber nicht angetroffen. Heißt allerdings nur, dass das Büro verschlossen war. Sie hat sich dann ihren Einsatzplan übers Handy aufgerufen und abgearbeitet. Zum zweiten Mal war sie hier, um nachzusehen, warum der Leiter den ganzen Tag über nicht erreichbar war, sie machte sich Sorgen. Kam dann zur Frühschicht zum dritten Mal, sah eine kleine Blutpfütze am Fußabtreter, fand das Büro noch immer verschlossen und informierte den Hausmeisterservice. Der öffnet und …«

»Sie hat gleich öffnen lassen? Ist das nicht ein bisschen viel Drama?«, bohrte Luna nach.

»Nein, denke ich nicht. Staffan ging nicht ans Telefon oder sein Handy, er war hier nicht anzutreffen – das war immerhin so ungewöhnlich, dass sie der Meinung war, es müsse ihm etwas zugestoßen sein. Und das Blut am Fußabtreter. Sie dachte natürlich eher an einen medizinischen Notfall denn an einen Mord.«

»Wir haben da was gefunden, im Rucksack auf der Rückbank des Dienstwagens. Stand auf dem Parkplatz, der zu diesem Büro gehört«, erklärte ein Mitarbeiter des Forensikteams und reichte dem Kollegen ein bedrucktes DIN-A4-Blatt. »Wie bei den anderen in euerm Fall, nicht wahr? Totenkopf. Aber so was ist ziemlich schwierig zu erstellen. Läuft das unter Kunst oder nehmen wir das mit?«, setzte er dann grinsend hinzu.

Luna streifte sich Handschuhe über und nahm das Blatt vorsichtig entgegen. »Auf den anderen haben wir keinerlei Fingerspuren gefunden, die nicht dem Opfer zuzuordnen gewesen wären. Vielleicht ist es diesmal ein Treffer.« Sie schob das Blatt in eine große Kunststoffhülle, die ihr Alban reichte.

»Nun ist der Bezug wohl klar«, konstatierte der Leiter des Tatortteams. »Ihr sucht nach jemandem, der innerhalb von zwei Tagen vier Morde begangen hat.«

Luna nickte bedrückt. »Tja, und Gullbrand warnt schon seit gestern, es könnten durchaus noch mehr werden, wenn wir ihn nicht schnell stoppen. Warum eine Schusswaffe? Das ist eine gravierende Veränderung, dem müssen wir nachgehen. Eine großkalibrige Waffe – macht ziemlich viel Krach. Fragt in den anderen Büros, ob jemandem ein sehr lauter, unerklärlicher Knall aufgefallen ist.«

»Die Kollegen fragen schon nach. Am Ende haben viele den Schuss, gehört, konnten das Geräusch aber nicht zuordnen, hielten es für eine Fehlzündung eines Autos oder, oder, oder …« Luna klang frustriert.

»Wir haben das Projektil. Es steckte in der Wand. Magnum, Kaliber 45. Bei uns nicht unbedingt weit verbreitet.«

»Also doch eine Smith&Wesson, wie ich es vermutet hatte«, meinte der Kollege. »Wenn es die Waffe ist, an die ich gleich denken musste, ist es ein Revolver mit Trommel für sechs

Schuss, sie hat einen wunderbar anschmiegsam gearbeiteten Griff aus Holz und den Lauf gibt es in verschiedenen Längen – bis 203 Millimeter. Und bei einem Gewicht von fast anderthalb Kilo hat du schon richtig was in der Hand.« Offensichtlich war dieser Forensikkollege ein echter Kenner.

Der Blick, mit dem sie Alban ansah, mahnte ihn, nicht zu verraten, dass sie selbst auch in den Fokus des Mörders geraten waren. Der Kollege erkannte allerdings auch flackernde Sorge darin.

Er selbst dachte daran, dass er noch keine Zeit gefunden hatte, den Anwalt zu suchen, bei dem seine Mutter ihre Beweise hinterlegt hatte – falls es den Anwalt und die Beweise überhaupt gab, setzte er in Gedanken hinzu. Wie viel Zeit mochte ihm und Luna noch bleiben, bis auch sie Besuch bekamen?

»Gullbrand war schon hier. Er hat alle Anweisungen für den Transport des Leichnams gegeben und ist wieder aufgebrochen. Er sei mitten in einer Obduktion, hat er noch gemurmelt. Sein Team steht unten im Eingangsbereich und wartet darauf, Staffan mitnehmen zu dürfen.«

»Wenn die Spurensicherer alles aufgenommen und vermessen haben, sollen sie das Okay geben.« Bedrückt riss sie sich vom Anblick des Opfers los. »Wir sortieren jetzt neu. Komm!« Die Kommissarin stieß Alban an, der noch immer auf den nackten Körper von Staffan starrte.

»Warum zerstört er das Gesicht, wo es doch viel einfacher wäre, das Symbol, oder was immer es sein soll, in den Körper zu schneiden?«, murmelte er nachdenklich. »Wäre viel mehr Platz.«

Luna nickte bedächtig. »Vielleicht hat es eine Bedeutung, die sich aufs Denken bezieht? Mentale Stärke? Ist auch auffällig, dass er den Schusswinkel so gewählt hat, dass das Symbol nicht zerstört wurde. Er kennt sich aus.«

»Wäre das Zeichen dann eine Auszeichnung? Weil du solch ein Denker bist, wirst du abberufen?«

»Diese Sekte, von der Rieke erzählt hat, Dragon's Eye, verbindet vielleicht mit ihren Inhalten auch eine bestimmte Symbolik. Und es gab wohl auch gelegentlich Unmut zwischen Gerolf und den Anhängern. Fragen wir nach!«

Luna drehte sich um und spurtete los, ohne sich zu vergewissern, dass Alban folgte.

Der grinste schief, nickte dem Team zu und hastete der Kollegin hinterher.

»Wir teilen uns auf. Du besuchst die Sekte, ich gehe zu einem Gespräch mit dem Leiter des lokalen Angelvereins, der Gerolf zum Sommerfest eingeladen hatte. Vielleicht erfahren wir mehr über das Opfer. Zu Kaspar: Wo ist Hannah? Schick jemanden zu der Zeugin, die Hannah beim Verlassen des Hauses gesehen hat. Vielleicht hat sie sogar ein Foto von ihr, einen zufälligen Schnappschuss. Das Phantombild ist ihr womöglich nicht ähnlich genug. Dann starten wir die Suche über die Medien. Kümmerst du dich um die Genehmigung?«

36

10 Uhr
Öland

»Unser Bester«, stand in großen, dicken Lettern als Titel über dem Artikel aus dem Netz.

Der Text beschäftigte sich mit den Zielen und Veranstaltungen des Vereins im Allgemeinen und dem Sommerfest des vergangenen Jahres im Besonderen. Gerolf hatte die Organisation der Events übernommen, die speziell für Kinder angeboten werden sollten.

Offensichtlich war es ihm gelungen, mit seinen Angeboten nicht nur die Kinder, sondern auch deren Eltern zu begeistern.

Die Kommissarin notierte sich die Anschrift fürs Navi, klebte einen Memozettel an Albans Monitor »Bin bei Gunder Malteson« und brach zu »Selbstversorgung aus Meer und See« auf.

Der Blick über den Sund war bei diesem Wetter spektakulär.

Klare Sicht in alle Richtungen, unendliche Weite und eine kleine beschauliche Insel: Öland.

Und in den umzäunten Gärten der Häuser wehte die schwedische Flagge.

Fast wäre sie ins Träumen geraten, doch ihr Hirn verweigerte das Abdriften, sandte Bilder der Tatorte, der entstellten Gesichter, der Fragen und Ermittlungsansätze.

Welche Auskünfte wollte sie von den Mitgliedern des Vereins?

Welche Antworten brächten das Team weiter?

»Wann wurde Gerolf Mitglied?«, murmelte sie vor sich hin, schimpfte: »Das ist eine blöde Frage für den Einstieg in ein Gespräch. Zu banal, immerhin geht es um Mord, und die Antwort ist nur ein Datum. Ein irrelevantes.«

»Gab es private Kontakte unter den Mitgliedern über den Verein hinaus?« Hm, überlegte sie, war schon besser. So würde der eine oder andere vielleicht von Treffen berichten, neue Namen und Hintergrundinformationen in die Ermittlungen bringen.

Von diesem Punkt aus konnte sie weitere Fragen anbringen.

Gunder Maltesson war ein stattlicher Herr mittleren Alters, der sie in sein Büro bat. Luna, die noch nie besonders gut darin war, das Alter ihrer Gesprächspartner zu schätzen, tippte in Gedanken vorsichtig auf 50 plus.

»Du bist die Kommissarin, die im Mordfall auf Öland ermittelt. Ich weiß schon, dass ihr eifrig nach Verbindungen und Spuren sucht. Bengt ist auch Mitglied im Angelverein, er hat euch gestern der Jacke wegen angerufen, und bei Henner wart ihr auch, das hat mir ein Nachbar erzählt.«

»Bengt hat die Kleidung in Gettlinge entdeckt, stimmt. Analyse steht noch aus.« Luna wunderte sich ein wenig über die morbide Begeisterung in der Stimme des Mannes.

»Du kommst, weil Gerolf im Verein ...« Offensichtlich war Gunder aufgefallen, dass sein Ton irritierte.

»Ja. Wir versuchen, uns ein Bild von ihm zu machen. Er war schon lange Mitglied?«, eröffnete sie nun doch mit der banalen Frage.

»Oh ja. Schon seit mehreren Jahren. Ein sehr engagiertes Mitglied. Das Thema Selbstversorgung war in der Familie hoch angesiedelt, wenn du verstehst, was ich meine. Es wurde bei der Ernährung streng darauf geachtet, Schadstoffe zu vermeiden. Aromen, Verdicker, Konservierungsstoffe … Chemie im Essen war ein No-Go. Natürlich lag das auch an der Erkrankung von Erick. Die Eltern versuchten, alle tatsächlichen oder gefühlten Auslöser eines Anfalls auszuschalten. Einige Nahrungsmittel, Gemüse, Salat und Obst, ziehen sie selbst im Garten. Die gesamte Familie wurde gesund ernährt: wenig Fleisch, weil man der Kinder wegen nicht ganz darauf verzichten konnte. So kleine Würmchen soll man ja nicht einmal rein vegetarisch ernähren – und total vegan schon gar nicht.«

»Fische zu fangen und zu töten war aber für Gerolf okay?«

»Ja. Was man für den Eigenbedarf fing und tatsächlich verbrauchte. Nur verkaufen war in seinen Augen verwerflich. Finanzieller Gewinn durch Mord – so hat er das genannt.«

»Das gab doch sicher Diskussionen innerhalb des Vereins?«

Gunder zögerte mit der Antwort.

Auffällig lang, als suche er nach einer verharmlosenden Formulierung, schien Luna.

»Sagen wir es mal so: Angelwettbewerbe werden bei uns nun nicht mehr durchgeführt. Tiere zu fangen und zu töten, nur um mehr als der andere im Korb zu haben, um zu beweisen, man sei der Beste, ist inzwischen in den Augen einiger Mitglieder schlicht Mord an wehrlosen Opfern. Andere reisen extra zu solchen Wettbewerben. Flucht vor den neuen Regeln einer neuen Generation, würde ich das mal nennen. Bei uns gilt: Gefangene Fische werden umgehend und sicher getötet, am besten noch am selben Tag verzehrt. Eigenbedarf ohne Vorratshaltung. Alles ohne vermeidbare Qualen fürs Tier. Einige der alten Garde haben anfangs gemurrt. Aber inzwischen ist es kein Reizthema mehr, sondern eher

Konsens. Findet im Moment eher generell ein Prozess des Umdenkens statt. Im Gegensatz zur bisherigen, weit verbreiteten Haltung unsere Kinder zu verwöhnen und ihnen alles wie selbstverständlich anzubieten, legt man jetzt einen neuen Fokus auf die Dinge. Immer mehr Familien bringen ihren Kindern bei, wie man ohne all die Möglichkeiten der Zivilisation überleben kann.«

»Wie meinst du das?«, hakte die Kommissarin nach.

»Angst vor den Auswirkungen des Klimawandels?«

»Nicht nur. Generell hat eine tiefe Besorgnis die Familien erfasst. Sie zeigen ihren Kindern im Wald, welche Überlebensstrategie hilft, wenn die gesellschaftliche Infrastruktur ausfällt. Schon die Kleinen wissen, welche Moose man essen kann, wie man Wasser reinigt, Feuer mit einem Magnesiumstab entzündet, sich vor der Witterung schützt oder den Augen eines Feindes. Am Wochenende gehen wir mit den Kinder zum Training in den Wald, zeigen ihnen, wie man Fische fängt und ausnimmt, wie man sie zubereitet, ganz ohne Herd, Pfanne und Co. Zoo war gestern.«

Luna sah Gunder neugierig an. »Das ist wahr? Prepper in jedem Haushalt?«

»Wenn du es so nennen willst – ja. Eine Tasche mit den wichtigsten Papieren und anderen notwenigen Dingen steht hinter der Wohnungstür. So kann man sie im Rausrennen schnappen und mitnehmen. Bei vielen steht daneben eine zweite mit den Nahrungsmitteln und anderen Überlebenshelfern, mancher hat auch Gewehr und Munition drin. Esbit, Messer, kleines Zelt etc. In Informationsspots im Fernsehen erklärt man dir genau, was du einpacken solltest, welche Skills du unbedingt erwerben solltest.«

»Bei Gerolf stand auch alles parat?«

»Ja, ich denke schon. Aber er wollte eher einen klugen Umgang mit Ressourcen erreichen, Achtung vor dem Recht auf Existenz und artgerechtes Leben der anderen Spezies, mit denen wir den Lebensraum Erde teilen.«

»Er hat neue Diskussionen in den Verein gebracht und seine Familie sehr bewusst ernährt, womöglich auch viele Dinge zu ihrem Schutz organisiert. Gab es Ärger mit anderen, von dem er erzählte? Nachbarn? Diskussionen der unangenehmen Art?«

Luna notierte eifrig Stichworte in ein Notizbuch.

»Die gab es sicher. Aber das war hier nur selten Thema. Eher ging es um die Rolle des Mannes in einer Beziehung. Auf Gerolfs Schultern lastete große Verantwortung, und Rieke forderte Einsatz von ihm. Er ging liebevoll auf alle Forderungen der kleinen Familie ein. In den Augen mancher Männer erschien er schwach. Sie meinten, er verdiene das Geld, also habe er auch das Sagen – nicht die Ehefrau, nicht die Kinder. Na ja. Rollenklischees sind prima geeignet für Grundsatzdiskussionen.«

»Die meisten sind also Anhänger des althergebrachten Modells?«

Der Leiter wand sich sichtbar.

»So würde ich es gar nicht sehen. Ist wohl eher ein letztes Aufbäumen, gegen den gesellschaftlichen Wandel. Für die meisten nimmt die Diskussion um Gendern, Genderrechte und die vielen Geschlechter, die man nun auch noch sprachlich berücksichtigen soll, unangemessene Bedeutung an. Das gefällt nicht allen, führt zu Verunsicherung. Da poppen Sehnsüchte nach den alten, klaren Regeln und Strukturen auf. Manche haben angefangen, vom Forellus und der Forellin zu reden, von Barbe und Barbin, ihr Fang wurde in drei verschiedene Eimer gegeben, blau, rosa und weiß für unentschlossen.« Er grinste ein wenig verlegen, zuckte dann mit den Schultern und setzte hinzu: »Wir Schweden sehen das alles bei dem Thema nicht so eng. Wenn untenrum nachschauen kein zufriedenstellendes Ergebnis bringt, nun dann kannst du eben neu wählen. Aber bei uns im Verein ist im Moment noch eher die klassische Überzeugung vorherrschend.«

»Auch die Stellung der Geschlechter in der Gesellschaft betreffend?«

»Wenn du das so sehen willst – jein.«

»Und Gerolf?«

»Hatte andere Probleme.«

Diese Antwort fiel nach Lunas Auffassung zu kurz aus, sie hakte sofort nach: »Heißt?«

»Er liebte seine Frau. Die Kinder waren Wunschkinder, die Ehe noch relativ jung. Er war kompromissbereit und umgänglich. Gerolf war der nette Typ von nebenan, der spontan bei Computerproblemen half, bei der Kinderbetreuung einsprang und bei Gartenarbeit mit anpackte. Unentgeltlich. Er konnte gut mit den Kleinen und auch mit den Größeren.«

»Dieser nette Typ von nebenan wurde brutal ermordet.« Lunas Stimme war schneidend. »Nette Kumpel aus der Nachbarschaft werden in der Regel nicht auf diese Art getötet und den neugierigen Augen anderer zum Fraß vorgeworfen. Es muss also auch noch einen anderen Gerolf gegeben haben.«

Der Vereinsleiter wand sich erneut in seinem Stuhl.

»Nun, um ehrlich zu sein: Er konnte auch anders. Der nette Kumpel war wohl gelegentlich in heftige, laute Wortgefechte verstrickt, das ging bis zu körperlichen Auseinandersetzungen. Einige Mitglieder haben sich bei mir über ihn deswegen beschwert, allerdings waren sie bei der Frage nach dem Grund wieder sehr verschlossen.«

»Du weißt also nicht, worüber gestritten wurde?«

»Nein. Und die Namen derer, die verstrickt waren, möchte ich, ehrlich gesagt, auch nicht nennen. Ich kann doch niemanden wegen einer Streiterei, die eher harmlos war, dem Verdacht aussetzen, an einem grässlichen Mord beteiligt zu sein. Es erscheint mir nicht fair …«

»Aber es erscheint dir fair, die Ermittlungen in einem Mordfall zu behindern?«, wurde Luna nun deutlich. »Es geht inzwischen nicht mehr um einen Mord. Die Zahl der Opfer steigt. Je weniger ich weiß, desto größer die Gefahr für andere!«

»Äh … nein … behindern will ich natürlich nicht. Mehr Opfer? Um Himmels willen …«, stotterte Gunder mit schreckgeweiteten Augen.

»Gut. Dann hätte ich jetzt gern die Namen der Beteiligten, und ich wüsste gern, worüber gestritten wurde.«

Wenig später verließ sie Gunder und begann die Liste abzuarbeiten. Ganz so harmonisch, wie es die Zeugen bisher gezeichnet hatten, war das Zusammenleben mit Gerolf nicht für jedermann verlaufen.

Sie informierte Alban.

37

Die junge Frau hatte heute keine grüne Crememaske aufgetragen, als sie dem Kommissar öffnete.

Deshalb war er sich einen Moment lang nicht sicher, die richtige Frau vor sich zu haben.

»Du kommst wegen Hannah?«, fragte die Zeugin überrascht. »Hannah war nicht mehr hier – seit, nun, sie hat sicher erfahren, dass Kaspar ermordet wurde. Ist ja Headline in allen Nachrichten und Nachrichtenportalen.«

»Ja, es wird munter berichtet«, stimmte Alban misslaunig zu. »Ist nicht immer unbedingt hilfreich für die Ermittlungen.«

»Ich habe noch selten gehört, dass euch die Mörder in Scharen die Türen einrennen«, lachte die Zeugin. »Ihr müsst sie schon suchen. Kaffee?«

Alban schüttelte den Kopf. »Ich bin hier, weil wir nicht genau genug wissen, wie Hannah aussieht. Um sie über die Medien suchen zu lassen, benötigen wir ein besseres Phantombild.« Er sah die junge Frau auffordernd an, wartete.

»Was hat das mit mir zu tun?«, fragte sie schließlich in die anhaltende Stille.

»Oh, ich dachte, das ist klar. Du hast sie gelegentlich gesehen – kannst also mit unserem Zeichner ein Phantombild erarbeiten, auf dem sie sich wirklich ähnlich sieht.«

»Ihr habt ein solches Bild; ich war schon bei eurem Zeichner. Warum sollte ich das verbessern? Damit ihr der bedauernswerten Frau was anhängen könnt?« Der Ton aggressiv, der Blick voller Zorn.

Alban sah sich überraschend bedroht. »Nein, nein. Wir brauchen ein sehr gutes Bild, damit wir vor dem Mörder herausfinden, wo sie ist. Unserer Meinung nach könnte sie in Lebensgefahr sein.«

»Ach so, das übliche Polizeigequatsche. Am Ende wird sie abgeschoben.«

Alban seufzte.

Begann noch einmal von vorn.

»Die Menschen im Viertel wissen um die Arbeit von Hannah bei Kaspar. Der Täter könnte es erfahren haben, annehmen, Hannah habe ihn beim Verlassen des Hauses gesehen, wisse möglicherweise um seine Identität. Dadurch gerät sie selbst in den Fokus des Mörders.«

In Gedanken führte er fort: Ein Fokus, in dem Luna und ich bereits sind, und schüttelte sich. »Kommst du bitte mit, damit du unserem Zeichner helfen kannst, der jungen Frau ein echtes Gesicht zu geben?«

Widerwillig zog die Zeugin eine Fleecejacke vom Garderobenknopf und meinte schnippisch: »Also, worauf warten wir dann noch? Ich habe auch zwei Fotos von uns auf dem Handy. Die schicke ich aber nicht einfach so durch den Äther, die müsst ihr euch per Bluetooth rüberziehen – wer weiß, wer noch mitguckt.«

Der Staatsanwalt warf Alban später einen lauernden Blick zu.

»Das soll genehmigt werden? Das Bild der jungen Frau erscheint dann im Zusammenhang mit einer Mordermittlung in den Medien. Andere Kunden werden um ihr Leben zu fürchten beginnen, man weiß nicht, wer diesen Mord begangen hat. Der Täter bekommt von uns ein Bild seines nächsten Opfers frei Haus. Selbst wenn er noch gar nichts von Hannah wusste, könnte er nun besorgt sein. Will sie aus dem Weg räumen, findet sie aufgrund der Suchmeldung der Polizei? Nein! Und die junge Frau selbst? Falls sie doch in den Mord verwickelt ist, wird sie versuchen zu entkommen, weil sie nun weiß, dass wir nach ihr suchen. Alles keine guten Ansätze, denkst du nicht auch?«

»Wir glauben, sie schwebt in Lebensgefahr. Falls sie ihren Lohnumschlag an sich genommen hat, als sie ging, weiß sie, dass Kaspar tot ist. Es wäre möglich, dass ihr der Täter bei ihrer Ankunft auf der Straße begegnete. Er vermutet das auch – und bringt sie um.«

Er seufzte. »Bleibt uns nur, die Streifen zu informieren. Das ist verflixt wenig. Möglicherweise zu wenig!« Alban schlug mit beiden Handflächen auf die prallen Oberschenkel und erhob sich aus dem Besucherstuhl.

Verließ das Büro grußlos.

38

»Hallo, Ule, hast du mal einen Moment für die Polizei?«, rief Luna wenig später einem stattlichen Schweden zu, der mit einem Mähtraktor durch seinen Garten fuhr, der weitgehend aus Wiese und zwei zähen Bäumen bestand. Blüher waren nicht zu sehen, auch kein Sandkasten oder Spielzeug. Das ganze Areal von einem stabilen Lattenzaun umschlossen, damit die wilde Natur der Insel nicht eindringen konnte.

Ule stoppte den Lärm der Maschine, sah zu der Frau am Zaun hinüber, wirkte, als überlege er ernsthaft eine Antwort auf ihre rhetorische Frage.

Dann kletterte er vom Bock und kam im wiegenden Seemannsschritt näher an die hohen, tadellos weiß lackierten Latten heran.

Wenn ich einen Werbefilm mit einem Schweden für Schweden drehen wollte, würde ich mich für diesen Mann entscheiden, dachte die Kommissarin und unterdrückte ein Lächeln.

Er stemmte Riesenfäuste in die Lenden und fragte aggressiv: »Und? Was für eine Frage möchte die Polizei mir denn stellen? Hä?«

»Mein Name ist Luna, Kommissarin aus Kalmar, aber das hat sich wohl schon rumgesprochen.« Sie schenkte dem Mann ein verschwörerisches Zwinkern. »Wir fragen Menschen aus dem Umfeld Gerolfs, ob sie uns etwas über ihn erzählen können. Und so bin ich nun also bei dir«, wählte sie einen lockeren Ton. »Ihr wart im selben Angelverein?«

»Yupp.«

»Hat er manchmal über Streit oder Stress mit Kollegen aus der Computerbranche erzählt?«

»Ne. Wie sind ja auch eher mit Fischen befasst. KI hilft dir beim Angeln nicht. Köder auswählen, Fliegen binden, ruhig sitzen und im richtigen Moment die Angel vorsichtig einholen – das musst du alles selbst machen.« Er grinste abschätzig. So, als sei er nicht überrascht darüber, dass man solche Dinge einer Frau erklären musste.

Luna bemühte sich um Ruhe, wenngleich es heftig in ihr brodelte.

»Ja. Aber mit der Ruhe beim Warten auf Fische, die beißen, ist es schnell vorbei, wenn einem jemand den Spaß am Angeln verdirbt, nicht wahr?«, fragte sie bemüht freundlich weiter.

»Ah, jetzt verstehe ich. Es geht darum, dass Gerolf und ich einen Krach hatten!« Sein Lachen klang unsympathisch.

»Worum ging es denn dabei?«, harmlos sah sie ihr Gegenüber an, dachte, na, dir würde ich schon ganz gern mal zeigen, was eine Frau mit dem Schwarzen Gürtel mit einem wie dir macht. Na ja, vielleicht würde sich später mal eine Gelegenheit dazu ergeben.

»Um das Übliche. Dieses dumme Geschwafel um Tierwohl und solch einen Dreck. Schnelles Töten, möglichst ohne vermeidbare Qualen fürs Tier.« Er schraubte eine widerliche Süße in seinen Ton. »Wenn die Fische einfach so im Eimer liegen, dann ist das Tierquälerei, weil die ja dann ersticken. Nun mal ehrlich, ich will die ja zu Hause nicht in ein Aquarium setzen, sondern in der Pfanne braten oder in einer Suppe kochen. Sterben ist eh deren Schicksal. Und ich befinde darüber, sonst keiner.«

Der stattliche Mann hatte sich in Rage geredet.

»Meinst du? Ich habe gehört, es gäbe neue Tierschutzregeln auch in eurem Verein.«

»Ja, klar doch! Weil dieser Idiot alles infrage gestellt hat. Und plötzlich durften keine Angelwettbewerbe mehr stattfinden – weil die Fische nur gefangen wurden, um zu beweisen, dass man die meisten der Viecher in der vorgegebenen Zeit rausholen konnte. Ich war in den letzten Jahren immer der Gewinner. Meine Köder sind besser, meine Technik ebenfalls. Und nun, von einem Wettbewerb auf den anderen, war es vorbei damit. Wir veranstalten das nicht mehr, weil Gerolf das für sinnloses Morden hält! Ich dachte, ich höre nicht gut. Wir Mörder müssen nun an andere Seen fahren und dort an Wettkämpfen teilnehmen. Der Sack hat meinen Ruf als Bester der Besten ruiniert«, schäumte Ule.

»Rache?«

»Klar, wäre gut gewesen. Aber der hat ja nicht mal ein Auto, das man zerkratzen oder an dem man die Luft aus den Reifen lassen könnte. Ein totaler Langweiler, dessen größte Freude darin besteht, anderen die Freude zu verbittern.«

»Aber du darfst doch weiter …«

»Nur für den Eigenbedarf! Eigenbedarf, ha! Das ist nur lächerlich. Wenn ich für uns Fische für den Grill fange, brauche ich schon mehr als nur vier oder sechs. Schau mich an: Ich bin ein Bär!« Er warf sich in Positur. »Bären brauchen viel Fisch!«

»Aha. Aber Bären fangen ihre glitschige Beute mit den Zähnen und den Pranken.«

»Habe ich schon bewiesen, dass ich genau das auch kann!« Stolz drückte er die Brust raus. »Ich kann!«

»Und Gerolf konnte da nicht mithalten?«

»Natürlich nicht. Der Hänfling. Der kann ja nicht einmal gesunde Kinder zeugen!«

Aha, dachte Luna, wir nähern uns dem eigentlichen Thema.

Sie wartete.

»Na, ist doch wahr!«, brach es plötzlich aus diesem Urtypen heraus. »Es gab noch nie einen bei uns, dessen Kind Epilepsie hat. Früher wusste man, dass die vom Teufel besessen sind. Dragon hat uns schon vor langer Zeit gewarnt. Der Untergang käme, wenn solche Kreaturen …« Er brach ab. Keuchte. »Nun, wie dem auch sei. Er sollte eben lieber von hier verschwinden und seine Brut mitnehmen, statt uns in unsere Bräuche reinzureden.«

»Ah, Anhänger von Dragon's Eye? Hm. Was wissen Drachen schon von Epilepsie? Früher galten diese Menschen als besonders auserwählt. Man hielt große Stücke auf sie und ihren Ratschlag. Vielleicht ist Dragon nur eifersüchtig?«

Luna drehte sich um und kehrte ohne ein weiteres Wort zum Auto zurück.

»Alban? Ich habe hier mit dem Angelvereinsvorsitzenden gesprochen und einem der Angler, der Ärger mit Gerolf hatte. Du würdest nicht glauben, was der … Ich halte ihn aber dennoch nicht für unseren Mörder. Ist eher ein Affektprügler.«

»Hi, Luna. Okay. Wir haben das Phantombild, das wir nicht veröffentlichen dürfen, und ein paar Fotos von Hannah, die wir zwar zeigen, aber auch nicht an die Presse geben sollen. Besonders aussagekräftig sind die ohnehin nicht, kostümiert und grell geschminkt. Es gibt bei diesem Thema ernst zu nehmende Bedenken. Erst mal also nur die Streifenwagen, Option Presse bleibt«, erklärte er frustriert.

»Gut, ist eben nicht zu ändern. Dann können wir wenigstens hoffen, dass die Streifenwagen mehr Glück haben. Ich komme zurück und wir tragen zusammen, was wir haben.« Wütend beendete sie das Telefonat schlug mit den Händen kraftvoll gegen das Lenkrad. Zischte vor sich hin: »Und wenn er schon von Hannah weiß, wird er sie vielleicht vor uns finden. Sie ist in Lebensgefahr!«

Alban rief bei seiner Mutter an. »Hi, Mor, alles in Ordnung bei dir?«

Die Mutter antwortete zu seiner Überraschung im Flüsterton. »Ich glaube nicht.«

Alarmiert vermutete Alban: »Far? Er hat dich gefunden, was ja nicht so schwer war. Bleib ganz ruhig, er kann nicht rein, wenn du ihm nicht öffnest.«

»Nein, Alban«, wisperte sie. »Der Kerl vor der Tür ist viel größer, als dein Vater je war.«

39

10. 20 Uhr
Borgholm Öland

Sören sah man die Ermittlungsnacht in verschiedenen Kneipen und Restaurants der Stadt deutlich an.

Anka musterte sein zerknittertes Gesicht prüfend, grinste. »Du siehst aus, als hättest du gar nicht geschlafen.«

»Nun, ich würde sagen, das kommt hin«, brummte der Kollege und sah wütend auf das Glas Wasser, in dem sich sprudelnd eine Tablette auflöste. »Immerhin haben wir ein paar interessante Informationen gesammelt.«

»Nun, ob die wirklich interessant sind, wird sich erweisen. Bisher ist es nur alkoholgeschwängertes Bargewäsch.«

Sören nickte vorsichtig. Heftige Kopfbewegungen waren erst mal nicht drin, konstatierte er. »Ich bin vorhin bei Rieke vorbeigefahren. Alles leer. Ich habe kein gutes Gefühl bei der Sache. Erick ist krank, Rieke schnell hysterisch und Arne weint gern. Keine gute Zusammensetzung für einen ungeplanten Aufbruch. Ich bin durch das Fenster in der Küche rein. Nichts gepackt, aber eine gewisse Unordnung im Wohnzimmer – nicht ihre Art. Das kleine Zimmer mit Gerolfs Schreibtisch: durchwühlt. Es war die richtige Entscheidung der Kollegen, nach ihr suchen zu lassen. Forensik war schon vor Ort und hat Reifeneindrücke sichergestellt, drinnen alles voller schwarzem Staub wegen der Fingerspuren.«

»Dann wissen wir vielleicht bald, wie sie von dort verschwunden sind.« Anka nickte ihm aufmunternd zu. »Na los, auf ex.«

»Wir müssen die Kollegen in Kalmar informieren.« Sören starrte auf die klare Flüssigkeit. »Das schmeckt nicht. Mir wird davon übel.«

»Los! Kopfschmerzen hast du schon, übel ist dir bereits. Kann kaum schlimmer werden – los!«, kommandierte Anka. »An Alkohol liegt es jedenfalls nicht, wir sind abstinent geblieben.«

Sie begann einen Text an die Kollegen in Kalmar zu tippen. Verwarf ihn dann und verkündete: »Anrufen ist besser.«

Als Luna sich meldete, sprudelte sie ungebremst: »Hi, hi Luna. Wir haben uns letzte Nacht in den Kneipen von Kalmar umgehört. Und dabei wurde an vielen Tresen und Tischen gemunkelt, es gäbe einen Plan, der jede Menge Geld bringen würde. Ein paar Leute wussten vielleicht mehr, aber allgemein blieb es beim Munkeln. Klar ist nur, dass in zwei Tagen das große Spektakel rund ums Schloss starten wird – und uns kam es so vor, als habe jemand Pläne, das Gedränge und Treiben für seine Zwecke auszunutzen.«

»Danke für die Information. Konkreter sind die Besucher nicht geworden?«

»Nein. Wir konnten auch nicht tiefer nachbohren. Dann hätten die uns sofort als Polizisten identifiziert und es wäre vielleicht …«

»Verstehe. Ihr wart undercover unterwegs. Ich gebe die Information weiter. Es wird ein ziemliches Polizeiaufgebot vor Ort sein. Hoffentlich ist kein Anschlag auf die vielen Feiernden geplant.«

»Das hoffen wir auch, aber tatsächlich ging es eher um viel Geld.«

»Ich kümmere mich drum. Ist Rieke wieder nach Hause gekommen?«, fragte sie dann besorgt nach.

»Nein. Aber eure Teams waren schon da. Sören hat gerade erzählt, das Büro und der Schreibtisch von Gerolf seien durchwühlt worden. Blutspuren gab es nicht. Im Moment, meint Sören, werden Reifenabdrücke und Fingerabdrücke im Haus gesichert. Läuft.«

»Gut, dann hoffen wir, dass wir mit den Ermittlungen vorankommen.«

»Da war noch etwas.«

»Ja?«

»Sören hatte behauptet, er suche nach einer zuverlässigen Haushaltshilfe. Seine Freundin sei ausgezogen und die Sache mit dem Haushalt … eben nicht sein Ding. Er brauche unbedingt eine weibliche Hand, die alles in Ordnung halten würde. Du weißt schon, das übliche frauenfeindliche Geschwätz am Tresen. Und tatsächlich ist einer darauf angesprungen. Hat gesagt, er wollte Hannah, die ja nun keinen Job mehr habe, bei sich anstellen – aber die habe das brüsk abgelehnt. Er meinte noch, es sei unglaublich, dass gerade solche Frauen sich verweigerten … Du verstehst schon, da ging es wohl eher um Sex als um Haushalt. Sören glaubt nun, das sei rassistisch gemeint gewesen. Hannah sei vielleicht keine Schwedin.«

»Danke. Wir gehen dem nach. Übrigens war ich gestern spät noch bei Henner. Und wir konnten einen Mann in dem kleinen Büroraum aufstöbern, den er Gerolf zur Verfügung gestellt hatte. Die Kollegen haben den Kerl mitgenommen. Wir unterhalten uns jetzt mit ihm. Mal sehen, welche Begründung er anführen wird.«

Sie beendete das Gespräch, als es an ihrer Bürotür klopfte.

*

13.10 Uhr

»Der junge Mann sitzt drüben.« Ein Kollege in Uniform gab die Information weiter und zog die Tür wieder zu.

Luna wunderte sich darüber, dass Alban noch nicht im Büro war.

Checkte schnell ihr Handy.

Keine Nachricht.

Sie speicherte den Bericht über die Gespräche mit dem Angelvereinsvorsitzenden und Ule.

Hinterließ dem Kollegen erneut einen Zettel am Monitor und eilte zu einem der Verhörräume.

Vor der Tür auf dem Gang saß ein Polizist in Uniform, der für sie die Tür öffnete.

Im gnadenlosen Licht des Tages sah der Einbrecher der letzten Nacht gar nicht mehr so jung und draufgängerisch aus.

»Guten Morgen.«

Er grunzte nur.

»Wir sind daran interessiert zu erfahren, was du gestern bei Henner wolltest.«

Wieder ein Grunzen.

»Einbruch? Versuchter Diebstahl? Gewalttätiger, bewaffneter Angriff auf eine Kommissarin? Da kommt einiges zusammen. Du wirst wohl für längere Zeit aus dem Stadtbild verschwinden.«

Luna fixierte ihr Gegenüber, lehnte sich zurück, wartete.

»Mir egal.«

»Na, dann.« Sie machte Anstalten aufzustehen. »Wir fertigen einen Bericht und du gehst ins Gefängnis. Keine große Sache. Ich habe ja einen Zeugen, der bei deiner Festnahme behilflich war. Und die Kollegen konnten auch das Messer sicherstellen. Du kannst also schon mal daran denken, alle Verabredungen in der nächsten Zeit abzusagen.«

Der giftige Blick bewies, dass dem Mann diese Aussicht nicht gefiel.

»Du bekommst Verpflegung. Klar. Aber ob du allein wohnen wirst, kann ich nicht sagen. Vielleicht Vierbett-Zimmer ohne großartige Aussicht.«

Sie erhob sich, ging in Richtung Tür.

»Ja, ist ja gut! Ich wollte doch nur gucken.« Die Stimme des Mannes klang rau.

»Gucken? Wonach?« Sie drehte sich zu ihm um.

»Der Rechner. Ich sollte den Rechner mitbringen.«

»Wem? Wozu?«

»Mann, wenn ich hier auspacke, gerate ich in üble Schwierigkeiten«, jammerte er nun.

»Das kommst du ohnehin. Größere oder kleinere …«

»Du hast doch keine Ahnung! Mächte sind am Werk. Und sie werden sich nicht aufhalten lassen.«

»Dann erzähle mir doch, wovon ich keine Ahnung habe.«

Der Mann begann hektisch an seiner Unterlippe zu kauen. Ein kleines, blutiges Rinnsal bahnte sich einen Weg durch die Bartstoppeln in Richtung Kinn.

»Geht nicht.«

Luna seufzte. Warf einen Blick auf ihre Uhr. »Ich gehe jetzt. Bis ich wiederkomme, hast du Zeit, darüber nachzudenken, wie du mir erklären willst, was du in dem Verschlag bei Henner gesucht hast. Sollte dir keine Erklärung einfallen, läuft das Verfahren eben ohne deine Aussage zum Sachverhalt weiter. Es gibt genug Zeugen für dein Eindringen und dein Verhalten bei der Entdeckung. Deine Entscheidung.«

Damit ließ sie den Mann mit seinem Problem allein zurück.

Das Team hatte sich bereits versammelt.

Alban hastete den Gang entlang.

»Luna!«, rief er dem Rücken nach, der vor ihm entlang stürmte.

Sie blieb stehen. »Alban, wir müssen uns beeilen, sonst kommen wir zu unserer Teambesprechung zu spät. Du warst bei Dragon's Eye?«

»Noch nicht.« Er verzog zerknirscht das Gesicht. »Ich musste die Kollegen zu meiner Wohnung schicken.« Der Kollege keuchte vernehmlich, Luna nahm etwas von ihrem Tempo zurück. »Meine Mutter hatte mich angerufen, es stünde einer vor der Tür und wolle zu mir.« Schuldbewusst und offensichtlich mit schlechtem Gewissen setzte er fort: »Ich habe eine Streife hingeschickt. Die hat meine Mutter nackt vorgefunden. Auf ihrer Stirn hatte der Kerl ein Symbol hinterlassen und ihr gesagt, sie solle mir ausrichten, es sei besser, Post vom ihm nicht auf die leichte Schulter zu nehmen oder gar zu ignorieren.«

»Der Kerl hat ihr in die Stirn …«, ächzte Luna, wurde bleich. Im Weiterlaufen rief sie: »Mann! Das kann doch nicht wahr sein.«

»Nicht mit dem Skalpell eingeschnitten. Das wenigstens nicht. Gesprüht. Aber die Drohung ist eindeutig.«

»Kann deine Mutter den Kerl beschreiben?«

»Nein. Schock. Da geht erst mal gar nichts, meint der Arzt. Er muss aber beeindruckend groß gewesen sein. Das hat sie am Telefon gesagt.«

»Wo ist sie jetzt?«

»Im Krankenhaus. Mit Wache. Aber die brauchen wir eigentlich nicht. Er wollte sie nur demütigen und mich erschrecken. Ich glaube nicht, dass er sie noch einmal … nein. Es ging ihm um meinen Schock, wenn ich erfahre, dass er keine Grenzen kennt und mich erwischen kann, wann er will.« Als sie vor dem Besprechungsraum angekommen waren und Luna die Hand nach der Klinke ausstreckte, legte er seine auf ihren Arm. »Und dich auch. Es war eine Warnung an uns beide. Willst du nicht doch Jarl anrufen?«

Entschlossen öffnete Luna die Tür und trat selbstbewusst an den Tisch.

Alban setzte sich.

»Guten Morgen! Was also haben wir?«, startete sie mit der üblichen Eröffnung. »Fangen wir mit den Faserspuren an Gerolfs Kleidung an«, gab Luna in die Runde und begann damit, die Beiträge sortiert auf dem Flipchart festzuhalten.

»Wir haben, wie immer, gründlich gesucht. Haare und Spuren von Blut konnten wir bisher feststellen. Diese Spuren sind nach ersten Ergebnissen alle Gerolf zuzuordnen. Am Beutel, in dem die Kleidung gelagert wurde, konnten wir eine Faser sicherstellen, die nicht zum Inhalt passt. Es ist eine rote Kunststofffaser, die wir grob einem Kletterequipment zuordnen können.«

»Die Reifeneindrücke am Haus der Familie haben wir gesichert und vergleichen sie nun mit denen vom Parkstreifen bei Gettlinge. Mit ein bisschen Glück finden wir so eine Spur. Unser Spezialist meint, sie gehörten zu einem Kleintransporter. Im Haus selbst herrscht eine gewisse Unordnung im Wohnbereich. Das Fenster wurde von innen zerstört, bei der ersten Untersuchung konnten Partikelspuren nachgewiesen werden, die auf einen Schuss durch die Scheibe hindeuten. Ein Projektil wurde bisher nicht gefunden. Hat der Täter es mitgenommen, spricht das für eine gewisse Umsicht oder gar Routine. Es fehlen die Jacken der beiden Kinder. Neben den Reifeneindruckspuren haben wir auch Spuren von Schuhen gesichert. Im Moment gehen wir davon aus, dass die Familie in den Wagen eingestiegen ist. Nach Bewertung der Gesamtspurenlage möglicherweise nicht freiwillig.«

»Bei Kaspar ist eine Gewalteinwirkung gegen die Tür nicht festzustellen. Er hat den Besucher wohl hereingebeten.«

»Oder er hatte eben offen gelassen«, warf Alban ein.

»Nein«, der Tatortspezialist schüttelte den Kopf. »Es gibt weder Drehknauf noch Klinke. Selbst wenn nur zugezogen wurde, müssten wir demnach Spuren am Mechanismus finden. Wahrscheinlich sind die einzigen von der Haushaltshilfe, die vor dem Weggehen das Tastaturfeld abgewischt hatte und den Code beim Gehen eintippte, damit die Tür sich verschloss.«

Luna nickte langsam. »Gerolf war an jenem Abend nicht zu Hause. Rieke vermutete ihn bei Henner. Henner weiß nicht, ob der Freund in dem kleinen Raum arbeitete, er kontrolliert das nicht. Diese Tür zum Nebenraum des Stalls ist nicht verschlossen, jeder kann rein.« Sie fasste kurz die Ereignisse vom Vorabend zusammen. »Und dieser Mann sitzt drüben und schweigt. Offensichtlich ist Angst im Spiel.«

»Also wäre denkbar, dass Gerolf seinem Mörder auf dem Hof von Henner begegnete.«

Alban klang nicht überzeugt. »Dazu hätte derjenige von diesem Büro wissen müssen. Und es bestand gleich doppelte Gefahr, überrascht zu werden. Henner wohnt dort mit einem wachsamen Hund.«

»Einer Dänischen Dogge«, ergänzte Luna, die eifrig auf Kärtchen mitgeschrieben hatte, sortierte die verschiedenen Angaben untereinander auf dem Tisch.

»Viel haben wir nicht. Gullbrand meint, es wurde ein spezielles Skalpell für die Schnittwunden verwendet. Die Eindringtiefe sei eine andere als bei denen, die man zum Beispiel in einer Apotheke erwerben kann. Schlangengift ist gesichert. Bei Gerolf findet sich eine Verletzung am Hinterkopf, die von einem Schlag mit einem seltsamen Instrument herrührt.« Sie legte eine Skizze auf den Tisch. »So sieht es in etwa aus. Kennt jemand dieses Instrument? Nein? Schade. Gullbrand hat Tierhaare gesichert. Maus oder Ratte, das ist noch unsicher. Bedeutet aber, dass der Besitzer der Schlange sie auch ernährt.«

»Kaspar war nach Aussagen einiger Nachbarn an tierischen Mitbewohnern nicht interessiert. Er arbeitete in seiner Wohnung. Einige Nachbarn haben ausgesagt, er reagierte nie auf Klingeln an der Tür. Telefonischer Kontakt nur über Handy. Seine Mutter ist vor zwei Jahren verstorben. Keine Geschwister, Vater unbekannt. Wir recherchieren nach anderen Verwandten, Tante zum Beispiel.« Der Kollege meinte schulterzuckend: »Einsiedelei mitten in der Stadt.«

Luna ergänzte: »Rechtsmedizinischer Befund wie beim ersten Opfer. Schlag gegen den Kopf mit unbekanntem Gegenstand, dann Gift, danach das Einritzen des Symbols in die Stirn. Wann er die Opfer entkleidet, ist nicht klar. Vielleicht zwingt er sie dazu, es selbst zu tun. Gullbrand meinte auf Nachfrage, es gäbe eine Zunahme der Aggression. Der Täter sei entschlossener und rücksichtsloser vorgegangen. Schlangengift gesichert.«

»Wir haben keinen Anhaltspunkt? Hannah ist noch nicht gefunden. Nur diese Grafik als verbindendes Element. Das ist zu wenig.«

»Ihr habt auch je eine bekommen.« Der Forensiker fasste zusammen: »Die Kollegen konnten keinerlei fremde Spuren daran sichern. Wer auch immer da agiert, weiß offensichtlich, wie man so etwas vermeidet.« Der Kollege sah beunruhigt aus.

Alban strich nachdenklich über seinen langen, spitz zulaufenden Kinnbart.

»Vilja?« Die zweite Reihe Kärtchen war kürzer als die erste.

»Hat den Täter eingelassen, freiwillig oder weil sie nicht abgeschlossen hatte. Nach Spurenlage gab es keine Hinweise auf eine gewaltsamen Öffnung der Tür, keine Manipulationen am Schloss. Ansonsten Tatortbild ähnlich, Gullbrands Einschätzung der Todesursache und des Täterhandelns an seinem Opfer ebenfalls. Es ist, als spule er einen Handlungsablauf ab, den er erprobt hat.« Albans Stimme konnte seine Verärgerung nicht auffangen, die Ungeduld wurde deutlich spürbar.

»Und die Postbotin?«

»Hat bei der Befragung gestern Nachmittag vor Ort angegeben, sie habe niemanden bemerkt, der etwa weggelaufen sei. Aber als sie durchs Fenster schaute, sah sie die Lehrerin nackt auf dem Boden liegen und reagierte sofort.«

»Und nun haben wir bereits ein viertes Opfer. Staffan von der privaten Pflege ›Hjälp‹. Allerdings gibt es hier erstmals Unterschiede. Gullbrand vermutet wieder Schlangengift, aber Staffan wurde durch einen Schuss in die Schläfe getötet. Möglicherweise hatte der Täter es eilig. Denn die tödliche Wirkung des Gifts tritt erst nach etwa 20 Minuten ein. Bei einem Schuss in die Schläfe ist keine Wartezeit notwendig. Ballistik ist dran. Er hat auch dieses Opfer vollständig entkleidet. Auch bei ihm haben wir diese Grafik gefunden.« Luna seufzte. »Es muss eine Verbindung zwischen allen Opfern geben. Die Auswahl der Tatorte sieht nicht nach einem Schema aus. Er sucht sie auf, wenn er davon ausgehen kann, dass sie allein sind. Er oder sie schlägt zu und verschwindet ungesehen, lange bevor jemand das Opfer findet.«

»Und: Er oder sie beschäftigt uns so sehr, dass wir gefühlt nur noch von Tatort zu Tatort hetzen.« Alban wurde blass. »Bei mir war vorhin ein großer, schwerer Mann. Er zwang meine Mutter, sich auszuziehen, was sie aufgrund ihrer Verletzungen gar nicht kann. Dann malte er ihr das Symbol auf die Stirn und ging. Eine deutliche Warnung an mich. Luna hat zeitgleich auch diese Grafik bekommen. Wir werden ihm wohl sehr bald persönlich begegnen.«

»Dann hat sie ihn gesehen?«, hakte der Leiter des Forensikteams nach. »Deine Mutter, meine ich!«

»Ja. Groß und schwer. Gesicht war hinter einer schwarzen Maske verborgen. Kleidung unauffällig schwarz, Haare unter einem Bandelo, Pulli langärmlig und Hände in schwarzen Gummihandschuhen.«

Lunas Handy brummte.

Sie meldete sich knapp, sprang auf und verließ den Besprechungsraum.

»Na, ist ja toll, dass du auch mal rangehst!«

»Was soll das? Du weißt ganz genau, dass ich arbeite. Etwas, das dir ja völlig fremd ist.«

»Oh, Schwesterlein, die alte Leier! Ich wurde von deinen Kollegen mal wieder eingesackt. Aber diesmal lasse ich mich nicht wegsperren. Hör zu! Ich weiß etwas und das erzähle ich deinen idiotischen Kollegen nur, wenn die mich danach gehen lassen. Also: Manage das gefälligst für mich.« Da war der arrogante Ton, den er schon immer draufhatte! Luna spürte, wie ihr das Blut ins Gesicht schoss und der Schweiß überall an ihrem Körper feuchte Perlen bildete.

»Vergiss es!«, zischte sie kalt.

»Oh, warte! Wenn du jetzt auflegst, wirst du dich später erfolglos bemühen, mich zu erreichen. Ich blockiere deine Nummer, lösche sie, und du erfährst nicht, was ich schon weiß, etwas, das dir helfen könnte, Schlimmes zu verhindern.« Der Tonfall wechselte von arrogant zu fies und lauernd.

Luna bekämpfte mühsam den Drang, das Handy einfach auf den Boden zu werfen und zuzusehen, wie es zersplitterte.

Wenn ihr Partner Jarl sie so sehen könnte, wäre er belustigt. Ihm waren heftige emotionale Ausbrüche fremd. Aber er hatte auch keinen solch widerlichen kleinen Bruder!

»Ich will erst hören, was du für mich hast, bevor ich irgendwelche Zugeständnisse mache. Und ich muss wissen, wofür du diesmal eingesammelt wurdest.« Ihre Stimme: wie eine gespannte Saite, mit der man Fleisch in hauchdünne Scheiben schneiden konnte.

»Gut, dann nicht. Ich kann schweigsam sein wie eine Auster. Vor allem, wenn ich wichtige Dinge krimineller Couleur gehört habe. Verschwiegenheit ist einer meiner dominierenden Charakterzüge.«

»Gut für dich. Dann schweige eben. Zurückhaltung bei Anrufen mit Forderungen Krimineller gehört zu meinen ausgeprägten Wesenszügen.«

Der Bruder schwieg, brummte unzufrieden, schwieg.

Luna hielt den Atem an. Sie wusste, er wollte auf keinen Fall zurück in seine Zelle, in der das Bettzeug noch nicht einmal Gelegenheit hatte abzukühlen.

»Also gut.«

Das klang nicht nach der Bereitschaft, Zugeständnisse zu machen, dachte Luna und blieb beharrlich wortlos.

»Luna! Bist du noch dran? Du weißt genau, ich habe nur diesen einen Anruf.«

Sie entschloss sich zu einem schnippischen »Tja.«

»Ich weiß, wer das Museum ausrauben will. Die goldene Totenmaske des unbekannten Wikingerführers. Dieses einzigartige Stück.«

»Aha. Und warum bitte sollte das jemandem gelingen? Es wird sicher gut bewacht.«

»Jede Alarmanlage hat Schwachstellen, das weißt du sehr genau. Und ein Wächter kann nicht ständig aufpassen. Es sind wild entschlossene Kerle. Die kriegen immer, was sie wollen.«

»Den Tipp mit dem geplanten Raub haben wir schon bekommen.«

»Und natürlich wisst ihr auch schon, wer hinter der Sache steht. Klar. Ich dachte, ihr seid schlauer.«

»Wir wissen, dass ein Raub geplant ist. Deine Quelle ist wohl sehr offen im Umgang mit Informationen.« Eine gewisse Häme in der Stimme. Das hörte sie selbst, ärgerte sich darüber.

»Dann ist ja alles klar. Hannah findest du dann auch ganz allein. Und deinen Mörder. Hilfe von außen ist nicht erwünscht – der kleine Bruder darf in den Knast zurück.«

Gefährlich leise mit bösem Zischen antwortete sie ihm: »Wenn du über all diese Dinge so gut Bescheid weißt, dann gehörst du vielleicht auch genau dort hin. Denn in diesem Fall muss ich davon ausgehen, dass mein Bruder in diese Dinge verwickelt ist. Insiderwissen haben eben nur Insider!«

Funkstille zwei.

»Na gut. Also ich weiß, dass deine Hannah, die, nach der ihr sucht – das weiß ich, weil ich zufällig schon im Streifenwagen saß, als das Bild reinkam und klar wurde, dass ihr sie sprechen wollt –, diese Hannah wird beim Mittelalterfest vor dem Schloss tanzen. Die Blicke der Menschen werden an ihr kleben – ich gehe davon aus, dass sie strippt. Und in diesem Moment wird geraubt.«

»Von wem?«

»Du checkst nichts – oder?«

»Ich checke, dass du versuchst, mir eine Information zu verkaufen, die ich längst habe.«

»Hannah muss das tun. Sie schuldet jemandem jede Menge Geld. Und der hat ihren Pass. Wenn sie ihn zurückhaben will, muss sie tun, was er ihr sagt.«

»Okay. Du sagst mir, wo ich Hannah finde. Ich spreche mit ihr. Wenn stimmt, was du hier erzählst, versuche ich, für dich einen Deal einzufädeln. Ob das klappt, kann ich nicht vorhersehen, aber je besser dein Tipp, desto größer deine Chance.«

»Hannah wohnt nicht. Hannah haust. Sie hat ein Handy, die Nummer kenne ich nicht, ist sicher eines mit Prepaidkarte. Am besten ist es, wenn du die Langmansgatan Richtung Norden fährst, vorbei an der Abzweigung Fogdegatan. Immer weiter. Dann erreichst du ein paar alte, vergessene Häuser. In einem davon findest du Hannah.«

Luna beendete das Gespräch.

Kehrte in den Besprechungsraum zurück.

Die neue Reihe von Kärtchen belegte, dass die Kollegen weitergearbeitet hatten.

Alban warf ihr einen prüfenden Blick zu.

Sie zuckte mit den Schultern, ließ die Augen über die Informationen wandern.

»Ihr habt uns beide also auch auf die Liste der gefährdeten Personen gesetzt. Ich glaube nicht, dass man uns wirklich ausschalten will. Eher geht es um Einschüchterung. Mich kann man nicht so leicht aus der Bahn werfen, wie ihr wisst. Also konzentrieren wir uns zunächst mit voller Energie auf die Suche nach Rieke und den Kindern. Erick, der jüngste Sohn, leidet unter Krampfanfällen, wahrscheinlich Epilepsie. Jeder Anfall hat katastrophale Folgen für den Jungen. Rieke hat ein Medikament für ihn. Mir hat sie gesagt, sie habe immer einen der Blister dabei – in jeder Hose, jeder Jacke. Aber wir wissen nicht, ob sie beim offensichtlich unfreiwilligen Verlassen des Hauses das Medikament mitnehmen konnte. Wir brauchen die Aussage des Kinderarztes dazu. Das kann eine Streife übernehmen. Wir benötigen Aussagen der Forensik zum Fahrzeugtyp, der vermutlich für die Entführung genutzt wurde. Seht gründlich nach, ob der Wagen nicht irgendwelche Lackspuren an einem Stein oder einem anderen Hindernis hinterlassen hat. Und an allen nur denkbaren Engstellen: Kontrollen aller Fahrzeuge durch die Kollegen vor Ort. Die beiden Jungs heißen Arne und Erick. Gebt ein Foto von Rieke an die Streifenwagen und alle Kontrollstellen. Ich will, dass die drei gesund wieder in ihr Haus nach Öland zurückkehren können.«

Den deutlichen Worten folgte ein auffordernder Blick in die Runde.

»Es muss eine Verbindung geben zwischen den Opfern. Möglicherweise eine, die so alltäglich ist, dass sie niemandem auffällt. Über all die Events des Sommers haben wir schon gesprochen. Dort, wo eine Onlinebestellung der Tickets möglich war, lasst euch eine Liste der Namen schicken, gleicht sie mit den gespeicherten Daten auf den privaten Computern ab. Vielleicht haben sie alle ein Konzert besucht und sind sich dort und anderswo nie begegnet. Dennoch ist es ein Berührungspunkt.«

Die Kollegen schrieben mit.

Alban setzte hinzu: »Gerolf war in einem Angelverein. Er hat auf einer gesunden Ernährung seiner Familie bestanden. Ein Auto ist nicht auf ihn zugelassen, er besitzt aber einen Führerschein. Fragt bei den entsprechenden Anbietern nach, ob er dort gelegentlich Autos geliehen hat.«

»Bei den anderen suchen wir noch nach Hintergrundinformationen. Und überprüft Ule«, sie suchte in ihren Notizen, »Svensson. Der war ziemlich schlecht auf Gerolf zu sprechen. Und: Was war in dem Paket, dass bei Vilja abgegeben werden sollte? Vielleicht enthielt es einen Hinweis, der uns weiterhilft.« Luna streifte den Ärger über das Gespräch mit ihrem Bruder mehr und mehr ab, rettete sich in Professionalität. »Gerolf war nicht bei allen beliebt. Kaspar schwierig, Vilja lebte allein. Wir brauchen Daten zu Staffan. Sobald ihr etwas findet: Information auf mein oder Albans Handy.«

»Wir schwärmen aus. Nehmt so viele Kollegen mit, wie ihr braucht. Es darf keine weiteren Opfer dieses Mörders geben!«, mahnte auch Alban. »Fahrt im Sjukhus vorbei und befragt meine Mutter. Vielleicht fällt ihr ja noch etwas Wichtiges ein, wenn der Schreck nachlässt.«

»Die Forensik arbeitet auf Hochtouren. Wir haben auch Handlungsabläufe zu rekonstruieren. Die Analyse der Fotos von den Tatorten wird uns zeigen, ob wir es wirklich mit einem Täter zu tun haben – oder nicht doch mindestens zwei Mörder töten. Wir klären die Frage nach dem Wagen und suchen nach dem Kletterequipment, das zu der roten Faser passt.«

»Und jeder freie Mann hält mit dem Foto von Hannah Ausschau nach ihr; in Kneipen, Restaurants und der Bar. Ich weiß, dass sie gestern in diesem Milieu unterwegs war. Einer unserer Männer sitzt vor der Tür von Albans Mutter, und einen postieren wir in einem unauffälligen Wagen vor Albans Haus. Vielleicht kommt der Kerl wieder. Der Phantomzeichner soll mit seiner Mutter sprechen und ein Bild anfertigen. Denkt an das Sichern von eventuellen Lackspuren auf dem Gelände bei Rieke. Kennen wir Farbe und genauen Fahrzeugtyp, finden wir das Auto schneller.«

Damit wurden die Kollegen aus der Besprechung entlassen und beeilten sich, zu ihren jeweiligen Teams zu kommen.

»Und wohin gehen wir?«, wollte Alban wissen.

»Wir fahren zu Dragon's Eye.«

40

14. 50 Uhr
Dragon's Eye

Askild reagierte unwirsch, als man ihm erklärte, draußen
stünden zwei Kommissare, die ihn sprechen wollten.

»Ach, ganz ohne sich vorher anzukündigen? Und was
wollen sie von uns?«

Die dickliche Frau, gekleidet in die blaue Robe der Mitglieder, die mit den Ermittlern gesprochen hatte, breitete die
Arme aus. »Keine Ahnung. Sie kommen wegen des Todes
von Gerolf. Mehr haben sie nicht mir gesagt.«

»Das kann ja nicht stimmen. Denn sonst hättest du nicht
gewusst, dass sie mit mir sprechen wollen!«

»Ja«, räumte sie kleinlaut ein.

»Aber du bist sicher, dass sie das gesagt haben? Woher
sollen wir wissen, warum Gerolf gestorben ist?«

»Weiß ich nicht. Vielleicht, weil Dragon solche Dinge
wissen kann.«

»Aber erkläre mir, warum Dragon dieses Wissen nun
ausgerechnet mit der Polizei teilen sollte. Er ist an den Problemen im *Hier* nicht interessiert, sondern plant unsere
Zukunft im *Dort*.«

»Ändert nichts daran, dass die beiden im *Hier* in unserem Eingang stehen und Auskunft haben möchten. Dragon
kann sie ja nach dem Gespräch mit dir in die Irre führen,
falls er nicht behilflich sein möchte«, gab sie patzig zurück.

Askild seufzte. »Nun gut, setze sie in mein Büro, ich
komme gleich.«

Er griff nach dem blauen Stein, schloss die Augen und murmelte unverständliche Worte jener Sprache, die nur Dragon und der Sanctus beherrschten.

Die Frau im blauen Kleid lauschte einen Moment.

Wusste nun alles in den kompetenten Händen des Drachen und kehrte beruhigt zu den Ermittlern zurück.

»Er kommt gleich.« Die Mitarbeiterin, die in der weiten Robe wie eine blaue Riesenhummel aussah, drehte den Ermittlern den Rücken zu und bog in einen der angrenzenden Räume ab.

»Nehmt schon Platz. Er ist noch in einem Gespräch, nimmt sich aber Zeit für euch.« Selbst ihre Stimme klingt wie ein tiefes Summen, registrierte Luna amüsiert.

»Du kanntest Gerolf doch auch, oder?« Die Kommissarin musterte die Frau neugierig. »Er war kein Anhänger eurer Ideen?«

»Nein, er meinte, Autoritäten solle man grundsätzlich misstrauen. Und einem Stein zu huldigen, sei er noch so schön, erscheine ihm mehr als sonderbar. Das hat Askild natürlich sehr aufgebracht. Aber äußerlich bleibt er immer ruhig.«

»Wann hast du Gerolf das letzte Mal gesehen?«

»Och, das ist schon eine ganze Weile her. Er konnte gut mit Kindern.« Tränen stiegen in die Augen der Frau, sie wischte rasch mit den Fingern über die Wangen. »Es ist so traurig, dass er ermordet wurde. Ausgerechnet er. Wisst ihr, er konnte wirklich wunderbar mit Kindern – und wenn Eltern zu ihm kamen, weil sie Probleme mit dem Nachwuchs hatten, kümmerte er sich, gab Ratschläge, führte Gespräche mit den Kleinen oder Größeren. Er wird nun vielen sehr fehlen.«

»Er war ein Problemlöser?«

»Ja. Ausgeglichen, freundlich, fand immer und für jeden den richtigen Ton. Nur vorschreiben lassen wollte er sich wenig. Schon gar nicht von Askild, der ja Sprachrohr von Dragon ist.«

»Es gab Ärger?«, hakte Alban nach.

»Nun, vielleicht ist das ein viel zu großes Wort. Uneinigkeit ist besser. Er hat uns ja nicht bekämpft, war nur kritisch.«

Als sie hörte, dass eine andere Tür ins Schloss gezogen wurde, hatte sie es plötzlich eilig zu gehen. »Wie gesagt, er kommt sofort.« Dann verschwand sie, huschte durch eine Tür, schloss sie leise hinter sich.

Unvermittelt trat der Sanctus hinter einem Paravent hervor, der eine zweite Tür zum Besucherzimmer versteckte.

»Wie kann ich euch helfen?«, erkundigte sich Askild salbungsvoll.

Auch er trug eine weite Robe in diesem speziellen Blauton, der wohl ein Erkennungsmerkmal der Sektenmitglieder war.

»Wir sind wegen des Mordes an Gerolf hier«, eröffnete Luna das Gespräch. Der Sektenführer war eine beeindruckende Persönlichkeit, stellte sie fest. Kein Riese, aber in seinem Auftreten sicher, der Ton fest, die Stimme dunkel und tragend, die schlanken Finger vor dem Körper verschlungen. Er neigte den Kopf leicht zur Seite, fragend, auffordernd, und ließ seine intensiv blauen Augen über die Gesichter der Besucher wandern.

»Nun?«, fragte Askild zurück.

»Wir möchten wissen, was für ein Mensch Gerolf war. Bisher haben wir erfahren, dass er gut mit Kindern umgehen konnte. Das ergibt in unseren Augen kein Mordmotiv.« Alban starrte den Mann an. Gefärbte Kontaktlinsen, schloss er, ganz sicher.

Sein Blick glitt über die Hände. Fachmännisch maniküert. Die ölig glänzenden Haare in einem perfekten Rundschnitt gestylt, der der Haartracht früherer Mönche ähnelte – ohne Tonsur. Dieser Sanctus ist eitel, konstatierte der Kommissar und überlegte, ob Eitelkeit ein typischer Wesenszug von Drachen war, sie deshalb wohl auch einen eitlen Sektenführer aussuchen würden.

»Ja, das stimmt. Er war bei den Kindern sehr beliebt. Hatte stets neue Spielideen, tobte ausgelassen mit ihnen herum, hatte aber auch immer ein offenes Ohr für ihre Probleme. Half Familien dabei, Schwierigkeiten im Zusammenleben zu überwinden.«

»Er war kein Mitglied bei Dragon's Eye«, stellte Luna fest. »Warum?«

»Nun«, begann der Sanctus mit getragener Stimme, »es ist nicht jeder Kinderfreund ein Mensch, dem Erkenntnis zuteil wird. Und diese Fähigkeit schätzt Dragon besonders an den Mitgliedern. Ich fürchte, Gerolfs Widerstand gegen die Regeln unserer Gemeinschaft diente auch dazu, sich dem Aufnahmeritual nicht stellen zu müssen. Gerolf hätte vielleicht eher zu Dumas' Musketieren gepasst, die gern hehre Ziele verfolgten und dafür kämpften. Dragons Ansatz ist ein anderer.«

»Der wäre?« Alban schoss die Frage ab wie einen Pfeil. Er war schließlich Fan der Musketiere und ihres Kampfes gegen das Böse.

»Dragon kümmert sich nicht vordringlich um das Große und Ganze. Er wird die Anhänger seiner Gruppierung in eine gute Zukunft führen. Ihr Überleben sichern. Denn die Zeit der Drachen wird schon bald kommen und wir von Dragon's Eye werden daran Anteil haben.«

Seine Worte klangen wie aus einer seiner Predigten. Luna hatte den Verdacht, er benutze sie und Alban als Statisten, um die Worte einzuüben, die er bei der nächsten Versammlung verwenden wollte.

»Soll heißen, jeder, der nicht zu euch gehört, wird sterben. Deshalb müssen sich die Mitglieder beweisen, sich jederzeit an die Regeln des Drachen und dieser Gemeinschaft halten? Gerolf wollte das nicht?«

»Wenn du das so ausdrücken willst: ja! Er sah nicht ein, dass er in seinem Leben etwas ändern solle, nur damit ihn irgendein Drache irgendwann retten würde. Dragon ist aber nicht irgendein Drache. Er ist der Retter der Gläubigen und Treuen. Gerolf meinte, das sei Gerede, denn schließlich verfüge dieser Drache weder über einen Körper noch über ein funktionierendes Auge. Er könne eine Gefahr nicht einmal erkennen, wenn sie direkt vor ihm stünde. Er, Gerolf, könne das sehr wohl. Deshalb würde er einfach gut auf sich selbst und seine Familie aufpassen. So ein Ignorant!«

Ignorant, mag ja sein, überlegte Luna, aber immerhin könnte es in der Sekte jemanden geben, der ein Exempel an einem widerspenstigen Ungläubigen statuieren wollte.

»Keiner kann dich in die Zukunft retten – nur Dragon? Das ist euer Credo?«

Askild breitete die Arme mit zur Decke gedrehten Handflächen aus. Zuckte mit den Schultern. »In Zeiten wie diesen gilt nicht mehr, ein jeder könne seines Glückes Schmied sein. Klimawandel, Luftverschmutzung, neue todbringende Krankheiten, sexuelle Unsicherheiten, rechtlose Zustände – wir brauchen einen, der uns hilft, all dem zu entgehen. Dragon hat das schon einmal erlebt und eine Exitstrategie für sich gefunden. Diesmal wird er uns alle auf seinem Weg in die Zukunft mitnehmen.«

»Aber die Zweifler und Widersprecher bleiben zurück. So wie Gerolf.« Luna reagierte aggressiv, merkte zu spät, dass sie zu deutlich Position bezogen hatte.

»Ich glaube, jedes weitere Wort an euch ist reine Verschwendung meiner Zeit«, erklärte der Sanctus und verschwand ohne einen Blick zurück hinter dem Paravent. Eine Tür fiel laut ins Schloss. Luna registrierte zufrieden, dass Askild wohl nicht kritikfest war.

Alban grinste. »Da hast du einen wunden Punkt getroffen. Wohin jetzt?«

»Zurück zu Kaspar. Mein Bruder weiß, dass Hannah in der Stadt ist. Abhauen war entweder keine Option oder unmöglich. Ich habe ihn so verstanden, dass Hannah über sich und ihr Leben nicht selbst entscheiden kann. Lust auf Gin? Wir gehen in die Bar am Utrustungskajen, fragen mal nach.«

»Da ist doch um die Zeit noch keiner«, maulte Alban.

»Doch. Die öffnen den Gästen erst später, aber zu der Gruppe gehören wir nicht. Wir machen ordentlich Lärm, dann kommt sicher jemand an die Tür.«

»Klar.« Alban nickte. »Ich kenne Pubs in anderen Städten, da kommt jemand bei Besuchen zur Unzeit an die Tür, öffnet einen Spaltbreit, und ehe du dich versiehst, hast du eine Riesenfaust im Gesicht und brauchst einen guten Zahnarzt, eventuell auch Kiefer- und Gesichtschirurgen.«

41

Rieke staunte.

Am späten Morgen hielt das Fahrzeug, die Tür öffnete sich kurz und von einer behaarten Hand wurde ein Korb im Inneren abgestellt.

Ein prüfender Blick führte zur Entdeckung eines Frühstücks und einigen Dingen des Alltags. Zum Beispiel einem kleinen Eimer mit Deckel für die Notdurft.

Das bedeutete in ihren Augen, dass sie nicht sofort sterben sollten.

Allerdings war ihr auch bewusst, dass diese Geste nicht hieß, dass ihr Überleben langfristig gesichert werden sollte.

Nüchtern durchdacht, war die ganze Aktion gegen jede Logik. Nach Gerolfs Tod gab es niemanden mehr, der für sie und die Jungs etwa Lösegeld bezahlen würde. Niemand wusste von den Großeltern.

Auf der anderen Seite ergab es nach reiflicher Überlegung keinen Sinn, die Familie überhaupt zu entführen – die drei Hinterbliebenen gleich zu töten wäre doch eher nachvollziehbar gewesen. So setzte sich der Entführer unnötig einem Risiko der Entdeckung aus.

Wie sie das Problem auch drehte und wendete, sie erkannte keine Sinnhaftigkeit im Handeln des Unbekannten.

Rieke begann den Kindern leise eine Abenteuergeschichte zu erzählen. Von drei Auserwählten, die zu einer Insel gebracht wurden, auf der eine kleine Maus die Herrschaft übernommen hatte. Nun galt es, diese Maus zu entdecken und sie in einer Art Spiel zu besiegen.

Während des Frühstücks hingen die Kinder gebannt an ihren Lippen.

Natürlich durfte die Maus nicht wissen, dass Neuankömmlinge auf der Insel waren, deshalb musste die kleine Gruppe im Inneren eines Autos reisen, später auf einem Schiff. Niemand durfte von ihrer Aktion wissen, sonst war alles verloren.

Riekes Gedanken beschäftigten sich gebetsmühlenartig mit der Frage, warum ausgerechnet Gerolf getötet werden musste. Harmlos, ruhig, ausgleichend – sein Wesen schien nicht gemacht, Ärger zu erzeugen. In Streit geriet man mit ihm über Ernährungsfragen oder Weltanschauungsgrundsätze. Reichte das als Grund für einen Mord? Sein Körper wurde nackt abgelegt, die Kleidung an einem relativ weit entfernten Ort. Wozu?

Und bevor man sie und die Kinder verschleppt hatte, kam im Radio die Meldung, in Kalmar sei ein Toter entdeckt worden: nackt. Die Polizei suche nach der Kleidung.

Zwei Tote. Ein Täter. Täter und Entführer waren dieselbe Person – oder eher nicht?

Sie versuchte sich zu erinnern, wen Gerolf in Kalmar näher kannte.

Kaspar, der Designer, der gerne Webseiten entwarf, die mit allerlei Spielereien versehen waren. Sie hatte noch deutlich eine Seite vor Augen, die er für einen Logistiker programmiert hatte. Unter einem Button versteckte sich ein Spiel. Es musste vom Besucher der Seite ein Turm aus verschieden geformten Teilen erbaut werden. Die Gäste der Seite hatten Spaß daran und freuten sich über ihren Erfolg, wenn der Turm stabil war. Nebenbei lernten sie, dass das Verladen von sperrigen Sendungen ein Job war, der viel Vorstellungsvermögen, Sorgfalt und Kenntnis verlangte – die Arbeit der Firma ihr Geld wert war.

Und dieser Kaspar war nun auch getötet worden?

Schwer vorstellbar.

Wenn Gerolf von ihm erzählte, entstand immer das Bild eines verspielten Kindes, das gute Laune verbreiten wollte, das Leben allgemein nicht so ernst nahm, das wahre Leben mit seinen alltäglichen größeren und kleineren Problemen gar nicht kannte.

Als die Tür des Wagens erneut geöffnet wurde, warf die Hand eine Zeitung hinein, griff nach dem Eimer, schloss die Tür.

»Wieder eine nackte Leiche gefunden!«, war die Schlagzeile des Tages.

Die behaarte Hand hatte sie unterstrichen.

Als Hinweis darauf, dass sie drei auch getötet würden?

Aber was blieb dem Mann anderes übrig? Sie hatte zumindest einen Teil seines Gesichts gesehen, konnte seine Statur beschreiben, hatte seine Stimme gehört. Viel zu riskant, sie und die Kinder beim Töten zu übergehen.

Galgenfrist – so nannte man diese Zeit zwischen Entscheidung und finaler Umsetzung.

Die Dauer dieser Frist war nicht definiert.

Das Ende – in ihrem Fall schon.

Als sie die Abenteuergeschichte für die Jungs weitererzählte, kämpfte sie mit den Tränen.

42

Zurück im Büro checkte Luna die Zwischenergebnisse, die von den Kollegen erzielt worden waren.

»Die rote Faser gehört zu einem speziellen Seil, das von Profi-Kletterern genutzt wird. Es ist sehr teuer, die Fasern speziell behandelt, das Seil spleißt angeblich nicht auf. Die Kollegen suchen jetzt nach dem Käufer eines solchen Equipments.« Luna schnalzte.

Alban kannte dieses Geräusch. Es bedeutete, dass sie unter großer Anspannung stand, unzufrieden war.

»Meinst du, diese Morde haben etwas mit dem geplanten Raub aus dem Museum zu tun?«, fragte er.

»Das weiß ich nicht. Die Website des Museums wurde nicht bei Kaspar in Auftrag gegeben. Auch Gerolf war nicht damit befasst. Ein sofort zu entdeckender Zusammenhang existiert nicht.«

»Viljas Kursteilnehmerlisten wurden gegengecheckt. Weder Kaspar noch Gerolf haben je einen Kurs oder Workshop bei ihr besucht«, ergänzte Luna unzufrieden. »›Hjälp‹ hatte sicher ganz andere Menschen mit der Website beauftragt. Die haben eine zentrale Seite. Wenn du dich für eine bestimmte Region interessierst, wirst du auf einen neuen Menüpunkt umgeleitet. Sehr übersichtlich. Reine Information, ein Foto des Büroleiters, ein paar tolle Referenzen und ein Kontaktbutton. Beim Anklicken geht ein Textfeld auf und du kannst sofort deine Fragen stellen.«

»Eher nicht von Kaspar gebaut. Ich habe mal gestöbert – und zum Beispiel so etwas gefunden.« Alban drehte den Monitor so, dass Luna erkennen konnte, was das kleine Männchen am unteren Rand des Bildschirms unternahm. »Man kann jetzt eingreifen und dem Männchen Befehle geben. Zum Beispiel ›putze die Fenster‹. Der Kleine führt aber nur aus, was die Firma tatsächlich anbietet. Visualisierungstool. Deshalb hebt er bei diesem falschen Befehl nur die Hände in die Luft und zuckt mit den Schultern. Eher was für Kunden mit Spieltrieb und viel freier Zeit.«

Luna schnalzte erneut.

»Ey, vielleicht solltest du doch noch mal deinen Bruder anrufen. Er hat doch immerhin angeboten zu helfen.« Alban wagte einen Vorstoß auf vermintes Gebiet.

»Nein.«

»Nein? Ich dachte, er hatte einen Tipp für dich.«

»Nein. Die Sache ist schon bekannt. Das Wachpersonal wurde verstärkt. Wieder nur so ein … Und dass wir Hannah suchen, ist kein Geheimnis. Er behauptet, sie sei in den Restaurants von Kalmar unterwegs, aber das erscheint mir nicht glaubhaft. Eine Wegbeschreibung, die angeblich zu ihr führt.« Sie seufzte. »Und deine Mutter? Hat sie sich aus dem Krankenhaus gemeldet?«

Der Kollege schüttelte den Kopf.

»Nein. Und den Anwalt konnte ich bisher auch nicht suchen. Mein Vater hat eindeutig mehr Zeit, sich um all diese Dinge zu kümmern. Und das ist in dieser Situation nicht günstig. Aber das weißt du ja.«

»Ist im Augenblick keine wirklich gute Phase für das Lösen privater Schwierigkeiten. Wie so oft.«

Das klang so bitter, dass Alban regelrecht zusammenzuckte.

Jarl! Es war ihm gar nicht wirklich aufgefallen, doch nun … sie hatte kaum noch von ihrem Lebenspartner erzählt. Beziehungsprobleme? Da war Aufschieben natürlich keine gute Lösung, so schwelte ein Konflikt weiter, brannte sich durch den Alltag und hinterließ Zerstörung.

Sie schwiegen minutenlang.

Nur das Klicken auf der Tastatur bewies ihre Anwesenheit.

»Hier: Der Kollege, der die Reservierungen für Open Air oder andere Veranstaltungen checken sollte, hat sich mit einem Zwischenbericht gemeldet.« Alban starrte auf den Monitor. »Du liebe Güte, ich wusste gar nicht, dass in unserer Gegend so viele Veranstaltungen stattfinden. Ist ja eine endlos lange Liste. Bei den Konzerten gibt es immer nur Einzeltreffer. Vilja war bei einem Konzert von Loki. Hätte ich nicht erwartet – Heavy Metal. Sie hat auch eines von diesem deutschen Sänger gebucht, na, Grönemeyer. Das passt eher, aber ich denke, es war ein Geschenk. Gerolf ist entweder kein online-Käufer oder er kauft seine Tickets lieber direkt vor Ort. Er hat seine Frau und die Kinder nicht gern allein gelassen, wahrscheinlich war er schon seit Jahren in keinem Konzert mehr. Kaspar hatte kein Ticket online erworben, Staffan war bei einer Theateraufführung. Gerolf steht bisher nirgends. Aber er ist noch nicht bei allen Anbietern durch. Die großen hat der Kollege schnell abhaken können, jetzt geht es um kleinere Events, bei denen Tickets direkt beim Veranstalter vor Ort gekauft werden mussten. Er schreibt, das wird noch dauern, er hofft, dass er bis heute Abend ein belastbares Ergebnis hat.«

»Hm. Ich habe mir Bilder der Überwachungskameras angesehen. Du weißt schon: Einkaufszentrum, Banken, Innenstadt. In den letzten paar Tagen ist keines der Opfer zu entdecken. Ich habe auch nachgefragt, ob es vom Schlossbezirk solche Aufnahmen gibt, aber auf die Antwort warte ich noch. Eigentlich hatte ich gehofft, Hannah darauf zu entdecken. Bisher nichts.« Alban räusperte sich. »Nun sei doch nicht sauer. Der Typ von der Bar hat doch freundlich reagiert.«

»Freundlich? Der hat das Brett vor dem Guckloch weggezogen und zu mir gesagt ›Du alte Schlampe. Wenn du um diese Zeit schon Gin brauchst, solltest du besser zum Arzt gehen und nicht an meiner Tür klingeln‹.«

»Gut. Das war nicht höflich. Aber er hat dich nicht niedergeschlagen. Nur fast. Weil du gesagt hat, du wirst ihm die Kollegen in die Bar schicken. Die würden dann mehrere Abende an der Bar sitzen, nichts konsumieren, aber erfolgreich die meisten Gäste vertreiben. Das ist die Androhung von Mafia-Methoden. Kam nicht gut an bei ihm.«

»Nun, wir wissen jetzt, dass Hannah in dieser Bar war. Sie hat einen Mann getroffen, den der Typ angeblich nicht kannte. Es gab ein kurzes Gespräch, es endete im Streit, Hannah brach auf. Der Typ ertränkte seinen Ärger direkt vor Ort. Also alles bestens gelaufen. Auch wenn ich an der falschen Tür geklingelt habe – und weder das Haus noch der Typ mit dem Restaurant und der Bar zu tun hatte. Er war ebenfalls Gast. Und sauer war er, weil dauernd Leute bei ihm klingeln, wenn sie eigentlich einen Tisch im Restaurant oder einen Platz an der Bar reservieren wollen. Spinner!«

»Das nächste Mal wird er freundlicher sein – für den Fall, dass schon wieder Kalmar Polisen vor der Tür steht.« Alban grinste breit. »Die Streifen haben Hannah auch noch nicht entdeckt. Dein Bruder meinte doch, sie sei gestern lange unterwegs gewesen. Vielleicht schläft sie noch. Dass ihr Arbeitgeber nicht mehr lebt, hat sie wahrscheinlich lange vor uns gewusst.«

»Sie wird wohl noch in Kalmar sein. Wir müssen sie so schnell wie möglich aufstöbern. Sie weiß etwas und das bringt sie in Gefahr.« Luna rief die Phantomzeichnung auf, die nach den neuen Angaben und Vorlage von Fotos der Nachbarin gezeichnet wurde. Ließ das Bild auf sich wirken, versuchte, sich die wesentlichen Merkmale einzuprägen. »Wir müssen auch die Augen offen halten. Wenn wir durch die Stadt fahren oder gehen, sollten wir ihr Gesicht jederzeit so präsent haben, dass wir sie identifizieren können. Und wir haben bessere Karten als die Kollegen – wir gehen in Zivil.«

»Stimmt.« Alban lachte leise. »Dennoch sehen uns manche den Kommissar sofort an. Lebenserfahrung.«

»Gut. Wir brechen auf. Ich gebe den Besprechungstermin an alle raus, und uns bleibt nur zu hoffen, dass wir endlich eine Spur finden – zum Täter und auch zu Rieke und den Kindern.«

Sie schob den Stuhl zurück.

Ihre Telefon brummte.

»Ja, Anka? Habt ihr was Neues für uns?«

»Yupp. Gestern Abend ist hier ein Auto aufgefallen. Ein Transporter. Deutsche Marke. Dunkelgrauer Transporter. Nummernschild nicht schwedisch, der Anrufer hat es sich leider nicht gemerkt. Der Wagen stand vor Riekes Haus in der Nähe von Gettlinge. Dem Radler fiel es deshalb auf, weil in der Einfahrt zu Gerolfs Grundstück nie ein Auto steht. Er hörte einen lauten Knall und meinte, Klirren von Glas wahrnehmen zu können. Er ging nicht wirklich von einem Schuss aus. Aber seit heute Morgen ist er sich sicher, dass der laute Knall nur ein Schuss gewesen sein kann. Der Zeuge meint, er habe die halbe Nacht auf dem Problem rumgedacht. Und heute beim Frühstück hat er beschlossen, bei der kleinen Familie nach dem Rechten zu sehen, fand das Haus leer und polizeilich verriegelt vor, sah die Scherben im Garten und kam direkt zu uns.«

»Gut, das ist immerhin eine erste Spur. Lass den Zeugen unter den Autotypen suchen. Vielleicht kann er das Fahrzeug konkreter benennen. Ich melde die Aussage an alle Kollegen weiter, sie sollen Ausschau nach solch einem Transporter halten, gegebenenfalls den Fahrer und den Laderaum checken. Den Kollegen wird schon ein Grund einfallen, warum sie kontrollieren müssen. Vielleicht geben sie es als Überprüfung aufgrund einer Anzeige aus der Bevölkerung aus, die einen Katzenfänger in dem Fahrzeug vermutet.«

Sie beendete das Gespräch und gab die Informationen sofort an die Streifenwagenbesatzungen weiter. Setzte deutlich hinzu: »Vorsicht, der Fahrer könnte bewaffnet sein!«

»Immerhin.«

Alban runzelte die Stirn. »Gut, dass du darauf hingewiesen hast, der Fahrer des Wagens könne bewaffnet sein. So werden die Kollegen hoffentlich vorsichtig sein. Eine Schießerei wäre auch für die kleine Familie gefährlich.«

»Ja. Deshalb habe ich deutlich gewarnt. Lass uns losfahren. Ich möchte zum Museum und dort erfahren, wie weit der Schutz der Pretiosen gesichert wurde. Und wie sie gedenken, das Areal so abzuschirmen, dass die Museumsbesucher hineingelangen, die Feierlauneleute aber draußen bleiben. Lauter verkleidete Menschen, alkoholisiert oder nicht, laute Musik, Tanz und Gaukelei. Da ist es schwierig, den Überblick zu behalten. Welche Waffe ist eine, welche nur Attrappe. Rüstungen sind vielleicht auch zu sehen. Ich kann mir eine Menge Szenarien vorstellen, die alle eines gemeinsam haben: Sie gefallen mir nicht.«

Um diese Zeit lag das Schloss, das eher an eine Festung erinnerte, im Licht der Sonne.

Vier runde Türme mit in einer Spitze auslaufenden

Dächern und Rundumblick, dicke Mauern schützten einst vor den Angriffen der Dänen.

»Weißt du, hinter solchen Mauern würde ich mich auch nicht gefürchtet haben. Sieht doch sehr widerständig und wehrhaft aus.«

»Nun, das Problem ist, wenn der Feind erst mal drin ist, hast du im Grunde verloren. Die Enge macht es dir unmöglich, dem Schwert des anderen auszuweichen. Ich glaube, ich bin ganz froh, dass wir heutzutage anders wohnen.« Luna legte den Kopf weit in den Nacken, um bis zu den Turmspitzen sehen zu können. »Eindrucksvoll finde ich es bei jedem Besuch.«

»War damals eine gewagte Idee, das Schloss auf die kleine Insel zu stellen. Aber hat funktioniert. 1180 haben sie zunächst einen Verteidigungsturm gebaut, und erst zweihundert Jahre später folgten dann die Ringmauer und die vier Türme. Das nenne ich mal eine Fertigstellungsspanne!«, feixte Alban, der sich gut daran erinnern konnte, wie schnell seine Mutter das Haus damals errichtet haben wollte. Am liebsten wäre ihr gewesen, am Morgen nach dem Kauf des Grundstücks im neuen Haus aufzuwachen.

»Ja – kaum fertig, hat es schon Geschichte geschrieben. Die Kalmarer Union! Und ein 15-Jähriger wurde zum Unionskönig gekrönt. Stell dir mal vor! Ich denke, ein so pubertärer Spund an der Spitze unserer Regierung würde uns eher in eine Katastrophe führen als in eine stabile Union.« Luna schüttelte den Kopf. »Mein Bruder ist deutlich älter als 15 und noch immer nicht das, was man unter vernünftig versteht.«

»Vielleicht wurden Mitwisser des geplanten Raubs ausgeschaltet. Wer um den Coup weiß …«

»Und dazu der ganze Aufwand: die komplizierte Mordmethode, die Symbole, die Grafik …« Lunas Schritt nahm an Entschlossenheit zu. »Trotzdem müssen wir der Sache nachgehen.«

Die Mitarbeiterin, die Auskunft zu den Sicherheitsvorkehrungen für die Ausstellung geben konnte, eilte den beiden Kommissaren bereits entgegen.

»Hi, hi. Ich bin Linda. Ihr hattet euch bei uns für ein Gespräch angekündigt?«

»Ja. Wir wollten uns mit dir über Sicherheitsfragen unterhalten.« Luna sah sich interessiert um. »Wir wissen, dass es eine viel beworbene Ausstellung ist, dass einige der Exponate einen hohen ideellen und materiellen Wert haben.«

»Schon, das ist ja nun für die Abteilung, in der ihr beide arbeitet, nicht so wichtig«, gab die dicke Frau schnippisch zurück.

»Stimmt. Allerdings hat es in den letzten Tagen einige Morde gegeben, und wir suchen nach Verbindungen zwischen den Opfern. Bei einigen Gesprächen wurde auf einen möglichen Zusammenhang mit der Ausstellung im Schloss Kalmar verwiesen.«

»Wir sind selbstverständlich darüber informiert, dass es den Verdacht gibt, man wolle das Mittelalterfest für einen Coup nutzen.« Ihre lange Nase, die eher wie ein spitzer Schnabel wirkte, schien beim Sprechen in Richtung der Gesprächspartner zu picken. Die Tatsache, dass die Spitze auch noch beweglich war, verstärkte diesen Eindruck.

»Ihr wisst also um diese Pläne?«

»Ja. Wir wurden schon vor Wochen darauf hingewiesen, dass es möglicherweise einen Einbruchsversuch geben könnte. Wie im Grünen Gewölbe in der deutschen Stadt Dresden. Kommen, nehmen, einpacken und im Trubel verschwinden. Wir haben uns, nachdem in Dresden dieser dreiste Raub stattgefunden hatte, noch einmal mit unseren

Sicherheitsvorkehrungen beschäftigt – und die eine oder andere ›schwächere‹«, sie deutete Anführungszeichen mit den Fingern an, »erkannt und beseitigt. Außerdem schließen wir abends. Wenn die große Party in Schwung kommt, kann hier keiner mehr rein.«

Die beiden Kommissare schwiegen bedeutungsschwer.

Nach ein paar Atemzügen bot die Mitarbeiterin mit leisem, genervtem Stöhnen an: »Dann kommt mit. Ich zeige euch, was passiert, wenn bei uns jemand unbefugt etwas anfasst oder gar Gewalt anwendet, um die Scheiben einzuschlagen. Sicherheitsglas mit Sensoren. Der Alarm wird so laut sein, dass man ihn vielleicht gar bis Stockholm hören kann.« Sie kicherte albern, was ihre beeindruckende Mitte mächtig in Bewegung versetzte. »Die goldene Maske ist natürlich besonders stark gesichert.«

Dann machte sie kehrt und führte die beiden Ermittler in eine Art Kontrollraum.

Monitore, die jeden Winkel abbildeten.

Wachpersonal, das über Funk immer und tatsächlich überall erreichbar war, dessen Standort jederzeit auf dem Monitor erkennbar war, Wachleute, deren Handys sofort den genauen Ort des aktivierten Sensors anzeigten.

Sensoren, die permanente Aufmerksamkeit durch einen winzigen roten Punkt signalisierten.

Wortreich erklärte Linda jedes einzelne Element des Systems.

»Was passiert, wenn ihr mehrfach einen Fehlalarm bekommt? Geht ihr auch beim zehnten Mal nachsehen?«, wollte Alban wissen.

»Ja. Aber wir können auch den einzelnen Sensor von diesem Pult aus einer Fehlerüberprüfung unterziehen. Dann sehen wir, worin das Problem besteht, tauschen ihn aus oder programmieren neu.«

»Und in genau dieser Phase ist der Sensor out of order.«
Luna versuchte, ihren unfreundlichen Ton durch ein leichtes Lächeln zu entschärfen.

»Ja, aber um das ausnutzen zu können, müssten die Diebe erst mal wissen, wann und welcher Sensor gerade neu gestartet wird. Dazu müssten sie sich in unser System einhacken, und das«, Linda strahlte die Besucher stolz an, »würden wir sofort bemerken.«

»Da seid ihr sicher? Oder kommt die Mitteilung über einen unautorisierten Zugriff womöglich zeitversetzt?«

»In Echtzeit natürlich«, pumpte die kräftige Frau empört.

»Vielleicht wäre es eine gute Idee, doppelgleisig zu fahren und grundsätzlich Wachpersonal zu den Sensoren zu schicken, die ihr neu starten müsst.« Alban knurrte die Worte hervor.

Linda warf ihm einen verblüfften Blick zu. »Woher bitte sollten wir so viel Personal bekommen?«, fragte sie mit schrill entgleisender Stimme. »Es ist ein großes Fest! Da möchten alle mitfeiern, gute Laune haben, chillen und genießen. Keiner will in den Nächten im Schloss auf mutmaßlich kommende Einbrecher warten. Unser Stammpersonal und die zusätzlichen Kräfte, die wir für die Dauer dieser Ausstellung rekrutieren konnten, kennen die Abläufe bestens und werden gut aufpassen, dass niemand unbefugt Zutritt erhält.« Sie atmete tief durch. »Und bevor ihr fragt: Jeder wurde einem gründlichen Hintergrundcheck unterzogen. Hier sind nur zuverlässige Leute tätig.«

»Gut«, antwortete Luna knapp. »Die Polizeikräfte wissen nun auch, dass es diese Bedrohung gibt, und sicher wird ihre Präsenz erhöht. Vielen Dank für deine Informationen.«

Damit wandte sie sich abrupt um und zog Alban mit sich.

43

Irgendwo

Rieke umklammerte den zarten Körper Ericks, der wild zuckte. Der Kopf des Kindes wurde hin und her geworfen, der Kleine wimmerte kläglich, sein Körper streckte sich, krampfte erneut. Rieke sprach leise auf ihn ein. Plötzlich fiel er in sich zusammen, war verschwitzt und nicht ansprechbar.

Man konnte nur halten und schützen.

Rieke begann zu weinen. Sie hörte den Nachhall der Warnungen des Kinderarztes, die beinhaltete, dass jeder Grand Mal-Anfall zu Untergang von Hirngewebe führen könne und deshalb am besten verhindert werden sollte.

Erbrochenes und Speichel rannen an ihrem Shirt hinunter, verteilten sich auf ihrem Schoß.

Arne starrte mit Fassungslosigkeit auf die beiden, weinte und wimmerte mit.

Rieke wurde bewusst, dass der große Bruder bisher noch nie Zeuge eines dieser Anfälle wurde.

Für ihn war diese Situation neu.

Beängstigend.

Gern hätte sie auch ihren großen Sohn in den Arm genommen, konnte aber Erick noch nicht loslassen, der sich sonst vielleicht bei einer Art Nachbeben auf dem Metallboden verletzt hätte.

»Arne, mach dir keine Sorgen«, versuchte sie den Bruder zu erreichen. »Erick ist gleich wieder in Ordnung. Er ist krank. Und da war die Fahrt in diesem Auto nicht gut für ihn.«

Arne bemühte sich um den Anschein von Tapferkeit.

Konnte seinen Blick nicht vom noch immer gelegentlich zuckenden Körper des Brüderchens lösen.

Und in Riekes Denken breitete sich uferlose Hoffnungslosigkeit aus, während sie mit zitternden Händen versuchte, den nun erschlaffenden Körper des Kleinen in eine bequeme Position zu bringen und sein Gesicht mit ein bisschen Wasser zu reinigen, während sie sich bemühte, das eigene Weinen unter Kontrolle zu halten.

Arne kroch nun näher an sie heran, schob seine Hand Halt suchend auf ihren Oberschenkel und lehnte seinen Kopf gegen ihren Arm. Sie spürte, wie sehr er zitterte.

»Erick?«, flüsterte er und huschte einen Kuss auf die schweißnasse Stirn des Bruders.

»Er wird jetzt schlafen.« Die Mutter versuchte ihre Stimme fest klingen zu lassen.

»Er wird wieder gesund, oder?«

Fast hätte sie geantwortet, dass sie glaube, das alles habe ohnehin keine Bedeutung mehr. Weder für die beiden Jungs noch für sie.

Sie würden alle drei sterben.

Alle zusammen oder einer nach dem anderen.

Der Fahrer des Wagens hatte geparkt, einen Korb zu ihnen gestellt und war nach dem letzten Kontrollblick gegangen – ohne die Absicht wiederzukommen, davon war sie inzwischen überzeugt.

Draußen spazierten oder fuhren vielleicht Menschen an diesem Wagen vorbei, ohne zu ahnen, dass sich im Innern ein Drama abspielte, das mit dem Tod der Familie enden würde.

Sie warf einen kurzen Blick auf die Vorräte.

Wenn sie sparsam damit umgingen, konnte das für zwei Tage ausreichen.

Wenn der Wagen nicht in der Sonne stand.

Wenn die Kinder verstanden, dass es nur wenig zu essen und zu trinken geben konnte.

Wenn die Luft, die durch die Türschlitze sparsam in den Innenraum gelangte, ausreichen würde.

Wenn … sie überhaupt jemand finden konnte.

In Schweden durfte man überall den Wagen abstellen und darin übernachten. Niemand scherte sich darum.

Rieke atmete durch.

»Wir sind drei, die stark sein werden«, erklärte sie Arne. »Es werden ein paar schwierige Tage für uns. Aber wir kriegen das hin. Es ist allerdings so, dass ich keinen Schlüssel für die Tür dieses Autos habe. Aber wir werden versuchen, sie von innen zu öffnen. Dann steigen wir sehr vorsichtig und ganz leise aus, damit der Mann, dem das Auto gehört, uns nicht bemerkt. Verstehst du?«

Arne nickte, lehnte erneut seinen Kopf schwer gegen ihren Oberarm, schob den Daumen in den Mund und schloss die Augen.

44

Sören und Anka diskutierten den Fall des Toten auf Öland.
Die Zeitungen berichteten ausgiebig darüber, dass der Körper nackt aufgefunden wurde und die Kleidung viele Kilometer weit entfernt entdeckt wurde.

»Hast du die Fahrzeugschlange gesehen, die sich nach
Eketorp bewegt? Lauter Menschen, die sehen wollen, wo
der Tote von Öland lag. Mann! Das ist pervers.« Sören
ärgerte sich. »Katastrophentourismus.«

»Ja, widerlich. Du bist vorhin noch mal bei Rieke gewesen? Brötchen holen war nur ein Vorwand, oder?« Anka
sah kurz von ihrem Monitor auf.

»Ja, stimmt. Die Kollegen von der Forensik sind noch
immer dort und suchen nach Spuren. Sie haben an einem
der Steine, die als Markierung der Einfahrt dienen, einen
kleinen Lackabrieb gefunden. VW, grau, und wegen der
Reifen denken sie noch immer, es handle sich um einen
Transporter.«

»Ist ein Aufruf an die Presse gegangen?«

Sören checkte die Nachrichten der internen Kommunikation.

»Yupp. Aber nicht nur die Streifen suchen. Der Aufruf
wird auch über die Medien verbreitet. Wahrscheinlich gibt
es bald jede Menge Sichtungen von hier bis Timbuktu«,
murrte er übellaunig.

Die Tür zur Polizeistation wurde geöffnet und eine alte Dame zögernd trat ein.

»Guten Morgen.« Ihr Blick huschte zu den Fenstern, über die Einrichtung, über die Gesichter der beiden Polizisten und kehrte zu den Fenstern zurück, als verwünsche sie ihre Entscheidung, das Gebäude betreten zu haben.

Unsicher nahm sie eine zweiten Anlauf: »Guten Morgen, entschuldigt bitte die Störung. Ich habe im Radio diesen Zeugenaufruf gehört.«

Anka warf dem Kollegen einen kurzen Blick zu und hörte ihn flüstern: »Siehst du, habe ich doch gleich gesagt. Bis Timbuktu!«

»Welchen Zeugenaufruf konkret?«, fragte Anka freundlich nach.

»Ihr sucht nach einem grauen VW Transporter.« Sie fischte eine Sonderausgabe der Zeitung aus der geräumigen Handtasche. »Hier ist sogar ein Bild. Einen solchen Transporter habe ich gesehen. Gestern Abend. Ich hatte mich verfahren und kam mehrfach an dem Haus mit den hübschen Tierbildern vorbei. Erst stand dort dieser Transporter, viel später dann ein Streifenwagen. Die Frau aus dem Streifenwagen klopfte an der Tür und fuhr dann aus der Einfahrt in Richtung Strand. Ich musste in die andere. Und heute Morgen lese ich, dass die Polizei einen grauen Transporter sucht, der von Gettlinge aus Richtung Festland unterwegs war. Und genau den habe ich auf der Brücke über den Sund vor mir gehabt«, schloss sie ihren Bericht mit leichten Triumph im Blick.

»Und du bist sicher, dass es sich um denselben Transporter gehandelt hat?«, fragte Anka nach, versuchte, sich nicht als aufgeregt zu outen.

»Aber ja! Ich hatte mir im Vorbeifahren das Nummernschild gemerkt – und den gelben Aufkleber an einer der Hecktüren.«

»Dann gib mir doch bitte das Kennzeichen an.«

»DM – BP – 307. Ein weißes Nummernschild, schwarze Schrift.«

»Und weißt du, was auf dem Aufkleber stand?«

»Das war Deutsch. Ich konnte es nicht richtig lesen.« Die alte Dame wirkte zerknirscht. »Na ja, ich hätte es lesen können müssen. Schließlich war ich früher Deutschlehrerin. Aber die Buchstaben waren ineinander verschlungen. Ist eine populäre Kalligrafietechnik. Sieht gut aus und keiner der Lettern ist mehr richtig zu identifizieren.«

Anka tippte die Angaben schnell in eine Maske ein und schickte sie an Luna.

»Hast du vielleicht eine Person in der Nähe des Fahrzeugs bemerkt?«

»Nein. Aber es ist wohl ein eher unaufmerksamer Fahrer am Lenkrad gewesen. Ohne Licht unterwegs. Erst als ich ihn von hinten mit Fernlicht angeblinkt habe, ist es ihm aufgefallen, und er hat es eingeschaltet. Also entweder ein älterer Herr oder ein jungscher Typ auf Droge«, analysierte die Zeugin scharf.

»Kannst du dich an die genaue Uhrzeit erinnern?«

»Moment, das kann ich dir gleich ganz genau sagen.« Die ältere Dame zog ihr Mobiltelefon aus der Tasche und rief einige Infos auf. »Ja! Hier ist es. Mein Telefon steckt immer in der Freisprechvorrichtung, wenn ich unterwegs bin. Und tatsächlich bekam ich einen Anruf von meiner Freundin aus Kalmar. Wir waren nämlich verabredet und ich etwas spät dran.«

Anka bekämpfte den Drang, der Zeugin ins Wort zu fallen, um die Sache zu beschleunigen.

»Hier. Mette hat mich genau um 21.03 Uhr angerufen. Und schon kurze Zeit später war ich bei ihr.«

Die Dame strahlte Anka an.

»Prima. Jetzt brauche ich nur noch deine Personalien und deine Telefonnummer, falls die Kollegen in Kalmar Rückfragen haben sollten.«

»Aber gern.« Das Strahlen nahm sogar noch zu, die Informationen sprudelten förmlich.

Anka tippte eifrig mit.

45

17 Uhr
Öland

Askild war beunruhigt.

Natürlich konnte er dieses Gefühl mit niemandem teilen, allgemein ging man davon aus, Dragon habe alles im Griff und würde die Anhänger jederzeit beschützen.

Aber nachdem Krister nun »Anwärter« war, geriet dieses Bild für Askild ins Wanken.

Nicht wegen der Dinge, die er zu erledigen hatte, sondern wegen seiner Leichtfertigkeit bei der Umsetzung.

Die Unruhe in der Gruppe der Anhänger war mit Händen zu greifen.

Er hatte sich genötigt gesehen, eine weitere Zusammenkunft festzulegen.

Nun hörte er schon Stimmen, die zu denen gehörten, die sich im großen Saal versammelten. Er wusste, man erwartete eine Erklärung von Dragon, einen hoffnungsvollen Ausblick in eine Zeit ohne Hiobsbotschaften. Die Anhänger erwarteten von Dragon, dass er ihr Leben wieder in ruhiges Fahrwasser führen würde – keine einfache Aufgabe, wusste der Sanctus.

Er schlüpfte in das weite blaue Gewand, dessen spezieller Stoff im Licht wunderbare Effekte erzeugte, nahm den Seelenmesser vom Tisch und schob Dragon's Eye in die Tasche.

Machte sich mit dem Gefühl, eine große Last auf den Schultern zu tragen, auf den Weg zu den Versammelten.

Als diese ihren Sanctus kommen sahen, warfen sie sich gegenseitig und ihm fragende und erwartungsvolle Blicke zu.

Askild trat aufrecht vor sie hin, machte eine allumfassende Geste, stieg auf die erhöhte Bühne und sorgte mit einer herrischen Handbewegung für Ruhe in den Reihen.

War sicher, Dragon würde eine Lösung einfallen.

Singen würde, wie so oft, helfen, die Gemeinschaft zu spüren und den Anhängern ein Wohlgefühl zu vermitteln. Dragon wusste das, würde schon dafür sorgen, dass alle wieder geerdet würden.

So breitete der Sanctus die Arme zu voller Spannweite aus, was ihm eine gewisse Ähnlichkeit mit einem Flughörnchen verlieh, begann zu summen. Erst leise, dann zunehmend kräftiger, sog er alle Seelen der Gläubigen in die Gemeinschaft hinein. Zufrieden registrierte er, wie rasch die Melodie durch die Reihen übernommen wurde, sich das Lied wie ein warmes Vibrieren im gesamten Raum ausbreitete.

Er schloss die Augen.

Bot den Mitgliedern einen Text an, eine Art Lobpreisung.

Allerdings war nicht ein Wort dabei, das hätte verstanden werden können.

Laute voller Geheimnisse, voller versteckter Botschaften – wunderbar.

All die wohlklingenden Beschwörungen wurden dem Sektenvorstand direkt von Dragon eingegeben, wussten die Versammelten, deshalb wäre auch er der Einzige, der eine Übersetzung liefern konnte.

Der Sektenführer rief die Gemeinde auf, lauter in das Summen einzufallen.

Bald konnte man den Gesang bis auf die Straße hinaus hören.

»Ajaratamaarli eggo bas la maali …«, begann Askild, wiederholte bedächtig und fordernd zugleich, nahm jeden im Saal mit.

»Dragon möchte euch etwas mitteilen. Schließt eure Augen, SEIN Auge wird uns führen. Fasst euch an den Händen und wiegt euch im Rhythmus SEINES Liedes. Wisset, dass ER Krister aufnehmen möchte, um ihn auf den richtigen Weg zu bringen. Wir sollen IHN dabei unterstützen, den Weg zur Erlösung zu gehen. Mit dem Auge des Drachen als Führung kann niemand fehlgehen«, behauptete er. Forderte: »Schließt die Augen. Ruft den Drachen herbei! ER wird sich hinter euren geschlossenen Lidern zeigen.« Er stimmte die Melodie wieder an, als wolle er dem Drachen damit den Weg in die Welt der Menschen ebnen, und die Gemeinde stimmte ein.

»Ich sehe IHN!«, kreischte eines der Mädchen schrill, reckte begeistert seine Hände in die Luft, als versuche es den Besucher zu greifen.

»Ich sehe IHN auch!«, fielen gleich mehrere ein.

Eine männliche Stimme behauptete: »Ich kann sehen, dass ER verärgert ist.«

An dieser Stelle übernahm der Sanctus wieder die Führung. »Willkommen in unserer Mitte, wir begrüßen DICH, Dragon!«

Die Anhänger stöhnten kollektiv auf.

»Sprich zu uns über das, was DICH verärgert!«, forderte der Führer leise, als flüstere er in Dragons Ohr.

Askild griff nach dem blauen Stein, der sofort das Licht der Sonne einfing und über die Köpfe der Versammelten streute.

»Vorsicht! Haltet eure Augen geschlossen! Dragon ist bereits unter uns. Wer IHN mit ungeschützten Augen erblickt, wird erblinden!«

Danach wartete er einige Wimpernschläge ab – eine dramaturgische Pause.

Begann endlich mit einer fremden, rauen Stimme zu sprechen, der man anmerkte, dass sie seit viel zu langer Zeit nicht mehr benutzt wurde. Ein Zeichen dafür, dass die Mitteilung an die Gläubigen von immenser Wichtigkeit war.

»Hört«, verlangte der Drache, »was ich euch zu sagen habe. Die Zeit ist gekommen, in der von euch Handeln erwartet wird. Ihr dürft nicht länger schweigend dieses Geheimnis hüten – ihr müsst euch über die Insel hinaus begeben und meine Worte verkünden. Wenn die Zeit des Neubeginns kommt, müssen wir viele sein, sonst kann es nicht gelingen. Tragt meine Worte der Weisheit hinaus, zeigt ihnen, die noch unwissend sind, dass wir Drachen, und nur wir, die Erlöser sind. Deshalb der Drachen Wort dasjenige ist, welches Recht und Bereitschaft kündet, welches seiner Gemeinschaft Innigkeit gewährt und den Mitgliedern ausreichend Kraft verleiht, ihr Leben nach den Regeln des Drachen zu führen: erfolgreich, unangreifbar, klug und wertvoll!«

Die Stille, die diesen Worte folgte, war tief, verbindend. Ein fast heiliger Schauder erfasste die Versammelten.

Askilds eigene Stimme kehrte mit rauem Husten zu ihm zurück, und er forderte die Gläubigen auf, ihre Augen wieder zu öffnen.

Manche hatten den Eindruck, es hänge noch der Rauch in der Luft, der den Drachen immer umgab, der meist nur als konturlose Wolke und Geruch wahrnehmbar war. Es war extrem selten, dass Dragon sich direkt unter die Anhänger begab und sogar durch den Körper des Sanctus direkt zu ihnen sprach.

Einige der Mitglieder hatten gar Tränen in den Augen. Ein hochemotionaler Moment.

Und mitten in diese andächtige Ruhe hörte man Gildas Stimme, schrill und verärgert: »Und welche Regeln meint er denn genau? Hat er dir das auch schon gesagt? Alle oder nur ausgewählte?«

Raunen füllte den Raum, aggressiv und bedrohlich.

Gilda zeigte sich davon nicht beeindruckt. »Na, wenn ER doch fordert, dass nach SEINEN Regeln verfahren werden soll, dann sollte ER uns schon sagen, welche das sind!«, meckerte sie giftig und schickte wütende Blicke umher.

»Gilda, er meint natürlich die Regeln, die sich auf die Lebensgestaltung der Mitglieder seines Zirkels beziehen.«

»Wie zum Beispiel die, in der ER sagt, wer nicht nach SEINEM Wunsche handelt, kann für das Zuwider sogar mit dem Tod bestraft werden?« Bert, groß und schwer, stand auch auf dem verbliebenen Bein stabil, schwankte kein bisschen.

»Du hast doch gehört: ER möchte, dass wir SEIN Wort hinaustragen und weitere Anhänger finden, die unseren Kreis vergrößern.«

»Wozu?«, insistierte Bert.

»Damit auch sie erleuchtet werden«, rief eine brüchige Stimme aus dem Hintergrund.

»Ich weiß, dass es gut für alle war und ist, uns dem Drachen anzuschließen. Wir haben profitiert, weil wir eine Gemeinschaft sind und nach SEINEN Regeln leben. Sie sind an keiner Stelle des Alltags eine Belastung. Viele unserer Gemeinschaft wenden sich mit ihren Problemen an IHN und erfahren Hilfestellung.« Askild schwieg einen Moment, als lausche er in sich hinein. Dann rief er: »Zwei aus dieser Gemeinschaft haben gerade in den letzten Tagen erfahren, wie gut ER über unsere Probleme Bescheid weiß, wie sehr ER helfen kann.«

Ruhe breitete sich wie eine Decke über den Drachenanhängern aus.

Füße scharrten unruhig über den Boden.

Askild reckte Dragon's Eye am ausgestreckten Arm in Richtung der Gläubigen, und es begann sofort wild zu schwingen.

Dann sprang eine junge Frau auf, Röte schoss ihr über den Hals in die Wangen, und die Hände, die sie dem Auge entgegenstreckte, zitterten deutlich.

»Ich habe mich an IHN gewandt.« Laut sprach sie und fixierte dabei den Sanctus.

»ER hat dir geholfen«, stellte dieser mit warmer Stimme und einem milden Lächeln fest.

»Ja. ER sandte mir einen Traum, in dem ich die Lösung erkannte.«

»Dragon sei Dank«, intonierten die Anhänger im Chor.

»Die zweite Person ist nicht anwesend?«

»Doch. Ich bin hier!« Ein kleiner, magerer Mann mit vom Alter arg geknautschtem Gesicht, einem hängenden Augenlid und buschigen Augenbrauen erhob sich ächzend. »Ich hatte eine Bitte um Ruhe gestellt. Und ER sorgte für ein enkelfreies Wochenende.« Er setzte sich.

»Wie hat ER das geschafft?«

Der Mann erhob sich erneut. »ER führte verwirrte Menschen, meist Jugendliche, auf die Straße, auch die Autobahn, damit sie den Verkehr zum Erliegen brächten. Die Medien berichteten über diese Aktivistenaktion, und meine Familie blieb in Stockholm. Ich hatte frei.«

»Dragon sei Dank!«, intonierte die Versammlung.

»Ihr seht, ER nimmt sich eurer Probleme auf vielfältige Weise an.« Der Sanctus musterte seine Gemeinde. »ER kümmert sich auch um Alltagsprobleme. ER tut es, weil ER uns liebt. ER sorgt sich darum, dass unsere Position unter den Lebewesen unangetastet bleibt. Was wäre wohl, wenn hirnlose Mikroben die Welt übernähmen? ER weiß, dass die

Menschen den Drachen das Zurück in die Welt ermöglichen werden. Doch dazu braucht es den festen Glauben vieler.«

»SIE werden zurückkehren? Woher?«, wollte eines der neuen Mitglieder wissen.

»Die Drachen sind nicht ausgestorben. SIE leben in Höhlen tief im Innern der Erde. Dort warten SIE darauf, zurückkehren zu können. Erst wenn die Menschen bereit sind, die Existenz der Drachen zu erkennen und IHNEN IHRE Macht zurückgeben, werden SIE zurückkommen. Noch sind wir nicht bereit. Deshalb muss unsere Gemeinde wachsen.«

»Sie sind ausgestorben«, wandte eine männliche Stimme ketzerisch ein. »Und selbst wenn – wie würde eine Diktatur der Drachen aussehen?«

»Dragon wird uns in eine gute Zukunft – ja, sogar die beste überhaupt – führen! Es ist an uns, IHM zu vertrauen.« Damit stimmte der Sanctus ein letztes Lied an und beendete die Zusammenkunft ungewöhnlich abrupt.

46

Luna las die Nachricht der Kollegin Anka und rief die technischen Daten des Transporters auf.

Er konnte durchaus eine Geschwindigkeit von 160 km/h erreichen.

Allerdings war das auf Schwedens Straßen nicht erlaubt.

»Alban, falls es eine Geschwindigkeitskontrolle auf der Strecke von Öland zur Autobahn oder auf den Nebenstrecken in alle Richtungen gab, ist er vielleicht geblitzt und fotografiert worden.«

»Möglich. Ich frage mal nach.«

Alban tippte auf seinem Handy eine Nummer ein.

»Die Autonummer haben die Streifenwagen bereits bekommen. Sie werden wachsam Ausschau halten. Du glaubst, der Fahrer des Wagens will die Familie umbringen?«

»Ja, er glaubt, Rieke wisse etwas, das ihn belasten könnte. Aber er weiß nicht, dass Gerolf seiner Frau nicht viel von beruflichen Dingen erzählt hat. Eher Henner. Den werden wir noch mal einbestellen. Vielleicht fällt ihm bei uns mehr ein als auf seinem Hof.«

Lunas Handy meldete sich.

»Du suchst doch noch nach Hannah?«, erkundigte sich eine harte Stimme. »Dann komm mal schnell rüber in die Kaggensgatan. Da ist sie unterwegs.«

»Wer …?« Sie sprang auf. »Einfach aufgelegt. Hannah ist

in der Innenstadt unterwegs. Vielleicht sehen wir sie dort. Eine Anruferin.«

Alban hatte langsam den Eindruck, er sei seit Tagen nur noch im Laufschritt unterwegs.

Kurz bevor Luna losfuhr, konnte er sein rechtes Bein in den Wagen retten.

»Hey, wenn du so weitermachst, geht was an mir kaputt und du kriegst einen neuen Kollegen!«, maulte er und zerrte die Tür zu. »Und um meine Eltern musst du dich dann zur Strafe auch noch kümmern.«

»Okay. Da werde ich wohl ab sofort aufpassen. Deine Baustellen bearbeitest du besser selbst«, lachte sie und fädelte sich geschickt in den Verkehr ein. »Wir müssen den Wagen abstellen und zu Fuß nach ihr suchen.«

»Soll ich ein paar Kollegen dazu holen? Wenn sie uns entkommt, besteht die Gefahr, dass sie endgültig abtaucht.«

»Uniformierte erschrecken sie nur. Wir müssen eben geschickt agieren.« Die Kollegin kaute auf der Unterlippe.

»Es blutet schon«, stellte Alban fest, reichte ihr ein Papiertaschentuch.

»Sie hat ihren Job verloren. Das letzte Geld, das sie verdient hat, war der Monatslohn aus dem Umschlag. Aus den Kontobewegungen konnten wir nicht ersehen, wie viel er ihr bezahlt hat. Aber es ist nicht wahrscheinlich, dass es lange reichen wird. Shoppen geht sie also nicht. Kontakte knüpfen eher.«

»Sie sucht eine neue Anstellung? Oder hat sie Angst, glaubt, der Mörder sei hinter ihr her?«

»Wenn sie jemandem begegnet ist – auf dem Weg zu Kaspar – und der nun glaubt, die könne eine Verbindung zwischen ihm und dem Mord herstellen? Möglich. Aber das müsste wohl bedeuten, dass dieser Täter schon zu früheren

Gelegenheiten bei Kaspar war. Sonst hätte sie ihn ja nicht erkennen können. Aber ehrlich, das ist unwahrscheinlich. Mein Bruder behauptet, Hannah sei von denen gebucht worden, die das Museum ausrauben wollen. Das können wir jetzt glauben oder wir erinnern uns an seine Unzuverlässigkeit bei solchen Angaben.«

Die Kaggensgatan war an diesem Spätnachmittag nicht gut besucht.

»Die schlafen alle wegen des Mittelalterfestes. Vorfeiern, feiern, nachfeiern – manchen wird das mehr als eine Woche seines Lebens kosten.« Alban zog eine Augenbraue zum Haaransatz.

Luna beobachtete das mit einem gewissen Neid, sie hätte das auch gern gekonnt, hatte wochenlang vergeblich geübt. Es lag so viel in dieser kleinen Bewegung: Staunen, Wundern, Kritik, Misstrauen. Sogar Lob und Anerkennung waren möglich.

Luna stellte den Wagen in der Seitenstraße ab.

Dann schlenderten sie los, gaben sich entspannt, bewegten sich wie Touristen bei einem Stadtbummel.

Das Phantombild auf dem Handy.

Sie stöberten in den Glasbutiquen, die kunstvoll geblasene Figuren der Künstler von Kosta Boda anboten, begeisterten sich für Vasen und bunte Gefäße aus Orrefors. Überall spürte man die Nähe des schwedischen Glasreichs.

»Weißt du, ich liebe ja diese kleinen dicken Frauen von Kjell Engmann. Rau die Oberfläche, der opulente Frauenkörper selbst von wunderbarem Blau, die Box aus milchigem Glas, vorne offen. Ich habe eine, die sich genussvoll in einem Glaswürfel räkelt. Perfekt. Und seine Fabelwesen – wow. Davon hätte ich gern ein paar«, erklärte Luna ihrem Begleiter. »Die kleinen Glastiere hier – sieh mal, der große gelbe Elch, der sieht fast beleidigt aus – hier steht ›Skruf‹, hm. Kenne ich nicht so gut.«

»Das ist mir zu verspielt. Tiere sind ohnehin nicht so mein Fall, die Glasboote von Bertil Vallien sind eher meins. Da schwimmt in jedem etwas anderes mit. Ich war mal in einer großen Ausstellung von ihm. Riesige Glasobjekte, in denen du unglaublich viel entdecken konntest. Eine lange Treppe war, glaube ich, auch dabei. Die sah aus, als führe sie direkt in eine Skulptur.«

Luna war überrascht. Normalerweise war Alban mit Kunst nicht derart zu begeistern. Aber Glas – nun, war eben ein besonderer Werkstoff.

Sie schlenderten weiter.

»Was hat dein Bruder denn konkret als Information angeboten?«, fragte Alban.

»Er behauptet, Hannah sei von zwei Typen angeheuert worden. Sie soll vor dem Schloss tanzen, vielleicht strippen, die Blicke auf sich ziehen. Und den Komplizen ermöglichen, den Raubzug durchzuführen. Ehrlich gesagt: Entweder will er mich linken oder die beiden sind so von sich überzeugt, dass sie tatsächlich denken, sie können die Polizei plump reinlegen.« Die Wutblase begann wieder zu glühen, anzuwachsen.

»Er hat doch gesagt, sie könne nicht selbst entscheiden. Es könnte hinter den beiden noch einen oder mehrere andere geben, die beteiligt sind.«

»Wenn wir ihm abnehmen wollen, was er so von sich gibt.« Lunas Ärger machte sich an ihrem Schritt bemerkbar. Alban konnte kaum mithalten, ohne zu keuchen.

Am angesagtesten Café in Kalmar an der Storgatan vorbei führte sie der Weg tiefer ins Zentrum zurück in die Kaggensgatan.

Am Fast-Food-Restaurant hatte sich eine Schlange gebildet.

Er warf einen Blick auf seine Armbanduhr, sein Magen hatte ihn nicht getäuscht, es war fast Mittag.

Luna bemerkte das Zögern. »Hunger? Lust auf Fett, zu viel Salz, Verdickungsmittel und künstliche Aromen in Gummibrötchen?«

»Und wie!«

»Na gut.« Sie schloss sich ihm an und sie reihten sich in die Schlange ein, die an einem Riesendisplay vorab bestellen und bezahlen konnte. Man trat nur noch an den Tresen, um die Bestellung entgegenzunehmen.

Kurze Zeit später hatten sie einen Tisch gefunden, von dem aus sie das Restaurant und die Straße im Auge behalten konnten.

»Du liebe Zeit. In diesem Jahr ist es voller denn je zum Spektakel.« Luna schüttelte missbilligend den Kopf. »Und wieder sieht man Wikinger mit einem Hörnerhelm. Es scheint sich nicht herumzusprechen, dass es diese Helme nie gab.«

»Das liegt an dieser Zeichentrickserie. In jeder nachwachsenden Generation wird sie wieder geguckt. Ein schlaues, zartes Wikingersöhnchen löst die Probleme, die von den gestandenen Mannen nicht bewältigt werden können. Zieht.«

Lunas Hand umfasste seinen Unterarm.

»Drüben, am Tisch neben der Tür. Hannah. Und vielleicht die beiden Kerle, die mit ihr eine Feinabstimmung treffen wollen. Von denen scheint keiner zu ahnen, dass Hannah gesucht wird.« Sie senkte die Stimme zu einem heiseren Flüstern.

»Vielleicht ist das hier ihr Frühstück. Sind gerade erst aus den dunklen Zimmern geklettert.«

»Okay. Zu zweit können wir sie nicht überrumpeln. Sie fangen gerade erst an zu essen.«

»Wir alarmieren die Kollegen?« Alban behielt die zurückhaltende Lautstärke bei.

»Ja. Das auch. Ohne Blaulicht, ohne Sondersignal. Unauffällig. Möglichst in Zivil. Überall ums Gebäude. Die beiden dürfen kein Schlupfloch finden.« Luna gab die Anweisungen, ohne zum Trio hinüberzusehen. Sie nestelte mit eckigen Bewegungen an ihrer, über der Schulter hängenden, Gürteltasche, als versuche sie, den klemmenden Reißverschluss zu öffnen. Alban leitete die Informationen über den sicheren Kommunikationskanal an die Kollegen weiter. Sie warteten, gaben sich wie nervöse Touristen, die sicher sein wollten, keine Sehenswürdigkeit der Stadt übersehen zu haben.

»Schade, dass sie nicht das Fast Food Restaurant der Polizei gegenüber gewählt haben – da wäre es viel einfacher«, flüsterte Luna dem Kollegen mit verliebter Geste zu.

Laut erklärte sie: »Ach weißt du, in dieses Geschäft vorne an der Straße möchte ich gern noch einmal gehen. Alles für den Haushalt. In tollem Design. Bei uns gibt es so was nicht.«

»Du willst nur wieder deine Freundinnen beeindrucken«, hielt der vermeintliche Ehegatte dagegen. »Das Zeug ist unglaublich teuer. Du wirfst mein sauer verdientes Geld zum Fenster raus. In jedem Urlaub dieselbe Leier! Ich möchte dies, ich möchte das!«

»Aber nein. Dieses Design von Eva ist kein dies und das – alltägliche Gegenstände werden wie ein Kunstwerk neu definiert und sehen eben nicht mehr wie Küchenutensilien aus! Schließlich koche ich jeden Tag, nicht du! Da dürfen es auch mal elegante Kochlöffel, Schneebesen oder Pfannenwender sein.«

Von den Nebentischen wurde neugierig geguckt.

»Bevor wir weitergehen, muss ich mir noch mal die Nase pudern«, verkündete Luna spitz, stand langsam auf, lächelte ihn entschuldigend an und brach mit seinem Becher Cola-rest in der Hand auf.

Ruhe kehrte in ihrer Ecke ein.

Die anderen Gäste schienen das beinahe zu bedauern.

Sicher erkannten einige Paare eigene Diskussionen in diesem gespielten Disput wieder, wollten wissen, wie die Sache ausgehen würde.

Sie sahen weiter zum Tisch des Paares, als erhofften sie sich eine spektakuläre Reaktion des Ehegatten.

Albans Augen folgten Luna.

Sein geschultes Auge bemerkte die Polizisten in Zivil, die sich in Stellung gebracht hatten. Auf seinem Handy poppte eine Nachricht auf. »Parat.«

»Perfekt«, lautete die Antwort.

Luna bahnte sich derweil ihren Weg zum Tisch der drei Personen, die von den Hintergrundaktivitäten nichts bemerkt hatten.

Als sie die Dreiergruppe erreicht hatte, nutzte sie einen ungeschickten Wikinger, um sich von ihm schubsen zu lassen. Sie strauchelte theatralisch und kippte dabei den wider-lich klebrigen Colarest über Hannahs T-Shirt.

»Oh, wie entsetzlich peinlich!«, schrillte ihre Stimme durch das Fast-Food-Restaurant. Auch der Wikinger ent-schuldigte sich nun wortreich, in einer Sprache, die am Tisch nicht verstanden wurde.

»Das tut mir so leid!«, versicherte Luna, packte Hannah mit fester Hand, zog sie vom Stuhl hoch. »Komm. Wir ver-suchen das bei Ladies wieder vorzeigbar zu machen. Ich kaufe dir auch ein neues Shirt, wenn wir dieses nicht ret-ten können. Komm!« Ihre Stimme war fordernd, und Han-nah, die nicht wusste, was sie von der Situation halten sollte, traute sich nicht zu widersprechen.

Folgte der Fremden.

»Jetzt!«, folgte das Kommando.

Als die beiden Frauen die Toilette erreicht hatten, die zum Glück nicht von einer Gruppe Wikingerfrauen mit schwacher Blase belagert wurde, verriegelte Luna hastig die Tür.

»Hannah?«, fragte sie dann sicherheitshalber.

Die junge Frau nickte zögernd.

»Wir wissen, dass diese Männer dich engagieren wollten. Ich bin Luna Bofink, Kommissarin aus Kalmar. Während wir uns hier in der Toilette ruhig verhalten, findet im Restaurant ein Polizeieinsatz statt.«

Hannahs Augen weiteten sich vor Schreck.

»Ich bin verhaftet?«, keuchte sie entsetzt.

»Nein. Du bist gerettet. So würde ich das jedenfalls erst mal ausdrücken.«

»Gerettet? Nein, das wohl nicht.«

»Du wirst nicht an dem Coup teilnehmen, den die beiden geplant haben. Wir möchten uns mit dir unterhalten.«

»Wegen Kaspar?«, fragte die junge Frau leise. »Es war doch Kaspar, der tot im Zimmer lag?«

»Ja.«

»Ich hatte gedacht, vielleicht hat Kaspar den Mann umgebracht und ist geflohen. Eigentlich hatte ich vor, die Polizei anzurufen, aber dann habe ich mich doch nicht getraut. Erst später habe ich das gemacht. Aus einer Telefonzelle. War super schwierig, eine zu finden. Aber von meinem Handy aus wollte ich nicht, das kann man kontrollieren.« Sie wischte immer wieder eine der hartnäckig nachrollenden Tränen von ihren Wangen. »Kaspar war kein netter Mensch. Aber er hat immer pünktlich bezahlt. Das ist wichtig für mich – und meine Familie.«

»Du wohnst in Kalmar?«

»Ja, wenn ihr Schweden das wohnen nennt. In meinem Land ist das nicht so. Wir leben ganz anders als ihr.«

Das Getrappel von schweren Schuhen direkt vor der Tür war deutlich zu hören.

»Was passiert da?«, erschrocken sah die junge Frau hoch, drückte sich an die Wand.

»Deine beiden Freunde werden gerade von meinen Kollegen vorläufig festgenommen.«

»Aber warum? Ich sollte nur für Spaß sorgen, beim Fest vor dem Schloss. Das darf man nicht?« Den Rest würde sie besser verschweigen, entschied Hannah, der war nicht polizeitauglich, brächte nur Ärger. Sie korrigierte in Gedanken: noch mehr Ärger.

»Bleib einfach bei dieser Aussage. Dann wird alles gut für dich«, behauptete Luna. »Wohnst du schon lange in Schweden? Immerhin sprichst du unsere Sprache sehr gut.«

Hannah überlegte. »Ich weiß nicht, was du mit lange meinst. Ich kam vor drei Jahren.«

»Hast du Papiere?«

»Nein. Die haben sie mir schon bei der Reise abgenommen.«

»Wer?«, fragte Luna sofort nach.

»Tu doch nicht so! Du weißt ganz genau, warum die Lage für mich schwierig ist. Ich bin nicht über einen legalen Weg eingereist. Menschen wie ich müssen dann jede Arbeit annehmen, die einem vorgeschlagen wird. Da bist du froh, wenn jemand wie Kaspar nur eine Frau sucht, die bei ihm putzt. Andere hat es härter getroffen. Prostitution.«

Luna schwieg. Fragte sich, warum sie nicht viel früher daran gedacht hatten, dass Hannah nicht schwedisch war und ohne Aufenthaltsgenehmigung hier lebte. Erst mit dem Foto der Nachbarin …

»Was wird denn jetzt mit mir?«

»Mal sehen, was ich für dich tun kann. Ehrlich gesagt, hatte ich noch nie mit Einreise- oder Einbürgerungsfragen zu tun. Ich finde es raus. Aber nun gilt für dich: alles erzählen, was du weißt.«

Vorsichtshalber griff Luna fest nach dem Arm der jungen Frau, als sie die Toilette verließen.

47

Rieke teilte das letzte Stück Brot unter den Kindern auf.

Schnitt mit zitternden Fingern die Banane in Stücke. Der Duft der Frucht füllte den Lastenraum und tröstete ein wenig über die Situation hinweg.

Wasser gab es noch ausreichend – aber was konnte das schon in dieser Lage bedeuten?

Ohne zu wissen, wie lange sie sich dem Tod widersetzen konnten, waren Kalkulationen jeder Art vollkommen sinnlos.

»Wann gehen wir nach Hause?«, fragte Arne. Schon wieder.

»Arne, Mor kann die Tür nicht öffnen. Erst wenn jemand draußen steht und aufschließt, können wir nach Hause gehen.« Sie erklärte das bestimmt zum zehnten Mal. Der Wunsch des Jungen, einfach aus dieser Situation zu verschwinden, war so stark, dass er die Antwort nicht glauben wollte.

Nach dem zweiten Anfall war der Kleine nun völlig erschöpft.

Er war heiß, kuschelte sich fest an die Mutter, war nicht ganz bei sich.

Sie strich ihm die Haare aus dem Gesicht, die nass an seinem Kopf klebten, versuchte, die Stirn mit ihrem angefeuchteten Schal zu kühlen. Das Abbeißen vom Brotstück konnte er nicht mehr bewältigen, Rieke brach winzige Stückchen für Erick ab, schob sie ihm in den Mund. Er kaute dann, doch schon das Schlucken war offensichtlich anstrengend für ihn.

Arne warf immer wieder verängstigte Blicke zu ihm hinüber.

Er, der so gern plapperte, war inzwischen völlig verstummt.

Rieke beobachtete, wie er mit dem Zeigefinger das Muster auf seinem Schlafanzug entlangfuhr. Kleine Dinosaurier. Inzwischen kannte er sogar die Namen einiger der Echsen.

»Tyrannosaurus«, murmelte er. »Größer als ein Haus. Wenn wir einen hätten, könnte er die Tür aufreißen – oder, Mor?«

Sie nickte. »Es waren wilde Tiere. Man konnte sie nie als Haustiere halten. Zu gefährlich.«

Sie hoffte, Arne würde das Thema verlassen, doch für ihn war es eine wichtige Ablenkung vom beängstigenden Jetzt.

»Wenn Elke noch bei uns wäre, hätte sie uns verteidigt und den Mann weggebissen.«

Rieke sah Arne lange an. Sie hatte gar nicht erwartet, dass er sich noch an die Hündin erinnerte.

»Ja. Das hätte sie wohl getan, mein Schatz.«

»Henners riesiger Hund macht das auch.«

»Ja, das stimmt. Henners Hund heißt Kyle und ist eine Dänische Dogge. Sie ist wirklich sehr sehr groß.«

»Wenn wir so einen Hund hätten, müssten wir keine Angst mehr haben.« Arne streichelte inzwischen einen Triceratops. »Far wollte keinen Hund, das habe ich gehört.«

»Stimmt. Er hatte Angst, dass ein neuer Hund für euch beide gefährlich wäre. Kleine Kinder werden oft gebissen.«

»Aber Kyle beißt nur böse Menschen«, stellte Arne klar.

»Kyle frisst sehr viel. Wenn sie satt ist, beißt sie nicht. Aber so ein großer Hund ist teuer.«

»Und wenn ich auf mein Eis verzichte? Darf dann ein Hund bei uns wohnen?«, bohrte Arne hartnäckiger nach, als sie es ihrem Sohn zugetraut hätte.

»Bist du sicher, dass du keine Angst vor so einem großen Hund hast? Wenn der sich vor dir auf den Boden legt, kann er mit seiner Nase an deine Stirn stupsen.«

Arne strich über den Rücken eines Stegosaurus, war vertieft in sein Tun, kleine Speichelblasen bildeten sich an den Lippen, als er leise vor sich hin brummte.

»Henner sagt, Hunde wie Kyle sind lieb. Sie tun nichts Böses. Deshalb muss man keine Angst vor ihnen haben. Er sagt, Kyle hat mich lieb – und deshalb schmust sie mit mir.«

Rieke gab sich einen Stoß. »Wenn wir hier rauskommen, wieder zurück in unser Haus gehen, dann – und das verspreche ich dir! – dann fragen wir Henner, wo man einen solchen Hund wie Kyle bekommen kann. Und dann kaufen wir einen. Einverstanden?«

Arne umarmte seine Mor vorsichtig, um den kleinen Bruder nicht zu wecken.

Sie war die einzige Stütze in einer neuen Welt voller Fragen, die nicht beantwortet werden konnten, voller neuer Erlebnisse, die ihm Angst machten, wie er es nie zuvor gekannt hatte. Selbst der eigene Bruder war ihm nun fremd und unheimlich.

»Bestimmt sucht man schon nach uns.« Rieke versuchte Optimismus zu verbreiten, den sie nicht spürte. »Die Nachbarn haben bestimmt gemerkt, dass wir nicht mehr da sind. Und nun schwärmen alle aus und versuchen uns zu finden. Bestimmt!«

Arne war beim letzten Thema hängen geblieben. »Und unser Hund wird dann all das Böse vertreiben. Niemand darf uns mehr wehtun.«

Rieke konnte nicht mehr hoffen.

48

18.00 Uhr
Kalmar

Der Riese war ungeduldig.

Schließlich lief die Zeit gegen ihn.

Vier waren schon entfernt, einige weitere würden es wohl noch werden.

Was für Idioten.

Sein Geschäft brummte, und wenn nun alles nach Plan abgearbeitet werden könnte, war sein Einkommen gesichert. Wer waren Soros oder Gates gegen ihn.

Die beiden schleuderten ihr Geld unters Volk, er dagegen genoss.

Es war eben doch besser, wenn niemand ahnte, wie reich man wirklich war. Das hielt Neider auf Abstand.

Zufrieden strich er über seinen Wanst.

Schaltete die Nachrichten ein.

»Spektakuläre Verhaftung in Kalmar, in einem Fast-Food-Restaurant wurden zwei verdächtige Männer vorläufig festgenommen. Die Hintergründe sind noch unklar, wir berichten, sobald wir neue Informationen haben.«

Der Riese keuchte.

Hatte den Eindruck, dass schlechte Nachrichten seit seiner Zusammenarbeit mit diesem Typen zur Tagesordnung gehörten.

Mit schweißfeuchten Händen fummelte er sein Handy aus der Jackentasche und tippte eine Kurzwahltaste an.

Immerhin, dachte er, es klingelt noch.

Oder – überlegte er dann weiter – war es so, dass das Handy des Idioten nun in einem Beweismittelbeutel um Aufmerksamkeit buhlte? Nun, egal. Prepaid war sicher.

Plötzlich meldete sich doch noch die Stimme, die er erwartet hatte.

»Ja!«

»Bist du durch?«

»Nein. So schnell geht das nicht. Die Polizei ist aufgescheucht. Ich muss vorsichtig sein.«

»Soll das heißen, das warst du bisher nicht?«, grunzte der Riese empört.

»Doch, klar. Und ich habe dir ja gesagt. Mein Plan geht auf. Die wissen nichts. Haben nicht einmal einen Ansatz für eine Hypothese. Alles schiere Raterei.«

»Und die Verhaftung? In den Nachrichten wurde das kurz gebracht.«

»Hat mit uns nichts zu tun. Andere Baustelle.« Der Mann lachte leise. »Hier ist Mittelalterspektakel. Alles, was an Polizei aufgeboten werden kann, ist unterwegs. Da gibt es schon mal Zufallstreffer. Bleib entspannt.«

»Die Sache mit dem Schuss in die Schläfe war okay. Die Waffe ist zum ersten Mal im Einsatz? Darauf kann ich mich verlassen?«

Das war eine unangenehme Frage. Was sollte er jetzt darauf antworten, ohne zu lügen. Er war doch nicht blöd und zog solche Super-Waffe aus dem Verkehr, bloß weil die schon mal von jemandem benutzt wurde. Das würde die Polizei – fände sie das überhaupt heraus – nur auf den völlig falschen Pfad lenken. Der Riese hatte das Spiel noch immer nicht begriffen.

»Yupp!« Er fand, das sei als Antwort ausweichend und zustimmend in richtigem Verhältnis. Irgendwie.

Der Riese, der glaubte, der andere habe verstanden, wie die »Sache« ab sofort zu laufen habe, gab sich versöhnlich.

»Na, dann verstehen wir uns also.«

»Yupp!« Das Wort gefiel ihm immer besser.

Er würde schon dafür sorgen, dass er als unentdeckter Killer in die Geschichte Schwedens Eingang fände. Der genialste überhaupt, der erst nach seinem Tod durch ein schriftliches Geständnis im Testament entlarvt würde. Bei dem Gedanken überlief ihn ein wohliger Schauder. Er, der gnadenlose Töter – der gnadenloseste überhaupt, der sich gegen die Weicheier von Auftraggebern durchgesetzt hatte. Ihm wurde fast schon schwindelig, als sich sein Ego hochzuschrauben begann.

»Gut. Dann bring die Sache jetzt zu Ende.«

Damit war das Gespräch für den Riesen offenbar beendet.

49

18.00
Kalmar, Polisen Galggatan

Alban saß dem Dicken gegenüber.

Der schwitzte gewaltig, wischte mit einem Taschentuch über seine Stirn, über die Unterarme, den Nacken.

»Brauchst du ein Glas Wasser?«, erkundigte sich Alban freundlich, doch das Gegenüber lehnte ab.

»Wir haben erfahren, dass du und dein Freund überall erzählen, ihr würdet die goldene Totenmaske und noch so einiges mehr aus dem Museum erbeuten – das interessiert uns natürlich.«

»Ja«, bestätigte der Mann, dessen Ausweis ihn als Knut Halvström auswies.

»Wir wüssten gern ein bisschen mehr darüber«, stupste Alban den Festgenommenen verbal an.

»Nö.«

»Nö?«

»Ich muss dir nichts erzählen. Wenn du glaubst, ich hätte solche Pläne, na, dann weis mir das doch nach.«

»Ach das!« Alban schlug sich mit der flachen Hand gegen die Stirn. »Klar. Ich verstehe.«

»Na, siehste. Wenn du dir ein bisschen Mühe gibst, klappt das.«

»Wir haben Zeugen dafür, dass ihr plant, das Museum auszurauben.« Alban blieb ruhig und entspannt.

»Ach. Na, dann kann euch doch der Zeuge sicher auch genau sagen, wie wir das machen wollten.«

»Genau. Das kann er.«

Die Augen von Knut flackerten kurz. Für Mikrosekunden entgleisten seine Züge, dann hatte er sich wieder unter Kontrolle. Alban war es nicht entgangen.

»Na, dann ist es ja gut.«

»Ja, klar, schon. Irgendwie.«

»Hä?«

»Es ist so: Du sitzt bei mir und sagst, du willst mir nichts erzählen, aber drüben bei der Kollegin sitzt dein Freund und plappert vor sich hin. Das Problem ist, dass am Ende einer von euch ... Du verstehst schon?« Alban schien bekümmert.

»Ach ne. Der Lars, der hängt mich nicht hin.«

»Ach ne?«

»Ne.«

Alban stand auf, gab dem Polizisten vor der Tür ein Signal, der daraufhin in den Raum wechselte, und verließ seinen Verdächtigen.

Machte sich auf den Weg zum Kaffeeautomaten, genoss den Moment der Ruhe.

Wenig später entsorgte er den leeren Pappbecher und kehrte zu Knut zurück.

»Nachgedacht?«, fragte er.

»Worüber denn?«, gab sich Knut erstaunt.

»Wir haben uns die Videos des Museums angesehen. Ihr beide wart in den letzten Wochen fünfmal dort. Man kann auch sehen, dass ihr an den Exponaten nicht interessiert wart, aber an der Technik, die sie schützen soll.«

»Aber ja, ist doch spannend. Die sollten ja eigentlich wissen wie es geht, da kann unsereiner nur lernen.«

»Ihr habt sogar versucht, ein Ablenkungsmanöver zu buchen.« Alban blieb freundlich.

»Na klar. Wir wollten Spaß haben. Die sollte für uns tanzen. Wir stehen auf so was.«

»Sie sagt etwas anderes aus.«

Schweigen.

»Sie wusste von eurem Plan, wusste, dass sie die Blicke ablenken sollte, während ihr den Raub begeht.«

Schweigen.

»Wir haben deinen Rechner abgeholt und darauf in den Chats eure Absprachen gefunden.«

»Quatsch. Das könnt ihr nicht gelesen haben. Wir sind eine Chatgruppe. Niemand liest mit.«

»Darf ich dir was vorlesen?« Alban griff nach einem Stück Papier. »Hi, hi, ich war heute am Ort. Alles super. Wenn man die Kabel in der richtigen Reihenfolge abknipst, rennen die Wachleute zu den einzelnen Vitrinen hin und wieder weg, weil der Alarm an anderer Stelle losgeht. In der Zeit ist es leicht zuzuschlagen.«

»Das war nur ein Spaß.«

»Netter Versuch.«

Nach weiteren fünf Passagen gab Knut sich geschlagen. »Ja, ist ja gut. Lars wollte, dass ich mitkomme. Ich kann besser mit Technik als er. Also habe ich gesagt, klar, mach ich. Er hat gesagt, es wäre gut von außen, am Seil. Ich kann das, war früher bester Turner. So kam eins zum anderen. Er hatte immer mehr Ideen. Ich habe nur abgenickt.«

Alban traf sich auf dem Gang mit Luna.

»Bei mir ging es schneller«, lachte sie.

»Mag sein. Ich habe das Geständnis auf Band, gebe es jetzt zum Tippen.«

»Das von Lars ist schon dort. Er hat natürlich nur als Handlanger ...«

»Knut auch. Da kann man mal sehen, was zwei Handlanger so auf die Beine stellen.«

»Im Grunde ist das Ding für die beiden zu groß. Wir übersehen hier einen Hintermann.« Luna klang besorgt. »Vielleicht sollte der Einbruch nur für Wirbel im Schlossbezirk sorgen. Das Scheitern der beiden war Teil des Plans. Ein Ablenkungsmanöver, damit die Augen der Ermittler nicht vom für sie geplanten Kurs abweichen.«

»Möglich. Aber wer hätte ein Interesse daran, uns zu binden?«

Luna runzelte die Stirn. »Vielleicht sehe ich Gespenster.« Sie klopfte dem Kollegen freundschaftlich auf die Schulter. »Komm, wir gehen jetzt in der Stadt was essen. Immerhin haben wir einen Teil der Wahrheit gefunden. Bloß mit den Morden hat das – fürchte ich – nichts zu tun.«

»Geht nicht. Du hast das Team einbestellt.« Alban zwinkerte verschwörerisch. »Danach.«

50

Gullbrand hatte sich zwei Stunden Auszeit genommen.

In seinem Alter war Schlafmangel schon ein ernstes Problem, und nach den vier Toten sehnte er sich nach dem Kontakt mit normalen Schweden, die nicht entweder getötet worden waren noch mit der Planung beschäftigt waren, jemanden umzubringen.

Er schrieb eine Mail an Luna, die das Obduktionsergebnis des letzten Opfers zusammenfasste. Neu war der tödliche Schuss in die Schläfe.

Ansonsten das schon gewohnte Bild: Schlag auf den Kopf, Schlangengift, Entkleiden, Symbol – oder eben erst Symbol einschneiden, dann ausziehen. Der Täter wusste, dass das Entkleiden nicht warten konnte. Also musste er das Zeitfenster nutzen, was er bei jedem der Opfer getan hatte.

Wie er es drehte und wendete, er kam nicht näher an den Täter ran.

Ärgerlich.

Der Rechtsmediziner beschloss, in den Baumarkt um die Ecke zu fahren. Schließlich wollte er in der Garage an der hinteren Wand ein Regal einbauen. Damit endlich all die Dinge, die ein Mann so in seiner Freizeit brauchte, einen festen Platz finden würden. Im Geiste sah er schon eine ordentliche Reihe von Schraubenschlüsseln, Schraubendrehern, kleinen Schleifmaschinen, großen Motorsägen, Ersatzteile für den Rasenmäher .... Und in Stapelboxen all das Zubehör. Schleifpapiere nach Körnung sortiert, Schrauben in Kisten nach Größe und Kreuz oder Schlitz, übrig gebliebene Scharniere für Schränke ... Es würde so unglaublich ordentlich aussehen!

Beschwingt machte er sich auf den Weg durch die Gänge, schob in besserer Laune einen Einkaufwagen XXL vor sich her, in dem eine Kindergartengruppe auf Ausflug bequem Platz gefunden hätte.

Der Zettel mit den Maßen für die Außen- und Zwischenwände sowie die Länge der geplanten Regalbretter hatte beim in die Hosentasche stecken einen Knick bekommen, und die entstandene Ecke spießte sich durch den Stoff der Tasche in seine Haut.

Er zog ihn wieder heraus, entfaltete ihn und stellte überrascht fest, dass seine Frau Ergänzungen gemacht hatte.

»Falls du tatsächlich diesen Zettel abarbeiten solltest«, stand über einer hinzugefügten Liste von Dingen für den Haushalt. Er unterdrückte ein lautes Lachen, freute sich schon auf ihr Gesicht, wenn er all diese Dinge heute mit nach Hause brächte.

Er begutachtete die Holzbretter, die er verwenden wollte.

So viele verschiedene Hölzer – sicher, Schwedische Kiefer ging immer, aber er wollte diesmal Hartholz verwenden. Dieses Regal wurde einmal gebaut, lackiert und hatte dann seine tragende Rolle zu erfüllen, ohne regelmäßig Zuwendung einzufordern. Buche? Douglasie?

Er suchte nach der entsprechenden Breite und Länge.

Danach kamen die Regalbretter hinzu. Der Klarlack, zwei neue Pinsel, denen nicht gleich die Haare ausgehen würden, die Schrauben und Halterungen für die Bretter.

Der Einkaufswagen füllte sich zusehends.

Die langen Buchenbretter, die er in den unteren Bereich des Wagens geschoben hatte, behinderten ihn beim Gehen. Zum Schluss noch die Ergänzungswünsche seiner Frau. Er staunte über die große Auswahl an Küchenwerkzeugen, die ihn erwartete.

Kochen sei wieder in, hatte erst neulich eine der Rechtsmedizinerinnen erklärt. Sie selbst hätte nicht so viel Zeit, aber ihr Mann koche gern und probiere Neues aus.

Gullbrand war beim Essen nicht anspruchsvoll, hatte deshalb ein freundliches »Ach ja?« beigesteuert.

Nun stellte er fest, dass es von alltäglichem Gerät zig verschiedene Ausführungen gab, selbst ganz normale Schneebesen fand er in vielen Varianten. Ein Ding, das auf den ersten Blick an ein Sportgerät erinnerte, rechteckig, sehr schwer mit Griff. Das stelle man als Gewicht auf das Bratgut, fand er auf dem Hinweisschild.

Langsam schob er den Wagen an den Reihen der Küchenhelfer entlang, war fast wieder in den Hauptgang eingebogen, da entdeckte er ...

»Luna, ich weiß jetzt, womit die Opfer niedergeschlagen wurden. Ich habe nachgemessen – und der Abstand, die Form, das Gewicht ... kommt hin. Ich weiß allerdings nicht, wie verbreitet dieses Ding ist. In unserer Küche habe ich es noch nie gesehen. Ich schicke dir ein Foto.«

»Tu das. Ich bin auf dem Weg in die Teambesprechung. Es gibt jede Menge Neuigkeiten, die eingeordnet werden müssen. Und ich habe eine Idee, wie wir dem Täter näherkommen. Mal sehen.«

Sie öffnete das Foto, starrte das Küchenutensil an, fragte: »Echt jetzt? Aus Muttis Küche? Mann, ich werde es gleich an die anderen verteilen.«

Gullbrand blieb mit einem seltsamen Gefühl zurück.

Hatte seine Frau auch solch ein Ding?

51

18 Uhr

Regnar schwitzte – wie eigentlich immer, wenn er bei diesem Riesen saß.

»Du weißt, warum du einbestellt wurdest?«, erkundigte der sich lauernd.

Was sollte er nun darauf antworten? Nein? Dann würde der andere wohl ziemlich wütend reagieren. Ja? Würde bedeuten, dass er etwas erklären müsste, doch da er nicht wusste, um was ... Er beschloss zu schweigen.

Der Auftraggeber klopfte einen unregelmäßigen Rhythmus auf die Sessellehne.

Regnar starrte auf die Lichtblitze, die von dem unglaublich großen Diamanten an der Hand des Auftraggebers ausgingen.

»Der Letzte wurde erschossen. Du hast gesagt, die Waffe sei neu.«

»Ja«, antwortete der Besucher und bemühte sich um einen festen Ton.

»Das stimmt nicht.«

Woher zum Teufel wusste der Kerl das? »Der Typ, bei dem ich sie gekauft habe, hat gesagt, die sei unregistriert.«

»Die Polizei wird schnell wissen, dass die Waffe vor drei Jahren bei einem Überfall benutzt wurde. Du siehst, ich bin gut informiert.«

Regnar schwieg. Was sollte er auch dazu sagen.

»Bei dem Überfall kamen drei Menschen um. So was vergisst man bei denen nicht.« Der Pfeifton, den er schon kannte, stellte sich bei seinem Gegenüber ein. Das war kein gutes Zeichen, wusste Regnar.

»Du wolltest eine andere Tötungsart. Also dachte ich, eine Kugel wäre nett.«

»Es gibt Idioten, mit denen man im Zweifel arbeiten kann, weil sie tun, was man ihnen sagt. Und es gibt Idioten, die halten sich für superschlau. Zu denen gehörst du.« Speichel sprühte aus dem Mund des Auftraggebers, ebenfalls kein gutes Zeichen.

»Du hast gedacht, du könntest dir einen speziellen Ruf in der Community aufbauen, du Depp. Besondere Tötungsart, besondere Merkmale an der Leiche – deine Handschrift. Niemand will einen Auftragnehmer, der sein eigenes Ding im Auge hat. Das habe ich dir bereits gesagt!«

Regnar brach der Schweiß aus.

»Du bist noch nicht fertig. Auf der Liste stehen noch vier Namen. Du wolltest die beiden Kommissare auch bedrohen. Das habe ich gemacht. Und die beiden anderen Typen kriege ich noch heute.« Er spürte, wie sein Körper zu zittern begann. Warf einen misstrauischen Blick auf das Glas Wasser, das ihm der Riese eingeschenkt hatte.

Der Auftraggeber folgte diesem Blick, hielt die Hände auf dem Bauch und lachte.

Lachte, bis ihm die Tränen über die Wangen liefen.

52

Das Team hatte sich bereits im Besprechungsraum versammelt.

Stimmengewirr erfüllte die Luft.

Luna empfand das als beruhigend – schließlich zeigte der lebhafte Austausch, dass es neue Ergebnisse gab.

»So! Wir tragen zusammen«, eröffnete sie. »Wir haben zwei der mutmaßlichen Täter gefasst, die den Museumsraub durchführen wollten. Wir haben Hannah gefunden. Mit ihr spreche ich gleich im Anschluss an diese Zusammenkunft. Es gibt von ihr weder einen gültigen Pass noch eine Einreisebestätigung. Heißt, sie wurde illegal nach Schweden geschleust. Sie wird uns hoffentlich mehr über die Hintermänner erzählen können.«

»Aha. Und beim Museum ist jetzt Entwarnung? Heute Abend ist die große Party mit Bands und Ständen mit Leckereien. Da gibt es ordentlich Gedränge.«

»Nein. Wir haben keine Entwarnung vorgesehen. Der Schutz bleibt, wie von den Kollegen geplant, bestehen. Es wird nichts zurückgefahren.«

»Und Hannah kennt den Mörder?«, fragte einer der Kollegen des Forensikteams.

»Nein. Angeblich hat sie nur die Leiche von Kaspar gefunden und sich dann möglichst unauffällig aus dem Bereich entfernt. Mehr weiß ich noch nicht. Es gibt einen

Hinweis auf den Transporter, in dem Rieke mutmaßlich entführt wurde. Foto wurde euch übermittelt. Wir gehen inzwischen von Lebensgefahr aus. Suchmeldung ist über die Medien rausgegangen, zwei Zeugen haben den Wagen auf Öland gesehen, eine Zeugin gibt an, er habe die Brücke Richtung Festland überquert und sei auf dem Kustevej Richtung Norden gefahren. Campingplätze wurden direkt informiert, alle Streifen haben die Daten zu diesem Wagen bekommen.«

»Hm. Hoffentlich steht der Transporter nicht in der Sonne«, formulierte ein Kollege die Sorge, die alle im Raum empfanden.

»Gullbrand hat mir ein Foto geschickt. Es zeigt ein Küchenutensil. Ich war schnell bei uns in der Mensa, wir haben so etwas auch.« Sie legte es auf den Tisch. Alle beugten sich näher heran.

»Das braucht man, um Fleisch zu klopfen. Meine Mutter hat das auch. Die klobigen Spitzen perforieren und machen das Fleisch zart. Mit dem flachen Ende kannst du auch ganz normal aus dicken Fleischstücken breite, dünne zaubern. Ist einfach ein übliches Küchentool.«

»Genau. Aus Edelstahl, damit es nicht den Geschmack beeinflusst. Und es ist verflixt schwer.«

»Ja. Kann ich nur bestätigen.« Luna reichte den Klopfer herum. »Jemand, der damit zuschlägt, muss ganz schon kräftig sein.«

»So, weiter.« Sie sah auffordernd in die Runde.

»Wir haben inzwischen weitere Kleiderbündel gefunden. Eines davon enthält die Kleidung von Vilja. Die Postbotin hat die Stücke erkannt. Meint, es seien ihre Lieblingsfreizeitklamotten gewesen. Haare einer anderen Person haben wir noch nicht sichern können, wir sind dran. Blutspuren sind deutlich erkennbar. Die anderen Beutel enthalten Männerkleidung. Der erste gehörte nicht zu Kaspar, die Kleidergröße kommt für ihn nicht in Betracht, Blutanhaftungen konnten wir nicht finden. Aber wir haben noch weitere zur Untersuchung.«

»Und wir haben etwas gefunden«, meldete sich der Techniker. »Auf dem Rechner war keine Information dazu, aber bei der Überprüfung der Daten der Handys, die uns der Betreiber zur Verfügung gestellt hat, haben wir etwas entdeckt. Beide waren im letzten Monat im Ausland eingewählt. Konkret in Hjörring, Dänemark. Wir haben überprüft, ob es einen Grund für ihre Anwesenheit dort gegeben hat – und sind dabei auf die Vorbereitungen für ein Treffen von zehn Teilnehmern gestoßen, die sich im Mai in Malmö tatsächlich getroffen haben. Worum es dabei ging, konnten wir noch nicht in Erfahrung bringen. Sind aber dran.«

»Datum?«, hakte Luna nach.

»Vom 25. bis 27. Mai. Die beiden haben kein Auto. Wir haben auch die Leihwagenanbieter überprüft.

Also wohl Flugzeug oder Bahn. Flugtickets haben die beiden nicht gekauft. Bleibt die Bahn.«

»Vilja war auch dort? Und Staffan?« Alban klang nervös.

»Tatsächlich suchen wir gerade auf deren Rechnern, ob sie auch teilgenommen haben, überprüfen, ob ihre Handys dort eingeloggt waren. Ausschließen können wir es nicht.«

Luna seufzte. »Es gibt also jetzt einen Berührungspunkt. Wenn sie mit der Bahn gefahren sind, haben sie vielleicht ein Gruppenticket genommen oder waren zufällig im selben Zug unterwegs. Zehn Teilnehmer? Vielleicht fünf von hier, fünf von dort? Wir brauchen die Teilnehmerliste, das Thema und die geplanten Verbindungszeiten. Jetzt!«

Der Kollege sprang auf, rief: »Ich rufe dort sofort an. Vielleicht ist noch jemand am Schreibtisch.« Und lief auf den Gang hinaus.

»Ihr beide habt doch auch den Totenkopf bekommen. Wie passt ihr in das Bild?«, fragte ein Kollege des Spurensicherungsteams in die plötzliche Stille.

»Gar nicht.« Alban schüttelte den Kopf. »Der Versuch, Panik bei uns auszulösen?«

»Oder wir sollten vom Fall abgezogen werden?«, bot Luna an. »Aber der Täter kann nicht ernsthaft erwartet haben, dass uns die Grafik einschüchtert.«

»Auffällig ist, dass er überhaupt versucht hat, euch einzubeziehen.« Der Kollege runzelte die Stirn. »Ich habe ja von Anfang an die These von euch unterstützt, dass es diesem Täter um Aufmerksamkeit durch die Polizei und die Medien geht. Er will, dass wir es wissen. Warum? Was hat er davon, wenn wir alle diese Taten einer Person zuordnen können? Rache an Webdesignern? An Betreuern von Webseiten und Menschen, die anderen so etwas beibringen? Ich denke, er will persönlich sichtbar sein – für eine bestimmte Klientel. Die soll erkennen, was für ein kreativer Täter er ist, schlau genug, den Ermittlern immer wieder ein Schnippchen schlagen zu können. Die Mordermittler in der Rolle der Zuschauer, die immer zu spät kommen.«

»Du glaubst, er wählt all diese sonderbaren Dinge wie Schlangengift, Ankündigungsgrafik, Entkleiden der Leiche, um für sich zu werben?« Alban zuckte bei Lunas Worten zusammen. »Er hat meine Mutter besucht, um im Ranking zu steigen?«

Der Kollege nickte langsam. »Ein schwaches Selbst auf der Suche nach Anerkennung, Wertschätzung, Applaus. Deshalb auch diese riesige Waffe. Denkbar – oder?«

»Okay«, der Kollege mit den Informationen stürmte in den Raum, hielt ein Blatt hoch und setzte fort: »Ich weiß jetzt, wer die anderen Teilnehmer waren. Aus Schweden waren es fünf, die angefragt wurden, vier sind gekommen, einer hat abgesagt, der lag und liegt nachweislich noch immer im Krankenhaus in Stockholm. Und das Thema: Es ging um den Schutz der Gesellschaft vor Fakenews. Speziell hatten sie ChatGPT im Blick. Manipulation sollte aufdeckbar werden. Ein kleiner Kreis wollte Lösungsansätze finden und formulieren, diese dann in die eigene Community tragen, Workshops organisieren, Informationsveranstaltungen anbieten. Unsere Opfer sind nicht gemeinsam gefahren, haben nicht unbedingt von der Teilnahme der anderen gewusst. Die Einladung ging an jeden einzeln – ob man sich bei uns austauschte, ist unbekannt.«

»Alle aus unserer Gegend? Zufall?«, wollte Alban wissen.

»Nein. In dieser Gemeinschaft sind die angeschriebenen als kritische User bekannt. Der Veranstalter meinte, es sei wie ein Nest, in dem gut nachgedacht werde.«

»Deshalb mussten sie alle sterben? Wegen eines Workshops?« Luna sah sich in der Runde um. »Ehrlich gesagt, das ist mir zu wenig. Aber wir halten diese Punkte fest. Tatsächlich wissen wir alle, dass das Motiv für Mord durchaus ein banales sein kann, das auch ganz anders hätte aus der Welt geschafft werden können.«

Sie verteilte die Aufgaben neu.

»Ich werde mit Hannah sprechen – und habe einen Ansatz für ein Telefonat mit Stockholm. Wie kommt man schnell mit der Bahn von Öland nach Malmö? Das ist sicher mit einigem Umsteigen verbunden. Bus, Bahn, Bus, vielleicht Taxi für vier. Ausgerechnet auf Jütland. Warum haben die sich nicht in Köbenhavn versammelt? Da kommt man doch sicher bequemer hin, und da ist mehr los.«

53

Mittwoch
8.00 Uhr
Kalmar, Polisen

»Guten Morgen, Hannah.«

»Morgen.« Die junge Frau sah etwas zerknautscht aus, hatte wohl schlecht geschlafen. »Du hast mich herbringen lassen?«

»Ja. Wir hatten noch keine Zeit, uns ausgiebig zu unterhalten. Das holen wir jetzt nach. Kaffee?«

Hannah nickte.

Luna kümmerte sich um das warme Getränk, das auch die Stimmung zwischen ihnen auftauen helfen sollte.

»Gut. Wir haben die beiden Männer festgenommen, die dich anheuern wollten. Hattet ihr darüber gesprochen, wie das genau funktionieren sollte?«

»Ja. Sie hatten gesagt, ich bekäme eine Kleidung meiner Wahl. Das wollten wir heute erledigen. Ich solle dafür sorgen, dass niemand an der Fassade hochgucke. Es sei alles erlaubt, wenn ich wolle, könne ich auch blankziehen. Hauptsache, alle gucken zu mir. Eine Musikanlage war auch organisiert.«

»Und dein Honorar?«, wollte Luna wissen.

»Genug, um meinen Pass zurückzubekommen. Mehr an Absprache gab es nicht, ehrlich. Wir haben noch nicht einmal das Kleid ausgesucht. Sie sagten, dann könnte ich entweder eine Aufenthaltserlaubnis in Schweden beantragen oder zu meiner Familie zurückkehren.«

»Und – wie war dein Plan?«

»Ich hatte mich noch nicht entschieden. Meine Mutter, deretwegen das alles begann, ist gestorben. Trotz des Geldes, das man für mich bezahlt hat. Meinen Vater will ich nie mehr in diesem Leben treffen, also habe ich wenig Grund zurückzukehren. Vielleicht kann ich bleiben, eine Ausbildung machen, eine gute Arbeit finden. Aber wenn ich jetzt ins Gefängnis muss, sieht es schlecht aus für meine Pläne.«

Luna zögerte, sagte dann doch: »Erzähl mir, wie du hier nach Schweden gekommen bist.«

»Das willst du wirklich wissen? Ist keine schöne Geschichte«, warnte die junge Frau.

»Erzähle es mir. Alles. Dann kann ich dir vielleicht helfen.«

Hannah überlegte.

Strich ihre üppigen schwarzen Locken aus dem Gesicht. »Wenn man mit dieser Hautfarbe hier zwischen euch lebt … Gut, ich werde dir erzählen, was ich erlebt habe. Es ist keine schöne Geschichte und bisher hat mir niemand zuhören wollen oder etwa danach gefragt.«

»Alles fing mit einer eher einfachen Frage meines Vaters an …«

Als Luna später aus dem Besprechungszimmer kam, war sie blass und brauchte einige Minuten, bevor sie sich wieder mit Alban über die Ermittlung austauschen konnte.

Sie atmete tief durch.

Trat ins Büro und meinte: »Hannah hat erzählt, wie der Raub ablaufen sollte. Alles Quatsch, das hätte nicht funktionieren können. Vielleicht sollten unsere Energien abgelenkt werden.«

»Ich habe eine Idee. In Stockholm hatten die Ermittler doch vor einiger Zeit großen Erfolg mit einem Mann, der Gesichter erkennen kann. Verdammt, jetzt habe ich die Bezeichnung vergessen! Es gibt Menschen, die können schnell Gesichter identifizieren, schneller als …«

Alban unterbrach: »Super-Recognizer.«

»Ja, genau. So heißen die. Wenn wir nun jemanden an die Videos vom Bahnhof setzen, dann finden wir vielleicht raus, ob unsere fünf im selben Zug unterwegs waren – und ob andere eingestiegen sind, über die es bei uns schon dicke Akten gibt. Bisher ist die Reise nach Dänemark unser einziger Berührungspunkt zwischen diesen Menschen, aber uns fehlt die Berührung mit dem Täter.«

»Anrufen ist sicher kein Fehler. Mehr als ablehnen können sie nicht, vielleicht hat er gerade keine Zeit.« Alban klickte auf der Tastatur. »Hier. Ich habe die Telefonnummer der Kollegen.«

Er schrieb eine Kombination aus Zahlen auf einen Zettel.

Luna nickte ihm dankend zu, griff danach und lief nach draußen.

Sie brauche frische Luft, entschied sie.

Als sich Atmung und Puls wieder beruhigt hatten, wählte sie die Nummer vom Memozettel, erklärte dem Kollegen ihr Anliegen.

»Ja, du hast recht. Der Recognizer hat uns tatsächlich sehr geholfen. Kannst du kurz umreißen, was er für dich tun soll? Wie der Fall sich entwickelt? Ich frage dann bei ihm nach, er wird sich bei dir melden.« Der Kollege in Stockholm hatte eine sympathische Stimme, erkannte das Problem ohne weitschweifige Erklärungen, bot sofort seine Unterstützung an. Luna war positiv überrascht.

»Wir suchen einen Mörder, der schon vier Opfer getötet hat, eine Familie entführte. Eines der Kinder ist krank, benötigt Medikamente. Zeit ist knapp. Wir haben als Verbindung zwischen den Opfern nur eine gemeinsame Bahnfahrt. Aber unsere Hoffnung ist, dass ein Super-Recognizer unter den

Leuten auf einem Bahnsteig jemanden identifizieren kann, was uns möglicherweise weiterhilft. Vielleicht jemanden, mit dem die Gruppe in engeren Kontakt kam. Wir müssen wissen, wer außer den bekannten Opfern noch im Wagen saß.«

»Das ist möglich. Er ruft dich bestimmt gleich zurück.«

Luna schob das kleine Telefon in die Jacke.

Konnte sich von den Bildern, die Hannah heraufbeschworen hatte, nicht lösen.

Menschen waren direkt neben ihr verstorben, anderen mussten sie beim Sterben zusehen, wie dieser Frau, die ihr Kind verlor, dieser Mann, der geblendet wurde ... Sie schüttelte sich.

Was mochte das in der jungen Frau ausgelöst haben?

Sie träumte davon, Geld zu verdienen, um die Mutter zu retten.

Die Kommissarin fuhr sich über die Arme, versuchte die Gänsehaut abzustreifen.

Das Telefon holte sie in den Alltag zurück.

»Yupp. Du hast bei uns um Hilfe nachgefragt. Hi, ich bin Kristian, Polisen Stockholm.«

»Luna, Kalmar. Wir suchen einen Mörder und glauben inzwischen, dass er seinen Opfern im Zug begegnet sein könnte. Sie waren gemeinsam zu einer Veranstaltung unterwegs. Wenn ich dir Fotos oder Videos der Aufzeichnungen schicke, kannst du herausfinden, wer alles in einen Waggon eingestiegen ist?«

»Yupp. Video ist gut, zusätzliche Fotos noch besser – und viele Bilder von denen, die ich finden soll, helfen natürlich. Ich gehe davon aus, dass du es eilig hast? Dann schicke mir das Material am besten schnell.«

Er gab ihr seine Mailadresse. »So kommt es direkt auf meinen Monitor und ich lege gleich los. Ein Mörder? Viele Opfer und ihr befürchtet, es könnten weitere dazukommen?

Und eine Entführung? Die könnt ihr diesem Täter ebenfalls sicher zuordnen?«

»Ja. Vier Mordopfer gibt es schon, eine kleine Familie, Mutter und zwei kleine Kinder, wurde entführt, die Zeit läuft gegen uns, und wir befürchten, dass die Serie fortgesetzt werden könnte.«

»Gut. Schick mir das Material, ich versuche zu helfen.« Luna verabschiedete sich.

Rief den Kollegen von der Technik an. »Ich brauche die Videos vom Bahnhof Kalmar für die beiden relevanten Tage. Außerdem möglichst viele aktuelle Fotos der Opfer. Schick mir alles rüber – der Kollege in Stockholm wird sich das Material ansehen und hoffentlich weiterhelfen können.«

»Ach, ich weiß, wen du meinst. Kristian. Ja, der ist gut in dem, was er tut. Ich kenne ihn seit Jahren.« Er machte eine Pause. »Hätte ich eigentlich auch selbst drauf kommen können.«

»Wer sich daran erinnert, ist egal, es zählt, dass wir nun auf ihn zurückgreifen können. Hauptsache, wir finden den Mörder und hoffentlich schnell Rieke und die Kinder!«

»Okay. Seine Mailadresse habe ich. Ich kümmere mich um die Sache. Kopie aller Daten geht an dich! Jetzt sofort!«

Mit schweren Schritten kehrte sie ins Büro zurück.

Alban saß noch immer am Schreibtisch.

»Der Super-Recognizer übernimmt unsere Truppe am Bahnhof Kalmar. Unser Kollege aus der Abteilung Technik besorgt die Videos sowie Bilder, schickt sie an ihn und uns. Er kennt den jungen Mann, Kristian, und er meint, der sei toll auf diesem Gebiet.«

Alban nickte, rief eine neue Seite auf.

»Von Öland aus mit dem Bus nach Kalmar, dort umsteigen in den Zug nach Malmö. Das Treffen war für den späten Vormittag angesetzt, ging bis 22 Uhr. Von Kalmar aus dauert die Fahrt dreieinhalb Stunden, sie müssen also früh aufgebrochen sein. Die Kollegen aus Dänemark kamen über Frederikshavn, sie reisten individuell an, trafen sich am Terminal und stiegen gemeinsam in die Fähre, nahmen ein Taxi zum Treffpunkt in Malmö. Hat mir der junge Mann alles geschickt. Wie die Bewegungen auf dieser Seite aussahen, wissen wir also. Wann Gerolf losgefahren ist, bleibt ungewiss. Wahrscheinlich traf sich die Gruppe in Kalmar. Von dort aus ging es gemeinsam weiter.«

»Deine Mutter hat doch ausgesagt, der Kerl, der sie überfallen hat, sei groß und schwer gewesen. Das ist doch immerhin ein Anhaltspunkt. Die Kleidung hat sie gesehen, sie kann sie sicher beschreiben. Wenn wir dann bei einem der Verdächtigen diese Stücke finden, hat er ein Problem, sich rauszureden.«

»Ja. Ich schicke jemanden zu ihr, dem sie erzählen kann, was vorgefallen ist und was genau der Kerl trug. Ist prima, so ist sie beschäftigt. Hat keine Zeit, mir pausenlos Nachrichten aufs Handy zu schicken.« Alban verdrehte die Augen. »Hoffentlich kann ich mich bald um die Sache mit dem Anwalt kümmern. Wird langsam ein drängendes Problem.«

»Unser drängendstes Problem ist, Rieke zu finden«, erinnerte Luna den Kollegen in aggressivem Ton. »Wenn wir noch lange erfolglos bleiben, werden wir drei Leichen bergen.«

Alban blickte von seinen Notizen auf.

Sah in Lunas Gesicht. Stand schnell auf und tat etwas, was ihm noch nie in den Sinn gekommen war.

Er nahm Luna fest in den Arm.

Spürte, wie ihr Körper zitterte, wusste, dass sie weinte.

»Wir finden die drei rechtzeitig. Und den Mörder kriegen wir auch«, flüsterte er ihr ins Ohr.

Luna nickte vorsichtig an seiner Schulter, wehrte sich nicht gegen die Umarmung.

Nach einer Weile signalisierte der Computer auf ihrem Schreibtisch, es sei eine Nachricht angekommen.
Alban gab Luna sofort frei.
»Danke«, flüsterte sie ihm zu, wischte die Tränen ab, trat an den Monitor und rief die Datei auf.
»Die Bilder der Überwachung.«
Sie zögerte. Hatte Angst davor, die Datei zu öffnen.
Was, wenn sie nun Hannah zwischen den anderen Menschen entdecken würde, Hannah, die sich ein Ventil verschafft hatte, ihre angestaute Wut, den lodernden Hass abzuarbeiten. Rieke bestrafen wollte, weil sie das Leben führte, das eigentlich ihres hätte sein sollen? Gerolf nahm sie ihr, weil sie selbst nie eine Chance auf Familie hatte? Die Lehrerin Vilja, weil sie einen Beruf hatte, der angesehen war, Kaspar, weil er ein arroganter Arbeitgeber war? Staffan, der Menschen nur gegen Geld betreute?
Ihr wurde übel bei dem Gedanken daran, dass sie vielleicht …
»Na, ist jemand zu erkennen, der uns interessiert?«, fragte Alban neugierig.
Richtig, dachte Luna patzig, der uns interessiert. Wer interessiert sich schon für eine illegale Putzkraft aus einem Land in Afrika?
»Luna? Was gefunden?« Alban nickte ihr aufmunternd zu.
»Die Bilder vom Gleis zeigen nur entspannte Leute. War ein ziemliches Gedränge am Reisetag der Gruppe auf dem Bahnhof in Kalmar.«
Sie starrte weiter auf die Bilderfolge.
Atmete auf.
Hannah war nicht zu sehen.

»Das sind erst die Bilder vom Tag der Abreise«, erklärte Alban. »Vielleicht sehen wir sie auf dem Rückweg.«

»Ich werde einen Hubschrauber mit Wärmebildkamera anfordern.«

»Wird vielleicht schwierig. Klappt ja nur, wenn Objekt oder Mensch deutlich wärmer ist als die Umgebung. Steht das Auto lange im Schatten, finden wir es so nicht.«

»Einen Versuch ist es wert«, entschied Luna. »Ich kümmere mich.«

Sie griff zum Telefon.

54

10 Uhr
Waldgebiet an der Straße 25 nach Trekanten

»Wer kommt mit zum Pilze sammeln?« Jytte sah sich um. Zwei ihrer Kinder spielten mit dem Handy, die anderen beiden guckten sich einen Zeichentrickfilm im Fernsehen an.

Okay, dachte sie, Pilze sammeln ist nicht der Hit, dann eben anders.

»Ich würde gern erst in den Wald gehen, wegen der Pilze, dann bei Janny ein großes Eis essen, bevor wir zurückkommen.«

»Mit Sahne?«, erkundigte sich Laurits prompt, sah nicht von seinem Handy auf.

»Ja, klar, und Erdbeersoße.«

Es dauerte nicht einmal fünf Minuten, und die vier waren straßenfertig angezogen.

»Gehen wir erst zum Eis und dann in den Wald?«, fragte Jonna voller Hoffnung.

»Wald, Eis, Baden und Haare waschen.« Die Mutter legte die Reihenfolge anders fest, die Tochter zog einen Flunsch.

Doch Minuten später waren sie allesamt fröhlich unterwegs, die Kinder plapperten, wurden erst ruhig, als die Mutter meinte, so würden sie nur alle Tiere verscheuchen, die sie sonst hätten treffen können.

Über ihren Köpfen ratterte ein Hubschrauber entlang.

»Der sucht auch Pilze!«, behauptete Grit, die älteste Tochter.

»Echt? Kann man die von so weit oben überhaupt sehen?«, fragte Fynn, der Jüngste, aufgeregt.

»Schluss, wir suchen Pilze hier auf dem Waldboden. Beim in die Luft gucken habt ihr schlechte Karten.«

Der Hubschrauber drehte ab.

Die Kinder tobten durchs Unterholz, und die Mutter sammelte Pilze. Es gab nur wenige der typischen Sommerpilze, wahrscheinlich war es bisher zu trocken gewesen. Gut, für einen Auflauf mit Pilzen und Käse würde es schon reichen.

»Mor! Da steht ein Auto! Sieh mal, am Rand der Lichtung«, rief Fynn der Mutter zu.

»Ja. Vielleicht sucht noch jemand Pilze.« Ruhig ging sie weiter, den Blick fest auf den Boden geheftet.

Sie zeigte den Kindern, wie man ohne Streichhölzer Feuer machen konnte. Mit einem Magnesiumstab, den sie immer bei sich trug.

»Seht ihr, so kann es klappen, wenn man mal eine Wärmequelle braucht. Und wisst ihr auch noch, wie man sich im Wald orientieren kann?«

»Am Moos. Und an Flechten. Die findet man an der Nordseite der Bäume. Manche sind essbar.« Grit klang gelangweilt.

Diese und viele andere Fragen bearbeitete sie seit Neuestem bei jedem Waldspaziergang. Ihrer Meinung nach hatten die Kinder ein Recht darauf, gut vorbereitet zu sein, falls das Land in eine schwere Krise geraten würde. Viele Familien hatten sich Vorräte angelegt, brachten den Kindern grundlegende Dinge des Überlebenstrainings bei. Nicht nur, welche Pilze essbar waren und welche nicht.

»Und wenn es jetzt plötzlich anfangen würde zu regnen? Wie könnten wir uns schützen? Ein Feuer haben wir schon, also?«

»Mor, guck mal!« Laurits wies mit dem Finger auf einen Trupp Uniformierter, die über den Weg tiefer in den Wald stürmten. »So viele habe ich noch nie zusammen an einer Stelle gesehen. Nur im Fernsehen, wenn es eine Demo gibt.«

»Polisen.« Die Mutter sah dem Trupp nach. »Vielleicht haben die Leute in dem Auto bei ihnen angerufen, weil sie ein Problem haben.«

Wenig später kehrte der Hubschrauber zurück, stand über der Stelle, an der das Auto parkte.

Ein Rettungswagen brauste durch den Wald.

Die Kinder starrten mit offenen Mündern auf das hektische Treiben.

Pädagogische Erläuterungen zu Planungen im Umgang mit einer Katastrophe mussten warten.

»Boah! Ich hab nicht gewusst, dass Pilze sammeln so spannend sein kann.« Der Kleine. Immer begeistert, wenn was passierte.

Lunas Handy brummte.

»Der Hubschrauber hat was gefunden. Koordinaten habe ich dir geschickt. Wir sind auf dem Weg. Vorsichtshalber kommt die Rettung gleich mit«, informierte sie der Einsatzleiter vor Ort.

Sie umklammerte das kleine Telefon so fest, dass ihre Finger weiß wurden.

»Die Kollegen haben einen Wagen im Wald gefunden«, presste sie mühsam hervor. »Vielleicht Rieke und die Kinder.«

»Wo?«, elektrisiert sprang Alban auf. »Wir fahren hin.«

Luna rannte los.

»Ich fahre!«, entschied der Kollege und schwang sich auf den Fahrersitz, Luna gab die Koordinaten ins Navi ein.

Sondersignal und Blaulicht räumten die Straße vor ihnen frei, und so dauerte es gar nicht lange, bis sie das kleine Waldstück erreicht hatten. Sie fuhren auf dem Fußweg tiefer hinein, erkannten schon von Weitem das Einsatzteam, das die angegebene Stelle erreicht hatte, entdeckten den Rettungswagen etwas abseits.

»Typ stimmt, Farbe auch, Nummernschild und Aufkleber. Das ist der Wagen.« Luna sprang vom Sitz, bevor Alban den Wagen zum Halten gebracht hatte.

Der Einsatzleiter hatte gerade die Aufgaben verteilt.

»Die Tür ist verriegelt. Wir müssen sie aufhebeln. Die Menschen im Inneren müssen Abstand halten, es können sich Metallteile lösen, die dann wie Geschosse durch den Laderaum fliegen.«

»Seid ihr sicher, dass jemand drin ist?« Luna keuchte vor Aufregung.

»Du hast …«

»Ja. Stimmt. Könnt ihr erst mal eine der Fahrgasttüren öffnen, vielleicht gibt es ein Fenster nach hinten in den Raum.«

»Gibt es nicht, haben wir schon gecheckt.«

Luna trat an die Tür. »Rieke! Rieke, hörst du mich? Ich bin's, Luna! Wir wollen die Tür öffnen.«

Es klopfte zaghaft von innen.

»Du musst mit den Kindern von der Tür wegtreten. Gibt es etwas, hinter dem ihr euch verstecken könnt? Dann tut das. Ich zähle jetzt bis zehn, dann fangen die Männer an, die Tür zu öffnen.«

Sie trat an die Seite des Wagens und begann laut den Countdown, schlug dabei jedes Mal gegen die metallene Außenwand.

Nach der Zehn gab es ein lautes Knirschen und Knacken.

Einer der Männer öffnete die Tür.

Luna sah auf Rieke, die tränenüberströmt auf der Ladefläche kniete, Ericks Körper den Helfern entgegenstreckte, während Arne sich fest an sie klammerte.

Sofort sprang einer der Retter hinzu, griff nach dem Kind, eilte zum Rettungswagen, ein zweiter half der schluchzenden Frau beim Aussteigen, hob auch Arne aus dem Auto.

Luna nahm Rieke in die Arme, Arne kuschelte sich fest an seine Mutter, weinte auch.

»Er ist tot«, flüsterte die Mutter verzweifelt. »Er ist tot.« Arne blieb stumm. Als die Männer ihm eine Wasserflasche anboten, nahm er sie wortlos.

Trank nicht.

Starrte nur vor sich auf den Waldboden.

Alban trat zu ihm. »Na, mich kennst du doch.« Er schraubte die Flasche auf, gab sie an das Kind zurück. »Aus der Flasche trinken kannst du doch schon. Große Jungs wissen, wie das funktioniert.«

Arne sah zu seiner Mutter auf.

»Sie hat nichts dagegen. Wenn ich es erlaube, ist es für deine Mor in Ordnung.«

Dann half er dem Kind dabei, die Flasche an den Mund zu setzen.

Alles gut, signalisierte er Luna.

Einer der Retter kam zu ihnen und löste die Mutter aus Lunas Armen. »Komm mit. Dein Kleiner ruft nach dir.«

Verständnislos sah Rieke den Mann an.

Der nickte ihr zu. »Er weint nach dir. Lass ihn nicht warten, er macht sich Sorgen um dich.«

Rieke rannte los.

Stolperte über Wurzeln, stürzte, rappelte sich wieder auf, rannte weiter.

Wurde von einem der Retter in den Wagen gehoben.

Der andere drehte sich zu Luna um. »War eine Punktlandung. Ohne den Heli hätten wir sie nicht rechtzeitig gefunden. Für den Kleinen war es die letzte Minute! Hoffentlich bekommen die drei jetzt eine Ruhepause. So viel Stress. Das ist doch die Familie von Gerolf – oder?«

Luna nickte.

Setzte sich zu Arne auf den Boden. Streichelte ihn liebevoll. »Es wird gut. Erick lebt, deine Mor ist hier – und es wird nicht mehr lange dauern, dann fahren wir alle zusammen weg von diesem Ort.« Sie gab ihm eine Visitenkarte. »Die musst du gut aufheben! Wann immer du Ärger oder Probleme hast, du dich fürchtest oder nicht weißt, was zu tun ist, damit alles gut ist, rufst du diese Telefonnummer an. Dann komme ich, deine große Freundin, bei dir vorbei, und wir finden einen Weg aus jedem Problem.«

Arne sah Luna ernst an.

Steckte dann die Karte in seine Jackentasche, zog den Reißverschluss hoch, damit sie nicht rausfallen konnte.

Der Sanitäter nahm den Jungen an die Hand.

Arne winkte Luna zu und stieg zu seiner Mutter und Erick in den großen Rettungswagen von Falk.

55

14 Uhr
Kalmar

Regnar war überrumpelt.

Er hatte gar nicht bemerkt, dass sich die Stimmung grundlegend verändert hatte, während sie in diesem überladenen Wohnzimmer saßen.

Er hatte noch immer gehofft, die Sache bei diesem erneuten Besuch bereinigen zu können.

Als man ihm eine kalte Waffe an den Kopf hielt, wusste er, dass er sehr viele gute Worte brauchen würde, um sich aus der Lage zu winden. Sofern man ihm zuhören würde.

»Wenn ich mich hätte selbst um alles kümmern wollen, hätte ich es getan. Aber nein, man hatte mir dich und deinen Chef empfohlen. Eine zuverlässige Truppe. Ha! Zuverlässig verblödet würde ich meinen.«

»Ich habe alles so erledigt, wie du es wolltest. Und den Letzten mit Schuss – das war deine Idee.«

»Aber du hast ein paar Abwandlungen vorgenommen. Das mag ja bei Szenen auf der Bühne erlaubt sein – aber nicht, wenn ich Regie führe. Du hast wieder dein bescheuertes Gift eingesetzt, dein idiotisches Graffiti in die Stirn geritzt. Du bist ein widerlicher Wichtigtuer. Und deshalb werde ich dich nun mit viel Wasser reinigen, das ist gesund.«

»Aber er wird fragen, wo ich bin. Ich habe ihm geschrieben, dass wir einen Termin haben.«

»Na, dann ist es ja gut.«

Der Riese zog mit der freien Hand eine Schublade auf.

»Du hast sein Handy?«, keuchte Regnar entgeistert.

»Ach ja, da steht es, bin bei X«, murmelte der Riese und zertrat das kleine Telefon.

»Habe ich doch vergessen zu erwähnen, dass du keinen Chef mehr hast! Wie unaufmerksam von mir«, lachte der Riese unangenehm.

Dann machte er mit der Waffe ein Zeichen, der andere möge aufstehen.

Regnar hatte Probleme damit. Seine Knie wollten ihn nicht wirklich zum Schafott tragen, ganz gleich, wie es aussehen würde.

Sie verließen das Wohnzimmer und durchquerten einen Flur, traten durch eine verborgene Tür in ein Nebengelass. Sprachlos starrte Regnar auf einen runden Tank, der durch Schläuche mit Anschlüssen in der Wand verbunden war. Weine wurden so gelagert. Aber Regnar konnte sich nicht vorstellen, dass der Riese ihn auf einen letzten Schluck vom besten Tropfen einladen wollte.

Zu seinem Entsetzen entdeckte er an dem Tank eine Tür.

Statt einer Klinke gab es eine Art Luftschleuse über dem Einlass.

Der Riese betätigte entspannt ein Tastaturfeld, und die Tür schwang auf. Ein wenig Wasser suppte über den unteren Rand. Der Riese lächelte nachsichtig.

»Das kann ich nachher noch wegputzen. Mit dem Rest von dir.« Sein dröhnendes Lachen erfüllte den gesamten Raum, fing sich in dem großen Stahlbehälter.

»Na los. Die Tür ist offen. Beweg dich rein«, forderte er dann den Besucher auf. »Los!«

Mit zitternden Beinen schwankte Regnar auf die Öffnung zu.

Als er über die Schwelle trat, zuckte er zurück.

»Ey, da liegt einer!«

»Aber ja. Ich putze nicht jedes Mal nach dem Baden. Er wird dich nicht stören.«

»Ach, der hat dir auch missfallen.«

»Er sollte eine Sache bereinigen. Die Art und Weise hatte ich ihm erklärt. Und dann kommt der Typ hier an, hat das Auto mit den Gefangenen irgendwo abgestellt. Umbringen will er sie nicht, mir sagen, wo die Karre steht, auch nicht. Na, dann musste er eben baden, so wie du jetzt auch. In ein paar Wochen, wenn die Medien sich beruhigt haben, die Morde aus den Schlagzeilen längst verschwunden sind, löse ich euch zusammen auf. Dann kippe ich eure matschigen oder verflüssigten Daseinsreste irgendwo ab. So, und nun«, er bewegte die Waffe auffordernd. »Ich kann dir auch in die Beine und Hände schießen, dich dann wie Müll über die kleine Stufe zerren.«

Regnar wusste, wann ein Spiel verloren war.

Er ging in den riesigen Tank.

Die Tür schloss sich hinter ihm. Mit dem langsamen Einströmen des kalten Wassers war sein Leben vorbei.

»Na, wie lange hast du versucht, dem Schicksal schwimmend zu entkommen?«, fragte er den Toten zu seinen Füßen. Versuchte, zur Seite zu treten, und fand noch einen Leichnam.

»Oh Mann. Du hast schon länger nicht mehr geputzt!«, murmelte er dann. »Hoffentlich hast du genug von diesem Auflösungsmittel. Ich möchte nicht in Brocken auf irgendeiner Müllkippe wieder auftauchen.«

56

Der Sanktus war zufrieden.

Offensichtlich hatte Krister sich um alles gekümmert.

Heute Abend beim großen Spektakel würde alles laufen wie besprochen. Danach würde seine Sekte zu einer der größten Glaubensgemeinschaften anwachsen, da war er sicher. Geld in Hülle und Fülle.

Askilds Traum ginge in Erfüllung.

Dragon würde die Welt retten.

Er lachte leise in sich hinein.

Schade, dachte er, dass ich nicht laut sein darf. Wenn jemand wüsste, wie genial ich all das eingefädelt habe … Oh, man würde mich bewundern. Doch so ist die Lage der Dinge noch nicht.

Später vielleicht.

Ein wenig Geduld noch.

Er wusste, die Aktion würde spektakulär.

Krister war ein toller Artist. Für ihn ein Leichtes, am Schloss emporzuklettern. Überall wusste man über den geplanten Raub. Gerüchte waren gute Verbündete bei seinem Plan.

Mitten im Aufstieg, wenn er zwischen Himmel und Erde an der Fassade hing, würde Askild die gesamte Aufmerksamkeit auf sich ziehen – und Dragon wäre derjenige, der den Mann am Seil anprangerte. Dragon's blaues Licht – er, der Retter der Geschichte, der Retter der Exponate, der Retter der wunderbaren Maske.

Die Welt müsste erkennen, dass diese kleine Sekte immer unterschätzt wurde, ihr Sanctus eben wirklich ein von Dragons Gnaden eingesetzter Herdenführer war.

Gelder würden fließen, Gläubige in Scharen um Aufnahme bitten.

Er schloss die Augen, ließ das Gefühl des Triumphs in sich aufsteigen.

Nicht zu hoch natürlich, – noch war die Sache nicht in Sack und Tüten.

Aber, und wieder genoss er das Gefühl seiner einzigartigen Klugheit, die nun zum Triumph führen würde, bald würden alle erkennen, wie er mit der Hilfe des Drachen die Welt aus den Angeln heben konnte.

57

15.30 Uhr
Stockholm
Kalmar
Hagby

Kristian sah sich erneut die Fotos an.

Emotionslos.

Es war eine Aufgabe – und er würde sie lösen.

Die Gesichter, die er sich inzwischen so gut eingeprägt hatte, dass er schon befürchtete, er würde sie nie mehr los, waren auffällig, wären in der Masse gut zu erkennen, wenn sie denn auftauchten.

Eine Mutter und zwei Kinder in der Gewalt eines Mörders, der vor nichts zurückschreckte.

Nach der Erfahrung bei der Polizei wusste er, dass man das Böse nicht auf den Bildern sehen konnte, leider gab es nicht die eine Bewegung, die einen Mörder verriet, die Aura, die zeigte, dass jemand ein Verbrechen plante.

Die Menschen hasteten über den Bahnsteig, manche offensichtlich auf dem Weg in die Ferien.

Andere sahen erwartungsvoll aus, manche müde oder genervt. All das wusste er zu abstrahieren. Er konzentrierte sich auf das Wesentliche.

Im ersten Zug in Richtung Malmö am Abend vor dem Treffen konnte er die Gruppe nicht entdecken.

Pause.

Er ging einen Moment an die Luft. Trank ein Glas Wasser.

Kehrte zurück und beschäftigte sich mit dem Morgenzug. Zog einen Kreis um eines der Gesichter auf dem Standbild. Griff nach dem Fotoausdruck aus dem Internet. Yupp. So arbeitete er sich systematisch durch die Menschenmenge.

Luna und Alban bemühten sich derweil, den Besitzer des Transporters ausfindig zu machen.

Zugelassen war der Wagen auf einen Deutschen: Hans-Jürgen König.

Der hatte es vor einem Jahr als gestohlen gemeldet.

Die Recherche endete im Nichts.

Alle geforderten Papiere waren bei der Zulassung vorgelegt worden, und danach war Herr König nicht mehr in Erscheinung getreten. An der angegebenen Adresse war er unbekannt, einen Mann, dessen Gesicht zum Ausweis passte, gab es nicht.

»Vielleicht gab es den ganzen Mann nicht«, mutmaßte Alban.

»Geklaut. Der Mann wohnt dort nicht mehr, möglicherweise hatte er wenig Kontakt zu den Nachbarn. Die haben ihn schlicht vergessen. Ein Viertel mit hoher Fluktuation.«

»Klar ist, über das Auto kommen wir nicht schnell weiter. Die Forensik ist dran – vielleicht finden wir DNA-Spuren. Dann können wir mit Verdächtigen abgleichen.«

»Die Reifeneindruckspuren von Gettlinge zum Beispiel würden doch verraten, ob der Wagen dort war. Ist doch schon mal ein Ansatz. Wacklig, aber …«

»Wir haben auch Spuren vor dem Haus von Vilja. Das wäre dann schon schwieriger zu erklären.«

»Die Kollegen sind dran.«

Luna fragte: »Was ist aus dem Phantombild geworden, das von deiner Mutter …«

»Moment!« Alban rief das Bild auf den Monitor. »Hier.«
Er drehte den Schirm so, dass Luna das Bild sehen konnte.
»Ich könnte das Rieke zeigen.« Sie druckte es aus, nahm
ihre Jacke. »Kommst du mit?«
»Nein. Ich denke, einer sollte hier sein, falls Kristian anruft.«

Luna fragte sich durch, fand Rieke und Arne im Wartebe-
reich der Kinderabteilung.
»Rieke, ich weiß, es ist kein guter Moment, aber könn-
test du dir ein Bild ansehen. Ich möchte nur wissen, ob das
Gesicht zu dem Kerl passt, der euch entführt hat.«
Rieke nickte.
»Komm, wir gehen auf den Gang.« Zu Arne sagte sie:
»Spiel ruhig weiter. Ich bin nur ein paar Schritte entfernt.«
»Wie geht es Erick?«
»Das zeigt sich wohl erst in ein paar Tagen. Er schläft.
Flüssigkeitshaushalt wurde ausgeglichen. EEG wird gerade
ausgewertet. Ich bin so dankbar, dass er das Ganze überlebt
hat. Arne ist super tapfer. Er sagt, er wird jetzt beschützt.«
Luna schmunzelte. »Er ist stark.«
Sie nestelte das Bild aus der Tasche. »Sieht der aus wie
der Kidnapper?«
Rieke begann zu zittern. Das reichte Luna als Antwort.
Sie schob das Bild hastig wieder in die Tasche zurück.
Verabschiedete sich von Arne und kehrte an ihren Schreib-
tisch zurück.

Alban hatte einen Zettel an ihren Monitor geklebt.
Demnach führte er gerade ein weiteres Gespräch mit den
beiden gescheiterten Räubern.
Luna checkte den Posteingang. »Alle Teilnehmer erkannt.
Morgenzug Richtung Malmö. Grüße Kristian.«
»Ihr wart also zusammen unterwegs. Der fünfte war

krank. Okay. Kommt vor. Warum seid ihr jemandem aufgefallen? Und wem?«, murmelte sie. »Es war ein Zusammentreffen, zufällig wohl, und immerhin so wichtig für jemanden, dass nun Menschen sterben müssen. In der Regel ist dann viel Geld im Spiel.«

Sie notierte das Wort »Geld« oben auf einem Zettel. Unterstrich es mehrfach.

Natürlich der Raub.

Ein Raubzug mit der Hilfe einer Software.

Ein bestehendes Geschäft wurde gefährdet.

Das hatte alles nichts mit Gerolf zu tun.

Wütend zerknüllte sie den Zettel, warf ihn in den Papierkorb.

Wenig später rief Kristian an.

»Mit der Hinfahrt bin ich durch. Ich checke die Rückfahrt. Die vier waren guter Dinge. Gefährdet haben sie sich nicht gefühlt, das ist offensichtlich. Auf dem Bahnhof in Malmö sind die meisten natürlich ausgestiegen. Keiner hat auf die vier geachtet. Ich habe die Passagiere grün eingekreist, die auf der Fahrt zugestiegen sind.«

»Danke. Es muss irgendetwas passiert sein. Die vier sind in den Fokus von jemandem geraten, der Angst hatte, sie würden seine Kreise stören. Viel Geld wahrscheinlich als Motiv. Drogen?«

»Möglich. Vielleicht hat dein Quartett irgendetwas beobachtet.«

»Wenn ja, dann haben sie es über mehrere Tage nicht erwähnt. Vielleicht war es ihnen gar nicht bewusst, Zeugen von irgendetwas geworden zu sein. Etwas Kriminellem, etwas Illegalem. Mist.«

»Bleib ruhig. Ich gucke weiter. Vielleicht finden wir raus, was passiert sein kann.«

»Wir haben immerhin die Geiseln befreien können. Ein Lichtblick.«

»Alle gerettet? Auch das kranke Kind?«

»Ja.«

»Das freut mich wirklich sehr! Wunderbarer Erfolg.« Kristian klang ehrlich erleichtert und froh über dieses Ergebnis. »Unschuldige Dritte sollten nie in irgendwelche Machenschaften hineingezogen werden, schon gar nicht kleine Kinder, das ist unfair.«

Alban kam beschwingt vom Verhör der beiden Verhafteten zurück.

»So. Die beiden sind nur Ablenkung, du hast recht. Hannah kennen sie angeblich eher zufällig. Auch eher zufällig haben sie aufgeschnappt, dass der Typ, der sie angeworben hat, Regnar hieß. Der hat sich wohl so am Telefon gemeldet. Und tatsächlich ist der bei uns bekannt.«

Er öffnete eine Datei auf dem Computer. Luna trat hinter ihn. »Oh, na sieh mal einer an. Da fahren wir vorbei – am besten nehmen wir gleich die Kollegen mit.«

Luna telefonierte schon, während sie zum Auto liefen.

»Hast du die Adresse?«

»Ja. Der wohnt in Hagby, neben deiner Lieblingskirche«, sie feixte. »Vielleicht leben dort doch Trollhexen. Wir könnten die Gelegenheit nutzen und mal nachsehen.«

Luna fuhr los.

»Was hat Rieke gesagt?«

»Der Typ auf dem Phantombild sieht dem Kerl ähnlich, der sie und die Kinder überfallen hat.«

»Meine Mutter hält schon jetzt Audienzen ab. Presse, Radio. Sie ruft nur an, um mir zu erzählen, wer sich alles um sie kümmert.«

»Wir bewegen uns in einem kleinen Kreis. Das ist seltsam.

Drogenhandel? Erscheint mir eher unwahrscheinlich. Gut, viel Geld ist da natürlich zu machen. Aber bisher haben wir keine Hinweise, dass es Unruhe auf den Straßen gibt. Ich habe bei den Kollegen nachgefragt, die haben abgewinkt. Sie wüssten, wenn da einer Morde beginge.«

Sie hielten vor einem kleinen Holzhaus mit großem Annex.
»Hier?«, fragte Alban heiser. »Neben dem Kinderspielplatz?«
»Ja.«
»Illegaler Besitz von geschützten Tieren. Illegaler Besitz gefährlicher Arten. Alles illegal, heißt, wir finden dort womöglich die Mamba.« Alban klang wenig begeistert.
»Ich dachte, du wolltest mal so eine Sammlung sehen?«
»Nö. Nicht ohne die Kollegen!«
»Da, kommen gerade.«
»Ihr habt Hinweise auf illegalen Giftschlangenbesitz?« Der Kollege trug einen beeindruckenden Schutzanzug. »Schwarze Mamba? Aha. Wir werden sehen, ob noch alle in ihren Terrarien sind. Erst dann könnt ihr rein.«
Die beiden Ermittler nickten, und der geschützte Trupp machte sich auf den Weg.
Nach wenigen Minuten waren sie wieder bei ihrem Fahrzeug, rafften eilig Transportboxen und Säcke zusammen. Die langen Zangen klemmten sie sich unter den Arm.
»Ihr bleibt hier«, forderte der Leiter des Teams. »Wir denken, er hat die Tiere freiwillig aus den Terrarien gelassen. Der ist abgehauen.«
»Ins Haus können wir? Die Tiere sind nur im Annex?«
»So die Theorie«, gab der Mann gut gelaunt zurück. »Es gibt keine Garantie. Ich an eurer Stelle würde warten, bis wir Experten euch sagen: Ja, es ist sicher.«

»Übrigens, er ist nicht zu Hause. Wir haben schon mal kurz reingeguckt. Wenn, dann finden sich dort nur Schlangen. Aber ist ja eure Entscheidung.«

Luna und Alban warteten am Auto.

Immer mehr Plastikboxen stapelten sich neben dem Transporter. Es wurde eifrig telefoniert.

»Wir suchen eine Bleibe für die Tiere. Sie können ja nichts dafür, dass der Besitzer geflohen ist.«

»Habt ihr auch eine Mäusezucht gefunden?«

»Haben so gut wie alle der illegalen Besitzer. Fällt ja auf, wenn du alle zwei Tage mehrere Kilo Maus kaufst.« Der Einsatzleiter lachte rau.

»Habt ihr zufällig eine Art Hammer gefunden? Mit quadratischen Auswüchsen, die in kurzen Spitzen enden?«, fragte Luna.

»Ja. In der Mäuseabteilung. Meine Frau hat auch so ein Ding. Hoffentlich nicht für Mäusesteaks.«

58

18 Uhr
Kalmar

Regnar merkte, wie das Wasser seine Füße umspülte.

Kalt mit nur leichtem Druck. Offensichtlich ging es nicht um Geschwindigkeit.

Der Riese wollte seinen Spaß.

Den würde er bekommen – allerdings anders als gedacht. Er grinste.

Vielleicht gab es sogar irgendwo ein Guckloch, das ihm das Zuschauen ermöglichte.

Er würde nicht ewig rumschwimmen, bis zur Erschöpfung in dem Scheißtank seine Runden ziehen.

Das war unter seiner Würde.

Niemand käme, um ihn zu retten. Deshalb war auch jede Form von Überlebenskampf sinnlos.

Der Riese hatte all das von langer Hand geplant.

Regnar überschlug in Gedanken, wie viele seiner Zunft schon verschwunden waren. Etwa zehn, rechnete er mühsam aus. Mit kalten Füßen fiel Rechnen schwer.

Wahrscheinlich gingen die alle auf sein Konto.

Wer suchte schon nach einem untergetauchten Verbrecher. Waren doch alle froh um jeden, der weg war, dachte er. Bei ihm wäre es auch so.

Aber er hatte immerhin dafür gesorgt, dass er den Menschen über den Tod hinaus im Gedächtnis bliebe. Seine Schlangen tummelten sich sicher schon im ganzen Ort. Hagby käme in die Schlagzeilen. Und die Reptilien würden vielleicht auch die besuchen, die ständig Anzeigen gegen ihn angezettelt hatten. Seine Boas waren groß genug, um so manches geliebte Schoßhündchen zu erwürgen – und Frauchen konnte nichts dagegen unternehmen, musste zusehen, wie der Kleine erstickt oder zu Tode gequetscht wurde. Und am Ende verschlungen! Mit Haut, Haaren und Halsband mit Lederherzchen.

Fast schade, dass er das nicht live miterleben durfte.

Überrascht stellte er fest, dass ihm das kalte Wasser schon bis zur Wade reichte. Die anderen beiden lagen noch, eng würde es erst, wenn sie aufschwimmen sollten.

Der Riese hatte sich in sein Wohnzimmer zurückgezogen.

Klassische Musik zur Entspannung.

Ein Glas Cognac der teuersten Sorte – zur Feier des Tages.

Er schloss die Augen.

Genoss das Wissen um den steigenden Wasserpegel im Tank.

Wusste, der Idiot würde denken, er könne dem Kampf ums Überleben widerstehen, weil er um die Sinnlosigkeit wusste. Das hatte bisher noch keinem genutzt.

Alle kämpften.

Manche stundenlang.

Einige, bis das Wasser sie endgültig gegen die Decke drückte.

Es war so erbauend, die menschliche Natur zu beobachten, die nicht loslassen wollte.

Wie bei denen, die er transportierte.

Sein Unternehmen warf satte Gewinne ab. Weil er um die gierige Seele der Menschen wusste. Gier nach Leben, Gier nach Glück, nach Anerkennung. Und alle bezahlten ihren Preis.

Manche kostete es das Leben. Pech.

Er kontrollierte seinen Atem, glitt in einen angenehmen Zustand der Entspannung hinüber.

Dass er nicht mehr allein in diesem war, bemerkte er nicht.

Vielleicht würde es ihm auffallen, wenn er später nach Regnar sehen würde, um seinen Überlebenskampf genießen zu können.

»Zssssssssssss«, machte die matt glänzende Schlange an seinem Ohr.

Blieb ungehört.

Der Riese war eingeschlafen.

59

Stockholm

Kristian stoppte das Video, löste ein Gesicht aus der Menge, betrachtete es genauer.

»Na, dich kenne ich.«

Er folgte dem Gesicht und dem dazugehörigen Körper durch das Menschengewimmel. Klar, der stieg in Malmö in denselben Waggon wie die vier Leute, die er begleiten sollte.

Aber nicht nur er allein.

Ein kleinerer, genauso übergewichtiger Typ ebenfalls.

Die beiden waren gemeinsam unterwegs, das war deutlich zu erkennen. Er spulte zurück. Ja. Sie hatten sich vor zwanzig Minuten an einem der Snackstände getroffen, waren von dort aus gemeinsam zum Zug geschlendert.

Kristian erkannte die Falschheit in Schritt und Tritt. Für ihn war klar, sie wollten etwas verbergen.

Die Gruppe junger Computerfreunde wirkte entspannt beim Einsteigen.

Er rief Gerolf näher zu sich heran, vergrößerte das Gesicht dabei. Ja. Der Typ erwartete keine Probleme, trug Earbuds, hörte also wohl leise seine Lieblingsmusik.

Aber diese beiden dicken Männer, die benahmen sich auffällig.

Gut. Die Gruppe war versammelt. Im Wagen 23.

Dort suchten sich auch die beiden Dicken einen Platz. Praktischerweise am Fenster. Saßen sich gegenüber.

Eine Familie mit drei Kindern stieg zu, eine alte Dame,

der man mit dem Rollator behilflich war, ein mittelalter Herr in schwarzem Anzug mit Aktenkoffer und Smartphone am Ohr. Gestresster Typ. Hektiker.

Mehr Reisende enterten diesen Wagen nicht.

Touristen, kaum zu sehen.

Ein einziger Mann mit großem Backpack. Wohl Wandertour.

Kristian behielt den Wagen 23 bei jedem Halt fest im Blick.

Beobachtete, wie er sich auf dem Weg in Richtung Kalmar leerte.

Der ältere Herr wurde von einem deutlich jüngeren Mann abgeholt – aus der Ähnlichkeit schloss Kristian, es handle sich um Sohn oder Enkel. Die ältere Dame stieg aus und verschwand im Bahnhofsladen. Hatte wohl etwas beim Einkaufen vergessen. Die Familie verließ den Zug in einer Wolke aus Gepäck und Geschrei.

Blieben nur die beiden Männer und die Vierergruppe zurück.

Bahnhof Kalmar.

Dort stiegen die vier wie erwartet aus.

Es folgte eine große Abschiedszeremonie, dann ging ein jeder seiner Wege.

Kaspar und Gerolf gingen ein Stück des Weges gemeinsam. Blieben auf dem Bahnhofsvorplatz noch einen Moment stehen, unterhielten sich.

Staffan verabschiedete sich mit kurzem Winken. Hatte es eilig.

Gerolf bewegte sich entspannt, ein wenig steif in Richtung Busstation, vielleicht die Folge von zu langem Sitzen.

Der eine dicke Mann war ebenfalls ausgestiegen, begab sich auf den Weg zur Busstation, was Kristian überraschte. Er hätte nie gedacht, dass der Mann kein modernes, protziges Auto auf dem Parkplatz stehen hatte. Er kannte den Kerl: Regnar. Natürlich nicht sein wahrer Name, eher ein geschäftliches Pseudonym. Dieses zufriedene, arrogante Gesicht hatte mit langen schwarzen Haaren und Dreitagebart anders ausgesehen, aber Kristian täuschte sich so gut wie nie. Einer aus dem Nachtmilieu, für ihn arbeiteten Mädchen und Frauen für einen Hungerlohn. Einmal hatte eine der Frauen ihn angezeigt, er musste seine Strafe nicht absitzen, konnte sich freikaufen, danach hatte er sein Aussehen verändert und irgendwie einen Neustart hingelegt, der ihm Geld in die Taschen spülte.

Der andere, viel dickere Kerl blieb im Zug.

Kristian war neugierig, wohin er fahren würde.

Das klärte sich bald: Endstation. Dort stieg er aus, schlenderte auf die für ihn wohl typische Art auf einen Wagen zu, der auf ihn gewartet hatte. Mit Fahrer in Livree, der schwungvoll die Tür des Fonds für den Gast öffnete. Danach verschwand er aus dem Blick der Kameras.

Und plötzlich wusste er sehr genau, wer der Mann war.

Franz.

Sicher unterwegs in geschäftlicher Angelegenheit. Illegales lag ihm. Man hatte ihn beim letzten Mal gehen lassen müssen. Mangel an Beweisen, wie so oft. Alle hatten gewusst, dass er der Drahtzieher hinter dem lukrativen Geschäft war: Billigwaren wurden eingeführt, neu gelabelt und dann teuer online an ahnungslose Kunden verkauft – die Betroffenen schwiegen aus Scham, und die anderen, weil sie partizierten oder Angst vor den Folgen hatten, falls sie Franz »hinhängten«. Der hatte nicht nur einen Fahrer und einen Butler, Leute, die für ihn Drecksarbeiten übernahmen, gehörten auch zu seinem Pool von Angestellten. Und dass er im Zweifel auch gern selbst Hand anlegte, war in den entsprechenden Kreisen hinlänglich bekannt.

Kristian überlegte: Wenn diese beiden eine gemeinsame Zugfahrt unternahmen, würde es sich für die Kollegen sicher lohnen, mal genauer hinzusehen.

Er spulte zurück.

Er hatte etwas bemerkt und dann nicht weiterverfolgt.

Wieder und wieder ließ er die Gruppe aussteigen.

Dann: Ach, wie ärgerlich: Gerolf hatte seinen Earbud links verloren.

Da hat er sich bestimmt geärgert.

Und tatsächlich erkannte der Super-Recognizer, wie sich der junge Mann ans linke Ohr fasste und ärgerlich das Gesicht verzog.

Tja, dachte er, kommt vor, passiert mir ständig.

Dann erinnerte er sich daran, dass dieser junge Mann, wie die anderen aus der Gruppe, getötet worden war.

Schade, der Typ wäre ihm sympathisch gewesen.

Er schrieb seinen Bericht, wies auf die beiden identifizierten Männer hin, hängte die relevanten Bilder an, beschrieb, was ihm allgemein aufgefallen war.

Seufzte. Er sah sich gern als unvoreingenommenen Beobachter, der nur Informationen sammelte, wertungsfrei, emotionslos, objektiv. Doch in diesem Fall wünschte er sich plötzlich, dass die Kollegen schnell Erfolg hätten. Er hätte diesen Typen mit den Earbuds gern kennengelernt, Franz und sein Freund hatten das verhindert, das war sicher.

60

Luna wollte nicht nach Hause.

Nicht, solange sie diesen Kerl nicht hatten, der um ein Haar Erick getötet hätte, nachdem er schon seinen Papa umgebracht hatte, nicht, bevor sie diesen Serienkiller hinter schwedischen Gardinen hatte. Sie grinste leicht: schwedische Gardinen. Hoffentlich für immer.

Ihr Telefon klingelte verhalten.

»Was?«, fauchte sie.

»Hallo, Schwesterchen. Wieso bist du nicht am Museum? Dort spielt heute die Musik.«

»Nein. Spielt sie nicht.«

»Aber klar. Ihr habt zu früh abgeblasen.« Er kicherte, schien sich köstlich zu amüsieren.

»Wir haben die begnadeten Räuber. Sie sitzen in der Zelle und denken sich für uns moderne Märchen aus. Lass gut sein. Ich brauche deine Hilfe nicht.«

»Wenn das unsere Mutter wüsste, dass du diesen kleinen …«

»Weiß sie aber nicht. Gute Nacht. Und – äh, ich blockiere jetzt deine Nummer. Du wirst mich nicht mehr erreichen. Also versuch es gar nicht erst.«

»Halt, warte! Ich sage dir jetzt, wer hier raubt, und du machst einen Deal für mich aus.«

»Das kann ich nicht, das muss dein Verteidiger tun. Eine große Schwester kann da nichts bewirken. Jetzt hast du seit so vielen Jahren mit der Polizei und dem Gericht zu tun und weißt das nicht?«

»Hör zu, diese Hannah, die will zusammen mit der Leiterin diese Totenmaske klauen. Die Leiterin schaltet kurz die Sicherung aus. Hannah raubt, danach wird wieder eingeschaltet und morgen bemerkt man offiziell den Raub.«

»Nein. Hannah ist hier.«

Luna widerstand dem Impuls nachzusehen, ob Hannah wirklich noch zu ihrem Schutz in Gewahrsam war.

Sie beendete das Gespräch, blockierte die Nummer.

Fühlte sich allerdings dadurch kein bisschen besser.

Alban besuchte seine Mutter, die darüber weniger erfreut war, als er erwartet hatte.

»Weißt du, wie spät es ist? Besuchszeit ist längst vorbei.«

»Die gilt nicht für uns. Ich komme schließlich zum Verhör.«

»Ach«, das klang beleidigt.

»Wir haben dein Phantombild einer anderen Frau gezeigt, und sie meinte, das könne der Kerl sein, der sie entführt hat. Aber sie kann sich nicht mehr gut an ihn erinnern – ist zu viel passiert in der Zwischenzeit.«

»Ach. Na, das kommt schon mal vor, dass Stress Erinnerungen auslöscht. Weißt du, wenn du ganz schnell bei dir aufräumst, weil zum Beispiel Besuch kommt – die Schwiegermutter – dann kannst du dich plötzlich nicht mehr genau erinnern, wo du dieses oder jenes zwischengeparkt hast. Kaum ist der Besuch weg, bist du tagelang mit Sucherei beschäftigt.«

»Diese Frau wurde mit ihren Kindern entführt. Wir konnten sie befreien, aber einem der Kinder geht es schlecht.«

»Hm. Ich hoffe, ihr habt den Kerl, der – ach nein, ihr sucht ja noch. Der darf nicht mit solch einer Tat durchkommen. Die arme Frau hat sicher furchtbar gelitten.«

»Ja, hat sie. Ihr Mann wurde vor drei Tagen ermordet. Wir kümmern uns um sie. Ich muss wieder los, wir sind dem Kerl auf der Spur. Ich wette. Luna sitzt auch im Büro.«

Auf dem Gang atmete er tief auf.

Prompt ertönte eine empörte Stimme: »Das habe ich gehört!«

Luna öffnete die Mail von Kristian.

»Ach, sieh mal an. Gleich zwei Männer unter den Zuginsassen, die bereits im Fokus waren – und es immer wieder sind. Franz und Regnar. Ich erinnere mich an die beiden. Wurden sogar per Haftbefehl gesucht. Fernsehen, Zeitung. Beiden war es während der Ermittlungen gelungen, abzutauchen.«

Die Geschichten von Hannah spülten wieder über Lunas Denken.

Menschenhandel – aber wie genau lief das eigentlich ab?

Menschen transportierte man über weite Strecken in ein Land, in dem sie illegal einreisten. Man nahm ihnen die Pässe ab. Aber wenn die irgendwo arbeiteten, fiel doch auf, dass sie keine Ausweise hatten – oder? Gab es genug Firmen, die diese Menschen einstellten, ihnen einen Hungerlohn zahlten und sie mit der Drohung, man würde sie an die Behörden melden, zum Schweigen verurteilten.

Rechtlos waren sie natürlich jeder Willkür ausgeliefert.

Sie fror.

Als Alban durch die Tür kam, zuckte er zurück.

»Stimmt was nicht? Irgendetwas passiert?«

»Nein. Der erste Bericht von Kristian ist da. Im Zug mit den vier Computernutzern waren zwei alte Bekannte. Kannst du dich an Regnar erinnern? Oder an Franz?«

Alban nickte. »Klar, spektakuläre Fälle. Unbefriedigender Ausgang.«

Genau so konnte man das zusammenfassen, Luna nickte.

»Haben wir die Adresse von Franz?«

Alban nickte. »Die kennt beinahe jeder, der bei der Polizei arbeitet. Er hat eine Villa in Stockholm und ein Ferienhaus am Rand von Kalmar. Im Sommer ist er meist hier. Wir können hinfahren und nachsehen, ob er dort ist. Wenn ja, fragen wir ihn, was er in Malmö wollte. Behaupten, das habe mit unserem Fall zu tun – was ja im Grunde nicht gelogen ist.«

»Ist doch interessant, was Kristian so an Kleinigkeiten aufgefallen ist. Die Kleidung, der Umgang anderer mit den Fahrgästen und die Tatsache, dass Gerolf einen seiner Earbuds verloren hat. Super-Recognizer eben. Genaue Beobachter, denen keine Kleinigkeit entgeht.«

Sie stand auf, zog ihre Jacke an.

»Der Fall sorgt dafür, dass ich friere. Und das liegt nicht nur am unglaublichen Schicksal von Hannah oder dem Schrecken und Leid, das Rieke gerade durchlebt.«

»Du hattest Sorge, dass sie verwickelt ist.« Alban sah die Kollegin an. »Ich weiß, dass du sie magst. Es wäre schlimm gewesen, sie hätte einen Rachefeldzug durchgeführt. Hat sie nicht. Ich habe ihr Alibi überprüft. Sie war es nicht.«

»Du hast bemerkt, dass ich besorgt war?«, staunte Luna.

Alban lachte: »Diese Reaktion ist männerfeindlich!«, beschwerte er sich.

»Regnar ist nicht zu Hause, seine Tiere hat er freigelassen. Das ist verantwortungslos und spricht dafür, dass er sich abgesetzt hat.«

»Wohin?«

»Er wurde mit Franz gesehen. Also fragen wir ihn, ob er weiß, wo Regnar abgeblieben ist.«

61

20 Uhr
Kalmar

Das Holzhaus am Rand von Kalmar war klassisch rot-weiß gestrichen.

Der Garten eher ein Park.

Der Rasen grün, die Halme alle auf gleiche Länge gestutzt, die Blumen in den Beeten blühten üppig, dufteten belästigend süßlich.

Auf ihr Klingeln meldete sich die distinguierte Stimme eines Hausdieners.

»Wen darf ich melden?«

»Kommissare Luna Bofink und Alban Larsson.«

»Moment.«

Das Nächste, das zu hören war: ein anhaltender Schrei!

Luna kletterte über den Zaun, Alban folgte.

Sie rannten auf das Gebäude zu, fanden die Haustür offen und stürmten hinein.

Der Hausdiener kam aus einem der angrenzenden Zimmer. »Er ist, er sitzt ... da ist ...«, stotterte er.

Luna schob ihn rüde zur Seite. Drängte weiter.

Trat in den Raum, sah den Mann im Stuhl sitzen.

Bewegungslos.

Nur seine Augen glitten zur Seite, wie ein Finger, der auf etwas zeigen wollte.

Lunas Blick folgte dem seinen und entdeckte ... eine Schlange.

Sie schreckte kurz zurück.

Sah sich suchend um.

Griff nach einer Zange aus dem Kaminbesteck.

Zielte – und in dem Moment, in dem die Schlage die Gefahr erkannte, schnellte ihre Hand vor und die beiden Schenkel der Zange packten das Reptil.

»Himmel!«, ächzte der Mann im Sessel heiser.

Luna, die spürte, wie das Reptil den muskulösen Körper kraftvoll um ihren Unterarm wickelte, rief dem Diener zu: »Einen Beutel!« Der beeilte sich, aus der Küche einen Leinenbeutel der nahe gelegenen Bäckerei zu holen. Luna versenkte die Schlange darin, packte mit der Zange unterhalb der Griffe den Beutel und schleuderte den Inhalt mehrfach in einer Drehbewegung um sich selbst. Dann packte sie den Drehknoten und forderte: »Ich brauche einen Clip. Oder einen Gummi, Schnur tut's auch.«

Sie bekam einen Clip gereicht und sicherte so das gefährliche Reptil.

»So!«, sagte sie dann.

»Vielen Dank!«, krächzte der blasse Franz in seinem Sessel.

»Nicht der Rede wert«, behauptete Luna, deren Puls sich in schwindelerregende Höhen katapultiert hatte.

Alban warf ihr bewundernde Blicke zu. Er selbst, da war er sich sicher, hätte sich dieser Gefahr nie und nimmer mit solcher Entschlossenheit gestellt.

»Siehst du, es ist so, wir möchten uns mit dir unterhalten. Und falls diese Schlange – von der ich glaube, dass sie sehr giftig ist – dich gebissen hätte, wären wir zu unserem Gespräch nicht mehr gekommen«, erklärte Luna freundlich. Dann änderte sie den Ton und schoss hart die Frage ab: »Wo ist Regnar?«

»Ich kenne keinen Regnar.«

»Doch. Und wir wissen, dass er hier bei dir war. Denn er hat dir diese Schlange ins Zimmer gesetzt. Das muss einen

Grund haben. Und deshalb möchte ich gern mit Regnar sprechen.«

»Aber er ist nicht hier, und ich kenne niemanden, der so heißt.«

»Nun, wir wissen, dass ihr euch kennt.«

»Prima. Dann ladet ihn doch zu mir ein.«

»Er ist schon hier. Und er hat seine wertvolle Schlange bei dir gelassen, damit du sterben sollst, wie die anderen, die er für dich getötet hat.«

Alban schluckte.

»Ich kenne ihn nicht«, blieb der Franz stur.

»Wir rufen die Kollegen und suchen das ganze Grundstück ab. Ich bin sicher, wir finden ihn.«

»Nur zu«, Franz machte eine abwertende Handbewegung.

Luna machte Alban ein Zeichen, der telefonierte hörbar mit den Kollegen, rief ein Team der Spurensicherung zu Franz' Haus.

Der Hausbesitzer entspannte sich zusehends, nachdem das Reptil eingesackt war.

»Bring mir noch einen Cognac. Das habe ich mir auf den Schreck verdient«, forderte er den Diener auf.

Luna nickte Alban zu und ging in den Garten, versuchte ihren Puls wieder unter Kontrolle zu bringen. Sie ging davon aus, gerade eine der giftigsten Schlangen der Welt von Hand eingefangen zu haben. Ihr war jetzt erst bewusst, wie nah sie dem Tod war, als sie sich zu dieser Aktion entschied.

»Und ich habe niemandem, dem ich das erzählen kann«, schimpfte sie leise vor sich hin. »Niemanden, der mich dafür lobt, dass ich dieses Vieh eingesammelt habe, um den Typen fürs Gericht zu retten!«

Sie merkte, dass diese Reaktion albern war, gab der Reizüberflutung die Schuld.

Lauschte in die Nacht.

Hörte eine Eule, ein paar verträumte Vögel und … Wasser. Seltsam.

Das Geräusch kam aus dem Schuppen.

Bewässerungssystem für den Garten?, überlegte sie, verwarf diesen Gedanken aber, als sie die Hände auf den Boden presste. Nein, feucht genug.

Sie inspizierte die Tür des Schuppens.

Probierte die Klinke, die sich zu ihrer Verwunderung in keine Richtung, bewegen ließ.

Was für ein seltsames Schloss für eine Tür, hinter der sich Gartengeräte versteckten!

Mehr als seltsam, wenn man es genau bedachte.

Sie kehrte zur Haustür zurück, überprüfte dort den Schließmechanismus ebenfalls – fragte sich, warum die Haustür weniger gut gesichert war als der angebaute Schuppen.

Der Hausdiener stand in der Küche und war mit den Vorbereitungen für ein Abendessen beschäftigt.

Luna trat neben ihn und verlangte: »Gib mir sofort die Schlüssel für den Schuppen.«

»Der Schuppen wird mit einem Code geöffnet. Den kennt nur Franz persönlich.«

»Wenn du mir die Tür nicht öffnest, dann werde ich sie mit Gewalt …«

»Schon gut.«

Er trippelte zu Franz. »Die Dame möchte in den Schuppen.«

»Gut, dann gib ihr die Karte. Sie kann sich dort gern umsehen.« Franz, inzwischen schon wieder cool wie gewöhnlich.

Luna bekam die Karte, die einer Bankkarte glich, und kehrte zur Tür des Schuppens zurück.

Legte sie mit dem Chip auf den Scanner.

Mit lautem Schalten und Knacken wurde eine massive Verriegelung zurückgefahren.

Die Tür sprang auf.

Luna trat ein, fand den Lichtschalter und stand zu ihrer Überraschung vor einem riesigen Tank aus Edelstahl.

»Wein? Lagerst du hier deine Lieblingssorte?«, fragte sie sich laut.

Sie trat näher heran.

Der Tank war kalt. Kondenswasser hatte sich gebildet. Die Hülle vibrierte leicht, und aus dem Inneren war das Rauschen von Wasser zu hören. Sie entdeckte eine Tür – verschlossen. Noch so ein Riegel, der nur auf einen Code reagierte.

Sie probierte die Karte. Nichts.

Vorsichtig klopfte sie gegen das Metall.

Und zu ihrem Entsetzen wurde zurückgeklopft.

Sie probierte es ein weiteres Mal – und erhielt wieder eine Antwort.

Ohne Zögern rannte Luna zurück ins Haus.

Stürmte ins Wohnzimmer, packte den Hausherrn am Pullover und brüllte ihm ins Gesicht. »Während ich dein Leben rette, lässt du da drüben jemanden verrecken! Ich höre es. Jemand klopft. Los! Beweg dich in den Schuppen und öffne die Tür!«

»Sonst?«, fragte der Hausherr süßlich.

»Sonst hole ich die inzwischen sicher sehr verärgerte Schlange zurück und sehe gelassen dabei zu, wie sie dich beißt. Der Rechtsmediziner meint, so etwa 20 Minuten dauert der Todeskampf. Also?«

Franz rappelte sich aus dem Sessel in den Stand. »Das ist eine Drohung mit dem Tod. Du willst mich mit diesem Tier umbringen. Eine Morddrohung gegen einen wehrlosen Mann. Ich werde dafür Sorge tragen, dass du das lange bereuen kannst.« Seine Augen musterten die Kommisssarin kalt und entschlossen.

Schlurfte langsam zum Schuppen.

»Wo soll jetzt jemand sein?«, fragte er scheinheilig.

Luna klopfte gegen den Stahl.

Jemand klopfte zurück.

»Öffne die Tür!«

Der Hausdiener schob sich vor den Hausherrn und löste die Sperre. »Ich gehe nicht für dich ins Gefängnis!«, verkündete er, zog die Tür auf.

Wassermassen quollen aus der Öffnung, überspülten in Windeseile den gesamten Schuppen, durchnässten Schuhe und Hosen der Wartenden, ergossen sich in die Wiese vor dem Haus.

»Du hast dich mit Regnar im Zug getroffen. Es war nicht viel Betrieb auf der Strecke. Du hast dich mit ihm über die nächste Lieferung unterhalten. Leise. Dein momentanes Geschäft: Menschenhandel. Als die Leute nach und nach ausstiegen, dachtet ihr, es sei niemand mehr im Waggon. Die vier jungen Leute haben geschlafen, es war ein anstrengendes Treffen und sie hatten ihre Musik im Ohr. Was also sollten sie schon aufschnappen. Als der Zug in Kalmar hielt und die Gruppe ausstieg, hatte einer von ihnen den einen Inohrkopfhörer verloren. Sofort wurde dir klar, dass er etwas gehört haben könnte, mit den anderen darüber sprechen würde, eure Planung damit gefährdet war. Du hast Regnar, den Mann fürs Grobe, hinter der Gruppe hergeschickt. Er hat herausgefunden, wer wo wohnt. Streute das Gerücht, jemand plane einen Raub aus dem Museum während des Spektakels. Doch Regnar machte Fehler. Er wollte den Morden seine eigene Handschrift verleihen. Quasi als Werbemaßnahme. Du hast versucht, ihn zu stoppen, hast ihn eingeschüchtert. Und was macht er: Er schießt einfach zusätzlich zu allen anderen Aktivitäten. Damit wir wissen, dass wir es mit einem besonderen Täter zu tun haben.«

Regnar wurde aus dem riesigen Behälter gespült. Hustete. Keuchte. Fluchte.

War am Leben.

Franz war enttäuscht.

»Schade. Ich dachte, dein Tod wäre ein schöner, theatralischer Schlusspunkt unter diese Geschichte«, maulte er.

»Nein«, erklärte Luna, »den setze ich! Du bist vorläufig festgenommen.« Sie band die Hände des dicken Mannes mit einer Art Kabelbinder zusammen. Es folgte die übliche Belehrung.

»Du Mörder!«, brüllte Regnar und wies auf die beiden anderen Toten, die nun aus dem Tank gespült wurden. »Du hast sogar den Mann umgebracht, den du mit der Planung der Morde beauftragt hattest.«

»Und für dich gilt das auch, Regnar.« Luna kämpfte gegen das Zittern in ihrer Stimme, sah entsetzt auf die beiden Toten zu ihren Füßen, malte sich die letzten Minuten dieser Menschen aus. Was für ein Fall! »Du bist vorläufig festgenommen. Wir werden dir trockene Kleidung stellen.« Auch er wurde belehrt.

Alban hatte schon die Kollegen informiert, die nur wenig später vor dem Garten hielten.

»Wasserrohrbruch?«, fragte einer der Männer. »Ist gefährlich.«

»Die beiden Toten wird sicher Gullbrand abholen lassen. Wir geben ihm Bescheid«, erklärte Luna und sah zu, wie die beiden Männer in die Streifenwagen geschoben wurden.

»Was wird nun mit mir?« Der Hausdiener machte ein unglückliches Gesicht.

»Ich denke, Franz wird jemanden brauchen, der den Garten wieder in Ordnung bringt und das Haus sauber hält.« Luna klopfte dem Mann freundlich auf die Schulter. »Aber jetzt kommst du erst mal mit uns. Wir nehmen deine Aussage auf. Du besuchst uns morgen noch einmal im Büro und unterschreibst das Protokoll.«

Alban nickte, wusste, der eigene Feierabend war noch weit.

62

20.00 Uhr
Öland

Alvists Telefon störte.

Seufzend meldete er sich. Hörte zu.

»Was soll das heißen? Es wird nicht klappen? Ich denke, es ist alles geplant.«

»Nun, es ist geplant aber nun ist etwas dazwischengekommen.«

»Das Spektakel findet doch statt.«

»Ich denke, du musst mal herkommen.«

Alvist rappelte sich auf.

Überprüfte sein Aussehen, zog seine Augenbrauen nach, damit sie eindrucksvoller wirkten. Fragte sich besorgt, was er von diesem Telefonat halten sollte.

Krister wartete schon in Kalmar auf den blauen Kleinwagen. »Na endlich. Gut, dass du hier bist.«

»Und warum ist es gut, dass ich gekommen bin?«

Krister zog den Sanctus mit sich in den Bereich des Festes. Überall Winker und Jubler, überall Gebrüll. Eine Wikingerfrau, die laut über das Töten von Vögeln sprach. An ihrem Gürtel hingen zwei Fasane. Ob sie echt waren oder nicht, war im Gedränge schwer zu entscheiden.

»Du hast doch gesagt, Dragon würde mir die Aufgabe nennen. Hat er auch. Aber nun sind die beiden nicht mehr da, die sich kümmern sollten.«

»Du weißt nicht, wo sie sind?« Alvist runzelte die Stirn.

»Nein. Ich muss aber mit ihnen zusammenarbeiten. Ich dachte, vielleicht kannst du mal bei IHM nachfragen.«

»Nein. Du hast gesagt, es gäbe einen Plan, der uns viel Geld zuführen würde. Also: Wie sah der aus? Was hattet ihr vor?«

Er drehte sich um. Krister war verschwunden.

»Du bist Alvist, der Sanctus von Ölands Sekte? Dragon's Eye.«

Zwei Polizisten standen plötzlich neben ihm. Sahen eher wenig freundlich aus.

»Wir hätten da ein paar Fragen an dich. Dazu müsstest du uns begleiten.«

»Ist das so? Was soll der Sanctus von Dragon's Eye euch erzählen wollen?«

»Es gibt ein paar Aussagen und einige Aufzeichnungen, die im Rahmen einer polizeilichen Ermittlung in einem anderen Fall aufgetaucht sind. Kaspar ist dir bekannt?«

Alvist nickte. Das konnte er gut zugeben.

»Es geht um eine Menge Geld, das von einem Konto der Gruppierung an Kaspar gegangen ist. Und wir haben Hinweise darauf, dass Dragon's Eye in den geplanten Raub der Totenmaske aus dem Museum im Schloss Kalmar verwickelt ist. Zwei Zeugen haben dich belastet. Wir nehmen dich nun mit, und du machst eine Aussage zu den Vorwürfen bei uns. Alles kein Problem, hoffe ich.«

Alvist unterdrückte einen Fluch.

»Ich komme mit. Und werde all das klarstellen. Wird nicht lange dauern. Es sind verwirrte junge Männer, die manchmal die Worte von Dragon oder die meiner Predigt falsch verstehen«, entgegnete er huldvoll. Mit geradem Rücken und hoch aufgerichtet begleitete er die beiden.

Überlegte schon, wie er den Mitgliedern erklären sollte, wo die Gelder, die sie als Mitgliedsbeitrag entrichteten, geblieben waren, und warum die Polizei glaubte, er habe Männer beauftragt, die Totenmaske aus dem Museum zu rauben.

Irgendwie hatte er das ungute Gefühl, Dragon habe sich von ihm abgewandt.

63

»Und nun?« Alban gähnte.

»Ich bin auch müde. Anka und Sören habe ich schon eine Nachricht über die Festnahme geschickt. Aber ich möchte noch mal ins Krankenhaus. Vielleicht sitzt Rieke dort noch immer.«

»Ich glaube, die im Krankenhaus werden nicht begeistert sein, wenn um diese Zeit noch Besuch kommt«, gab Alban zu bedenken. »Meinst du, ich sollte meine Mutter aufsuchen und mit ihr besprechen, wie es weitergehen kann? Ihr erzählen, dass unser Fall gelöst ist?«

»Ich könnte mir vorstellen, dass sie genau darauf wartet. Ich bin sicher, dass sie dir alle Informationen geben wird, die du möchtest. Sie war wohl sehr enttäuscht, dass du keine Zeit für ihre Probleme hattest – das entsprach nicht ihrer Vorstellung.«

»Meinst du?«

»Ja, sie ist deinem Vater nicht wichtig, er misshandelt sie, niemandem fällt das auf, niemand legt seinen Arm um sie, niemand nimmt sich Zeit. Und dann ruft sie dich zur Hilfe. Und du, der geliebte Sohn, hast auch keine Zeit für sie. Bestimmt glaubt sie, dass du kein Interesse an ihr und ihrer Lage hast.«

»Aber das stimmt doch gar nicht.«

»Eben. Das solltest du ihr zeigen.«

Alban legte die Stirn in dicke Falten, wenn er konzentriert nachdachte. Das war Luna schon am ersten Tag aufgefallen.

»Du willst nicht nach Hause, weil du mit all den Bildern und Geschichten nicht allein sein willst. Was ich verstehe.

Jarl wird auf dich warten und sich Zeit nehmen. Bestimmt hat er in den Nachrichten von dem Fall gehört«, analysierte er.

»Jarl ist zu einem Freund gezogen. Für eine Auszeit. Er hat genug von Ermittlungsarbeit, Mord und anderen Verbrechen, versteht nicht, warum ich gern und mit ganzer Seele Mordermittlerin sein will. Bei mir in der Wohnung ist niemand. Er hat sogar Pimpernell, meine Katze, mitgenommen, weil ich mich nicht an regelmäßige Fütterzeiten halte.«

»Im Krankenhaus stören wir«, beharrte Alban.

»Ich komme ganz leise. Wecke niemanden und gucke nach, ob Rieke nach Hause gefahren ist.«

Sie fuhren zunächst ins Büro. Die vorläufige Festnahme musste dokumentiert werden.

Die Rechtsmedizin wurde informiert.

Das Tatortteam war schon bei der Verhaftung vor Ort.

Dann machte sich Alban auf den Weg nach Hause.

Luna fuhr ins Krankenhaus.

Beim Eingang traf sie auf einen Wachmann, wies ihren Polizeiausweis vor.

Schlich sich leise auf die Kinderstation.

Rieke saß bei Erick am Bett.

Luna fand Arne im Wartebereich. Leise setzte sie sich zu ihm. Er schien die Nähe zu spüren, denn er robbte sofort auf ihren Schoß, ohne die Augen zu öffnen.

Luna strich ihm über den Kopf.

Vielleicht, dachte sie, vielleicht sollten Jarl und ich doch Kinder planen, dachte sie träge und schlief ein.

Als sich jemand vorsichtig zu ihr auf die unbequeme Bank setzte, sah sie nicht auf.

Erschrak, als eine Stimme fragte: »Na, sollen wir nicht nach Hause gehen? Den Kleinen nehmen wir mit. Pimpernell freut sich über den Besuch von Kindern.« Ein Arm umfasste ihre Schultern.

»Jarl.«

»Na, lass uns gehen. Arne nehme ich auf den Arm, der wird nach der ganzen Aufregung gar nichts merken. Du gibst der Mutter Bescheid. Wir bringen ihn morgen nach dem Frühstück wieder her.«

Luna nickte.

»Und morgen besuchen wir das Mittelalterspektakel vor dem Schloss. Für Midsommar habe ich uns einen schönen Platz auf Öland gesucht, dort werden wir beim Feuer sitzen, mit den anderen singen und diesen Fall für ein paar Stunden vergessen. Gut?«

Als sie wenig später zu dritt das Krankenhaus verließen, sah sie auf dem Parkplatz Alban stehen, der ihnen zuwinkte und dann in Richtung Haupteingang lief. Auch er wollte wohl mit den Gespenstern und Trollhexen dieses Falles nicht allein sein.

DANKSAGUNG

Ein herzliches Dankeschön an Claudia Senghaas und das gesamte Team des Gmeiner-Verlags, das es ermöglichte, dieses Buch zu realisieren.

Mein besonderer Dank geht an meinen lieben Kollegen und Freund Andreas M. Sturm, der sich mit Waffen prima auskennt und sein Wissen gern mit mir geteilt hat.

Agneta empfiehlt:

GMEINER SPANNUNG

WWW.GMEINER-VERLAG.DE
Wir machen's spannend